DEM EINZIGEN GOTT

SEI EHRE UND RUHM

„Dem Einzigen Gott sei Ehre und Ruhm."
(1Tim 1,17)

Das Evangelium Jesu Christi

DER WEG ZU DEM, DER WAR, UND DER IST

UND DER KOMMEN WIRD

In Form einer Synopse der vier Evangelien

(Henne/Rösch-Bibel)

Wir haben die Liebe, die Gott zu uns hat, erkannt und an sie geglaubt.
(1Joh 4,16)

Zusammengestellt, bearbeitet und herausgegeben von

Georg P. Loczewski

IMPRESSUM

Copyright ©Georg P. Loczewski (Hrsg.)
Typensatz erstellt vom Herausgeber mithilfe von LaTeX 2_ε
Die Grafiken wurden vom Herausgeber in Postscript programmiert und bei Bedarf mit dem Gimp modifiziert.

Verlag & Druck: tredition GmbH, Halenreie 40-44, 22359 Hamburg

ISBN:
978-9- 978-3-347-38981-6 (Paperback)
978-9- 978-3-347-38982-3 (Hardcover)
978-9- 978-3-347-38983-0 (e-Book)

Internet:
– https://www.alpha-bound.de
– https://www.alpha-bound.org
– https://www.lambda-bound.de
– https://www.lambda-bound.com
– https://www.aplusplus.net

Siehe auch:
– Die Freude aus dem Glauben an Gott, Georg P. Loczewski
– ISBN: 978-3-347-35857-7 (Paperback)
– ISBN: 978-3-347-35858-4 (Hardcover)
– ISBN: 978-3-347-35859-1 (e-Book)

www.tredition.de

Kapitel 1

Vorwort des Herausgebers

1.1 Zweck der Synopse und Herstellungsverfahren

Zweck der Synopse

Die vier Evangelien in der Form einer Synopse darzustellen, hat den Sinn, eine Hilfestellung zu bieten, sich mit dem Inhalt der Evangelien schneller vertraut machen zu können. Dies wiederum soll Leserinnen und Leser hinführen zu dem Punkt, wo sie beginnen die Freude zu erfahren, die hervorgeht aus dem Bewußtsein, zu einem persönlichen Kontakt mit dem lebendigen Gott berufen zu sein, mit dem der ist, der war und der kommen wird.

Genauer gesagt, die Evangelien offenbaren uns, wer Gott ist, wer wir sind und dass Gott uns zu einer innigen Gemeinschaft mit Sich Selbst berufen hat. Leserinnen und Leser erfahren, dass sie selbst das Sein sind, das sie von dem erhalten haben, der das Sein ist, und der sie unendlich liebt.

Herstellungsverfahren

Ein in der Programmiersprache Perl geschriebenes Programm generiert, - ausgehend von zwei minimalen Tabellen und dem Text des Neuen Testamentes (der 'Schöninghschen Bibel' entnommen), ein LATEX - Programm, das schließlich das fertige Buch im PDF-Format erzeugt.

Alternativ kann man mit Hilfe des Perl-Programms LATEX2HTML von Nikos Drakos und Ross Moore aus dem Latex-Code verlinkte HTML-Seiten erzeugen, wie dies bei uns geschehen ist
(Siehe *https://www.alpha-bound.org/alphdt/synhroe/index.html*).

Die Anmerkungen der Schöningh'schen Bibel sind im Buch nicht enthalten, können aber auf einer der Web-Sites des Herausgebers mittels des 'Multi-Lingual Bible-Servers' nachgelesen werden. Der URL der Online-Version der Schöningh'schen Bibel in dem

Bible-Server lautet: *https://www.alpha-bound.de/kathrel/bible/roe/index.html.*

1.2 Quellen für die Synopse

Die Aufteilung der Evangelien in Abschnitte oder Perikopen, die sich in eine zeitliche Reihenfolge bringen lassen, ist dem Werk von P. Johann Perk S.S. entnommen (**P. Johann Perk, SYNOPSE Der Vier Evangelien, Benziger Verlag, Einsiedeln/Köln 1958**). P. Perk sei besonderer Dank für seine grundlegende exegetische Arbeit!

An dieser Stelle sei auch dem **Droemer-Knaur-Verlag** gedankt, der mir freundlicherweise die Erlaubnis zur Verwendung der Perikopenaufteilung von P. Perk in dieser Anwendung erteilte.

Die heiligen Texte selbst entsprechen jedoch nicht der Übersetzung von P. Perk sondern entstammen der **Schöningh-schen Bibel von Henne-Rösch (1934)**. Die Quelle hierfür ist die **Volksbibel-2000** von Herrn **Dr. Christoph Wollek,** der alle Rechte an dieser Bibelüberbersetzung vom Schönigh-Verlag erworben hat und seine Erlaubnis zur Veröffentlichung dieser Evangelien-Synopse erteilt hat. Der Link zur Volksbibel ist: *https://www.volksbibel-2000.de* .

1.3 Sinndeutung des Logos auf der ersten Seite

Die Grafik auf der ersten Seite kann aus zweierlei Sicht gedeutet werden.
Eine *theologische Deutung* von ARS führt zum **ARS-Mecum** und
eine Deutung *aus der Sicht eines Betenden* führt zum **ARS-Angelus.**
 Es gibt also *zwei Namen* für ein und dasselbe Gebet:

Der eine Name entspricht mehr einer theologischen Sicht, der andere mehr einer spirituellen.

1.4 Theologische Deutung von ARS

Aus theologischer Sicht steht

- **A** für **Abstraktion** bzw. für *Gott-Vater*,
- **R** für **Referenz** bzw. für *Gott-Sohn*,
- **S** für **Spiritus** bzw. für den *Heiligen Geist*.

A: Abstraktion

Weg des Intellekts

In seiner Einführung in die Philosophie spricht Jacques Maritain von drei Graden der Abstraktion und er zeigt auf, wie diese in den verschiedenen Wissenschaften zur Anwendung kommen (Siehe S. 105 und S. 115 [Mar05]).

Der Metaphysik kommt der dritte, der höchste Grad der Abstraktion zu, der Wissenschaft, die nach Aristoteles und dem **hl. Thomas von Aquin** ihre Krönung und Erfüllung findet in der Erkenntnis der Notwendigkeit des *„ipsum esse subsistens"*, des *„ens a se"*, des **aus sich selbst heraus existierenden Wesens, das wir Gott nennen.**

Auf dem Weg des Intellekts gelangen wir zu diesem Wesen nur mit Hilfe einer atemberaubenden **Abstraktion**, die von uns abverlangt, alles zu übersteigen, was sich unseren Sinnen und unserem Geiste als Objekt darbietet.

Weg der Mystik

Durch den intellektuellen Prozess der totalen Abstraktion gelangen wir selbst, wenn wir mit unseren anderen Fähigkeiten dem Intellekt auf diesem Wege folgen, in tiefste Finsternis, die der **hl. Johannes vom Kreuz**, der *Kirchenlehrer der Mystik* und große spanische Dichter als die „Dunkle Nacht der Sinne" bzw. die „Dunkle Nacht des Geistes" bezeichnet und in seinen Werken so meisterhaft besungen und beschrieben hat.(Siehe: [O.C54]).

Angemerkt werden muß allerdings, dass nach christlicher Theologie und dem Grundverständnis des hl. Johannes vom Kreuz unsere natürlichen Fähigkeiten nicht ausreichen, in diese Finsternis einzutreten und sie zu durchschreiten, sondern dass es dazu der uns vom göttlichen Wesen geschenkten übernatürlichen Fähigkeiten des Glaubens, Hoffens und Liebens bedarf.

R: Referenz

Im Evangelium lesen wir folgende Worte, die Jesus an Philippus richtet:
„Wer mich sieht, sieht den Vater".
Genau das ist gemeint, wenn wir sagen: Jesus Christus, der LOGOS, ist die Referenz
des Vaters.
Im Christentum ergeht an alle Menschen die frohe Botschaft, dass dieses göttliche We-
sen aus Liebe zu den Menschen selbst Mensch geworden ist in *Jesus Christus*, um sie
aus der Finsternis und Gottesferne zu erlösen.
Der Menschensohn, wie sich *Jesus* selbst bezeichnet, ist die **Referenz** *des himmlischen
Vaters*.

> *So lange bin Ich schon bei euch,*
> *und du Philippus, hast Mich nicht erkannt?*
> *Wer Mich gesehen, hat (auch) den Vater gesehen.*
> *Wie kannst du also sagen: 'Zeige uns den Vater'?*
> *Glaubst du nicht, dass Ich im Vater bin*
> *und der Vater in Mir?*

Das Evangelium des Evangelisten und Apostels Johannes beginnt mit folgenden gewal-
tigen Versen, die noch detaillierter das Wesen des Menschensohnes beschreiben:

> *Im Ursprung war der Logos,*
> *und der Logos war bei Gott,*
> *und Gott war der Logos.*
> *Dieser war im Ursprung bei Gott.*
> *Alles ist durch Ihn geworden,*
> *und ohne Ihn ward nichts,*
> *auch nicht ein einzig geworden Ding.*
> *... Und der Logos ist Fleisch geworden*
> *und hat unter uns gewohnt;*
> *und wir haben Seine Herrlichkeit geschaut,*
> *die Herrlichkeit des vom Vater Einziggezeugten,*
> *voll Gnade und Wahreit.*

Die deutsche Übersetzung dieser Verse entstammt der in [SJ61] im Literaturverzeichnis
angegebenen Quelle.

In den Mittelpunkt der Beziehung zwischen uns und dem göttlichen Wesen rückt im
Christentum der **Logos** (das λ im Symbol), der einerseits die **Referenz** *des himmli-*

schen Vaters ist und andererseits für uns sichtbar, greifbar, erfahrbar der Mensch *Jesus von Nazareth.*

S: Spiritus

Nach der christlichen Gotteslehre sind in Gott drei Personen: der Vater, der Sohn und der **Hl. Geist** (*Spiritus Sanctus*). Der Hl. Geist geht aus dem Vater und dem Sohne hervor, ist aber eine Person.

Zusammenfassung der theologischen Deutung:

ARS steht also für den *Dreifaltigen Gott* und

ARS-Mecum bedeutet dementsprechend: *Gott-mit-mir.*

1.5 Geistliche Deutung von ARS

Sicht einer betenden Seele

Die geistliche Deutung von ARS entspricht der Deutung aus der Sicht einer betenden Seele.

In der Symbolik von ARS ist noch etwas enthalten, was uns zur Krippe führt, in den Stall von Bethlehem. Es ist etwas, was uns auch zu einem sehr schlichten und einfachen Gebet führt, das auch Menschen in einer hektischen Welt im Grunde genommen immer beten können: *Es ist der Angelus*, der *Engel des Herrn.*

In dieser geistlichen Deutung ist ARS ein Akronym für:

- ANNUNTIATIO ANGELI – **Verkündigung durch den Engel**

- RESPONSIO MARIAE – **Antwort Mariens**

- SYNTHESIS DIVINA – **Göttliche Synthese**

Inhaltsverzeichnis

Kapitel 2

Vorwort der Evangelisten

2.1 Das Vorwort des Evangelisten Lukas

Abschnitt: 1

Lk 1,1-4

[1] Schon viele haben es unternommen, einen Bericht über die Begebenheiten abzufassen, die sich unter uns zugetragen haben,

[2] wie es uns die ursprünglichen Augenzeugen und Diener des Wortes überliefert haben.

[3] Auch ich habe mich entschlossen, allen Ereignissen von Anfang an sorgsam nachzugehen, und sie für dich, edler Theophilus, der Reihe nach niederzuschreiben,

[4] damit du dich von der Zuverlässigkeit der Lehren überzeugen kannst, in denen du unterrichtet worden bist. *

2.2 Das Vorwort des Evangelisten Johannes

Abschnitt: 2

Joh 1,1-18

[1] Im Anfang war das Wort, und das Wort war bei Gott, und das Wort war Gott. *

[2] Dies war im Anfang bei Gott.

[3] Durch dieses ist alles geworden, und ohne es ward nichts von dem, was geworden ist. *

[4] In ihm war Leben, und das Leben war das Licht der Menschen.

[5] Das Licht leuchtet in der Finsternis, und die Finsternis hat es nicht ergriffen.

[6] Ein Mann trat auf, von Gott gesandt. Sein Name war Johannes.

[7] Dieser kam, Zeugnis abzulegen, Zeugnis für das Licht, damit alle durch ihn zu Glauben kommen.

[8] Er war nicht das Licht, nur Zeugnis geben sollte er von dem Licht.

[9] Er war das wahre Licht, das in die Welt gekommen ist, das jeden Menschen erleuchtet. *

[10] Er war in der Welt und die Welt ist durch ihn geworden und die Welt hat ihn nicht erkannt.

[11] Er kam in sein Eigentum, aber die Seinen nahmen ihn nicht auf.

[12] Allen aber, die ihn aufnahmen, gab er Macht, Kinder Gottes zu werden, denen, die an seinen Namen glauben,

[13] die nicht aus dem Blut, nicht aus dem Wollen des Fleisches und nicht aus dem Wollen des Mannes, sondern aus Gott geboren sind.

[14] Und das Wort ist Fleisch geworden und hat unter uns gewohnt. Und wir haben seine Herrlichkeit geschaut, eine Herrlichkeit als des Eingeborenen vom Vater, voll Gnade und Wahrheit. *

[15] Johannes bezeugte von ihm und bekannte laut: 'Dieser ist es, von dem ich gesagt habe: Der nach mir kommt, steht über mir, denn er war eher als ich.'

[16] Aus seiner Fülle haben wir alle empfangen, Gnade über Gnade.

[17] Durch Mose ward das Gesetz gegeben, durch Jesus Christus kam die Gnade und die Wahrheit.

[18] Niemand hat Gott je gesehen. Der Einzigerzeugte, Gott, der im Schoß des Vaters ist, er hat Kunde gebracht. *

Kapitel 3

Die Kindheitsgeschichte Jesu

3.1   Die Verkündigung der Geburt des Täufers

Abschnitt: 3

Lk 1,5-25

⁵ In den Tagen des Herodes, des Königs von Judäa, lebte ein Priester mit Namen Zacharias, aus der Priesterklasse des Abija. Seine Frau stammte aus dem Geschlecht Aarons, ihr Name war Elisabet.
⁶ Beide waren gerecht vor Gott und hielten sich in allem streng an die Gebote und Satzungen des Herrn.
⁷ Sie waren jedoch kinderlos, denn Elisabet war unfruchtbár, und beide waren in vorgerücktem Alter.
⁸ Als einst seine Priesterklasse an der Reihe war und er vor Gott den heiligen Dienst tat,
⁹ fiel ihm durch das Los, das nach der Ordnung der Priesterschaft geworfen wurde, die Aufgabe zu, im Tempel des Herrn das Rauchopfer darzubringen.
¹⁰ Das ganze Volk aber verharrte zur Stunde des Rauchopfers draußen im Gebet.
¹¹ Da erschien ihm zur Rechten des Rauchopferaltars ein Engel des Herrn. *
¹² Bei seinem Anblick erschrak Zacharias, und Furcht befiel ihn.
¹³ Der Engel aber sagte zu ihm: 'Fürchte dich nicht, Zacharias! Denn dein Gebet ist erhört. Elisabet, deine Frau, wird dir einen Sohn gebären: dem sollst du den Namen Johannes geben.
¹⁴ Große Freude und Jubel werden dich erfüllen, und auch viele andere werden sich über seine Geburt freuen,
¹⁵ denn er wird groß sein vor dem Herrn. Wein und starkes Getränk wird er nicht trinken, und schon im Mutterschoß wird er mit Heiligem Geist erfüllt sein.
¹⁶ Viele von den Kindern Israels wird er zum Herrn, ihrem Gott, bekehren.

[17] Er wird vor ihm hergehen im Geist und in der Kraft des Elija, um die Herzen der Väter den Kindern wieder zuzuwenden, die Ungehorsamen zur Gesinnung der Gerechten zu bringen und so das Volk für den Herrn bereit zu machen.'

[18] Da sagte Zacharias zu dem Engel: 'Woran soll ich das erkennen? Ich bin schon alt und auch meine Frau ist hochbetagt.'

[19] Der Engel erwiderte ihm: 'Ich bin Gabriel, der vor Gott steht. Ich bin gesandt, mit dir zu reden und dir diese frohe Botschaft zu verkünden.

[20] Weil du nun meinen Worten nicht geglaubt hast, die zu ihrer Zeit in Erfüllung gehen werden, sollst du stumm sein und nicht sprechen können, bis zu dem Tag, da dies eintrifft.'

[21] Das Volk wartete auf Zacharias und wunderte sich, daß er so lange im Tempel verweilte.

[22] Als er herauskam, konnte er kein Wort zu ihnen sagen. Da erkannten sie, daß er im Tempel eine Erscheinung gehabt hatte. Er winkte ihnen nur zu und blieb stumm.

[23] Sobald die Tage seines Dienstes vorüber waren, kehrte er nach Hause zurück.

[24] Nach jenen Tagen empfing seine Frau Elisabet. Sie zog sich fünf Monate zurück und sagte:

[25] 'Das hat der Herr an mir getan: Er hat in diesen Tagen meine Schmach vor den Menschen gnädig hinweggenommen.' *

3.2 Die Verkündigung der Geburt Jesu

Abschnitt: 4

Lk 1,26-38

[26] Im sechsten Monat wurde der Engel Gabriel von Gott in eine Stadt in Galiläa mit Namen Nazaret gesandt, *

[27] zu einer Jungfrau, die mit einem Mann namens Josef, aus dem Haus David, verlobt war. Der Name der Jungfrau war Maria.

[28] Der Engel trat bei ihr ein und sagte: 'Freue dich, Begnadete, der Herr ist mit dir.' *

[29] Sie erschrak über die Worte und überlegte, was dieser Gruß zu bedeuten habe.

[30] Da sagte der Engel zu ihr: 'Fürchte dich nicht, Maria; denn du hast bei Gott Gnade gefunden.

[31] Siehe, du wirst empfangen und einen Sohn gebären: dem sollst du den Namen Jesus geben. *

[32] Er wird groß sein und Sohn des Allerhöchsten genannt werden. Gott, der Herr, wird ihm den Thron seines Vaters David geben.

[33] Er wird über das Haus Jakob herrschen in Ewigkeit, und seines Reiches wird kein Ende sein.'

[34] Da sagte Maria zu dem Engel: 'Wie wird das geschehen, da ich keinen Mann erkenne?'

[35] Der Engel antwortete ihr: 'Heiliger Geist wird über dich kommen, und Kraft des Allerhöchsten wird dich überschatten. Darum wird auch das Kind, das geboren wird, heilig und Sohn Gottes genannt werden.

[36] Siehe, auch Elisabet, deine Verwandte, hat noch in ihrem Alter einen Sohn empfangen, und sie, die als unfruchtbar galt, ist schon im sechsten Monat.

[37] Denn bei Gott ist kein Ding unmöglich.'

[38] Da sagte Maria: 'Siehe, ich bin die Magd des Herrn; mir geschehe nach deinem Wort.' Und der Engel schied von ihr.

3.3 Mariä Heimsuchung

Abschnitt: 5

Lk 1,39-56

[39] In jenen Tagen machte sich Maria auf und ging eilends in eine Stadt im Bergland von Judäa. *

[40] Sie trat in das Haus des Zacharias und begrüßte Elisabet.

[41] Sobald Elisabet den Gruß Marias vernahm, hüpfte das Kind in ihrem Schoß. Elisabet wurde von Heiligem Geist erfüllt

[42] und rief mit lauter Stimme: 'Du bist die Gesegnete unter den Frauen, und gesegnet ist die Frucht deines Leibes!

[43] Wie kommt es, daß die Mutter meines Herrn zu mir kommt?

[44] Denn siehe, sobald dein Gruß an mein Ohr klang, hüpfte das Kind vor Freude in meinem Schoß.

[45] Selig bist du, da du geglaubt hast, daß in Erfüllung gehen wird, was dir vom Herrn verkündet worden ist.'

[46] Da sprach Maria: 'Meine Seele preist die Größe des Herrn, *

[47] und mein Geist jubelt über Gott, meinen Retter.

[48] Denn auf die Niedrigkeit seiner Magd hat er geschaut. Siehe, von nun an preisen mich selig alle Geschlechter.

[49] Denn der Mächtige hat Großes an mir getan, und sein Name ist heilig.

[50] Er erbarmt sich von Geschlecht zu Geschlecht über alle, die ihn fürchten.

[51] Er vollbringt mit seinem Arm machtvolle Taten: Er zerstreut, die im Herzen voll Hochmut sind;

[52] er stürzt die Mächtigen vom Thron und erhöht die Niedrigen.

[53] Die Hungernden beschenkt er mit seinen Gaben und läßt die Reichen leer ausgehen.

[54] Er nimmt sich seines Knechtes Israel an und denkt an sein Erbarmen,

[55] das er unseren Vätern verheißen hat, Abraham und seinen Nachkommen auf ewig.'

[56] Maria blieb etwa drei Monate bei ihr; dann kehrte sie nach Hause zurück.

3.4 Die Geburt des Täufers

Abschnitt: 6

Lk 1,57-80

[57] Für Elisabet erfüllte sich die Zeit ihrer Niederkunft, und sie gebar einen Sohn.

[58] Ihre Nachbarn und Verwandten hörten, daß der Herr ihr große Huld erwiesen hatte, und freuten sich mit ihr.

[59] Am achten Tag kamen sie, das Kind zu beschneiden, und wollten ihm den Namen seines Vaters Zacharias geben.

[60] Doch seine Mutter entgegnete: 'Nein, Johannes soll es heißen.'

[61] Sie sagten zu ihr: 'In deiner Verwandtschaft trägt doch niemand diesen Namen.'

[62] Daraufhin fragten sie seinen Vater durch Zeichen, wie er es wohl genannt wissen wolle.

[63] Er verlangte ein Schreibtäfelchen und schrieb darauf - so daß alle staunten - die Worte: 'Johannes ist sein Name.'

[64] In demselben Augenblick wurde sein Mund geöffnet und seine Zunge gelöst; er konnte wieder sprechen und pries Gott.

⁶⁵ Da kam Furcht über alle, die in der Gegend wohnten, und im ganzen Bergland von Judäa sprach man über all diese Begebenheiten.

⁶⁶ Alle, die davon hörten, überdachten sie im Herzen und sagten: 'Was wird wohl aus diesem Kind werden?' Denn offensichtlich war die Hand des Herrn mit ihm.

⁶⁷ Zacharias, sein Vater, wurde von Heiligem Geist erfüllt und sprach die prophetischen Worte:

⁶⁸ 'Gepriesen sei der Herr, der Gott Israels! Denn er hat sein Volk besucht und ihm Erlösung geschaffen; *

⁶⁹ er hat uns einen starken Retter erweckt im Hause seines Knechtes David.

⁷⁰ So hat er verheißen von alters her durch den Mund seiner heiligen Propheten.

⁷¹ Er hat uns errettet vor unseren Feinden und aus der Hand aller, die uns hassen;

⁷² er hat das Erbarmen mit den Vätern an uns vollendet und an seinen heiligen Bund gedacht,

⁷³ an den Eid, den er unserem Vater Abraham geschworen hat;

⁷⁴ er hat uns geschenkt, daß wir, aus Feindeshand befreit, ihm furchtlos dienen

⁷⁵ in Heiligkeit und Gerechtigkeit vor seinem Angesicht all unsere Tage.

⁷⁶ Und du, Kind, wirst Prophet des Höchsten heißen; denn du wirst dem Herrn vorangehen und ihm den Weg bereiten.

⁷⁷ Du wirst sein Volk mit der Erfahrung des Heils beschenken in der Vergebung der Sünden.

⁷⁸ Durch die barmherzige Liebe unseres Gottes wird uns besuchen das aufstrahlende Licht aus der Höhe, *

⁷⁹ um allen zu leuchten, die in Finsternis sitzen und im Schatten des Todes, und unsere Schritte zu lenken auf den Weg des Friedens.'

⁸⁰ Das Kind wuchs heran, und erstarkte im Geiste. - Bis zu dem Tag, da er vor Israel auftrat, lebte Johannes in der Wüste.

3.5 Stammbaum Jesu

Abschnitt: 7

Mt 1,1-17

¹ Stammbaum von Jesus Christus, dem Sohn Davids, dem Sohn Abrahams: *

² Von Abraham stammt Isaak, von Isaak Jakob, von Jakob Juda und seine Brüder,

³ von Juda Perez und Serach; ihre Mutter war Tamar, von Perez Hezron, von Hezron Aram, *

⁴ von Aram Amminadab, von Amminadab Nachschon, von Nachschon Salmon,

⁵ von Salmon Boas, dessen Mutter war Rahab, von Boas Obed, dessen Mutter war Rut, von Obed Isai,

⁶ von Isai der König David. Von David stammt Salomo, dessen Mutter die Frau des Urija war,

⁷ von Salomo Rehabeam, von Rehabeam Abija, von Abija Asa,

⁸ von Asa Joschafat, von Joschafat Joram, von Joram Usija, *

⁹ von Usija Jotam, von Jotam Ahas, von Ahas Hiskija,

¹⁰ von Hiskija Manasse, von Manasse Amos, von Amos Joschija.

¹¹ von Joschija Jojachin und seine Brüder; das war zur Zeit der Babylonischen Gefangenschaft.

¹² Nach der Babylonischen Gefangenschaft: Von Jojachin stammt Schealtiël, von Schealtiël Serubbabel,

¹³ von Serubbabel Abihud, von Abihud Eljakim, von Eljakim Azor,

¹⁴ von Azor Zadok, von Zadok Achim, von Achim Eliud,

¹⁵ von Eliud Eleasar, von Eleasar Mattan, von Mattan Jakob,

¹⁶ von Jakob stammt Josef, der Mann Marias; von ihr wurde Jesus geboren, der »der Christus« genannt wird. *

¹⁷ So sind es von Abraham bis David insgesamt vierzehn Generationen, von David bis zur Babylonischen Gefangenschaft vierzehn Generationen und von der Babylonischen Gefangenschaft bis Christus vierzehn Generationen. *

Lk 3,23-38

²³ Als Jesus auftrat, war er ungefähr dreißig Jahre alt. Man hielt ihn für den Sohn Josefs; dessen Vorfahren waren: Eli, *

²⁴ Mattat, Levi, Melchi, Jannai, Josef,

²⁵ Mattitja, Amos, Nahum, Hesli, Naggai,

²⁶ Mahat, Mattitja, Schimi, Josech, Joda,

²⁷ Johanan, Resa, Serubbabel, Schealtiël, Neri,

²⁸ Melchi, Addi, Kosam, Elmadam, Er,

²⁹ Joschua, Eliëser, Jorim, Mattat, Levi,

³⁰ Simeon, Judas, Josef, Jonan, Eljakim,
³¹ Melea, Menna, Mattata, Natan, David,
³² Isai, Obed, Boas, Salmon, Nachschon,
³³ Amminadab, Admin, Arni, Hezron, Perez, Juda,
³⁴ Jakob, Isaak, Abraham, Terach, Nahor,
³⁵ Serug, Regu, Peleg, Eber, Schelach,
³⁶ Kenan, Arpachschad, Sem, Noach, Lamech,
³⁷ Metuschelach, Henoch, Jered, Mahalalel, Kenan,
³⁸ Enosch, Set, Adam, Gott.

3.6 Die Heimführung Marias durch Joseph

Abschnitt: 9

Mt 1,18-25

¹⁸ Mit der Geburt Jesu Christi verhielt es sich so: Als seine Mutter Maria, mit Josef verlobt war, fand es sich, daß sie empfangen hatte vom Heiligen Geist, noch ehe sie zusammenkamen. *
¹⁹ Josef aber, ihr Mann, war gerecht und wollte sie nicht bloßstellen; er beschloß, sie in aller Stille zu entlassen. *
²⁰ Während er sich mit diesem Gedanken trug, erschien ihm im Traum ein Engel des Herrn und sagte: 'Josef, Sohn Davids, scheue dich nicht, Maria, deine Frau, heimzuführen; denn das in ihr Gezeugte stammt vom Heiligen Geist. *
²¹ Sie wird einen Sohn gebären: Dem sollst du den Namen Jesus geben. Er nämlich wird retten sein Volk von seinen Sünden.' *
²² Dies alles ist geschehen, damit in Erfüllung gehe, was der Herr durch den Propheten gesagt hat: *
²³ 'Seht, die Jungfrau wird empfangen und einen Sohn gebären, und man wird ihm den Namen Immanuël geben', das heißt übersetzt: »Gott mit uns«. *
²⁴ Josef stand vom Schlaf auf, tat, wie ihm der Engel des Herrn geboten hatte, und führte seine Frau heim.
²⁵ Und er erkannte sie nicht, bis sie einen Sohn gebar. Und er gab ihm den Namen Jesus. *

3.7 Die Geburt Jesu

Abschnitt: 10

Lk 2,1-7

¹ In jenen Tagen erging vom Kaiser Augustus der Befehl, die ganze Welt aufzuschreiben.
² Dies war die erste Volkszählung unter Quirinius, dem Statthalter von Syrien. *
³ Da gingen alle hin, ein jeder in seine Vaterstadt, um sich eintragen zu lassen.
⁴ Auch Josef, der aus dem Haus und Geschlecht Davids stammte, zog aus der Stadt Nazaret in Galiläa hinauf nach Judäa in die Stadt Davids, die Betlehem heißt,
⁵ um sich mit Maria, seiner Verlobten, die guter Hoffnung war, eintragen zu lassen.
⁶ Während sie dort waren, erfüllte sich die Zeit ihrer Niederkunft. *
⁷ Sie gebar ihren Sohn, den Erstgeborenen, wickelte ihn in Windeln und legte ihn in eine Krippe; denn in der Herberge war kein Platz für sie. *

3.8 Die Hirten auf dem Felde und vor der Krippe

Abschnitt: 11

Lk 2,8-20

⁸ In jener Gegend hielten Hirten auf freiem Feld bei ihrer Herde Nachtwache.
⁹ Da trat ein Engel des Herrn zu ihnen, und die Herrlichkeit des Herrn umstrahlte sie, und sie gerieten in große Furcht.
¹⁰ Der Engel aber sagte zu ihnen: 'Fürchtet euch nicht, denn seht, ich verkünde euch eine große Freude, die allem Volk zuteil werden soll:
¹¹ Heute ist euch in der Stadt Davids der Retter geboren, der Messias und Herr.
¹² Und dies soll euch zum Zeichen sein: Ihr werdet ein Kind finden, das in Windeln gewickelt ist und in einer Krippe liegt.'
¹³ Und plötzlich war bei dem Engel eine große himmlische Heerschar, die Gott lobte und sang:

[14] 'Ehre sei Gott in der Höhe und Frieden auf Erden den Menschen seiner Huld.' *

[15] Als die Engel sie verlassen hatten und in den Himmel zurückgekehrt waren, sagten die Hirten zueinander: 'Laßt uns nach Betlehem hinübergehen, um zu sehen, was da geschehen ist, das der Herr uns kundgetan hat.'

[16] Sie gingen eilends hin und fanden Maria und Josef und das Kind, das in der Krippe lag.

[17] Nachdem sie es gesehen hatten, erzählten sie, was ihnen über dieses Kind gesagt worden war.

[18] Alle, die es hörten, wunderten sich über das, was die Hirten ihnen erzählten.

[19] Maria aber bewahrte und erwog alle diese Dinge in ihrem Herzen.

[20] Die Hirten kehrten zurück, lobten und priesen Gott für alles, was sie gehört und gesehen hatten; es war so gewesen, wie es ihnen gesagt worden war.

3.9 Die Beschneidung und Namensgebung

Abschnitt: 12

Mt 1,25

[25] Und er erkannte sie nicht, bis sie einen Sohn gebar. Und er gab ihm den Namen Jesus. *

Lk 2,21

[21] Als acht Tage vorüber waren und das Kind beschnitten werden sollte, wurde ihm der Name Jesus gegeben, wie ihn der Engel genannt hatte, bevor es im Mutterschoß empfangen war.

3.10   Die Darstellung Jesu im Tempel

Abschnitt: 13

Lk 2,22-38

²² Als die Tage ihrer Reinigung nach dem Gesetz des Mose zu Ende waren, brachten sie ihn hinauf nach Jerusalem, um ihn dem Herrn darzustellen.

²³ Denn so steht im Gesetz des Herrn geschrieben: 'Jede männliche Erstgeburt soll dem Herrn geweiht werden.' *

²⁴ Auch wollten sie das Opfer darbringen, wie es im Gesetz des Herrn geboten ist: ein Paar Turteltauben oder zwei junge Tauben. *

²⁵ Damals lebte in Jerusalem ein Mann mit Namen Simeon; er war gerecht und gottesfürchtig und harrte auf den Trost Israels, und Heiliger Geist ruhte auf ihm.

²⁶ Vom Heiligen Geist war ihm geoffenbart worden, er werde den Tod nicht schauen, bevor er den Gesalbten des Herrn gesehen habe.

²⁷ Vom Geist gedrängt kam er in den Tempel, eben als die Eltern das Kind Jesus hereinbrachten, um an ihm die Vorschrift des Gesetzes zu erfüllen.

²⁸ Da nahm er es auf seine Arme, pries Gott und sagte:

²⁹ 'Nun läßt du, Herr, deinen Knecht, wie du gesagt hast, in Frieden scheiden.

³⁰ Denn meine Augen haben das Heil gesehen,

³¹ das du vor allen Völkern bereitet hast,

³² ein Licht, das die Heiden erleuchtet, und Herrlichkeit für dein Volk Israel.'

³³ Sein Vater und seine Mutter waren voll Staunen über das, was über ihn gesagt wurde.

³⁴ Simeon segnete sie und sagte zu Maria, seiner Mutter: 'Siehe, dieser ist bestimmt zum Fall und zur Auferstehung vieler in Israel, zum Zeichen, dem widersprochen wird.

³⁵ Aber auch deine Seele wird ein Schwert durchdringen, damit offenbar werden die Gedanken vieler Herzen.'

³⁶ Damals lebte auch die Prophetin Anna, eine Tochter Penuëls aus dem Stamm Ascher. Sie war hochbetagt. Nach ihrer Jungfrauenzeit hatte sie sieben Jahre mit ihrem Mann gelebt

³⁷ und war nun eine Witwe von vierundachtzig Jahren. Sie verließ nie den Tempel und diente Gott mit Fasten und Beten Tag und Nacht.

³⁸ Sie fand sich zur gleichen Stunde ein, pries Gott und redete über ihn zu allen, die auf die Erlösung Jerusalems harrten.

3.11   Die Weisen aus dem Morgenland

Abschnitt: 14

Mt 2,1-12

[1] Als Jesus in den Tagen des Königs Herodes in Betlehem in Judäa geboren war, kamen Magier aus dem Morgenland nach Jerusalem *
[2] und fragten: 'Wo ist der neugeborene König der Juden? Wir haben nämlich seinen Stern im Morgenland gesehen und sind gekommen, ihm zu huldigen.' *
[3] Als König Herodes das hörte, erschrak er und ganz Jerusalem mit ihm.
[4] Er versammelte alle Hohenpriester und Schriftgelehrten des Volkes und legte ihnen die Frage vor, wo der Messias geboren werden sollte.
[5] Sie sagten ihm: 'In Betlehem in Judäa; denn es steht beim Propheten geschrieben:
[6] 'Du, Betlehem im Lande Judas, bist keineswegs die geringste unter den Fürsten von Juda. Denn aus dir wird ein Fürst hervorgehen, der mein Volk Israel regieren soll.''
[7] Da ließ Herodes die Weisen heimlich zu sich kommen und erkundigte sich bei ihnen genau nach der Zeit, da der Stern erschienen war.
[8] Dann wies er sie nach Betlehem und sagte: 'Zieht hin und forscht sorgfältig nach dem Kind. Sobald ihr es gefunden habt, gebt mir Nachricht; dann will auch ich kommen und ihm huldigen.'
[9] Sie hörten den König an und machten sich auf den Weg. Und siehe, der Stern, den sie im Morgenland gesehen hatten, zog vor ihnen her, bis er am Ende über dem Ort stehenblieb, wo das Kind war.
[10] Als sie den Stern sahen, empfanden sie eine überaus große Freude.
[11] Sie traten in das Haus und sahen das Kind mit Maria, seiner Mutter. Sie fielen nieder und huldigten ihm. Dann holten sie ihre Schätze hervor und brachten ihm Geschenke dar: Gold, Weihrauch und Myrrhe.
[12] In einem Traum erhielten sie die Weisung, nicht zu Herodes zurückzukehren. So zogen sie auf einem anderen Weg in ihr Land zurück.

3.12   Die Flucht nach Ägypten

Abschnitt: 15

Mt 2,13-15

¹³ Als sie weggezogen waren, erschien Josef im Traum ein Engel des Herrn und sagte: 'Steh auf, nimm das Kind und seine Mutter und flieh nach Ägypten. Bleibe dort, bis ich dir Weisung gebe. Denn Herodes wird nach dem Kind suchen, um es zu ermorden.'

¹⁴ Da stand er auf, nahm bei Nacht das Kind und seine Mutter und zog nach Ägypten.

¹⁵ Dort blieb er bis zum Tod des Herodes. So sollte der Spruch des Herrn in Erfüllung gehen, der durch den Propheten sagt: 'Aus Ägypten berief ich meinen Sohn.' *

3.13   Der Kindermord

Abschnitt: 16

Mt 2,16-18

¹⁶ Als sich Herodes von den Weisen hintergangen sah, geriet er in heftigen Zorn. Er ließ in Betlehem und in dessen ganzem Gebiet alle Knaben von zwei Jahren und darunter umbringen, entsprechend der Zeit, die er von den Weisen erfahren hatte.

¹⁷ Damals erfüllte sich das Wort des Propheten Jeremia, der da spricht:

¹⁸ 'In Rama wird Klage laut, viel Weinen und Wehgeschrei; Rahel weint um ihre Kinder und will sich nicht trösten lassen, weil sie nicht mehr sind.' *

3.14   Die Rückkehr aus Ägypten

Abschnitt: 17

Mt 2,19-21

[19] Als Herodes gestorben war, erschien Josef in Ägypten ein Engel des Herrn im Traum

[20] und sagte: 'Steh auf, nimm das Kind und seine Mutter und ziehe in das Land Israel. Denn die dem Kind nach dem Leben trachteten, sind gestorben.'

[21] Da stand er auf, nahm das Kind und seine Mutter und zog in das Land Israel.

3.15   Die Heimkehr nach Nazareth

Abschnitt: 18

Mt 2,22-23

[22] Als er aber hörte, daß Archelaus an Stelle seines Vaters Herodes über Judäa regiere, fürchtete er sich, dorthin zu gehen. Auf eine Weisung, die er im Traum erhielt, zog er in das Gebiet von Galiläa

[23] und ließ sich in einer Stadt mit Namen Nazaret nieder. So sollte das Prophetenwort in Erfüllung gehen: 'Man wird ihn einen Nazoräer nennen.' *

Lk 2,39-40

[39] Nachdem sie alles nach dem Gesetz des Herrn erfüllt hatten, kehrten sie nach Galiläa in ihre Stadt Nazaret zurück.

[40] Das Kind wuchs heran und erstarkte. Es ward voll Weisheit, und Gottes Wohlgefallen ruhte auf ihm.

3.16   Der zwölfjährige Jesus im Tempel

Abschnitt: 19

Lk 2,41-50

[41] Jedes Jahr zogen die Eltern Jesu zum Paschafest nach Jerusalem.

[42] Auch als er zwölf Jahre alt war, pilgerten sie gemäß der Sitte des Festes hinauf . *

[43] Als die Festtage vorüber waren und sie zurückkehrten, blieb der Knabe Jesus in Jerusalem zurück, ohne daß seine Eltern es merkten.

[44] In der Meinung, er sei bei der Pilgergruppe, gingen sie eine Tagesreise weit und suchten ihn dann bei Verwandten und Bekannten.

[45] Sie fanden ihn aber nicht. Darum kehrten sie nach Jerusalem zurück, um ihn dort zu suchen.

[46] Nach drei Tagen fanden sie ihn im Tempel. Er saß mitten unter den Lehrern, hörte ihnen zu und stellte an sie Fragen.

[47] Alle, die ihn hörten, staunten über sein Verständnis und seine Antworten.

[48] Als seine Eltern ihn erblickten, gerieten sie außer sich, und seine Mutter sagte zu ihm: 'Kind, warum hast du uns so etwas angetan? Siehe, dein Vater und ich haben dich mit Schmerzen gesucht!' *

[49] Er erwiderte ihnen: 'Warum habt ihr mich denn gesucht? Wußtet ihr nicht, daß ich im Haus meines Vaters sein muß?' *

[50] Doch sie verstanden nicht, was er ihnen damit sagen wollte.

3.17   Das verborgene Leben Jesu in Nazareth

Abschnitt: 20

Lk 2,51.52

[51] Dann zog er mit ihnen hinab und kam nach Nazaret und war ihnen untertan. Seine Mutter bewahrte alle diese Dinge in ihrem Herzen.

[52] Und Jesus nahm zu an Weisheit und Wohlgefallen vor Gott und den Menschen.

Kapitel 4

Die unmittelbare Vorbereitung

4.1 Die Berufung des Täufers und sein Auftreten

Abschnitt: 21

Mt 3,1-6

¹ In jenen Tagen trat Johannes der Täufer auf und predigte in der Wüste von Judäa: *
² 'Bekehrt euch, denn das Himmelreich ist nahe.' *
³ Ihn meinte der Prophet Jesaja, wenn er sagt: 'Eines Herolds Stimme in der Wüste: »Bereitet den Weg des Herrn! Ebnet ihm die Straßen!«' *
⁴ Johannes trug ein Gewand aus Kamelhaaren und um seine Hüften einen ledernen Gürtel. Seine Nahrung waren Heuschrecken und wilder Honig. *
⁵ Jerusalem, ganz Judäa und das ganze Jordanland zog zu ihm hinaus.
⁶ Sie ließen sich im Jordan von ihm taufen und bekannten dabei ihre Sünden.

Mk 1,1-6

¹ Anfang der Frohbotschaft von Jesus Christus, dem Sohn Gottes. *
² Wie beim Propheten Jesaja geschrieben steht: 'Siehe, ich sende meinen Boten vor dir her, der dir den Weg bereiten soll.
³ Eine Stimme ruft in der Wüste: »Bereitet den Weg des Herrn! Macht eben seine Pfade!«' *
⁴ So trat Johannes der Täufer in der Wüste auf und verkündete eine Taufe der Umkehr zur Vergebung der Sünden.
⁵ Das ganze Land Judäa und alle Bewohner Jerusalems zogen zu ihm hinaus. Sie ließen sich von ihm im Jordan taufen und bekannten dabei ihre Sünden.
⁶ Johannes trug ein Gewand aus Kamelhaaren und einen ledernen Gürtel um seine Hüfte. Er nährte sich von Heuschrecken und wildem Honig. *

Lk 3,1-6

¹ Im fünfzehnten Jahr der Regierung des Kaisers Tiberius, als Pontius Pilatus
   Statthalter von Judäa, Herodes Tetrarch von Galiläa, sein Bruder Philippus
   Tetrarch von Ituräa und Trachonitis, Lysanias Tetrarch von Abilene waren,
² unter den Hohepriestern Hannas und Kajaphas, erging in der Wüste der Ruf
   Gottes an Johannes, den Sohn des Zacharias. *
³ Er durchzog die ganze Gegend am Jordan und predigte die Taufe der Buße
   zur Vergebung der Sünden,
⁴ wie geschrieben steht im Buch der Reden des Propheten Jesaja: 'Die Stimme
   eines Rufenden erschallt in der Wüste: Bereitet den Weg des Herrn, macht
   gerade seine Pfade. *
⁵ Jedes Tal soll aufgefüllt, jeder Berg und Hügel abgetragen werden. Was
   krumm ist, soll gerade, was uneben ist, soll ebener Weg werden.
⁶ Und alles Fleisch wird schauen Gottes Heil.'

4.2   Der Täufer an die Pharisäer und Sadduzäer

Abschnitt: 22

Mt 3,7-10

⁷ Als er viele Pharisäer und Sadduzäer zu seiner Taufe kommen sah, sagte er
   zu ihnen: 'Ihr Schlangenbrut, wer hat euch denn beigebracht, ihr würdet
   dem kommenden Zorngericht entrinnen?
⁸ Bringt Frucht hervor, die der Bekehrung würdig ist. *
⁹ Meint ja nicht, bei euch sagen zu dürfen: Wir haben Abraham zum Vater.
   Denn ich sage euch: Gott kann aus diesen Steinen Kinder für Abraham
   erwecken.
¹⁰ Schon ist die Axt an die Wurzel der Bäume gesetzt. Jeder Baum, der keine
   gute Frucht trägt, wird umgehauen und ins Feuer geworfen.

Lk 3,7-9

⁷ Zu den Volksscharen, die hinauszogen, um sich von ihm taufen zu lassen,
   sagte Johannes: 'Ihr Schlangenbrut, wer hat euch beigebracht, ihr würdet
   dem kommenden Zorngericht entrinnen?

⁸ Bringt also Früchte hervor, die der Umkehr entspringen und fangt nicht an, euch einzureden: Wir haben Abraham zum Vater. Denn ich sage euch: Gott kann dem Abraham aus diesen Steinen da Kinder erwecken.
⁹ Schon ist die Axt an die Wurzel der Bäume gelegt. Jeder Baum, der keine gute Frucht bringt, wird ausgehauen und ins Feuer geworfen.'

4.3 Der Täufer an das Volk

Abschnitt: 23

Lk 3,10-14

¹⁰ Da fragten ihn die Volksscharen: 'Was sollen wir tun?'
¹¹ Er antwortete ihnen: 'Wer zwei Hemden hat, gebe dem eins ab, der keines hat; und wer Nahrungsmittel hat, mache es ebenso!'
¹² Auch Zöllner kamen, um sich taufen zu lassen, und sagten zu ihm: 'Meister, was sollen wir tun?'
¹³ Er sagte zu ihnen: 'Fordert nicht mehr, als festgesetzt ist.'
¹⁴ Es fragten ihn auch Soldaten: 'Was sollen denn wir tun?' Und er sagte zu ihnen: 'Mißhandelt und drangsaliert niemanden und seid zufrieden mit eurem Sold.'

4.4 Das erste Zeugnis des Täufers über Jesus

Abschnitt: 24

Mt 3,11-12

¹¹ Ich taufe euch nur mit Wasser, damit ihr euch bekehrt. Der aber nach mir kommt, ist mächtiger als ich. Ich bin nicht wert, ihm die Schuhe zu tragen. Er wird euch mit Heiligem Geist und Feuer taufen. *
¹² Er hat die Wurfschaufel in seiner Hand und wird seine Tenne reinigen. Und er wird seinen Weizen in die Scheune bringen, die Spreu aber in unauslöschlichem Feuer verbrennen.' *

Mk 1,7.8

[7] Er verkündete: 'Der nach mir kommt, ist mächtiger als ich; ich bin nicht
würdig, mich niederzubeugen, um den Riemen seiner Sandalen zu lösen.
[8] Ich habe euch nur mit Wasser getauft, er aber wird euch mit Heiligem Geist
taufen.' *

Lk 3,15-18

[15] Das Volk war in Spannung, und alle fragten sich in ihrem Herzen, ob Johannes vielleicht der Messias sei.
[16] Johannes aber erklärte allen: 'Ich taufe euch nur mit Wasser. Es kommt aber
einer, der mächtiger ist als ich. Ich bin nicht wert, ihm die Schuhriemen
zu lösen. Er wird euch mit Heiligem Geist und Feuer taufen.
[17] Er hält schon die Wurfschaufel in der Hand, um seine Tenne zu reinigen: Den
Weizen wird er in seine Scheune bringen, die Spreu aber in unauslöschlichem Feuer verbrennen.'
[18] Noch viele andere Ermahnungen gab er dem Volk und verkündete ihm die
Frohbotschaft.

4.5   Die Taufe Jesu

Abschnitt: 25

Mt 3,13-17

[13] Damals kam Jesus aus Galiläa an den Jordan zu Johannes, um sich von ihm
taufen zu lassen.
[14] Johannes aber wollte ihn zurückhalten und sagte: 'Ich hätte nötig, von dir
getauft zu werden, und du kommst zu mir?'
[15] Jesus antwortete ihm: 'Laß es jetzt zu; denn so müssen wir alle Gerechtigkeit
erfüllen.' Da ließ er ihn zu.
[16] Als Jesus getauft war, stieg er sogleich aus dem Wasser. Da öffnete sich der
Himmel. Er sah den Geist Gottes wie eine Taube herabschweben und über
sich kommen. *
[17] Und eine Stimme aus dem Himmel rief: 'Das ist mein geliebter Sohn, an
dem ich Wohlgefallen habe.'

Mk 1,9-11

⁹ In jenen Tagen kam Jesus von Nazaret in Galiläa und ließ sich von Johannes im Jordan taufen.

¹⁰ Und als er aus dem Wasser stieg, sah er, wie der Himmel sich öffnete und der Geist gleich einer Taube auf ihn herabschwebte. *

¹¹ Und eine Stimme aus dem Himmel erscholl: 'Du bist mein geliebter Sohn, an dir habe ich Wohlgefallen.' *

Lk 3,21.22

²¹ Als alles Volk sich taufen ließ, empfing auch Jesus die Taufe.

²² Während er betete, öffnete sich der Himmel, und der Heilige Geist kam in sichtbarer Gestalt wie eine Taube auf ihn herab. Und eine Stimme erscholl vom Himmel: 'Du bist mein geliebter Sohn; an dir habe ich Wohlgefallen.'

4.6 Die Versuchung Jesu

Abschnitt: 26

Mt 4,1-11

¹ Dann wurde Jesus vom Geist in die Wüste geführt, um vom Teufel versucht zu werden. *

² Er fastete vierzig Tage und vierzig Nächte. Zuletzt hungerte ihn. *

³ Da trat der Versucher an ihn heran und sagte zu ihm: 'Wenn du Gottes Sohn bist, so befiehl, daß die Steine da zu Brot werden.' *

⁴ Er gab zur Antwort: 'Es steht geschrieben: Der Mensch lebt nicht vom Brot allein, sondern von jedem Wort, das aus dem Mund Gottes kommt.' *

⁵ Dann nahm ihn der Teufel mit in die Heilige Stadt, stellte ihn auf die Zinne des Tempels *

⁶ und sagte zu ihm: 'Wenn du Gottes Sohn bist, so stürze dich hinab. Es steht ja geschrieben: »Seinen Engeln gebot er deinetwegen. Sie werden dich auf Händen tragen, damit dein Fuß nicht an einen Stein stößt«.' *

⁷ Jesus sagte zu ihm: 'Es steht auch geschrieben: »Du sollst den Herrn, deinen Gott, nicht versuchen«.' *

[8] Sodann nahm ihn der Teufel mit auf einen sehr hohen Berg, zeigte ihm alle Reiche der Welt samt ihrer Herrlichkeit

[9] und sagte zu ihm: 'Dies alles will ich dir geben, wenn du niederfällst und mich anbetest.'

[10] Da gebot ihm Jesus: 'Hinweg, Satan! Es steht geschrieben: »Den Herrn, deinen Gott, sollst du anbeten und ihm allein dienen«.' *

[11] Da verließ ihn der Teufel, und siehe, Engel kamen herbei und bedienten ihn.

Mk 1,12.13

[12] Alsbald trieb ihn der Geist hinaus in die Wüste.

[13] Vierzig Tage blieb er in der Wüste und wurde vom Satan versucht. Er lebte bei den wilden Tieren, und die Engel dienten ihm.

Lk 4,1-13

[1] Voll Heiligen Geistes kehrte Jesus vom Jordan zurück. Vierzig Tage lang wurde er vom Geist in der Wüste geführt und währenddessen vom Teufel versucht.

[2] Er aß nichts in jenen Tagen, und als sie zu Ende waren, hungerte ihn.

[3] Da sagte der Teufel zu ihm: 'Wenn du Gottes Sohn bist, befiehl dem Stein da, daß er zu Brot werde.'

[4] Jesus erwiderte ihm: 'Es steht geschrieben: »Der Mensch lebt nicht vom Brot allein.«' *

[5] Da führte ihn der Teufel hinauf, zeigte ihm in einem Augenblick alle Reiche der Welt *

[6] und sagte zu ihm: 'Die ganze Macht und alle Herrlichkeit dieser Reiche will ich dir geben; denn mir ist sie übertragen, und ich gebe sie, wem ich will.

[7] Wenn du anbetend vor mir niederfällst, soll das alles dein sein!'

[8] Jesus entgegnete ihm: 'Es steht geschrieben: »Du sollst den Herrn, deinen Gott, anbeten und ihm allein dienen.«' *

[9] Dann führte er ihn nach Jerusalem, stellte ihn auf die Zinne des Tempels und sagte zu ihm. 'Wenn du Gottes Sohn bist, stürze dich von hier hinab.

[10] Es steht ja geschrieben: »Seinen Engeln wird er befehlen, dich zu behüten.« *

[11] Und: »Auf Händen werden sie dich tragen, damit dein Fuß nicht an einen Stein stößt.«'

¹² Jesus erwiderte ihm: 'Die Schrift sagt: »Du sollst den Herrn, deinen Gott, nicht versuchen!«' *

¹³ Nachdem der Teufel mit den Versuchungen zu Ende war, ließ er von ihm ab - bis zu gelegener Zeit.

4.7 Das zweite Zeugnis des Täufers über Jesus

Abschnitt: 27

Joh 1,19-28

¹⁹ Das ist das Zeugnis des Johannes, als die Juden von Jerusalem Priester und Leviten zu ihm sandten, die ihn fragen sollten: 'Wer bist du?'

²⁰ Er bekannte, ohne zu leugnen. Er bekannte: 'Ich bin nicht der Messias.'

²¹ Da fragten sie ihn: 'Was denn? Bist du Elija?' Er antwortete: 'Ich bin es nicht.' - 'Bist du der Prophet?' Er antwortete: 'Nein.' *

²² Da sagten sie zu ihm: 'Wer bist du denn? Wir müssen doch denen, die uns gesandt haben, Antwort bringen. Was sagst du von dir selbst?'

²³ Er antwortete: 'Ich bin die Stimme eines Herolds, der in der Wüste ruft: »Bereitet den Weg des Herrn«, wie der Prophet Jesaja gesagt hat.' *

²⁴ Die Abgesandten waren von den Pharisäern geschickt worden.

²⁵ Sie fragten ihn weiter: 'Warum taufst du, wenn du weder der Messias, noch Elija, auch nicht der Prophet bist?'

²⁶ Johannes erwiderte ihnen: 'Ich taufe mit Wasser. Mitten unter euch steht der, den ihr nicht kennt,

²⁷ der nach mir kommt, dessen Schuhriemen zu lösen ich nicht würdig bin.'

²⁸ Dies geschah in Betanien jenseits des Jordan, wo Johannes war und taufte. *

4.8 Das dritte Zeugnis des Täufers über Jesus

Abschnitt: 28

Joh 1,29-34

²⁹ Tags darauf sah er Jesus auf sich zukommen. Da sagte er: 'Das ist das Lamm Gottes, das hinwegnimmt die Sünde der Welt! *

³⁰ Dieser ist es, von dem ich gesagt habe: Nach mir kommt ein Mann, der über mir steht; denn er war eher als ich.

³¹ Ich kannte ihn nicht. Aber damit er in Israel offenbar werde, bin ich gekommen, mit Wasser zu taufen.'

³² Weiter bezeugte Johannes: 'Ich sah den Geist gleich einer Taube vom Himmel herabsteigen, und auf ihm bleiben.

³³ Ich kannte ihn nicht. Aber der mich sandte, mit Wasser zu taufen, sagte zu mir: Auf wen du den Geist herabsteigen und auf ihm bleiben siehst, der ist es, der mit Heiligem Geist tauft.

³⁴ Ich habe es gesehen und bezeugt: Dieser ist der Sohn Gottes.'

4.9   Die Berufung des Johannes und Andreas

Abschnitt: 29

Joh 1,35-39

³⁵ Am folgenden Tag stand Johannes wieder da mit zwei von seinen Jüngern.

³⁶ Als er Jesus vorübergehen sah, sagte er: 'Das ist das Lamm Gottes!'

³⁷ Sobald die beiden Jünger ihn so sprechen hörten, folgten sie Jesus nach.

³⁸ Jesus wandte sich um und sah, daß sie ihm folgten. Da fragte er sie: 'Was sucht ihr?' Sie erwiderten: 'Rabbi' - das heißt Meister - 'wo wohnst du?'

³⁹ Er antwortete ihnen: 'Kommt und seht!' Sie kamen also und sahen, wo er wohnte, und blieben jenen Tag bei ihm. Es war um die zehnte Stunde. *

4.10   Die Berufung des Simon Petrus

Abschnitt: 30

Joh 1,40-42

⁴⁰ Einer von den beiden, die ihm auf das Wort des Johannes hin gefolgt waren, war Andreas, der Bruder des Simon Petrus.

⁴¹ Dieser traf zuerst seinen Bruder Simon und sagte zu ihm: 'Wir haben den Messias - das heißt »der Gesalbte« - gefunden.'

⁴² Er führte ihn zu Jesus. Jesus schaute ihn an und sagte: 'Du bist Simon, der Sohn des Johannes; du sollst Kephas - das heißt »der Fels« - genannt werden.'

4.11 Die Berufung des Philippus und Nathanael

Abschnitt: 31

Joh 1,43-51

⁴³ Tags darauf wollte er nach Galiläa ziehen. Da traf er Philippus und sagte zu ihm: 'Folge mir.'

⁴⁴ Philippus stammte aus Betsaida, der Heimat des Andreas und Petrus.

⁴⁵ Philippus traf Natanael und berichtete ihm: 'Wir haben den gefunden, von dem Mose im Gesetz und die Propheten geschrieben haben: Jesus, den Sohn Josefs, aus Nazaret.' *

⁴⁶ Natanael entgegnete ihm: 'Kann aus Nazaret etwas Gutes kommen?' Philippus sagte: 'Komm und sieh!'

⁴⁷ Als Jesus Natanael auf sich zukommen sah, sagte er von ihm: 'Das ist ein wahrer Israelit, an dem kein Falsch ist.'

⁴⁸ Natanael fragte ihn: 'Woher kennt du mich?' Jesus gab ihm zur Antwort: 'Noch ehe dich Philippus rief, als du unter dem Feigenbaum warst, habe ich dich gesehen.'

⁴⁹ Natanael erwiderte ihm: 'Meister, du bist der Sohn Gottes, du bist der König von Israel.'

⁵⁰ Jesus entgegnete ihm: 'Du glaubst, weil ich dir gesagt, ich habe dich unter dem Feigenbaum gesehen? Noch Größeres wirst du sehen.'

⁵¹ Dann fuhr er fort: 'Wahrlich, wahrlich, ich sage euch: Ihr werdet den Himmel offen und die Engel Gottes über den Menschensohn auf- und niedersteigen sehen.' *

4.12 Die Hochzeit zu Kana

Abschnitt: 32

Joh 2,1-11

¹ Drei Tage später fand zu Kana in Galiläa eine Hochzeit statt, und die Mutter
Jesu war dort.

² Auch Jesus und seine Jünger waren zur Hochzeit geladen.

³ Als der Wein ausging, sagte die Mutter Jesu zu ihm: 'Sie haben keinen Wein
mehr.'

⁴ Jesus erwiderte: 'Laß mich nur gewähren, Frau! Meine Stunde ist noch nicht
gekommen.' *

⁵ Seine Mutter sagte zu den Dienern: 'Tut, was er euch sagt!'

⁶ Nun standen dort sechs steinerne Wasserkrüge für die bei den Juden übliche
Reinigung. Jeder von ihnen faßte zwei bis drei Maß. *

⁷ Jesus gebot ihnen: 'Füllt die Krüge mit Wasser.' Sie füllten sie bis zum Rand.

⁸ Dann sagte er zu ihnen: 'Schöpft jetzt davon und bringt es dem Tafelmeister.'
Sie brachten es hin.

⁹ Als der Tafelmeister das Wasser, das zu Wein geworden war, gekostet hatte
- er wußte aber nicht, woher der Wein war, nur die Diener, die das Wasser
geschöpft hatten, wußten es -, rief der Tafelmeister den Bräutigam

¹⁰ und sagte zu ihm: 'Jedermann setzt zuerst den guten Wein vor und erst, wenn
die Leute trunken sind, den geringeren. Du hast den guten Wein bis jetzt
aufbewahrt.'

¹¹ So machte Jesus zu Kana in Galiläa den Anfang mit seinen Zeichen. Er
offenbarte dadurch seine Herrlichkeit, und seine Jünger glaubten an ihn. *

4.13 Kurzer Aufenthalt in Kapharnaum

Abschnitt: 33

Joh 2,12

¹² Darauf zog er mit seiner Mutter, seinen Brüdern und Jüngern hinab nach
Kafarnaum. Dort blieben sie einige Tage.

Kapitel 5

Erstes Wirken in Judäa

5.1 Die Tempelreinigug in Jerusalem

Abschnitt: 34

Joh 2,13-17

 [13] Das Paschafest der Juden war nahe, und Jesus zog hinauf nach Jerusalem. *
[14] Im Tempel traf er die Leute, die Rinder, Schafe und Tauben verkauften, und die Geldwechsler, die sich dort niedergelassen hatten.
[15] Da flocht er aus Stricken eine Geißel und trieb alle samt den Schafen und Rindern zum Tempel hinaus. Den Geldwechslern verschüttete er das Geld und stieß die Tische um.
[16] Den Taubenhändlern sagte er: 'Schafft das fort von hier und macht das Haus meines Vaters nicht zu einer Markthalle!'
[17] Da gedachten seine Jünger des Schriftwortes: 'Der Eifer für dein Haus verzehrt mich.' *

5.2 Der erste Streitfall

Abschnitt: 35

Joh 2,18-22

[18] Die Juden hielten ihm entgegen: 'Durch welches Zeichen beweist du uns, daß du dies tun darfst?'
[19] Jesus erwiderte ihnen: 'Reißt diesen Tempel nieder, und ich will ihn in drei Tagen wieder aufbauen.'
[20] Da sagten die Juden: 'Sechsundvierzig Jahre hat man an diesem Tempel gebaut, und du willst ihn in drei Tagen wieder aufbauen?'
[21] Er aber meinte mit dem Tempel seinen Leib.

²² Als er dann von den Toten auferstanden war, erinnerten sich seine Jünger, daß er dies gesagt hatte, und sie glaubten der Schrift und dem Wort, das Jesus gesprochen hatte.

5.3 Die Stimmung in Jerusalem

Abschnitt: 36

Joh 2,23-25

²³ Während er zum Paschafest in Jerusalem weilte, kamen viele zum Glauben an seinen Namen, weil sie die Zeichen sahen, die er wirkte.

²⁴ Jesus aber vertraute sich ihnen nicht an; denn er kannte sie alle

²⁵ und brauchte von keinem ein Zeugnis über den Menschen; er selbst kannte nämlich das Innere des Menschen.

5.4 Jesus und Nikodemus bei nächtlichem Gespräch

Abschnitt: 37

Joh 3,1-21

¹ Da war ein Mann aus den Reihen der Pharisäer, ein jüdischer Ratsherr namens Nikodemus.

² Dieser kam nachts zu ihm und sagte: 'Meister, wir wissen, daß du ein Lehrer bist, der von Gott gekommen ist; denn niemand kann die Zeichen wirken, die du wirkst, außer Gott ist mit ihm.'

³ Jesus entgegnete ihm: 'Wahrlich, wahrlich, ich sage dir: Wenn jemand nicht wiedergeboren wird, so kann er das Reich Gottes nicht schauen.'

⁴ Nikodemus fragte ihn: 'Wie kann ein Mensch geboren werden, wenn er schon alt ist? Kann er etwa ein zweites Mal in den Schoß seiner Mutter eingehen und geboren werden?'

⁵ Jesus antwortete: 'Wahrlich, wahrlich, ich sage dir: Wenn jemand nicht geboren wird aus Wasser und Geist, kann er in das Reich Gottes nicht eingehen.

⁶ Was aus dem Fleisch geboren ist, ist Fleisch; was aber aus dem Geist geboren ist, ist Geist.

⁷ Wundere dich nicht, wenn ich dir sagte: Ihr müßt von oben geboren werden.

⁸ Der Wind weht, wo er will; du hörst sein Brausen, weißt aber nicht, woher er kommt und wohin er fährt. So ist es bei jedem, der aus dem Geist geboren ist.' *

⁹ Nikodemus entgegnete ihm: 'Wie kann dies geschehen?'

¹⁰ Jesus antwortete ihm: 'Du bist der Lehrer von Israel und verstehst das nicht?

¹¹ Wahrlich, wahrlich, ich sage dir: Wir reden, was wir wissen, und wir bezeugen, was wir gesehen haben; aber ihr nehmt unser Zeugnis nicht an.

¹² Wenn ihr nicht glaubt, da ich von irdischen Dingen zu euch rede, wie werdet ihr glauben, wenn ich von himmlischen zu euch spreche?

¹³ Niemand ist in den Himmel hinaufgestiegen außer dem, der vom Himmel herabgestiegen ist, dem Menschensohn. *

¹⁴ Wie Mose in der Wüste die Schlange erhöht hat, so muß der Menschensohn erhöht werden,

¹⁵ damit jeder, der glaubt, in ihm ewiges Leben habe. *

¹⁶ Denn so sehr hat Gott die Welt geliebt, daß er seinen eingeborenen Sohn dahingab, damit jeder, der an ihn glaubt, nicht verlorengehe, sondern ewiges Leben habe.

¹⁷ Denn Gott hat seinen Sohn nicht dazu in die Welt gesandt, daß er die Welt richte, sondern damit die Welt durch ihn gerettet werde.

¹⁸ Wer an ihn glaubt, wird nicht gerichtet; wer aber nicht glaubt, der ist schon gerichtet, weil er nicht an den Namen des eingeborenen Sohnes Gottes glaubt.

¹⁹ Das Gericht besteht aber darin: Das Licht ist in die Welt gekommen. Die Menschen aber hatten die Finsternis lieber als das Licht; denn ihre Werke waren böse.

²⁰ Denn jeder, der Böses tut, haßt das Licht und kommt nicht zum Licht, damit seine Werke nicht aufgedeckt werden.

²¹ Wer aber nach der Wahrheit handelt, kommt zum Licht, damit offenbar wird, daß seine Werke in Gott getan sind.'

5.5   Jesus und Johannes der Täufer

Abschnitt: 39

Joh 3,22-36

²² Darauf kam Jesus mit seinen Jüngern nach Judäa. Dort hielt er sich mit ihnen auf und taufte. *

²³ Aber auch Johannes taufte in Änon bei Salim, weil dort reichlich Wasser war. Die Leute kamen dorthin und ließen sich taufen. *

²⁴ Denn Johannes war noch nicht ins Gefängnis geworfen.

²⁵ Da kamen einige Jünger des Johannes mit einem Juden in Streit über die Reinigung. *

²⁶ Sie gingen zu Johannes und sagten zu ihm: 'Meister, der am anderen Jordanufer bei dir war und für den du Zeugnis abgelegt hast, der tauft, und alles strömt zu ihm.'

²⁷ Johannes antwortete: 'Kein Mensch kann etwas in Anspruch nehmen, wenn es ihm nicht vom Himmel gegeben wird.

²⁸ Ihr selbst seid meine Zeugen dafür, daß ich gesagt habe: »Ich bin nicht der Messias, sondern ich bin vor ihm hergesandt«.

²⁹ Wer die Braut hat, der ist der Bräutigam. Der Freund des Bräutigams, der dabeisteht und ihm zuhört, freut sich sehr über die Stimme des Bräutigams. So ist auch meine Freude jetzt vollkommen.

³⁰ Jener muß wachsen, ich aber abnehmen.'

³¹ Wer von oben kommt, steht über allen; wer von der Erde stammt, ist irdisch und redet irdisch. Wer vom Himmel kommt, steht über allen.

³² Er bezeugt, was er gesehen und gehört hat, aber niemand nimmt sein Zeugnis an.

³³ Wer dagegen sein Zeugnis annimmt, bestätigt damit, daß Gott wahrhaftig ist.

³⁴ Denn der Gottgesandte verkündet Gottes Worte; denn ohne Maß gibt er den Geist.

³⁵ Der Vater liebt den Sohn und hat alles in seine Hand gegeben.

³⁶ Wer an den Sohn glaubt, hat ewiges Leben; wer aber dem Sohn nicht glaubt, wird das Leben nicht sehen, sondern Gottes Zorn lastet auf ihm.

Kommentar:

Jesus am Jakobsbrunnen

Kapitel 6

Das Wirken in Galiläa

6.1   Jesus am Jakobsbrunnen: Jesus und die Samariterin

Abschnitt: 40

Joh 4,1-26

[1] Als der Herr erfuhr, den Pharisäern sei hinterbracht worden: 'Jesus gewinnt und tauft mehr Jünger als Johannes',

[2] - übrigens taufte Jesus nicht selbst, sondern seine Jünger -,

[3] verließ er Judäa und begab sich wieder nach Galiläa.

[4] Dabei mußte er den Weg durch Samaria nehmen.

[5] So kam er zu einer Stadt Samarias mit Namen Sychar, nahe bei dem Grundstück, das Jakob seinem Sohn Josef geschenkt hatte.

[6] Dort war der Jakobsbrunnen. Müde von der Wanderung, setzte sich Jesus am Brunnen nieder. Es war um die sechste Stunde. *

[7] Da kam eine Samariterin, um Wasser zu schöpfen. Jesus bat sie: 'Gib mir zu trinken!'

[8] - Seine Jünger waren nämlich in die Stadt gegangen, um Lebensmittel einzukaufen. -

[9] Die Samariterin erwiderte ihm: 'Wie? Du, ein Jude, bittest mich, eine Samariterin, um einen Trunk?' - Die Juden haben nämlich keinen Verkehr mit den Samaritern. -

[10] Jesus antwortete ihr: 'Wenn du die Gabe Gottes kenntest und den, der zu dir sagt: Gib mir zu trinken!, so hättest du ihn gebeten, und er hätte dir lebendiges Wasser gegeben.' *

[11] Die Frau sagte ihm: 'Herr, du hast keinen Eimer, und der Brunnen ist tief. Woher nimmst du denn das lebendige Wasser?

[12] Bist du etwa größer als unser Vater Jakob, der uns den Brunnen gegeben und selbst daraus getrunken hat, er, seine Söhne und seine Herden?'

[13] Jesus erwiderte ihr: 'Jeden, der von diesem Wasser trinkt, wird wieder dürsten.

[14] Wer aber von dem Wasser trinkt, das ich ihm gebe, den wird in Ewigkeit

nicht mehr dürsten. Vielmehr wird das Wasser, das ich ihm gebe, in ihm zu einer Quelle Wassers, das fortströmt ins ewige Leben.'
[15] Da bat ihn die Frau: 'Herr, gib mir dieses Wasser, damit ich nicht mehr dürste und nicht mehr hierher kommen muß, um Wasser zu schöpfen.'
[16] Jesus sagte zu ihr: 'Geh, rufe deinen Mann und komm dann wieder her!'
[17] Die Frau entgegnete ihm: 'Ich habe keinen Mann.' Jesus erwiderte ihr: 'Gut hast du gesagt: Ich habe keinen Mann.
[18] Denn fünf Männer hast du gehabt, und den du jetzt hast, der ist nicht dein Mann. Damit hast du die Wahrheit gesagt.'
[19] Da sagte die Frau zu ihm: 'Herr, ich sehe, du bist ein Prophet.
[20] Unsere Väter haben auf dem Berg dort Gott angebetet, doch ihr sagt, in Jerusalem sei die Stätte, wo man ihn anbeten müsse.' *
[21] Jesus sagte ihr: 'Glaube mir, Frau, die Stunde kommt, da ihr weder auf dem Berg dort noch in Jerusalem den Vater anbeten werdet.
[22] Ihr betet an, was ihr nicht kennt; wir beten an, was wir kennen; denn das Heil kommt von den Juden.
[23] Aber es kommt die Stunde, und jetzt ist sie da, in der die wahren Anbeter den Vater in Geist und Wahrheit anbeten werden; denn solche Anbeter sucht der Vater.
[24] Gott ist Geist, und die ihn anbeten, müssen anbeten in Geist und Wahrheit.'
[25] Die Frau entgegnete ihm: 'Ich weiß, daß der Messias - das heißt der Gesalbte - kommt. Wenn er kommt, wird er uns alles verkünden.' *
[26] Da sagte Jesus zu ihr: 'Ich bin es, der mit dir redet.'

Kommentar:

Jesus am Jakobsbrunnen

6.2   Jesus am Jakobsbrunnen: Jesus und die Jünger

Abschnitt: 41

Joh 4,27-38

[27] Währenddessen kamen seine Jünger. Sie wunderten sich, daß er mit einer Frau redete. Doch keiner fragte: 'Was willst du?' Oder: 'Was sprichst du mit ihr?'

[28] Die Frau ließ nun ihren Wasserkrug stehen, eilte in die Stadt und sagte zu den Leuten:

[29] 'Kommt her! Da ist ein Mann, der mir alles gesagt hat, was ich getan habe. Ob das nicht der Messias ist?'

[30] Da gingen sie aus der Stadt zu ihm hinaus.

[31] Unterdessen baten ihn die Jünger: 'Meister, iß!'

[32] Er aber entgegnete ihnen: 'Ich habe eine Speise zu essen, die ihr nicht kennt.'

[33] Da sagten die Jünger zueinander: 'Hat ihm denn jemand zu essen gebracht?'

[34] Jesus erklärte ihnen: 'Meine Speise ist es, den Willen dessen zu tun, der mich gesandt hat, und sein Werk zu vollenden.

[35] Sagt ihr nicht: Noch vier Monate, dann kommt die Ernte? Seht, ich sage euch: Erhebt eure Augen und betrachtet die Felder! Sie sind weiß für die Ernte. *

[36] Schon empfängt der Schnitter den Lohn und sammelt Frucht fürs ewige Leben, daß Sämann und Schnitter zugleich sich freuen.

[37] Denn hier trifft das Wort zu: Der eine sät, der andere erntet.

[38] Ich habe euch ausgesandt zu ernten, wo ihr nicht gearbeitet habt. Andere haben die Arbeit getan, und ihr seid in ihre Arbeit eingetreten.

Kommentar:

Jesus am Jakobsbrunnen

6.3 Jesus am Jakobsbrunnen: Jesus und die Samariter

Abschnitt: 42

Joh 4,39-42

[39] Viele Samariter aus jener Stadt kamen zum Glauben an ihn auf das Wort der Frau hin, die bezeugte: 'Er hat mir alles gesagt, was ich getan habe.'

[40] Die Samariter zogen also zu ihm hinaus und baten ihn, bei ihnen zu bleiben. So blieb er zwei Tage dort.

[41] Und noch viel mehr kamen zum Glauben auf sein Wort hin.

[42] Sie sagten zu der Frau: 'Nun glauben wir nicht mehr wegen deiner Aussage; denn wir haben selbst gehört und wissen: Dieser ist wahrhaftig der Erlöser der Welt.'

6.4 Die Heilung des Sohnes eines königlichen Beamten

Abschnitt: 43

Joh 4,43-54

⁴³ Nach den zwei Tagen zog er von dort weiter nach Galiläa.

⁴⁴ Denn Jesus selbst bezeugte, daß ein Prophet in seiner Heimat kein Ansehen genießt. *

⁴⁵ Als er nun nach Galiläa kam, nahmen ihn die Galiläer auf, weil sie alles gesehen hatten, was er am Fest in Jerusalem gewirkt hatte, denn sie waren gleichfalls zum Fest gezogen.

⁴⁶ So kam er wieder nach Kana in Galiläa, wo er das Wasser in Wein verwandelt hatte. Da war ein königlicher Beamter, dessen Sohn in Kafarnaum krank darniederlag. *

⁴⁷ Als dieser hörte, Jesus sei von Judäa nach Galiläa gekommen, ging er zu ihm und bat, er möge herabkommen und seinen Sohn heilen; denn er lag im Sterben.

⁴⁸ Jesus sagte zu ihm: 'Wenn ihr nicht Zeichen und Wunder seht, so glaubt ihr nicht.'

⁴⁹ Der königliche Beamte bat ihn: 'Herr, komm herab, ehe mein Kind stirbt.'

⁵⁰ Jesus erwiderte ihm: 'Geh hin! Dein Sohn lebt.' Der Mann glaubte dem Wort, das Jesus zu ihm gesagt hatte, und ging.

⁵¹ Aber bereits unterwegs kamen ihm die Knechte entgegen und meldeten, daß sein Sohn am Leben sei.

⁵² Er erkundigte sich nun bei ihnen nach der Stunde, in der es mit ihm besser geworden sei. Sie sagten ihm: 'Gestern um die siebte Stunde verließ ihn das Fieber.'

⁵³ Da erkannte der Vater, daß es zu der Stunde war, in der Jesus ihm gesagt hatte: 'Dein Sohn lebt.' Und er wurde gläubig mit seinem ganzen Haus.

⁵⁴ Dieses zweite Zeichen wirkte Jesus, nachdem er aus Judäa nach Galiläa zurückgekehrt war.

6.5   Erste Lehrtätigkeit in den Synagogen Galiläas

Abschnitt: 44

Mt 4,12-17

[12] Als Jesus hörte, daß Johannes gefangengesetzt sei, zog er sich nach Galiläa zurück.

[13] Er verließ die Stadt Nazaret und nahm seinen Wohnsitz in Kafarnaum am See, im Gebiet von Sebulon und Naftali.

[14] So sollte das Wort des Propheten Jesaja in Erfüllung gehen, der da sagt:

[15] 'Land Sebulon und Land Naftali, Landstrich gegen den See hin, jenseits des Jordan, Galiläa der Heiden! *

[16] Das Volk, das im Finsteren sitzt, sieht ein helles Licht; denen, die im Land des Todesschattens wohnen, strahlt ein Licht auf.'

[17] Von da an begann Jesus zu predigen und zu rufen: 'Bekehrt euch, denn das Himmelreich ist nahe.'

Mk 1,14.15

[14] Nachdem Johannes eingekerkert war, begab sich Jesus nach Galiläa und predigte das Evangelium Gottes

[15] mit den Worten: 'Die Zeit ist erfüllt, und das Reich Gottes ist nahe. Bekehrt euch und glaubt an das Evangelium!' *

Lk 4,14.15

[14] In der Kraft des Geistes kehrte Jesus nach Galiläa zurück. Sein Ruf verbreitete sich in der ganzen Gegend.

[15] Er lehrte in den dortigen Synagogen und wurde von allen gepriesen.

6.6   Jesus in Nazareth

Abschnitt: 45

Lk 4,16-30

[16] Und er kam nach Nazaret, wo er aufgewachsen war. Nach seiner Gewohnheit ging er am Sabbat in die Synagoge und erhob sich, um vorzulesen.
[17] Man reichte ihm das Buch des Propheten Jesaja. Er rollte die Schriftrolle auf und fand die Stelle, wo geschrieben steht:
[18] 'Der Geist des Herrn ruht auf mir, denn er hat mich gesalbt. Er sandte mich, den Armen die Frohbotschaft zu bringen, den Gefangenen die Befreiung zu künden, den Blinden das Augenlicht wiederzugeben, Bedrückte in Freiheit zu setzen, *
[19] und auszurufen das Gnadenjahr des Herrn.'
[20] Er rollte die Schriftrolle zusammen, gab sie dem Diener zurück und setzte sich. Alle in der Synagoge schauten ihn gespannt an.
[21] Da begann er zu ihnen zu sprechen: 'Heute ist dieses Schriftwort in Erfüllung gegangen.' *
[22] Alle spendeten ihm Beifall und staunten über die Worte von der Gnade, die aus seinem Mund flossen. Sie sagten: 'Ist das nicht der Sohn Josefs?' *
[23] Er sagte zu ihnen: 'Gewiß werdet ihr mir das Sprichwort entgegenhalten: Arzt, heile dich selbst. Was alles, wie wir hörten, in Kafarnaum geschehen ist, das verrichte auch hier in deiner Vaterstadt.'
[24] Und er fügte hinzu: 'Wahrlich, ich sage euch: Kein Prophet wird in seiner Vaterstadt anerkannt.
[25] Es entspricht der Wahrheit, was ich euch sage: Als in den Tagen des Elija der Himmel für drei Jahre und sechs Monate verschlossen war und im ganzen Land eine große Hungersnot herrschte, gab es viele Witwen in Israel. *
[26] Doch zu keiner von ihnen ward Elija gesandt, sondern zu einer Witwe nach Sarepta im Gebiet von Sidon. *
[27] Und zur Zeit des Propheten Elischa gab es viele Aussätzige in Israel. Doch keiner von ihnen wurde geheilt, nur der Syrer Naaman.' *
[28] Als sie das hörten, wurden alle in der Synagoge mit Zorn erfüllt.
[29] Sie sprangen auf, stießen ihn zur Stadt hinaus und drängten ihn bis an den Rand des Berges, auf dem ihre Stadt erbaut war, um ihn hinabzustürzen.
[30] Er aber schritt mitten zwischen ihnen hindurch und ging fort.

6.7   Jesus in Kapharnaum

Abschnitt: 47

Mt 4,13-16

[13] Er verließ die Stadt Nazaret und nahm seinen Wohnsitz in Kafarnaum am See, im Gebiet von Sebulon und Naftali.

[14] So sollte das Wort des Propheten Jesaja in Erfüllung gehen, der da sagt:

[15] 'Land Sebulon und Land Naftali, Landstrich gegen den See hin, jenseits des Jordan, Galiläa der Heiden! *

[16] Das Volk, das im Finsteren sitzt, sieht ein helles Licht; denen, die im Land des Todesschattens wohnen, strahlt ein Licht auf.'

Lk 4,31

[31] Er ging hinab nach Kafarnaum, einer Stadt in Galiläa, und lehrte dort am Sabbat.

6.8   Aufforderung zu einer probeweisen Nachfolge

Abschnitt: 49

Mt 4,18-22

[18] Als er am See von Galiläa entlangging, sah er, wie zwei Brüder, Simon, der Petrus genannt wird, und sein Bruder Andreas, ein Netz in den See warfen. Sie waren nämlich Fischer. *

[19] Er sagte zu ihnen: 'Folgt mir! Dann will ich euch zu Menschenfischern machen.'

[20] Auf der Stelle verließen sie die Netze und folgten ihm.

[21] Als er von da weiterging, sah er zwei andere Brüder, Jakobus, den (Sohn) des Zebedäus, und seinen Bruder Johannes, wie sie mit ihrem Vater Zebedäus ihre Netze im Boot ausbesserten. Und er rief sie.

[22] Auf der Stelle verließen sie das Boot und ihren Vater und folgten ihm.

Mk 1,16-20

[16] Als er am See von Galiläa entlangging, sah er, wie Simon und Andreas, der Bruder des Simon, auf dem See die Netze auswarfen. Sie waren nämlich Fischer.
[17] Jesus sagte zu ihnen: 'Folgt mir! Ich will euch zu Menschenfischern machen.'
[18] Sogleich ließen sie die Netze liegen und folgten ihm.
[19] Als er ein Stück weitergegangen war, sah er Jakobus, den (Sohn) des Zebedäus, und seinen Bruder Johannes im Boot beim Ausbessern der Netze.
[20] Sogleich rief er sie. Sie ließen ihren Vater Zebedäus mit den Tagelöhnern im Boot und folgten ihm nach.

6.9 Jesus in der Synagoge von Kapharnaum

Abschnitt: 51

Mk 1,21,28

[21] Sie kamen nach Kafarnaum. Am Sabbat begab er sich in die Synagoge und lehrte. *
[28] Sein Ruf verbreitete sich schnell überallhin in der ganzen Umgebung von Galiläa.

Lk 4,31-37

[31] Er ging hinab nach Kafarnaum, einer Stadt in Galiläa, und lehrte dort am Sabbat.
[32] Und sie gerieten außer sich über seine Lehre, denn seine Worte waren voller Macht.
[33] In der Synagoge war ein Mann mit einem unreinen Geist. Er schrie mit lauter Stimme:
[34] 'Was haben wir mit dir zu tun, Jesus von Nazaret? Bist du gekommen, uns zu verderben? Ich weiß, wer du bist: der Heilige Gottes.' *
[35] Jesus drohte ihm und gebot: 'Schweig und fahre aus von ihm!' Da warf ihn der Dämon in die Mitte und fuhr von ihm aus, ohne ihm Schaden zuzufügen.

³⁶ Staunen ergriff alle, und sie sagten zueinander: 'Welch ein Wort! Mit gewaltiger Macht gebietet er den unreinen Geistern, und sie fahren aus!'

³⁷ Sein Ruf verbreitete sich in der ganzen Gegend.

6.10 Die Heilung der Schwiegermutter des Petrus

Abschnitt: 53

Mt 8,14-15

¹⁴ Als Jesus in das Haus des Petrus kam, fand er dessen Schwiegermutter mit Fieber daniederliegen.

¹⁵ Da nahm er sie bei der Hand, und das Fieber wich von ihr. Sie stand auf und bediente ihn.

Mk 1,29-31

²⁹ Als er die Synagoge verlassen hatte, ging er mit Jakobus und Johannes in das Haus des Simon und Andreas.

³⁰ Simons Schwiegermutter lag mit Fieber danieder. Sie erzählten ihm von ihr.

³¹ Da trat er zu ihr, nahm sie bei der Hand und richtete sie auf. Sofort wich das Fieber von ihr, und sie bediente sie. *

Lk 4,38.39

³⁸ Von der Synagoge aus begab er sich in das Haus des Simon. Die Schwiegermutter des Simon war von schwerem Fieber befallen, und sie baten für sie.

³⁹ Er beugte sich über sie, gebot dem Fieber, und es wich von ihr. Sofort erhob sie sich und bediente sie.

6.11 Heilungen am Abend desselben Tages

Abschnitt: 54

Mt 8,16.17

> [16] Am Abend brachte man viele Besessene zu ihm. Er trieb die Geister durch sein Wort aus und heilte alle Kranken. *
> [17] So sollte sich das Wort des Propheten Jesaja erfüllen, der da sagt: 'Er hat unsere Leiden auf sich genommen und unsere Krankheiten getragen.' *

Mk 1,32-34

> [32] Am Abend, nach Sonnenuntergang, brachte man alle Kranken und Besessenen zu ihm.
> [33] Die ganze Stadt drängte sich vor der Haustür zusammen.
> [34] Er heilte viele, die an mancherlei Krankheiten litten, und trieb viele Dämonen aus. Den Dämonen jedoch verbot er zu reden, weil sie ihn kannten.

Lk 4,40.41

> [40] Als die Sonne untergegangen war, brachten alle ihre mit verschiedenen Leiden behafteten Kranken zu ihm. Er legte einem jeden von ihnen die Hände auf und heilte sie.
> [41] Von vielen fuhren auch Dämonen aus, die laut schrien: 'Du bist der Sohn Gottes.' Er aber drohte ihnen und ließ sie nicht zu Wort kommen; denn sie wußten, daß er der Messias war.

6.12 Von Kapharnaum in die Umgegend

Abschnitt: 55

Mk 1,35-38

> [35] In aller Frühe, als es noch völlig dunkel war, erhob er sich, ging hinaus an einen einsamen Ort und betete.

[36] Simon und seine Gefährten eilten ihm nach.

[37] Als sie ihn gefunden hatten, sagten sie zu ihm: 'Alle suchen dich.'

[38] Er erwiderte ihnen: 'Laßt uns anderswohin, in die umliegenden Ortschaften gehen, damit ich auch dort predige; dazu bin ich ja gekommen.'

Lk 4,42.43

[42] Nach Tagesanbruch ging er fort und begab sich hinaus an einen einsamen Ort. Doch die Volksscharen suchten ihn. Als sie ihn trafen, wollten sie ihn daran hindern, fortzugehen.

[43] Er aber sagte zu ihnen: 'Auch den anderen Städten muß ich die Frohbotschaft vom Reich Gottes verkünden; denn dazu bin ich gesandt.'

6.13   Die Wanderpredigt Jesu in Galiläa

Abschnitt: 56

Mt 4,23-25

[23] Jesus zog in ganz Galiläa umher. Er lehrte in den Synagogen, verkündete das Evangelium vom Reich und heilte jegliche Krankheit und jegliches Gebrechen im Volk. *

[24] Sein Ruf verbreitete sich über ganz Syrien. Man brachte zu ihm alle, die an mancherlei Krankheiten und Plagen litten, Besessene, Mondsüchtige und Gelähmte, und er heilte sie. *

[25] Große Volksscharen aus Galiläa und der Dekapolis, aus Jerusalem, Judäa und aus dem Gebiet jenseits des Jordan folgten ihm.

Mk 1,39

[39] So zog er durch ganz Galiläa, predigte in den Synagogen und trieb die Dämonen aus.

Lk 4,44

[44] Und er predigte in den Synagogen Judäas.

6.14   Predigt vom Boote Simons aus

Abschnitt: 57

Lk 5,1-3

[1] Jesus stand am See Gennesaret. Das Volk umdrängte ihn, um das Wort Gottes zu hören.
[2] Da sah er zwei Boote am Ufer liegen. Die Fischer waren ausgestiegen und reinigten die Netze.
[3] Er stieg in eines der Boote, das dem Simon gehörte, und bat ihn, ein wenig vom Land abzustoßen. Dann setzte er sich nieder und lehrte die Volksscharen vom Boot aus.

6.15   Der reiche Fischfang

Abschnitt: 58

Lk 5,4-11

[4] Als er seine Rede beendet hatte, sagte er zu Simon: 'Fahrt hinaus zum tiefen Wasser und werft eure Netze zum Fang aus.'
[5] Simon entgegnete ihm: 'Meister, die ganze Nacht haben wir uns abgemüht und haben nichts gefangen. Aber auf dein Wort hin will ich die Netze auswerfen.'
[6] Das taten sie und fingen eine große Menge Fische; ihre Netze drohten sogar zu reißen.
[7] Da winkten sie ihren Gefährten in dem anderen Boot, sie möchten kommen und ihnen helfen. Sie kamen auch. Und man füllte beide Boote, so daß sie fast versanken.
[8] Als Simon Petrus das sah, fiel er Jesus zu Füßen und sagte: 'Herr, geh hinweg von mir; denn ich bin ein sündiger Mensch!'
[9] Denn Schrecken hatte ihn und alle seine Begleiter erfaßt wegen des Fischfanges, den sie gemacht hatten;
[10] ebenso auch Jakobus und Johannes, die Söhne des Zebedäus, die Simons Teilhaber waren. Da sagte Jesus zu Simon: 'Fürchte dich nicht! Von nun an sollst du Menschenfischer sein.'

¹¹ Da zogen sie die Boote an Land, verließen alles und folgten ihm. *

6.16 Die Heilung eines Aussätzigen

Abschnitt: 59

Mt 8,1-4

¹ Als Jesus von dem Berg herabstieg, folgte ihm eine große Volksmenge.
² Da kam ein Aussätziger, fiel vor ihm nieder und bat: 'Herr, wenn du willst, kannst du mich rein machen.'
³ Jesus streckte die Hand aus, berührte ihn und sagte: 'Ich will es; sei rein!' Sogleich wurde er von seinem Aussatz geheilt.
⁴ Und Jesus sagte zu ihm: 'Sieh zu, daß du es niemand sagst. Geh vielmehr hin, zeig dich dem Priester und opfere die Gabe, die Mose vorgeschrieben hat, ihnen zum Zeugnis.' *

Mk 1,40-45

⁴⁰ Ein Aussätziger kam zu ihm, fiel vor ihm auf die Knie, flehte ihn an und sagte: 'Wenn du willst, kannst du mich rein machen.' *
⁴¹ Voll Erbarmen streckte Jesus die Hand aus, rührte ihn an und sagte: 'Ich will es; sei rein!'
⁴² Sogleich wich der Aussatz von ihm, und er wurde rein.
⁴³ Mit strengen Worten schickte ihn Jesus weg und gebot ihm:
⁴⁴ 'Sieh zu, daß du niemand irgend etwas sagst. Geh vielmehr hin, zeige dich dem Priester und bringe für deine Reinigung das Opfer dar, das Mose vorgeschrieben hat. Das diene ihnen als Zeugnis.' *
⁴⁵ Der aber ging weg und machte überall bekannt, was ihm widerfahren war. Daher konnte Jesus öffentlich eine Stadt nicht mehr betreten. Er hielt sich vielmehr draußen an einsamen Orten auf. Aber die Leute kamen von allen Seiten zu ihm.

Lk 5,12-16

¹² In einer Stadt, in der Jesus sich aufhielt, war ein Mann, dessen ganzer Körper vom Aussatz bedeckt war. Sobald er Jesus erblickte, fiel er auf sein An-

gesicht nieder und bat ihn: 'Herr, wenn du willst, kannst du mich rein machen.'
[13] Er streckte die Hand aus, rührte ihn an und sagte: 'Ich will. Sei rein!' Sogleich wich der Aussatz von ihm.
[14] Er verbot ihm aber, es irgend jemand zu sagen, und sagte: 'Geh vielmehr hin, stelle dich dem Priester, und bringe für deine Reinigung das Opfer dar, wie es Mose vorgeschrieben hat; das diene ihnen zum Zeugnis.'
[15] Die Kunde von ihm breitete sich immer weiter aus. In Scharen strömten die Leute zusammen, um ihn zu hören und sich von ihren Krankheiten heilen zu lassen.
[16] Er aber hielt sich zurückgezogen in der Einsamkeit auf und betete.

6.17 Die Heilung eines Gelähmten

Abschnitt: 60

Mt 9,1-8

[1] Jesus stieg in ein Boot, fuhr über den See und kam in seine Stadt.
[2] Da brachte man auf einer Bahre einen Gelähmten zu ihm. Als Jesus ihren Glauben sah, sagte er zu dem Gelähmten: 'Habe Mut, mein Sohn, deine Sünden sind dir vergeben!'
[3] Da sagten einige Schriftgelehrte bei sich: 'Der lästert Gott!'
[4] Jesus durchschaute ihre Gedanken und sagte: 'Warum denkt ihr Böses in euren Herzen?
[5] Was ist denn leichter - zu sagen: Deine Sünden sind dir vergeben!, oder zu sagen: Steh auf und geh umher?
[6] Ihr sollt aber wissen, daß der Menschensohn die Vollmacht hat, auf Erden Sünden zu vergeben.' - Dann sagte er zu dem Gelähmten: 'Steh auf, nimm deine Bahre und geh nach Haus!'
[7] Der Mann stand auf und ging nach Haus.
[8] Als die Leute das sahen, erschraken sie und priesen Gott, der den Menschen solche Vollmacht gegeben hat.

Mk 2,1-12

¹ Nach einigen Tagen kam er wieder nach Kafarnaum. Es wurde bekannt, daß er zu Haus sei.
² Da strömten so viele Menschen zusammen, daß der Platz vor der Tür nicht mehr ausreichte. Und er verkündete ihnen das Wort.
³ Da kamen Leute mit einem Gelähmten zu ihm; vier Männer trugen ihn.
⁴ Wegen der Volksmenge konnten sie ihn nicht zu Jesus hinbringen. So deckten sie da, wo Jesus sich befand, das Dach ab, machten eine Öffnung und ließen die Bahre mit dem Gelähmten hinab. *
⁵ Als Jesus ihren Glauben sah, sagte er zu dem Gelähmten: 'Mein Sohn, deine Sünden sind dir vergeben!'
⁶ Es saßen da aber auch einige Schriftgelehrte. Die dachten bei sich:
⁷ 'Wie kann dieser so reden? Er lästert Gott! Wer kann Sünden vergeben als Gott allein?' *
⁸ Jesus erkannte in seinem Geist, daß sie so dachten, und sagte zu ihnen: 'Warum denkt ihr so in euren Herzen?
⁹ Was ist leichter: zu dem Gelähmten zu sagen: Deine Sünden sind dir vergeben!, oder zu sagen: Steh auf, nimm deine Bahre, und geh umher?
¹⁰ Ihr sollt aber wissen, daß der Menschensohn die Macht hat, hier auf Erden Sünden zu vergeben.' Und er sagte zu dem Gelähmten:
¹¹ 'Ich sage dir: Steh auf, nimm deine Bahre und geh nach Haus!'
¹² Er stand auf, nahm seine Bahre und ging sogleich vor aller Augen hinaus. Da gerieten alle außer sich, priesen Gott und sagten: 'So etwas haben wir noch nie gesehen.'

Lk 5,17-26

¹⁷ Eines Tages lehrte er. (Unter den Zuhöreren) saßen auch Pharisäer und Gesetzeslehrer, die aus allen Dörfern Galiläas und Judäas und aus Jerusalem gekommen waren; und die Kraft des Herrn trieb ihn an, zu heilen.
¹⁸ Da brachten Männer auf einer Tragbahre einen Gelähmten und versuchten, ihn ins Haus hineinzubringen und vor ihn hinzulegen.
¹⁹ Wegen der Volksmenge aber wußten sie nicht, wie sie ihn hineinbringen sollten. So stiegen sie auf das Dach und ließen ihn mitsamt der Tragbahre durch die Ziegel hinab, gerade vor Jesus hin.
²⁰ Als er ihren Glauben sah, sagte er: 'Mensch, deine Sünden sind dir vergeben.'

²¹ Da fragten sich die Schriftgelehrten und Pharisäer: 'Wer ist dieser, der da Lästerungen ausstößt? Wer kann Sünden vergeben als Gott allein?'
²² Jesus durchschaute ihre Gedanken und sagte zu ihnen: 'Was denkt ihr in euren Herzen?
²³ Was ist leichter zu sagen: deine Sünden sind dir vergeben, oder zu sagen: Steh auf und geh umher?
²⁴ Ihr sollt aber wissen, daß der Menschensohn die Macht hat, auf Erden Sünden zu vergeben.' Und er sagte zu dem Gelähmten: 'Ich befehle dir, steh auf, nimm deine Tragbahre und geh nach Hause!'
²⁵ Sogleich erhob er sich vor ihren Augen, nahm die Tragbahre, auf der er gelegen hatte, und ging, Gott preisend, nach Hause.
²⁶ Da gerieten alle ganz außer sich; sie lobten Gott, und furchterfüllt sagten sie: 'Wir haben heute Unglaubliches gesehen!'

6.18   Die Berufung des Matthäus

Abschnitt: 61

Mt 9,9

⁹ Als Jesus von dort weiterging, sah er einen Mann mit Namen Matthäus an der Zollstätte sitzen. Er sagte zu ihm: 'Folge mir!' Da stand Matthäus auf und folgte ihm.

Mk 2,13.14

¹³ Jesus ging wieder hinaus an den See. Alles Volk kam zu ihm, und er lehrte es.
¹⁴ Im Vorübergehen sah er Levi, den des Alphäus, am Zollamt sitzen. Er sagte zu ihm: 'Folge mir!' Er stand auf und folgte ihm. *

Lk 5,27.28

²⁷ Danach ging er hinaus und sah einen Zöllner, namens Levi, an der Zollstätte sitzen. Er sagte zu ihm: 'Folge mir!'
²⁸ Er verließ alles, machte sich auf und folgte ihm.

6.19   Das Gastmahl im Hause des Matthäus

Abschnitt: 62

Mt 9,10-13

[10] Und als Jesus sich im Haus zum Essen niederließ, kamen viele Zöllner und Sünder und setzten sich mit ihm und seinen Jüngern an den Tisch.

[11] Die Pharisäer sahen das und sagten zu seinen Jüngern: 'Warum ißt euer Meister mit Zöllnern und Sündern?'

[12] Jesus hörte es und sagte: 'Nicht die Gesunden brauchen den Arzt, sondern die Kranken.

[13] Geht hin und lernt, was das heißt: »Barmherzigkeit will ich, nicht Opfer«. Denn ich bin nicht gekommen, Gerechte zu berufen, sondern Sünder.' *

Mk 2,15-17

[15] Als Jesus dann in Levis Haus zu Tisch saß, aßen mit ihm und seinen Jüngern - denn viele folgten ihm - auch viele Zöllner und Sünder.

[16] Als nun die Schriftgelehrten aus den Reihen der Pharisäer sahen, daß er mit Zöllnern und Sündern aß, sagten sie zu seinen Jüngern: 'Mit Zöllnern und Sündern ißt er!'

[17] Jesus hörte es und sagte zu ihnen: 'Nicht die Gesunden bedürfen des Arztes, sondern die Kranken. Ich bin nicht gekommen, Gerechte zu berufen, sondern Sünder.'

Lk 5,29-32

[29] Levi veranstaltete in seinem Haus ein großes Gastmahl für ihn. Eine große Menge von Zöllnern und anderen waren mit ihnen bei Tisch.

[30] Darüber murrten die Pharisäer und ihre Schriftgelehrten und sagten zu seinen Jüngern: 'Warum eßt und trinkt ihr mit Zöllnern und Sündern?'

[31] Jesus erwiderte ihnen: 'Nicht die Gesunden bedürfen des Arztes, sondern die Kranken.

[32] Ich bin nicht gekommen, um Gerechte zur Umkehr zu rufen, sondern Sünder.'

6.20 Die Fastenfrage

Abschnitt: 63

Mt 9,14-17

[14] Da kamen die Jünger des Johannes zu ihm und fragten: 'Warum fasten wir
und die Pharisäer so häufig, während deine Jünger nicht fasten?'

[15] Jesus antwortete ihnen: 'Können die Hochzeitsgäste trauern, solange der
Bräutigam bei ihnen ist? Es werden aber Tage kommen, da ihnen der
Bräutigam entrissen wird. Dann werden sie fasten.

[16] Niemand setzt einen Flicken von neuem Tuch auf ein altes Kleid; denn der
Flicken reißt vom Kleid ab, und es entsteht ein noch größerer Riß. *

[17] Auch füllt man neuen Wein nicht in alte Schläuche ab, sonst platzen die
Schläuche, der Wein läuft aus, und die Schläuche sind unbrauchbar. Neuen
Wein füllt man in neue Schläuche, dann bleiben beide erhalten.'

Mk 2,18-22

[18] Die Jünger des Johannes und die Pharisäer hatten einen Fasttag. Da kamen
sie und fragten: 'Warum fasten die Jünger des Johannes und der Pharisäer
und deine nicht?' *

[19] Jesus erwiderte ihnen: 'Können denn die Hochzeitsgäste fasten, solange der
Bräutigam bei ihnen weilt? Solange sie den Bräutigam bei sich haben,
können sie nicht fasten. *

[20] Es werden aber Tage kommen, da der Bräutigam ihnen entrissen sein wird.
An jenem Tag werden sie fasten.

[21] Niemand näht einen Flicken von neuem Tuch auf ein altes Kleid, sonst reißt
der neue Flicken von ihm ab, das Neue vom Alten, und es entsteht ein
ärgerer Riß.

[22] Auch füllt niemand neuen Wein in alte Schläuche ab, sonst sprengt der Wein
die Schläuche und Wein und Schläuche sind verdorben. Neuer Wein muß
in neue Schläuche.'

Lk 5,33-39

[33] Sie sagten zu ihm: 'Die Jünger des Johannes wie auch die der Pharisäer
fasten häufig und verrichten Gebete, deine aber essen und trinken.'

[34] Jesus entgegnete ihnen: 'Könnt ihr die Hochzeitsgäste zum Fasten anhalten, während der Bräutigam bei ihnen weilt? [35] Es werden aber Tage kommen, da der Bräutigam ihnen entrissen wird. Dann, in jenen Tagen, werden sie fasten.' [36] Er trug ihnen auch ein Gleichnis vor und sagte: 'Niemand reißt einen Flicken von einem neuen Kleid ab und setzt ihn auf ein altes Kleid; sonst zerreißt er das neue Kleid, und der Flicken vom neuen paßt nicht zum alten Kleid. [37] Auch füllt niemand neuen Wein in alte Schläuche ab; sonst sprengt der neue Wein die Schläuche; er läuft aus, und die Schläuche sind verdorben. [38] Neuen Wein muß man in neue Schläuche füllen. * [39] Und niemand, der alten Wein getrunken hat, mag gern neuen. Er sagt nämlich: Der alte ist besser.' *

Kapitel 7

Jesus in Jerusalem

7.1   Die Heilung des 38 Jahre kranken Mannes am Sabbat

Abschnitt: 64

Joh 5,1-15

¹ Danach war ein Fest der Juden, und Jesus zog hinauf nach Jerusalem.
² In Jerusalem liegt am Schaftor ein Teich, der auf hebräisch Betesda heißt; es
waren dort fünf Hallen. *
³ In diesen lag eine große Menge von Kranken, Blinden, Lahmen und Ausge-
zehrten, [die auf die Wallung des Wassers warteten, *
⁴ denn von Zeit zu Zeit stieg ein Engel des Herrn in den Teich hernieder und
brachte das Wasser in Wallung. Wer dann zuerst in das wallende Wasser
hinabstieg, wurde gesund, an welchem Übel er auch leiden mochte.]
⁵ Dort lag nun ein Mann, der schon achtunddreißig Jahre krank war.
⁶ Als Jesus ihn darniederliegen sah und erfuhr, daß er schon lange Zeit sein
Leiden hatte, fragte er ihn: 'Möchtet du gesund werden?'
⁷ Der Kranke antwortete: 'Herr, ich habe niemand, der mich in den Teich
bringt, wenn das Wasser aufwallt. Bis ich komme, steigt schon ein anderer
vor mir hinab.'
⁸ Da sagte Jesus zu ihm: 'Steh auf, nimm dein Bett und geh umher!'
⁹ Sogleich ward der Mann gesund, nahm sein Bett und ging umher.
¹⁰ Jener Tag aber war ein Sabbat. Darum sagten die Juden zu dem Geheilten:
'Es ist Sabbat. Da darfst du das Bett nicht tragen!'
¹¹ Er entgegnete: 'Der mich gesund gemacht hat, sagte zu mir: Nimm dein Bett
und geh umher!'
¹² Da fragten sie ihn: 'Wer ist der Mann, der dir gesagt hat: Nimm dein Bett
und geh umher?'
¹³ Der Geheilte wußte nicht, wer es war; denn Jesus war weggegangen, weil
viele an dem Ort zusammengekommen waren.
¹⁴ Später traf Jesus ihn im Tempel und sagte zu ihm: 'Du bist nun gesund

geworden. Sündige nicht mehr, damit dir nicht noch Schlimmeres zustößt.'
¹⁵ Da ging der Mann hin und meldete den Juden, daß es Jesus sei, der ihn
gesund gemacht habe.

7.2 Jesus als Lebensspender und Richter

Abschnitt: 65

Joh 5,16-30

¹⁶ Darum verfolgten die Juden Jesus, weil er dies an einem Sabbat getan hatte.
¹⁷ Jesus hielt ihnen entgegen: 'Mein Vater wirkt bis zur Stunde, und so wirke
auch ich.'
¹⁸ Deshalb trachteten ihm die Juden erst recht nach dem Leben, weil er nicht
bloß den Sabbat brach, sondern auch Gott seinen Vater nannte und sich
damit Gott gleichstellte.
¹⁹ Da entgegnete ihnen Jesus: 'Wahrlich, wahrlich, ich sage euch: Der Sohn
kann nichts aus sich selbst tun, sondern nur, was er den Vater tun sieht.
Was dieser tut, das tut ebenso auch der Sohn.
²⁰ Denn der Vater liebt den Sohn und zeigt ihm alles, was er selbst tut. Ja, noch
größere Werke als diese wird er ihm zeigen, daß ihr staunen werdet.
²¹ Denn wie der Vater die Toten auferweckt und wieder lebendig macht, so
macht auch der Sohn lebendig, wen er will.
²² Auch richtet der Vater niemanden; er hat vielmehr das Gericht ganz dem
Sohn übertragen.
²³ Alle sollen den Sohn ehren, wie sie den Vater ehren. Wer den Sohn nicht
ehrt, der ehrt auch nicht den Vater, der ihn gesandt hat.
²⁴ Wahrlich, wahrlich, ich sage euch: Wer mein Wort hört und dem glaubt,
der mich gesandt hat, der hat ewiges Leben und kommt nicht ins Gericht,
sondern ist schon vom Tod zum Leben hinübergegangen.
²⁵ Wahrlich, wahrlich, ich sage euch: Es kommt die Stunde, und jetzt ist sie da,
in der die Toten die Stimme des Sohnes Gottes hören werden, und die sie
hören, werden leben.
²⁶ Denn gleichwie der Vater das Leben in sich selbst hat, so hat er auch dem
Sohn verliehen, das Leben in sich selbst zu haben.
²⁷ Er hat ihm auch Macht gegeben, Gericht zu halten, weil er der Menschensohn ist.

²⁸ Wundert euch nicht darüber. Denn es kommt die Stunde, da alle in den Gräbern seine Stimme hören werden.

²⁹ Dann werden die, die das Gute getan haben, zur Auferstehung für das Leben herauskommen, die das Böse verübt haben, zur Auferstehung für das Gericht.

³⁰ Ich kann nichts aus mir selbst tun. Ich richte, wie ich höre. Mein Gericht ist gerecht; denn ich folge nicht meinem Willen, sondern dem Willen dessen, der mich gesandt hat.

7.3 Das Zeugnis des himmlischen Vaters für Jesus

Abschnitt: 66

Joh 5,31-47

³¹ Wenn ich über mich selbst Zeugnis ablege, so ist mein Zeugnis nicht gültig. *

³² Ein anderer ist es, der über mich Zeugnis ablegt, und ich weiß, das Zeugnis, das er über mich ablegt, ist gültig.

³³ Ihr habt zu Johannes gesandt, und er hat für die Wahrheit Zeugnis abgelegt.

³⁴ Doch ich nehme kein Zeugnis von einem Menschen an. Ich rede nur davon, damit ihr gerettet werdet.

³⁵ Jener war die brennende und leuchtende Lampe, ihr aber wolltet euch nur eine Zeitlang an ihrem Licht ergötzen.

³⁶ Ich aber habe das Zeugnis, das höher steht als das des Johannes: Die Werke nämlich, die der Vater mir zu vollbringen gegeben hat. Eben die Werke, die ich vollbringe, geben Zeugnis von mir, daß der Vater mich gesandt hat.

³⁷ Auch der Vater, der mich gesandt hat, hat selbst Zeugnis für mich abgelegt. Freilich habt ihr seine Stimme nie vernommen, seine Gestalt nie gesehen

³⁸ und sein Wort in euch nicht festgehalten, weil ihr ja dem nicht glaubt, den er gesandt hat.

³⁹ Ihr forscht in den Schriften, weil ihr in ihnen ewiges Leben zu haben meint. Gerade sie sind es, die für mich Zeugnis ablegen.

⁴⁰ Und doch wollt ihr nicht zu mir kommen, um das Leben zu haben.

⁴¹ Ehre von Menschen nehme ich nicht an.

⁴² Ich habe euch erkannt, daß ihr die Liebe Gottes nicht in euch habt.

⁴³ Ich bin im Namen meines Vaters gekommen, aber ihr nehmt mich nicht an; wenn ein anderer in seinem eigenen Namen kommt, den werdet ihr

annehmen.

[44] Wie könnt ihr glauben, wenn ihr voneinander Ehre annehmt, aber die Ehre, die von dem alleinigen Gott kommt, nicht sucht?

[45] Glaubt nicht, daß ich euer Ankläger beim Vater sein werde. Euer Ankläger ist Mose, auf den ihr eure Hoffnung setzt.

[46] Denn wenn ihr Mose glaubtet, würdet ihr mir glauben; von mir hat er ja geschrieben.

[47] Wenn ihr aber seinen Schriften nicht glaubt, wie werdet ihr meinen Worten glauben?'

Kapitel 8

Jesus wieder in Galiläa

8.1 Das Ährenrupfen am Sabbat

Abschnitt: 67

Mt 12,1-8

¹ In jener Zeit ging Jesus am Sabbat durch Kornfelder. Seine Jünger waren hungrig, rupften Ähren ab und aßen davon.
² Die Pharisäer sahen das und sagten zu ihm: 'Siehe, deine Jünger tun, was man am Sabbat nicht tun darf.' *
³ Er aber sagte zu ihnen: 'Habt ihr nicht gelesen, was David tat, als er und seine Gefährten hungrig waren?
⁴ Daß er in das Haus Gottes ging und die Schaubrote aß, die weder er noch seine Gefährten essen durften, sondern nur die Priester? *
⁵ Oder habt ihr nicht im Gesetz gelesen, daß die Priester am Sabbat im Tempel die Sabbatruhe entweihen und ohne Schuld sind? *
⁶ Ich sage euch aber: Hier ist mehr als der Tempel.
⁷ Wenn ihr begriffen hättet, was es heißt: »Barmherzigkeit will ich, nicht Opfer«, hättet ihr die Schuldlosen nicht verurteilt. *
⁸ Denn der Menschensohn ist Herr über den Sabbat.' *

Mk 2,23-28

²³ Am Sabbat ging er einmal durch Kornfelder. Seine Jünger rupften im Vorbeigehen Ähren ab.
²⁴ Da sagten die Pharisäer zu ihm: 'Sieh doch! Warum tun sie am Sabbat, was nicht erlaubt ist?'
²⁵ Er entgegnete ihnen: 'Habt ihr nie gelesen, was David tat, als er Not litt und ihn und seine Begleiter hungerte?
²⁶ Wie er zur Zeit des Hohenpriesters Abjatar in das Haus Gottes ging und die Schaubrote aß, die nur die Priester essen dürfen? Auch seinen Gefährten

gab er davon.' *

²⁷ Und er sagte ihnen: 'Der Sabbat ist um des Menschen willen da, nicht der Mensch um des Sabbats willen. *

²⁸ Daher ist der Menschensohn Herr auch über den Sabbat.' *

Lk 6,1-5

¹ An einem Sabbat ging er durch Kornfelder. Seine Jünger rupften Ähren ab, zerrieben sie mit den Händen und aßen sie.

² Da sagten einige Pharisäer: 'Warum tut ihr, was am Sabbat nicht erlaubt ist?'

³ Jesus entgegnete ihnen: 'Habt ihr nicht gelesen, was David tat, als ihn und seine Begleiter hungerte,

⁴ wie er in das Haus Gottes ging, die Schaubrote, die doch nur die Priester essen dürfen, nahm und aß und auch seinen Begleitern davon gab?'

⁵ Und er sagte zu ihnen: 'Der Menschensohn ist Herr auch über den Sabbat.'

8.2 Die Heilung der verdorrten Hand

Abschnitt: 68

Mt 12,9-13

⁹ Von dort zog er weiter und begab sich in ihre Synagoge.

¹⁰ Da war ein Mann mit einer gelähmten Hand. Um Anklage gegen ihn erheben zu können, fragten sie ihn: 'Darf man am Sabbat heilen?'

¹¹ Er erwiderte ihnen: 'Wenn einem von euch am Sabbat das einzige Schaf, das er besitzt, in eine Grube fällt, wird er nicht nach ihm greifen und es herausziehen?

¹² Wieviel wertvoller aber ist ein Mensch als ein Schaf! Also darf man am Sabbat Gutes tun.'

¹³ Dann sagte er zu dem Mann: 'Strecke deine Hand aus!' Er streckte sie aus, und sie wurde wiederhergestellt und war gesund wie die andere.

Mk 3,1-5

¹ Er ging wiederum in die Synagoge. Dort war ein Mann mit einer gelähmten Hand.

[2] Sie gaben acht, ob er ihn am Sabbat heile, um Anklage gegen ihn erheben zu können. *

[3] Da sagte er zu dem Mann mit der lahmen Hand: 'Stelle dich in die Mitte!'

[4] Dann fragte er sie: 'Soll man am Sabbat Gutes tun oder Böses, ein Leben retten oder es zugrunde gehen lassen?' Sie schwiegen.

[5] Betrübt über ihre Herzenshärte, schaute er sie ringsum zornig an und sagte zu dem Mann: 'Streck deine Hand aus!' Er streckte sie aus, und seine Hand wurde wiederhergestellt.

Lk 6,6-10

[6] An einem anderen Sabbat ging er in die Synagoge und lehrte. Es war dort ein Mann, dessen rechte Hand verdorrt war.

[7] Die Schriftgelehrten und Pharisäer aber beobachteten ihn, ob er am Sabbat heile, um einen Grund zu finden, ihn anzuklagen.

[8] Doch er erkannte ihre Gedanken und sagte zu dem Mann mit der verdorrten Hand: 'Steh auf und stelle dich in die Mitte!' Er stand auf und stellte sich hin.

[9] Da sagte Jesus zu ihnen: 'Ich frage euch: Ist es erlaubt, am Sabbat Gutes zu tun oder Böses, ein Leben zu retten oder umkommenzulassen?'

[10] Er schaute sie alle ringsum an und sagte zu dem Mann: 'Strecke deine Hand aus!' Er tat es, und seine Hand ward wiederhergestellt.

8.3 Erster Versuch zur Tötung Jesu

Abschnitt: 69

Mt 12,14

[14] Die Pharisäer aber gingen hinaus und faßten den Beschluß, ihn umzubringen.

Mk 3,6

[6] Da gingen die Pharisäer fort und faßten mit den Anhängern des Herodes den Beschluß, ihn zu vernichten. *

Lk 6,11

[11] Sie aber wurden von sinnloser Wut erfüllt und besprachen miteinander, was sie Jesus wohl antun könnten.

8.4   Jesus der Knecht Gottes

Abschnitt: 70

Mt 12,15-21

[15] Als Jesus das erfuhr, zog er sich von dort zurück. Viele folgten ihm, und er heilte alle.

[16] Doch verbot er ihnen, ihn in der Öffentlichkeit bekannt zu machen.

[17] So sollte sich das Wort des Propheten Jesaja erfüllen, der sagt:

[18] 'Das ist mein Knecht, den ich erwählt, mein Geliebter, an dem ich Wohlgefallen gefunden habe. Ich will meinen Geist auf ihn legen, und er wird den Völkern das Recht verkünden. *

[19] Er wird nicht zanken und nicht lärmen, und auf den Straßen wird man seine Stimme nicht hören.

[20] Das geknickte Rohr wird er nicht brechen und den glimmenden Docht nicht löschen, bis er das Recht zum Sieg geführt hat.

[21] Und auf seinen Namen werden die Völker ihre Hoffnung setzen.'

8.5   Zulauf und Heilungen

Abschnitt: 71

Mt 4,25.24

[25] Große Volksscharen aus Galiläa und der Dekapolis, aus Jerusalem, Judäa und aus dem Gebiet jenseits des Jordan folgten ihm.

[24] Sein Ruf verbreitete sich über ganz Syrien. Man brachte zu ihm alle, die an mancherlei Krankheiten und Plagen litten, Besessene, Mondsüchtige und Gelähmte, und er heilte sie. *

Mk 3,7-12

⁷ Jesus zog sich mit seinen Jüngern an den See zurück. Eine große Volksmenge aus Galiläa aber folgte ihm. Auch aus Judäa

⁸ und Jerusalem, aus Idumäa, aus der Gegend jenseits des Jordan sowie aus der Umgebung von Tyrus und Sidon kamen zu ihm viele, die von all dem gehört hatten, was er tat.

⁹ Da sagte er zu seinen Jüngern, wegen der Volksmenge solle ein Boot für ihn bereitliegen, damit er nicht ins Gedränge komme.

¹⁰ Er heilte nämlich viele, und deshalb drängten sich alle Leidenden an ihn heran, um ihn zu berühren.

¹¹ Wenn die unreinen Geister ihn sahen, fielen sie vor ihm nieder und schrien: 'Du bist der Sohn Gottes!'

¹² Er aber verbot ihnen streng, ihn bekannt zu machen.

Lk 6,17-19

¹⁷ Mit ihnen stieg er hinab und machte auf einem ebenen Platz halt. Eine große Schar seiner Jünger und eine zahlreiche Menge des Volkes aus ganz Judäa, Jerusalem und dem Küstenland von Tyrus und Sidon hatte sich eingefunden. *

¹⁸ Sie waren gekommen, um ihn zu hören und von ihren Krankheiten geheilt zu werden. Auch die von unreinen Geistern Geplagten wurden geheilt.

¹⁹ Alles Volk suchte ihn zu berühren, denn eine Kraft ging von ihm aus und heilte alle.

8.6   Die Apostelwahl

Abschnitt: 72

Mt 10,1-4

¹ Jesus rief seine zwölf Jünger zu sich und verlieh ihnen Macht, unreine Geister auszutreiben sowie jede Krankheit und jedes Gebrechen zu heilen. *

² Die Namen der zwölf Apostel sind: An erster Stelle Simon mit dem Beinamen Petrus und sein Bruder Andreas; Jakobus, der (Sohn) des Zebedäus, und sein Bruder Johannes;

[3] Philippus und Bartholomäus; Thomas und Matthäus, der Zöllner; Jakobus - der des Alphäus -, und Thaddäus;
[4] Simon Kananäus und Judas Iskariot, der ihn auch verraten hat.

Mk 3,13-19

[13] Alsdann stieg er auf einen Berg und rief die zu sich, die er wollte, und sie kamen.
[14] Er bestimmte zwölf, die bei ihm bleiben sollten. Die wollte er zum Predigen aussenden;
[15] sie sollten auch Macht haben, Dämonen auszutreiben.
[16] Folgende Zwölf bestimmte er: Simon, dem er den Beinamen Petrus gab, *
[17] Jakobus, den (Sohn) des Zebedäus, und Johannes, den Bruder des Jakobus - ihnen gab er den Beinamen Boanerges, das heißt Donnersöhne -, *
[18] ferner Andreas, Philippus, Bartholomäus, Matthäus, Thomas, Jakobus - den des Alphäus -, Thaddäus, Simon Kananäus *
[19] und Judas Iskariot, der ihn auch verraten hat.

Lk 6,12-16

[12] In jenen Tagen ging er hinaus auf einen Berg, um zu beten. Die ganze Nacht brachte er im Gebet mit Gott zu.
[13] Als es Tag geworden war, rief er seine Jünger herbei und wählte zwölf von ihnen aus, die er auch Apostel nannte:
[14] Simon, dem er den Beinamen Petrus gab, und dessen Bruder Andreas; ferner Jakobus und Johannes, Philippus und Bartholomäus, *
[15] Matthäus und Thomas, Jakobus - den (Sohn) des Alphäus -, und Simon, genannt 'der Zelot', *
[16] Judas - den (Sohn) des Jakobus -, und Judas Iskariot, der der Verräter wurde. *

Kommentar:

Die Bergpredigt

8.7 Die Bergpredigt: Einleitung

Abschnitt: 73

Mt 5,1-2

[1] Als Jesus die Volksscharen sah, stieg er auf den Berg. Und als er sich gesetzt hatte, traten seine Jünger zu ihm. [2] Dann begann er zu reden und lehrte sie.

Lk 6,20

[20] Er richtete seine Augen auf seine Jünger und sagte: 'Selig ihr Armen, euer ist das Reich Gottes.

Kommentar:

Die Bergpredigt

8.8 Die Seligpreisungen und Weherufe

Abschnitt: 74

Mt 5,3-12

[3] 'Selig die Armen im Geist; denn ihrer ist das Himmelreich. *
[4] Selig die Trauernden; denn sie werden getröstet werden.
[5] Selig die Sanftmütigen; denn sie werden das Land als Erbe besitzen. *
[6] Selig, die hungern und dürsten nach der Gerechtigkeit; denn sie werden gesättigt werden.
[7] Selig die Barmherzigen; denn sie werden Barmherzigkeit erlangen.
[8] Selig, die ein reines Herz haben; denn sie werden Gott schauen.
[9] Selig die Friedenstifter; denn sie werden Kinder Gottes genannt werden.
[10] Selig, die Verfolgung leiden um der Gerechtigkeit willen; denn ihrer ist das Himmelreich.
[11] Selig seid ihr, wenn euch die Menschen um meinetwillen schmähen und verfolgen und euch lügnerisch alles Böse nachreden!

[12] Freut euch und jubelt: denn groß ist euer Lohn im Himmel. Ebenso haben sie ja die Propheten, die vor euch waren, verfolgt.

Lk 6,20-26

[20] Er richtete seine Augen auf seine Jünger und sagte: 'Selig ihr Armen, euer ist das Reich Gottes.

[21] Selig, die ihr jetzt hungert, ihr werdet gesättigt werden. Selig, die ihr jetzt weint, ihr werdet lachen.

[22] Selig seid ihr, wenn euch die Menschen hassen, wenn sie euch verstoßen und schmähen und euren Namen schlechtmachen um des Menschensohnes willen!

[23] Freut euch an jenem Tag und frohlockt; denn seht, groß ist euer Lohn im Himmel. Ihre Väter haben es ja mit den Propheten ebenso gemacht.

[24] Aber wehe euch, ihr Reichen! Ihr habt schon euren Trost. *

[25] Wehe euch, die ihr jetzt satt seid! Ihr werdet hungern. Wehe euch, die ihr jetzt lacht! Ihr werdet trauern und weinen.

[26] Wehe, wenn alle Welt euch umschmeichelt! Ihre Väter haben es ja mit den falschen Propheten ebenso gemacht.

Kommentar:

Die Bergpredigt

8.9 Vom Jüngerberuf und Jüngertreue

Abschnitt: 75

Mt 5,13-16

[13] Ihr seid das Salz der Erde. Wenn aber das Salz schal wird, womit soll man es salzig machen? Es taugt zu nichts mehr; man wirft es hinaus und es wird von den Leuten zertreten. *

[14] Ihr seid das Licht der Welt. Eine Stadt, die auf einem Berg liegt, kann nicht verborgen bleiben.

[15] Man zündet auch nicht eine Lampe an und stellt sie unter einen Scheffel, sondern auf den Leuchter; dann leuchtet sie allen im Haus.

[16] So leuchte euer Licht vor den Menschen, damit sie eure guten Werke sehen und euren Vater im Himmel preisen.

Mk 9,50;4,21

[50] Das Salz ist gut. Wenn aber das Salz schal wird, womit wollt ihr es dann würzen? Habt Salz in euch, und haltet Frieden untereinander!'
[21] Er sagte ihnen noch: 'Läßt man sich wohl eine Lampe bringen, um sie unter einen Scheffel oder unter das Bett zu stellen? Nicht vielmehr, um sie auf den Leuchter zu setzen?

Lk 14,34.35;8,16;11,33

[34] Das Salz ist etwas Gutes. Wenn aber das Salz schal wird, womit soll man es dann würzen?
[35] Weder für den Boden noch für den Dünger ist es brauchbar. Man wirft es hinaus. Wer Ohren hat zu hören, der höre!'
[16] Niemand zündet eine Lampe an und deckt sie mit einem Gefäß zu oder stellt sie unter das Lager, sondern setzt sie auf den Leuchter, damit die, die eintreten, das Licht sehen.
[33] Niemand zündet eine Lampe an und stellt sie in einen versteckten Winkel oder unter den Scheffel, sondern auf den Leuchter, damit alle, die eintreten, den Lichtschein sehen.

Kommentar:

Die Bergpredigt

8.10   Keine Auflösung des Gesetzes

Abschnitt: 76

Mt 5,17-20

[17] Glaubt nicht, ich sei gekommen, das Gesetz oder die Propheten aufzuheben. Ich bin nicht gekommen, um sie aufzuheben, sondern um sie zur Vollendung zu führen. *

[18] Denn wahrlich, ich sage euch: Bis Himmel und Erde vergehen, wird kein Jota oder Häkchen vom Gesetz vergehen, bis alles erfüllt ist. *

[19] Wer darum eines von diesen ganz geringfügigen Geboten aufhebt und so die Menschen lehrt, wird im Himmelreich 'Geringster' heißen. Wer sie aber hält und lehrt, wird 'Großer' genannt werden im Himmelreich.

[20] Denn ich sage euch: Wenn eure Gerechtigkeit nicht weit vollkommener ist als die der Schriftgelehrten und Pharisäer, werdet ihr in das Himmelreich nicht eingehen.

Lk 16,17

[17] Aber eher vergehen Himmel und Erde, als daß auch nur ein Häkchen vom Gesetz hinfällig wird.

Kommentar:

Die Bergpredigt

8.11   Vom Töten und der Versöhnlichkeit

Abschnitt: 77

Mt 5,21-26

[21] Ihr habt gehört, daß den Alten gesagt worden ist: Du sollst nicht töten! Wer tötet, soll dem Gericht verfallen. *

[22] Ich aber sage euch: Jeder, der seinem Bruder zürnt, wird dem Gericht verfallen sein; wer aber zu seinem Bruder sagt: Du Tor!, wird dem Hohen Rat verfallen sein; wer aber zu ihm sagt: Du Gottloser!, wird dem Feuer der Hölle verfallen sein. *

[23] Wenn du also deine Gabe zum Altar bringst und dich dort erinnerst, daß dein Bruder etwas gegen dich hat,

[24] so laß deine Gabe dort vor dem Altar, und geh, zuerst versöhne dich mit deinem Bruder; dann komm und opfere deine Gabe.

[25] Verständige dich ohne Verzug mit deinem Gegner, solange du noch mit ihm unterwegs bist. Sonst könnte dich dein Gegner dem Richter übergeben

und der Richter dem Gerichtsdiener, und man würde dich ins Gefängnis werfen.

²⁶ Wahrlich, ich sage dir: Du kommst von dort nicht heraus, bis du den letzten Heller bezahlt hast.

Lk 12,57-59

⁵⁷ Warum prüft ihr nicht von selbst, was recht ist?

⁵⁸ Wenn du mit deinem Gegner zur Obrigkeit gehst, so bemühe dich noch unterwegs, von ihm loszukommen. Sonst könnte er dich vor den Richter schleppen und der Richter dich dem Gerichtsdiener übergeben und der Gerichtsdiener dich in den Kerker werfen.

⁵⁹ Ich sage dir: Du kommst von dort nicht heraus, bis du auch den letzten Heller bezahlt hast.'

Kommentar:

Die Bergpredigt

8.12 Vom Ehebruch und vom Ärgernis

Abschnitt: 78

Mt 5,27-30

²⁷ Ihr habt gehört, daß gesagt worden ist: Du sollst nicht ehebrechen! *

²⁸ Ich aber sage euch: Jeder, der eine Frau lüstern ansieht, hat in seinem Herzen schon Ehebruch mit ihr begangen.

²⁹ Wenn also dein rechtes Auge dich zum Bösen verführt, reiß es aus und wirf es weg! Denn es ist besser für dich, eines deiner Glieder geht verloren, als daß dein ganzer Leib in die Hölle geworfen wird.

³⁰ Und wenn dich deine rechte Hand zum Bösen verführt, hau sie ab und wirf sie weg! Denn es ist besser für dich, eines deiner Glieder geht verloren, als daß dein ganzer Leib in die Hölle fährt.

Kommentar:

Die Bergpredigt

8.13   Von der Ehescheidung

Abschnitt: 79

Mt 5,31.32

> [31] Es ist gesagt worden: Wer seine Frau entlassen will, stelle ihr einen Schei-
> debrief aus. *
> [32] Ich aber sage euch: Jeder, der seine Frau entläßt - ausgenommen der Fall
> von Unzucht -, der macht sie zur Ehebrecherin; und wer eine Entlassene
> zur Ehe nimmt, begeht Ehebruch.

Lk 16,18

> [18] Jeder, der seine Frau entläßt und eine andere heiratet, bricht die Ehe; und
> wer eine vom Mann Entlassene heiratet, bricht die Ehe. *

Kommentar:

Die Bergpredigt

8.14   Vom Schwören

Abschnitt: 80

Mt 5,33-37

> [33] Weiter habt ihr gehört, daß den Alten gesagt worden ist: Du sollst keinen
> Meineid schwören, und du sollst halten, was du dem Herrn geschworen
> hast. *
> [34] Ich aber sage euch: Ihr sollt überhaupt nicht schwören, weder beim Himmel,
> weil er Gottes Thron ist,

[35] noch bei der Erde, weil sie der Schemel seiner Füße ist, noch bei Jerusalem,
denn es ist die Stadt des großen Königs.

[36] Auch bei deinem Haupt sollst du nicht schwören, weil du nicht ein einziges
Haar weiß oder schwarz machen kannst.

[37] Eure Rede soll sein: Ja, ja - nein, nein. Was darüber hinausgeht, ist vom
Bösen.

Kommentar:

Die Bergpredigt

8.15   Von der Wiedervergeltung

Abschnitt: 81

Mt 5,38-42

[38] Ihr habt gehört, daß gesagt worden ist: Auge um Auge, Zahn um Zahn! *

[39] Ich aber sage euch: Leistet dem, der euch etwas Böses antut, keinen Wider-
stand, sondern wenn dich jemand auf die rechte Wange schlägt, dann halte
ihm auch die andere hin.

[40] Will jemand mit dir rechten und dir deinen Rock nehmen, dann laß ihm auch
den Mantel. *

[41] Nötigt dich jemand, eine Meile weit mitzugehen, dann geh zwei mit ihm.

[42] Wer dich bittet, dem gib; wer von dir borgen will, den weise nicht ab.

Lk 6,29.30

[29] Schlägt dich jemand auf die eine Wange, so halte ihm auch die andere hin.
Nimmt dir jemand den Mantel, so laß ihm auch das Hemd.

[30] Wer dich bittet, dem gib. Wer dir etwas wegnimmt, von dem fordere es nicht
zurück.

Kommentar:

Die Bergpredigt

8.16   Von der Feindesliebe

Abschnitt: 82

Mt 5,43-48

[43] Ihr habt gehört, daß gesagt worden ist: Du sollst deinen Nächsten lieben und deinen Feind hassen. *

[44] Ich aber sage euch: Liebt eure Feinde und betet für die, die euch verfolgen,

[45] damit ihr Kinder eures Vaters im Himmel werdet, der seine Sonne aufgehen läßt über Böse und Gute, und es regnen läßt über Gerechte und Ungerechte.

[46] Denn wenn ihr nur jene liebt, die euch lieben, welchen Lohn könnt ihr dafür erwarten? Tun das gleiche nicht auch die Zöllner?

[47] Und wenn ihr nur eure Freunde grüßt, was tut ihr da Besonderes? Tun das gleiche nicht auch die Heiden?

[48] Seid also vollkommen, wie euer himmlischer Vater vollkommen ist. *

Lk 6,27.28;6,32-36

[27] Euch aber, die ihr mir zuhört, sage ich: Liebt eure Feinde, tut Gutes denen, die euch hassen,

[28] segnet, die euch fluchen und betet für die, die euch mißhandeln.

[32] Wenn ihr nur jene liebt, die euch lieben, welcher Lohn steht euch zu? Auch die Sünder lieben die, von denen sie geliebt werden.

[33] Wenn ihr nur denen Gutes tut, die euch Gutes tun, welcher Lohn steht euch zu? Dasselbe tun ja auch die Sünder.

[34] Wenn ihr nur denen leiht, von denen ihr hofft, es zurückzuerhalten, welcher Lohn steht euch zu? Auch die Sünder leihen einander, um das Gleiche dafür wiederzuerhalten.

[35] Liebt vielmehr eure Feinde, tut Gutes und leiht, ohne etwas zurückzuerwarten. Und euer Lohn wird groß sein, und ihr werdet Kinder des Allerhöchsten sein; denn er ist gütig gegen die Undankbaren und Bösen.

[36] Seid barmherzig, wie euer Vater barmherzig ist.

Kommentar:

Die Bergpredigt

8.17 Vom rechten Almosengeben

Abschnitt: 83

Mt 6,1-4

[1] Hütet euch, eure Gerechtigkeit vor den Menschen zur Schau zu stellen; sonst habt ihr keinen Lohn von eurem Vater im Himmel zu erwarten.

[2] Wenn du also Almosen gibst, so posaune es nicht aus, wie es die Heuchler in den Synagogen und auf den Straßen tun, um von den Leuten geehrt zu werden. Wahrlich, ich sage euch: Sie haben schon ihren Lohn.

[3] Wenn du Almosen gibst, soll deine Linke nicht wissen, was deine Rechte tut,

[4] damit dein Almosen im Verborgenen bleibt. Dein Vater, der auch das Verborgene sieht, wird es dir vergelten.

Kommentar:

Die Bergpredigt

8.18 Vom rechten Beten

Abschnitt: 84

Mt 6,5-8

[5] Wenn ihr betet, macht es nicht wie die Heuchler! Die beten am liebsten in den Synagogen und an den Straßenecken, um den Menschen in die Augen zu fallen. Wahrlich, ich sage euch: Sie haben schon ihren Lohn.

[6] Du aber geh in deine Kammer, wenn du betest, schließ die Tür und bete zu deinem Vater, der im Verborgenen ist. Dein Vater, der auch das Verborgene sieht, wird es dir vergelten.

[7] Wenn ihr betet, so plappert nicht wie die Heiden! Die meinen, sie fänden Erhörung, wenn sie viele Worte machen.

[8] Macht es nicht wie sie! Euer Vater weiß ja, was ihr braucht, ehe ihr ihn bittet.

Kommentar:

Die Bergpredigt

8.19 Das Vaterunser

Abschnitt: 85

Mt 6,9-13

> [9] So sollt ihr nun beten: Vater unser, der du bist im Himmel, geheiligt werde dein Name,
> [10] dein Reich komme, dein Wille geschehe wie im Himmel, so auf der Erde.
> [11] Unser tägliches Brot gib uns heute.
> [12] Und vergib uns unsere Schuld, wie auch wir vergeben unseren Schuldigern.
> [13] Und führe uns nicht in Versuchung, sondern erlöse uns vom Bösen. *

Lk 11,1-4

> [1] Einst verweilte er an einem Ort im Gebet. Als er es beendet hatte, bat ihn einer von seinen Jüngern: 'Herr, lehre uns beten, wie auch Johannes seine Jünger zu beten gelehrt hat.' *
> [2] Da sagte er zu ihnen: 'Wenn ihr betet, so sprecht: Vater, geheiligt werde dein Name. Dein Reich komme.
> [3] Unser tägliches Brot gib uns heute.
> [4] Vergib uns unsere Sünden; denn auch wir vergeben allen unseren Schuldigern. Und führe uns nicht in Versuchung!'

Kommentar:

Die Bergpredigt

8.20 Vom Vergeben

Abschnitt: 86

Mt 6,14-15

[14] Wenn ihr nämlich den Menschen ihre Fehler vergebt, so wird euer himmlischer Vater auch euch vergeben.

[15] Wenn ihr aber den Menschen nicht vergebt, so wird euer Vater eure Fehler auch nicht vergeben.

Kommentar:

Die Bergpredigt

8.21 Vom Fasten

Abschnitt: 87

Mt 6,16-18

[16] Wenn ihr fastet, macht kein finsteres Gesicht wie die Heuchler! Sie geben sich ein düsteres Aussehen, damit die Leute es ihnen ansehen, daß sie fasten. Wahrlich, ich sage euch: Sie haben schon ihren Lohn. *

[17] Du aber salbe dein Haupt, wenn du fastest, und wasche dein Gesicht,

[18] damit die Leute nicht sehen, daß du fastest, sondern nur dein Vater, der im Verborgenen ist. Dein Vater, der auch das Verborgene sieht, wird es dir vergelten.

Kommentar:

Die Bergpredigt

8.22   Von den himmlischen Schätzen

Abschnitt: 88

Mt 6,19-21

> [19] Sammelt euch nicht Schätze auf Erden, wo Motte und Rost sie vernichten und Diebe einbrechen und stehlen.
> [20] Sammelt euch aber Schätze im Himmel, wo weder Motte noch Rost sie vernichten, noch Diebe einbrechen und sie stehlen.
> [21] Denn wo dein Schatz ist, da ist auch dein Herz.

Lk 12,33.34

> [33] Verkauft, was ihr habt, und gebt davon Almosen. Verschafft euch Beutel, die nicht veralten, einen unvergänglichen Schatz im Himmel, an den kein Dieb herankommt und den keine Motte zerstört.
> [34] Denn wo euer Schatz ist, da ist auch euer Herz.

Kommentar:

Die Bergpredigt

8.23   Von lauterer Gesinnung

Abschnitt: 89

Mt 6,22.23

> [22] Die Leuchte des Leibes ist das Auge. Ist nun dein Auge lauter, so ist dein ganzer Leib voller Licht. *
> [23] Ist aber dein Auge böse, so ist dein ganzer Leib in Finsternis. Wenn nun das Licht in dir Finsternis ist, wie groß wird erst die Finsternis sein!

Lk 11,34-36

[34] Die Leuchte des Leibes ist dein Auge. Ist dein Auge gesund, so ist dein ganzer Leib im Licht. Ist es aber krank, so ist dein Leib in Finsternis. [35] Prüfe also, ob nicht etwa das Licht in dir Finsternis ist! [36] Wenn nun dein ganzer Leib im Licht ist und kein Teil im Dunkeln steht, so wird er ganz im Licht sein, wie wenn die Lampe dich mit ihrem Schein beleuchtet.' *

Kommentar:

Die Bergpredigt

8.24 Das Gleichnis vom Doppeldienst

Abschnitt: 90

Mt 6,24

[24] Niemand kann zwei Herren dienen. Entweder wird er den einen hassen und den anderen lieben, oder er wird zu dem einen halten und den anderen verachten. Ihr könnt nicht Gott dienen und dem Mammon. *

Lk 16,13

[13] Ein Knecht kann nicht zwei Herren dienen: denn entweder wird er den einen hassen und den anderen lieben, oder er wird zu dem einen halten und den anderen vernachlässigen. Ihr könnt nicht Gott dienen und dem Mammon.'

Kommentar:

Die Bergpredigt

8.25   Von den zeitlichen Sorgen

Abschnitt: 91

Mt 6,25-34

²⁵ Darum sage ich euch: Macht euch keine Sorgen um euer Leben, was ihr essen und was ihr trinken sollt, noch um euren Leib, was ihr anziehen sollt. Ist das Leben nicht mehr als die Nahrung und der Leib nicht mehr als die Kleidung?

²⁶ Betrachtet die Vögel des Himmels: Sie säen nicht, sie ernten nicht, sie sammeln nicht in Scheunen: doch euer himmlischer Vater ernährt sie. Seid ihr nicht mehr wert als sie? *

²⁷ Wer von euch vermag mit seinen Sorgen seine Lebenszeit um nur eine kleine Spanne zu verlängern? *

²⁸ Und was seid ihr besorgt um eure Kleidung? Betrachtet die Lilien des Feldes! Wie sie wachsen! Sie arbeiten nicht und spinnen nicht.

²⁹ Ich sage euch aber: Selbst Salomo in all seiner Pracht war nicht gekleidet wie eine von ihnen.

³⁰ Wenn nun Gott das Gras des Feldes, das heute steht und morgen in den Ofen geworfen wird, so kleidet, wieviel mehr euch, ihr Kleingläubigen!

³¹ Seid also nicht besorgt und fragt nicht: Was sollen wir essen? Was sollen wir trinken? Womit sollen wir uns bekleiden?

³² Denn nach all dem trachten die Heiden. Euer himmlischer Vater weiß ja, daß ihr dies alles nötig habt.

³³ Sucht vielmehr zuerst das Reich Gottes und seine Gerechtigkeit, und dies alles wird euch hinzugegeben werden.

³⁴ Seid nicht so besorgt um den morgigen Tag; denn der morgige Tag wird für sich selbst sorgen. - Jeder Tag hat genug seiner eigenen Plage.

Lk 12,22-31

²² Zu seinen Jüngern aber sagte er: 'Darum sage ich euch: Seid nicht ängstlich besorgt für das Leben, was ihr essen, noch für den Leib, was ihr anziehen sollt.

²³ Denn das Leben ist mehr als die Nahrung, und der Leib mehr als die Kleidung.

²⁴ Betrachtet die Raben! Sie säen nicht, sie ernten nicht, sie haben weder Vorratskammer noch Scheune: Doch Gott ernährt sie. Wieviel mehr wert seid ihr als die Vögel!

²⁵ Wer von euch vermag mit seinen Sorgen seine Lebenszeit nur um eine kleine Spanne zu verlängern?

²⁶ Wenn ihr also nicht einmal das Geringste vermögt, was seid ihr um das Übrige ängstlich besorgt?

²⁷ Betrachtet die Lilien! Wie sie wachsen! Sie mühen sich nicht ab, sie spinnen nicht. Ich sage euch aber: Selbst Salomo in all seiner Pracht war nicht so gekleidet wie eine von ihnen.

²⁸ Wenn nun Gott das Gras, das heute auf dem Feld steht und morgen in den Ofen geworfen wird, so kleidet, wieviel mehr euch, ihr Kleingläubigen!

²⁹ So fragt auch nicht, was ihr essen und was ihr trinken sollt, und beunruhigt euch nicht.

³⁰ Nach all dem trachten die Völker der Welt. Euer Vater weiß doch, daß ihr dies nötig habt.

³¹ Sucht sein Reich, und dies wird euch hinzugegeben werden.

Kommentar:

Die Bergpredigt

8.26 Warnung vor freventlichem Urteil

Abschnitt: 92

Mt 7,1-5

¹ Richtet nicht, damit ihr nicht gerichtet werdet!

² Denn das Urteil, das ihr fällt, wird über euch gefällt, und mit dem Maß, mit dem ihr meßt, wird euch zugemessen werden.

³ Was siehst du den Splitter im Auge deines Bruders, den Balken aber in deinem Auge beachtest du nicht?

⁴ Wie kannst du zu deinem Bruder sagen: »Laß mich den Splitter aus deinem Auge ziehen!« - und dabei steckt in deinem Auge ein Balken? *

⁵ Du Heuchler! Zieh erst den Balken aus deinem Auge, dann magst du sehen, wie du den Splitter aus dem Auge deines Bruders ziehst.

Lk 6,37.38,41.42

[37] Richtet nicht, dann werdet ihr nicht gerichtet. Verurteilt nicht, dann werdet ihr nicht verurteilt. Vergebt, so wird euch vergeben.

[38] Gebt, so wird euch gegeben: ein gutes, volles, gerütteltes und überfließendes Maß wird man euch in den Schoß schütten. Denn mit dem Maß, mit dem ihr meßt, wird euch wieder zugemessen werden.' *

[41] Was siehst du den Splitter im Auge deines Bruders, den Balken aber in deinem eigenen Auge bemerkst du nicht?

[42] Wie kannst du zu deinem Bruder sagen: »Bruder, laß mich den Splitter aus deinem Auge ziehen«, wenn du selbst den Balken in deinem Auge nicht siehst? Du Heuchler, ziehe zuvor den Balken aus deinem Auge, dann magst du sehen, wie du den Splitter aus dem Auge deines Bruders herausziehst!

Kommentar:

Die Bergpredigt

8.27   Warnung vor unklugem Eifer

Abschnitt: 93

Mt 7,6

[6] Gebt das Heilige nicht den Hunden, und werft eure Perlen nicht den Schweinen vor, damit sie sie nicht mit ihren Füßen zertreten, sich umwenden und euch zerreißen.

Kommentar:

Die Bergpredigt

8.28   Zuversicht und Beharrlichkeit im Gebete

Abschnitt: 94

Mt 7,7-11

⁷ Bittet, und es wird euch gegeben; sucht, und ihr werdet finden; klopft an, und es wird euch aufgetan.

⁸ Denn jeder, der bittet, empfängt; wer sucht, der findet; wer anklopft, dem wird aufgetan.

⁹ Oder ist einer unter euch, der seinem Sohn einen Stein gibt, wenn er um Brot bittet?

¹⁰ Oder wird er ihm eine Schlange geben, wenn er um einen Fisch bittet?

¹¹ Wenn nun ihr, obwohl ihr böse seid, euren Kindern gute Gaben zu geben wißt, wieviel mehr wird euer Vater im Himmel denen Gutes geben, die ihn bitten!

Lk 11,9-13

⁹ So sage ich euch: Bittet, dann wird euch gegeben; sucht, dann werdet ihr finden; klopft an, dann wird euch aufgetan.

¹⁰ Denn jeder, der bittet, empfängt; wer sucht, der findet; wer anklopft, dem wird aufgetan.

¹¹ Wenn ein Sohn einen von euch, der sein Vater ist, um Brot bittet, wird der ihm etwa einen Stein geben? Und wenn er um einen Fisch bittet, gibt er ihm etwa statt des Fisches eine Schlange?

¹² Oder wenn er um ein Ei bittet, gibt er ihm etwa einen Skorpion?

¹³ Wenn nun ihr, obwohl ihr böse seid, euren Kindern gute Gaben zu geben wißt, wieviel mehr wird der Vater im Himmel Heiligen Geist denen geben, die ihn darum bitten!'

Kommentar:

Die Bergpredigt

8.29   Die goldene Regel

Abschnitt: 95

Mt 7,12

[12] Alles, was ihr wollt, daß es euch die Menschen tun, das tut auch ihr ihnen! Denn dies ist das Gesetz und die Propheten.

Lk 6,31

[31] Wie ihr von den Menschen behandelt sein wollt, so behandelt auch sie.

Kommentar:

Die Bergpredigt

8.30   Die enge Pforte und der schmale Tugendweg

Abschnitt: 96

Mt 7,13-14

[13] Tretet ein durch die enge Pforte! Denn weit ist die Pforte und breit ist der Weg, der ins Verderben führt, und viele gehen auf ihm.
[14] Wie eng ist die Pforte und wie schmal der Weg, der zum Leben führt, und nur wenige finden ihn.

Lk 13,24

[24] 'Bemüht euch, durch die enge Pforte einzutreten. Denn ich sage euch: Viele werden versuchen, einzutreten, es aber nicht vermögen.

Kommentar:

Die Bergpredigt

8.31   Warnung vor den falschen Propheten

Abschnitt: 97

Mt 7,15-20

[15] Hütet euch vor den falschen Propheten! Sie kommen in Schafskleidern zu euch, in Wirklichkeit aber sind sie reißende Wölfe. *
[16] An ihren Früchten sollt ihr sie erkennen. Sammelt man etwa von Dornen Trauben oder von Disteln Feigen?
[17] Jeder gute Baum bringt gute Früchte, ein schlechter Baum aber bringt schlechte Früchte.
[18] Ein guter Baum kann keine schlechten Früchte tragen, und ein schlechter Baum trägt keine guten Früchte.
[19] Jeder Baum, der keine guten Früchte bringt, wird umgehauen und ins Feuer geworfen.
[20] An ihren Früchten also sollt ihr sie erkennen.

Lk 6,43-45

[43] Ein guter Baum trägt keine schlechte Frucht, ein schlechter Baum hingegen trägt keine gute Frucht.
[44] Jeden Baum erkennt man an seiner besonderen Frucht. Von Disteln pflückt man keine Feigen, und vom Dornbusch liest man keine Trauben.
[45] Der gute Mensch bringt aus dem guten Schatz seines Herzen Gutes hervor; der böse dagegen bringt aus dem bösen Böses hervor. Denn wovon das Herz voll ist, davon redet der Mund.

Kommentar:

Die Bergpredigt

8.32   Von der Notwendigkeit der Glaubenswerke

Abschnitt: 98

Mt 7,21-23

²¹ Nicht jeder, der zu mir sagt: Herr! Herr!, wird in das Himmelreich eingehen. Nur wer den Willen meines Vaters tut, der im Himmel ist, wird in das Himmelreich eingehen.
²² An jenem Tag werden viele zu mir sagen: Herr, Herr, haben wir nicht in deinem Namen geweissagt? Haben wir nicht in deinem Namen Dämonen ausgetrieben? Haben wir nicht in deinem Namen viele Machttaten vollbracht?
²³ Dann werde ich ihnen antworten: Ich habe euch nie gekannt! Hinweg von mir, ihr Übeltäter!

Lk 6,46;13,26.27

⁴⁶ Was nennt ihr mich: »Herr, Herr!« und tut nicht, was ich sage?
²⁶ Alsdann werdet ihr sagen: »Wir haben doch mit dir gegessen und getrunken; auf unsern Straßen hast du gelehrt.«
²⁷ Er aber wird euch erklären: »Ich sage euch, ich weiß nicht woher ihr seid. Hinweg von mir, all ihr Übeltäter!«

Kommentar:

Die Bergpredigt

8.33   Das Gleichnis vom klugen und unklugen Hausvater

Abschnitt: 101

Mt 7,24-27

²⁴ Wer nun diese meine Worte hört und befolgt, gleicht einem klugen Mann, der sein Haus auf Felsen baute.

²⁵ Da kam ein Wolkenbruch, Fluten kamen, Stürme brausten und tobten gegen jenes Haus: doch es stürzte nicht ein; weil es auf Felsengrund gebaut war.
²⁶ Wer jedoch meine Worte hört, sie aber nicht befolgt, gleicht einem törichten Mann, der sein Haus auf Sand baute.
²⁷ Da kam ein Wolkenbruch, Fluten kamen, Stürme brausten und rüttelten an jenem Haus. Es stürzte ein und sein Sturz war groß.'

Lk 6,47-49

⁴⁷ Ich will euch zeigen, wem der gleicht, der zu mir kommt, meine Worte hört und sie befolgt.
⁴⁸ Er gleicht einem Mann, der ein Haus baute, tief grub und die Grundmauer auf den Felsen setzte. Als nun Hochwasser kam, prallte die Flut gegen jenes Haus, vermochte es jedoch nicht zu erschüttern, weil es gut gebaut war.
⁴⁹ Wer dagegen meine Worte hört, aber nicht befolgt, gleicht einem Mann, der sein Haus ohne Grundmauer auf die Erde hinbaute. Als die Flut dagegenprallte, fiel es sogleich zusammen; der Einsturz jenes Hauses war gewaltig.

Kommentar:

Die Bergpredigt

8.34   Die Wirkung der Bergpredigt

Abschnitt: 102

Mt 7,28.29

²⁸ Als Jesus diese Rede beendet hatte, wurden die Volksscharen von Staunen über seine Lehre ergriffen.
²⁹ Denn er lehrte sie wie einer, der Macht hat, und nicht wie ihre Schriftgelehrten.

Mk 1,22

²² Und die Menschen wurden durch seine Lehre erschüttert; denn er lehrte sie
wie einer, der Macht hat, und nicht wie die Schriftgelehrten.

Lk 4,32

³² Und sie gerieten außer sich über seine Lehre, denn seine Worte waren voller
Macht.

8.35   Der Hauptmann von Kapharnaum

Abschnitt: 103

Mt 8,5-13

⁵ Als er nach Kafarnaum kam, trat ein Hauptmann an ihn heran und bat ihn:
⁶ 'Herr, mein Knecht liegt gelähmt zu Hause und leidet große Qual.'
⁷ Jesus sagte zu ihm: 'Ich will kommen und ihn gesund machen.'
⁸ Der Hauptmann entgegnete: 'Herr, ich bin nicht würdig, daß du eingehst
   unter mein Dach; doch sprich nur ein Wort, so wird mein Knecht gesund.
⁹ Denn auch ich bin ein Mann, der unter Befehl steht und der Soldaten unter
   sich hat. Sage ich zu diesem: Geh!, so geht er; zu einem anderen: Komm!,
   so kommt er; und zu meinem Knecht: Tu das!, so tut er es.'
¹⁰ Als Jesus das hörte, wunderte er sich und sagte zu denen, die ihm folgten: 'Fürwahr, ich sage euch, bei niemandem in Israel habe ich so großen
   Glauben gefunden!
¹¹ Ich sage euch aber: Viele werden von Osten und Westen kommen und mit
   Abraham, Isaak und Jakob im Himmelreich zu Tisch sitzen.
¹² Die Kinder des Reiches jedoch werden hinausgeworfen in die Finsternis
   draußen. Dort wird Heulen und Zähnenknirschen sein.'
¹³ Zum Hauptmann aber sagte Jesus: 'Geh hin, dir geschehe, wie du geglaubt
   hast.' In jener Stunde ward der Knecht gesund.

Lk 7,1-10

[1] Nachdem er alle seine Reden vor dem Volk beendet hatte, begab er sich nach Kafarnaum.

[2] Der Knecht eines Hauptmanns, der diesem teuer war, war krank und lag im Sterben.

[3] Da er von Jesus gehört hatte, sandte er Älteste der Juden mit der Bitte zu ihm, er möge kommen und seinen Knecht gesund machen.

[4] Sie kamen zu Jesus und baten ihn inständig und sagten: 'Er verdient es, daß du ihm dies gewährst;

[5] denn er liebt unser Volk und hat uns die Synagoge erbaut.'

[6] Jesus ging mit ihnen. Als er nicht mehr weit vom Haus entfernt war, ließ der Hauptmann ihm durch Freunde sagen: 'Herr, bemühe dich nicht; denn ich bin nicht würdig, daß du eingehst unter mein Dach.

[7] Deshalb habe ich mich auch nicht für würdig gehalten, zu dir zu kommen. Aber sprich nur ein Wort, so wird mein Knecht gesund.

[8] Denn auch ich bin ein Mann, der unter Befehl gestellt ist, doch Soldaten unter sich hat. Sage ich diesem: Geh, so geht er; zu einem anderen: Komm, so kommt er; und zu meinem Knecht: Tu das, so tut er es.'

[9] Als Jesus das hörte, wunderte er sich über ihn. Er wandte sich um und sagte zu dem Volk, das ihn begleitete: 'Ich sage euch, selbst in Israel habe ich so großen Glauben nicht gefunden.'

[10] Als die Boten nach Hause zurückkamen, fanden sie den Knecht, der krank gewesen war, gesund.

8.36   Der Jüngling von Naim

Abschnitt: 104

Lk 7,11-17

[11] Hernach kam er in eine Stadt mit Namen Naïn. Seine Jünger und zahlreiches Volk zogen mit ihm.

[12] Als er sich dem Stadttor näherte, trug man gerade einen Toten heraus, den einzigen Sohn seiner Mutter; sie war eine Witwe. Viel Volk aus der Stadt war mit ihr.

[13] Als der Herr sie sah, ward er von Mitleid mit ihr ergriffen und sagte zu ihr: 'Weine nicht!'

[14] Dann trat er hinzu und berührte die Bahre; die Träger blieben stehen. Und er sagte: 'Jüngling ich sage dir, steh auf!'
[15] Da setzte sich der Tote auf und begann zu sprechen. Und er gab ihn seiner Mutter.
[16] Alle ergriff Furcht. Sie priesen Gott und sagten: 'Ein großer Prophet ist unter uns aufgestanden' und: 'Gott hat sein Volk heimgesucht!'
[17] Die Kunde davon verbreitete sich in ganz Judäa und im ganzen Umland.

8.37   Die Gesandschaft des Täufers

Abschnitt: 105

Mt 11,2-6

[2] Als Johannes im Gefängnis vom Wirken Christi hörte, schickte er seine Jünger zu ihm
[3] und ließ ihn fragen: 'Bist du es, der da kommen soll, oder sollen wir auf einen anderen warten?' *
[4] Jesus antwortete ihnen: 'Geht und berichtet Johannes, was ihr hört und seht:
[5] Blinde sehen, Lahme gehen, Aussätzige werden rein, Taube hören wieder, Tote stehen auf, Armen wird die Frohbotschaft verkündet,
[6] und selig ist, wer an mir keinen Anstoß nimmt.'

Lk 7,18-23

[18] Von all dem erhielt Johannes durch seine Jünger Nachricht. Da rief Johannes zwei seiner Jünger zu sich,
[19] sandte sie zum Herrn und ließ fragen: 'Bist du es, der da kommen soll, oder sollen wir einen anderen erwarten?'
[20] Die Männer kamen zu ihm und sagten: 'Johannes der Täufer sendet uns zu dir und läßt fragen: Bist du es, der da kommen soll, oder sollen wir einen andern erwarten?'
[21] In jener Zeit heilte er gerade viele von Krankheiten, Leiden und bösen Geistern und schenkte vielen Blinden das Augenlicht.
[22] Als Antwort sagte er zu ihnen: 'Geht und berichtet Johannes, was ihr gesehen und gehört habt: Blinde sehen wieder, Lahme gehen, Aussätzige

werden rein, Taube hören, Tote werden auferweckt, Armen wird die Frohbotschaft verkündet.

²³ Und selig ist, wer an mir keinen Anstoß nimmt.'

8.38   Jesu Zeugnis über den Täufer

Abschnitt: 106

Mt 11,7-15

⁷ Als sie gegangen waren, sprach Jesus zum Volk über Johannes: er sagte:
'Wozu seid ihr in die Wüste hinausgezogen? Ein Schilfrohr zu sehen, das
vom Wind hin und her bewegt wird?

⁸ Oder wozu seid ihr hinausgezogen? Einen Mann in feinen Kleidern zu sehen?
- Leute, die feine Kleider tragen, sind in den Palästen der Könige.

⁹ Wozu also seid ihr hinausgezogen? Um einen Propheten zu sehen? Ja, ich
sage euch, noch mehr als einen Propheten habt ihr gesehen.

¹⁰ Er ist es, von dem geschrieben steht: »Siehe, ich sende meinen Boten vor dir
her; auf daß er den Weg vor dir bereite«.

¹¹ Wahrlich, ich sage euch: Unter allen Menschen ist kein größerer aufgetre-
ten als Johannes der Täufer. Dennoch ist der Geringste im Himmelreich
größer als er. *

¹² Seit den Tagen Johannes´ des Täufers bis heute bricht sich das Himmelreich
machtvoll Bahn, und die stürmisch Drängenden werden seiner teilhaftig. *

¹³ Denn alle Propheten und das Gesetz bis auf Johannes haben davon geweissagt.

¹⁴ Und wenn ihr es annehmen wollt: Er ist Elija, der da kommen soll. *

¹⁵ Wer Ohren hat, der höre!

Lk 7,24-30;16,16

²⁴ Als die Boten des Johannes weggegangen waren, begann er zu den Volksscharen über Johannes zu sprechen. Er sagte: 'Wozu seid ihr in die Wüste
hinausgezogen? Ein Schilfrohr zu sehen, das vom Winde hin und her bewegt wird?

²⁵ Oder seid ihr hinausgezogen, einen Mann in feinen Kleidern zu sehen? Nein, Leute, die prächtige Kleider tragen und in Luxus leben, sind an den Höfen der Könige.
²⁶ Wozu seid ihr also hinausgezogen? Einen Propheten zu sehen? Ja, ich sage euch, noch mehr als einen Propheten.
²⁷ Dieser ist es, von dem geschrieben steht: »Siehe, ich sende meinen Boten vor dir her, daß er deinen Weg vor dir bereite.« *
²⁸ Ich sage euch: Unter den von Frauen Geborenen gibt es keinen größeren als Johannes. - Aber der Geringste im Reich Gottes ist größer als er.
²⁹ Alles Volk, das ihn hörte, und selbst die Zöllner erkannten Gottes Gerechtigkeit an und empfingen die Taufe des Johannes,
³⁰ die Pharisäer und die Gesetzeslehrer hingegen mißachteten Gottes Ratschluß, indem sie sich nicht von ihm taufen ließen.
¹⁶ Das Gesetz und die Propheten reichen bis auf Johannes. Seitdem wird das Reich Gottes als Frohbotschaft verkündet, und alle drängen hinein.

Kommentar:

Lk 7,31-35

8.39   Eigensinnige Kinder: unverständige Hörer

Abschnitt: 107

Mt 11,16-19

¹⁶ Mit wem soll ich dieses Geschlecht vergleichen? Es gleicht Kindern, die auf dem Markt sitzen und anderen zurufen:
¹⁷ Wir haben für euch Lieder gespielt, und ihr habt nicht getanzt; wir haben Klagelieder gesungen, und ihr habt nicht geweint.
¹⁸ Johannes trat auf: Er aß nicht und trank nicht, da heißt es: Er ist von einem Dämon besessen.
¹⁹ Der Menschensohn trat auf: Er ißt und trinkt; da heißt es: Seht den Fresser und Säufer, den Freund der Zöllner und Sünder! Aber die Weisheit ist durch ihre Taten gerechtfertigt worden.' *

8.40 Liebeserweis der Sünderin im Hause des Pharisäers

Abschnitt: 108

Lk 7,36-50

[36] Ein Pharisäer bat ihn, bei ihm zu essen. Er ging in das Haus des Pharisäers und legte sich zu Tisch.

[37] Eine Frau, die in der Stadt als Sünderin bekannt war, erfuhr, daß er im Haus des Pharisäers zu Tisch liege. Sie brachte ein Alabastergefäß mit Salböl, *

[38] und ließ sich weinend hinten zu seinen Füßen nieder. Mit ihren Tränen benetzte sie seine Füße und trocknete sie mit den Haaren ihres Hauptes. Dann küßte sie seine Füße und salbte sie mit dem Salböl. *

[39] Als der Pharisäer, der ihn geladen hatte, dies sah, dachte er bei sich: 'Wenn dieser ein Prophet wäre, wüßte er, wer und was für eine Frau das ist, die ihn berührt, - daß sie eine Sünderin ist!'

[40] Jesus sagte zu ihm: 'Simon, ich habe dir etwas zu sagen.' Dieser erwiderte: 'Sprich, Meister!'

[41] Er sagte: 'Ein Geldverleiher hatte zwei Schuldner. Der eine schuldete ihm fünfhundert Denare, der andere fünfzig.

[42] Da sie nicht bezahlen konnten, erließ er es beiden. Wer von ihnen wird ihn nun mehr lieben?'

[43] Simon antwortete: 'Ich glaube, der, dem er die größere Summe geschenkt hat.' Jesus sagte zu ihm: 'Du hast richtig geurteilt.'

[44] Dann sagte er, der Frau zugewandt, zu Simon: 'Siehst du diese Frau? Ich kam in dein Haus, und du gabst mir kein Wasser für die Füße; sie aber hat meine Füße mit ihren Tränen benetzt und mit ihren Haaren getrocknet.

[45] Du gabst mir keinen Kuß; sie aber hat seit meinem Eintritt unaufhörlich meine Füße geküßt.

[46] Du salbtest mein Haupt nicht mit Öl; sie aber hat meine Füße mit Salböl gesalbt.

[47] Deshalb sage ich dir: Ihre vielen Sünden sind vergeben, weil sie viel Liebe gezeigt hat; wem aber weniger vergeben wird, der hat weniger Liebe.'

[48] Dann sagte er zu ihr: 'Deine Sünden sind dir vergeben.'

[49] Da dachten die, die mit ihm zu Tisch lagen, bei sich: 'Wer ist dieser, daß er sogar Sünden vergibt?'

[50] Er aber sagte zu der Frau: 'Dein Glaube hat dich gerettet. Geh hin in Frieden!'

8.41   Galiläische Frauen als Begleiterinnen Jesu

Abschnitt: 109

Lk 8,1-3

[1] Hierauf wanderte er von Stadt zu Stadt, von Dorf zu Dorf, predigte und
verkündete die Frohbotschaft vom Reich Gottes. Bei ihm waren die Zwölf
[2] sowie einige Frauen, die von bösen Geistern und Krankheiten geheilt worden
waren: Maria mit dem Beinamen Magdalena, aus der sieben Dämonen
ausgefahren waren,
[3] ferner Johanna, die Frau des Chuzas, eines Verwalters des Herodes, Susanna
und noch viele andere, die mit ihrem Vermögen für sie sorgten.

8.42   Das Anwachsen der Begeisterung

Abschnitt: 110

Mk 3,20.21

[20] Dann ging er nach Haus. Wieder strömte das Volk zusammen, so daß sie
nicht einmal mehr essen konnten.
[21] Als seine Angehörigen davon hörten, machten sie sich auf, um sich seiner
zu bemächtigen. Denn sie sagten: 'Er ist von Sinnen.' *

8.43   Jesu wahre Verwandte

Abschnitt: 111

Mt 12,46-50

[46] Während Jesus noch zum Volk redete, standen seine Mutter und seine Brüder
draußen und wollten ihn sprechen. *
[47] Jemand sagte zu ihm: 'Deine Mutter und deine Brüder stehen draußen und
wünschen, dich zu sprechen.'

⁴⁸ Er aber erwiderte dem, der es ihm gesagt hatte: 'Wer ist meine Mutter, und wer sind meine Brüder?'

⁴⁹ Und er streckte seine Hand über seine Jünger aus und sagte: 'Da sind meine Mutter und meine Brüder! *

⁵⁰ Denn wer den Willen meines Vaters im Himmel tut, der ist mir Bruder, Schwester und Mutter.'

Mk 3,31-35

³¹ Da kamen seine Mutter und seine Brüder. Sie blieben draußen stehen und ließen ihn rufen. *

³² Viele saßen um ihn herum. Man meldete ihm: 'Deine Mutter und deine Brüder sind draußen und suchen dich.'

³³ Er erwiderte: 'Wer ist meine Mutter, und wer sind meine Brüder?'

³⁴ Dann blickte er auf die, die im Kreis um ihn herum saßen, und sagte: 'Hier sind meine Mutter und meine Brüder.

³⁵ Denn wer den Willen Gottes tut, der ist mir Bruder, Schwester und Mutter.'

Lk 8,19-21

¹⁹ Seine Mutter und seine Brüder kamen zu ihm, konnten aber wegen des Volkes nicht zu ihm gelangen. *

²⁰ Man meldete ihm: 'Deine Mutter und deine Brüder stehen draußen und wünschen dich zu sehen.'

²¹ Er aber entgegnete ihnen: 'Meine Mutter und meine Brüder sind jene, die das Wort Gottes hören und es befolgen.'

Kommentar:

Die Seepredigt

8.44   Das Gleichnis vom Sämann

Abschnitt: 112

Mt 13,1-9

[1] An jenem Tag ging Jesus aus dem Haus und setzte sich ans Ufer des Sees.
[2] Viel Volk strömte bei ihm zusammen. Darum bestieg er ein Boot und ließ sich darin nieder, während das ganze Volk am Ufer stand.
[3] Und er redete zu ihm über vieles in Gleichnissen. Er sagte: 'Ein Sämann ging aus, um zu säen.
[4] Beim Säen fiel einiges auf den Weg, und die Vögel kamen und pickten es auf.
[5] Anderes fiel auf steinigen Boden, wo es nicht viel Erde hatte. Es schoß schnell auf, denn es lag nicht tief in der Erde.
[6] Als aber die Sonne hochstieg, wurde es versengt und verdorrte, weil es keine Wurzeln hatte.
[7] Anderes fiel unter die Dornen. Die Dornen wuchsen auf und erstickten es.
[8] Anderes aber fiel auf gutes Erdreich und brachte Frucht, hundertfach, sechzigfach, dreißigfach.
[9] Wer Ohren hat, der höre!'

Mk 4,1-9

[1] Wiederum lehrte er am See. Sehr viel Volk strömte bei ihm zusammen. Darum stieg er in ein Boot und setzte sich darin auf dem See nieder. Das Volk stand am Ufer. *
[2] Er lehrte sie vieles in Gleichnissen. Während dieser Unterweisung sagte er:
[3] 'Hört! Da ging ein Sämann aus, um zu säen.
[4] Beim Säen fiel einiges auf den Weg, und die Vögel kamen und pickten es auf.
[5] Anderes fiel auf steinigen Grund, wo es nicht viel Erde hatte. Weil es nicht tief in der Erde lag, schoß es schnell auf;
[6] als aber die Sonne hochstieg, wurde es versengt, und weil es keine Wurzel hatte, verdorrte es.
[7] Anderes fiel unter die Dornen. Die Dornen wuchsen mit auf und erstickten es, so daß es keine Frucht brachte.

⁸ Anderes endlich fiel auf gutes Erdreich, ging auf und wuchs und brachte Frucht: dreißigfach, sechzigfach, hundertfach.'

⁹ Und er sagte: 'Wer Ohren hat zum Hören, der höre!'

Lk 8,4-8

⁴ Als viel Volk zusammenkam und die Leute aus allen Städten ihm zuströmten, sagte er in einem Gleichnis:

⁵ 'Ein Sämann ging aus, seinen Samen zu säen. Beim Säen fiel einiges auf den Weg, wurde zertreten und die Vögel des Himmels pickten es auf.

⁶ Anderes fiel auf steinigen Grund; es ging zwar auf, verdorrte aber, weil es keine Feuchtigkeit hatte.

⁷ Anderes fiel mitten unter die Dornen. Die Dornen wuchsen mit auf und erstickten es.

⁸ Und anderes fiel auf gutes Erdreich, ging auf und trug hundertfältige Frucht.' Bei diesen Worten rief er aus: 'Wer Ohren hat zu hören, der höre!'

Kommentar:

Die Seepredigt

8.45 Grund und Zweck der Gleichnisreden

Abschnitt: 113

Mt 13,10-15

¹⁰ Da kamen die Jünger und fragten ihn: 'Warum redest du zu ihnen in Gleichnissen?'

¹¹ Er antwortete ihnen: 'Euch ist es gegeben, die Geheimnisse des Himmelreichs zu verstehen. Jenen aber ist es nicht gegeben.

¹² Denn wer hat, dem wird gegeben, und er wird im Überfluß haben; wer aber nicht hat, dem wird noch weggenommen, was er hat.

¹³ Darum rede ich zu ihnen in Gleichnissen, weil sie sehen und doch nicht sehen, hören und doch nicht hören und nicht verstehen.

[14] So erfüllt sich für sie die Weissagung Jesajas: »Mit den Ohren sollt ihr hören und doch nicht verstehen; mit den Augen sollt ihr sehen und doch nicht erkennen. *

[15] Denn verstockt ist das Herz dieses Volkes. Mit den Ohren hört es schwer, seine Augen hat es geschlossen, damit es mit den Augen nicht sieht und mit den Ohren nicht hört, mit dem Herzen nicht versteht und sich nicht bekehrt, daß ich es heile.«

Mk 4,10-12

[10] Als er allein war, fragten ihn seine Jünger und die Zwölf nach dem Sinn der Gleichnisse.

[11] Er sagte zu ihnen: 'Euch ist das Geheimnis des Reiches Gottes anvertraut; jenen aber, die draußen sind, wird das alles in Gleichnissen gesagt.

[12] Sie sollen mit ihren Augen sehen und doch nicht erkennen, mit ihren Ohren hören, aber nicht verstehen, damit sie sich nicht etwa bekehren und Vergebung finden'. *

Lk 8,9-10

[9] Da fragten ihn seine Jünger, was dieses Gleichnis bedeute.

[10] Er antwortete: 'Euch ist es gegeben, die Geheimnisse des Reiches Gottes zu verstehen, den anderen werden sie nur in Gleichnissen dargeboten, damit sie sehend nicht sehen und hörend nicht verstehen. *

Kommentar:

Die Seepredigt

8.46   Deutung des Sämannsgleichnisses

Abschnitt: 114

Mt 13,18-23

[18] So hört nun, was das Gleichnis vom Sämann bedeutet:

[19] Zu jedem, der das Wort vom Reich hört, es aber nicht begreift, kommt der Böse und raubt, was in sein Herz gesät ward. Das ist das auf den Weg Gesäte.
[20] Auf steinigen Grund ist bei dem gesät, der das Wort anhört und es mit Freuden aufnimmt.
[21] Es kann aber wegen seiner Unbeständigkeit in ihm keine Wurzeln schlagen. Wenn um des Wortes willen Bedrängnis oder Verfolgung über ihn hereinbricht, kommt er zu Fall.
[22] Unter die Dornen gesät ist bei dem, der das Wort zwar hört, es wird in ihm aber von weltlicher Sorge und trügerischem Reichtum erstickt, so daß es ohne Frucht bleibt.
[23] Doch auf gutes Erdreich gesät ist bei dem, der das Wort hört und begreift; der bringt dann auch Frucht, hundertfach oder sechzigfach oder dreißigfach.'

Mk 4,13-20

[13] Weiter sagte er zu ihnen: 'Versteht ihr dieses Gleichnis nicht? Wie wollt ihr dann die Gleichnisse überhaupt verstehen?
[14] Der Sämann sät das Wort.
[15] Auf den Weg gesät ist es bei denen, die es zwar hören, denen das Wort, das in ihre Herzen gesät wurde, jedoch sogleich vom Satan weggenommen wird.
[16] Entsprechend ist bei denen auf steinigen Grund gesät, die das Wort zwar hören und sogleich mit Freuden aufnehmen,
[17] aber es in sich nicht Wurzel fassen lassen, weil sie unbeständig sind. Wenn dann um des Wortes willen Bedrängnis oder Verfolgung hereinbrechen, fallen sie gleich ab.
[18] Bei anderen ist das Wort unter Dornen gesät. Sie hören das Wort,
[19] aber die weltlichen Sorgen, der trügerische Reichtum und sonstige Begierden schleichen sich ein und ersticken es, so daß es ohne Frucht bleibt.
[20] Und das sind die, bei denen auf gutes Erdreich gesät wurde: sie hören es, nehmen es auf und bringen Frucht: dreißigfach, sechzigfach, hundertfach.'

Lk 8,11-15

[11] Das aber bedeutet dieses Gleichnis: Der Same ist das Wort Gottes.
[12] Die auf dem Weg sind jene, die es wohl hören; dann aber kommt der Teufel und nimmt das Wort aus ihrem Herzen weg, damit sie nicht glauben und

gerettet werden.

¹³ Die auf dem steinigen Grund sind jene, die, wenn sie das Wort hören, es mit Freuden aufnehmen, aber nicht Wurzel fassen lassen. Sie glauben eine Zeitlang, und in der Zeit der Versuchung fallen sie ab.

¹⁴ Was unter die Dornen fiel, sind jene, die das Wort zwar hören, dann aber hingehen und es in den Sorgen, Reichtümern und Genüssen des Lebens ersticken und so keine reife Frucht bringen.

¹⁵ Was endlich auf gutes Erdreich fiel, sind jene, die das Wort hören, es in einem edlen und guten Herzen bewahren und Frucht bringen mit Beharrlichkeit.

Kommentar:

Die Seepredigt

8.47 Sprüche: Aufgabe der Jünger Jesu

Abschnitt: 115

Mk 4,21-25

²¹ Er sagte ihnen noch: 'Läßt man sich wohl eine Lampe bringen, um sie unter einen Scheffel oder unter das Bett zu stellen? Nicht vielmehr, um sie auf den Leuchter zu setzen?

²² Nichts ist verborgen, das nicht offenbar werden, nichts ist geheim, das nicht an den Tag kommen soll.

²³ Wer Ohren hat zum Hören, der höre!'

²⁴ Dann sagte er zu ihnen: 'Achtet auf das, was ihr hört! Mit dem Maß, mit dem ihr meßt, wird euch gemessen, ja, es wird euch noch hinzugegeben werden.

²⁵ Denn wer hat, dem wird gegeben. Wer aber nicht hat, dem wird noch genommen, was er hat.'

Lk 8,16-18

¹⁶ Niemand zündet eine Lampe an und deckt sie mit einem Gefäß zu oder stellt sie unter das Lager, sondern setzt sie auf den Leuchter, damit die, die

eintreten, das Licht sehen.

[17] Denn nichts ist verborgen, was nicht offenbar, nichts geheim, was nicht bekannt würde und an den Tag käme.

[18] Seht also zu, wie ihr hört! Denn wer hat, dem wird gegeben werden. Wer aber nicht hat, dem wird noch genommen werden, was er zu haben meint.' *

Kommentar:

Die Seepredigt

8.48 Das Gleichnis von der selbstwachsenden Saat

Abschnitt: 116

Mk 4,26-29

[26] Weiter sagte er: 'Mit dem Reich Gottes ist es wie mit einem Mann, der Samen auf das Feld sät.

[27] Mag er schlafen oder Tag und Nacht hindurch wachen: der Same keimt und sprießt auf; wie, das weiß er selbst nicht.

[28] Von selbst bringt das Feld Frucht, erst den Halm, dann die Ähre, zuletzt das volle Korn in der Ähre.

[29] Sobald aber die Frucht es erlaubt, sendet er die Sichel aus, denn die Zeit der Ernte ist da.' *

Kommentar:

Die Seepredigt

8.49 Das Gleichnis vom Unkraut unter dem Weizen

Abschnitt: 117

Mt 13,24-30

[24] Ein anderes Gleichnis trug er ihnen vor: 'Mit dem Himmelreich ist es wie mit einem Mann, der guten Samen auf seinen Acker säte. *

[25] Während die Leute schliefen, kam sein Feind, säte Unkraut unter den Weizen und ging davon.

[26] Als nun die Saat aufging und Frucht ansetzte, kam auch das Unkraut zum Vorschein.

[27] Da kamen die Knechte zum Hausherrn und sagten: »Herr, hast du nicht guten Samen auf deinen Acker gesät? Woher hat er dann das Unkraut?«

[28] Er antwortete ihnen: »Das hat ein Feind ausgesät«. Da fragten ihn die Knechte: »Sollen wir hingehen und es sammeln?«

[29] Er sagte: »Nein! Ihr könntet beim Sammeln mit dem Unkraut auch den Weizen ausreißen.

[30] Laßt nur beides miteinander wachsen bis zur Ernte. Zur Zeit der Ernte werde ich den Schnittern sagen: Sammelt zuerst das Unkraut und bindet es in Büschel zum Verbrennen. Den Weizen aber bringt in meine Scheune.«'

Kommentar:

Die Seepredigt

8.50 Das Gleichnis vom Senfkorn

Abschnitt: 118

Mt 13,31.32

[31] Ein anderes Gleichnis trug er ihnen vor: 'Mit dem Himmelreich ist es wie mit einem Senfkorn, das ein Mann auf seinen Acker säte.

[32] Es ist zwar kleiner als alle anderen Samenkörner, ist es aber ausgewachsen, so ist es größer als alle Kräuter. Es wird zu einem Baum, so daß die Vögel des Himmels kommen und in seinen Zweigen wohnen.'

Mk 4,30-32

[30] Ferner sagte er: 'Womit sollen wir das Reich Gottes vergleichen, mit welchem Gleichnis es darstellen?

[31] Es gleicht einem Senfkorn. Sät man es in die Erde, so ist es kleiner als alle anderen Samenkörner auf Erden.

[32] Ist es aber gesät, so schießt es empor und wird größer als alle Garten-gewächse. Es treibt so große Zweige, daß unter seinem Schatten die Vögel des Himmels wohnen können.'

Lk 13,18.19

[18] Dann sagte er: 'Wem ist das Reich Gottes gleich? Womit soll ich es verglei-chen?

[19] Es gleicht einem Senfkorn, das ein Mann nahm und in seinen Garten säte. Es wuchs auf und ward zu einem großen Baum, und die Vögel des Himmels wohnten in seinen Zweigen.'

Kommentar:

Die Seepredigt

8.51 Das Gleichnis vom Sauerteig

Abschnitt: 119

Mt 13,33

[33] Er erzählte ihnen ein weiteres Gleichnis: 'Das Himmelreich gleicht dem Sauerteig, den eine Frau unter drei Maß Mehl mengte, bis das Ganze durchsäuert war.'

Lk 13,20.21

[20] Weiter sagte er: 'Womit soll ich das Reich Gottes vergleichen?

[21] Es gleicht dem Sauerteig, den eine Frau nahm und unter drei Maß Mehl mengte, bis das Ganze durchsäuert war.'

Kommentar:

Die Seepredigt

8.52 Vorhersagung der Gleichnisreden

Abschnitt: 120

Mt 13,34.35

> [34] Dies alles redete Jesus zu den Volksscharen in Gleichnissen; er sprach übrigens nur in Gleichnissen zu ihnen.
> [35] So sollte sich das Wort des Propheten erfüllen, der da sagt: 'Ich will meinen Mund auftun und in Gleichnissen sprechen, will offenbaren, was verborgen war seit Erschaffung der Welt.' *

Mk 4,33.34

> [33] In vielen solchen Gleichnissen verkündete er ihnen das Wort, soweit sie es fassen konnten.
> [34] Ohne Gleichnisse sprach er nicht zu ihnen. Seinen Jüngern aber erklärte er alles, wenn er mit ihnen allein war.

Kommentar:

Die Seepredigt

8.53 Die Erklärung des Gleichnisses vom Unkraut

Abschnitt: 121

Mt 13,36-43

> [36] Darauf verließ er die Volksscharen und ging nach Haus. Da traten seine Jünger zu ihm und sagten: 'Erkläre uns das Gleichnis vom Unkraut auf dem Acker.'
> [37] Er antwortete: 'Der den guten Samen sät, ist der Menschensohn.
> [38] Der Acker ist die Welt. Der gute Samen, das sind die Kinder des Reiches; das Unkraut sind die Kinder des Bösen.
> [39] Der Feind, der es gesät hat, ist der Teufel. Die Ernte ist das Ende der Welt. Die Schnitter sind die Engel.

[40] Wie man nun das Unkraut sammelt und im Feuer verbrennt, so wird es auch am Ende der Welt sein:
[41] Der Menschensohn wird seine Engel aussenden, und sie werden alle Verführer und Übeltäter aus seinem Reich zusammenbringen
[42] und sie in den Feuerofen werfen. Dort wird Heulen und Zähneknirschen sein.
[43] Dann werden die Gerechten im Reich ihres Vaters leuchten wie die Sonne. Wer Ohren hat, der höre!

Kommentar:

Die Seepredigt

8.54 Das Gleichnis vom Schatz und von der Perle

Abschnitt: 122

Mt 13,44-46

[44] Mit dem Himmelreich ist es wie mit einem Schatz, der in einem Acker verborgen war. Ein Mann fand ihn, deckte ihn aber wieder zu. Voll Freude ging er hin, verkaufte alles, was er besaß, und kaufte jenen Acker. *
[45] Mit dem Himmelreich verhält es sich auch wie mit einem Kaufmann, der edle Perlen suchte.
[46] Als er eine kostbare Perle gefunden hatte, ging er hin, verkaufte alles, was er besaß, und kaufte sie.

Kommentar:

Die Seepredigt

8.55   Das Gleichnis vom Fischnetz

Abschnitt: 123

Mt 13,47-50

[47] Weiter ist es mit dem Himmelreich wie mit einem Fischnetz, das ins Meer
geworfen wurde und Fische aller Art einfing. *

[48] Als es voll war, zog man es ans Ufer, setzte sich und sammelte die guten in
Gefäße, die schlechten warf man weg.

[49] So wird es auch am Ende der Welt sein: Die Engel werden ausziehen und
die Bösen aus der Mitte der Gerechten aussondern

[50] und sie in den Feuerofen werfen. Dort wird Heulen und Zähneknirschen
sein.

Kommentar:

Die Seepredigt

8.56   Die Schlußbetrachtung der Gleichnisreden

Abschnitt: 124

Mt 13,51.52

[51] Habt ihr das alles verstanden?' Sie antworteten: 'Ja.'

[52] Da sagte er zu ihnen: 'Darum gleicht jeder Schriftgelehrte, der in der Lehre
des Himmelreichs bewandert ist, einem Hausvater, der aus seinem Schatz
Altes und Neues hervorholt.'

8.57 Die Stillung des Seesturmes

Abschnitt: 125

Mt 8,18.23-27

[18] Als Jesus die vielen Menschen sah, die um ihn waren, ließ er sich an das andere Ufer fahren.

[23] Jesus stieg in ein Boot, und seine Jünger folgten ihm.

[24] Plötzlich erhob sich auf dem See ein schwerer Sturm, so daß das Boot von den Wellen überflutet wurde. Er aber schlief.

[25] Da traten die Jünger zu ihm, weckten ihn und riefen: 'Herr, hilf uns, wir gehen zugrunde!'

[26] Er sagte zu ihnen: 'Was seid ihr so furchtsam, ihr Kleingläubigen?' Dann stand er auf, gebot dem Sturm und dem See, und es trat eine große Stille ein.

[27] Voll Staunen sagten die Leute: 'Wer ist doch dieser, daß selbst die Winde und der See ihm gehorchen!'

Mk 4,35-41

[35] Am Abend jenes Tages sagte er zu ihnen: 'Fahren wir hinüber ans andere Ufer.'

[36] Sie entließen das Volk und nahmen ihn, so wie er war, im Boot mit; noch andere Boote schlossen sich an.

[37] Da erhob sich ein gewaltiger Sturm. Die Wogen schlugen in das Boot, so daß es sich mit Wasser füllte. *

[38] Er aber schlief hinten im Boot auf einem Kissen. Sie weckten ihn und riefen: 'Meister, kümmert es dich nicht, daß wir untergehen?'

[39] Er stand auf, schalt den Wind und gebot dem See: 'Schweig! Sei still!' Da legte sich der Wind und es trat eine große Stille ein.

[40] Er sagte zu ihnen: 'Was seid ihr so furchtsam? Habt ihr keinen Glauben?'

[41] Da befiel sie große Furcht, und sie sagten zueinander: 'Wer ist wohl dieser, daß ihm selbst Sturm und See gehorchen?' *

Lk 8,22-25

²² Eines Tages stieg er mit seinen Jüngern in ein Boot und sagte zu ihnen: 'Laßt uns an das andere Ufer des Sees hinüberfahren.' Sie stießen vom Land ab. ²³ Während sie dahinsegelten, schlief er ein. Da kam ein Wirbelsturm auf den See herab; sie nahmen viel Wasser über und gerieten in Gefahr. * ²⁴ Da traten sie heran, weckten ihn und riefen: 'Meister, Meister, wir gehen unter!' Er aber erhob sich und herrschte den Wind und das tobende Wasser an: Sie legten sich, und es trat Stille ein. ²⁵ Da sagte er zu ihnen: 'Wo ist euer Glaube?' Voll Furcht und Staunen sagten sie zueinander: 'Wer ist denn dieser? Er gebietet Sturm und Wasser, und sie gehorchen ihm!'

8.58   Die Besessenen im Ostjordanland

Abschnitt: 126

Mt 8,28-34

²⁸ Als Jesus an das andere Ufer, in das Gebiet von Gadara kam, liefen ihm zwei Besessene entgegen, die aus den Grabhöhlen herauskamen. Sie waren so gefährlich, daß niemand den Weg, der dort vorbeiführte, benutzen konnte. ²⁹ Sie fingen an zu schreien: 'Was haben wir mit dir zu tun, Sohn Gottes? Bist du hierher gekommen, uns vor der Zeit zu quälen?' * ³⁰ Nun weidete abseits von ihnen eine große Herde Schweine. ³¹ Die Dämonen baten ihn: 'Wenn du uns austreibst, dann schicke uns in die Schweineherde.' ³² Er sagte zu ihnen: 'Fahrt hin!' Da fuhren sie aus und zogen in die Schweine. Und die ganze Herde raste den Abhang hinab in den See und kam in den Fluten um. ³³ Die Hirten aber liefen davon, gingen in die Stadt und erzählten alles, auch das, was mit den Besessenen geschehen war. ³⁴ Da zog die ganze Stadt hinaus, Jesus entgegen. Als sie ihn sahen, baten sie, er möge ihr Gebiet verlassen.

Mk 5,1-20

¹ Sie kamen an das andere Ufer des Sees, in das Land der Gerasener. *

² Als er aus dem Boot stieg, lief ihm aus den Grabkammern ein Mann mit einem unreinen Geist entgegen. *

³ Er hauste in den Grabanlagen, und selbst mit Fesseln konnte man ihn nicht zurückhalten.

⁴ Schon oft hatte man ihn in Ketten gelegt, aber er hatte die Ketten gesprengt und die Fußfesseln zerrieben; niemand war imstande, ihn zu bändigen.

⁵ Bei Tag und bei Nacht hielt er sich in den Grabhöhlen und auf den Bergen auf, schrie und schlug sich mit Steinen.

⁶ Als er Jesus von weitem sah, lief er herbei, warf sich vor ihm nieder

⁷ und schrie mit lauter Stimme: 'Was habe ich mit dir zu tun, Jesus, Sohn des höchsten Gottes? Ich beschwöre dich bei Gott, quäle mich nicht!' *

⁸ Jesus hatte ihm nämlich befohlen: 'Fahre aus diesem Menschen, du unreiner Geist!'

⁹ Jesus fragte ihn: 'Wie heißt du?' Er antwortete: '»Legion« ist mein Name; denn wir sind viele.' *

¹⁰ Und er bat ihn flehentlich, sie nicht des Landes zu verweisen.

¹¹ Nun weidete dort am Berg eine große Schweineherde.

¹² Da baten ihn die Dämonen: 'Schick uns in die Schweine, laß uns in sie hineinfahren!'

¹³ Er erlaubte es ihnen. Darauf fuhren die unreinen Geister aus und fuhren in die Schweine. Und die Herde, an zweitausend Stück, raste den Abhang hinab in den See und ertrank.

¹⁴ Die Hirten aber liefen davon und berichteten darüber in der Stadt und auf dem Land. Da eilten die Leute herbei, um zu sehen, was vorgefallen war.

¹⁵ Sie kamen zu Jesus und sahen den Mann, der von der Legion besessen gewesen war, bekleidet und bei Sinnen dasitzen. Da wurden sie von Furcht ergriffen.

¹⁶ Die Augenzeugen erzählten ihnen, wie es dem Besessenen ergangen war, und die Sache mit den Schweinen.

¹⁷ Da ersuchten sie ihn, sich aus ihrem Gebiet zu entfernen.

¹⁸ Als er ins Boot steigen wollte, bat ihn der vordem Besessene, bei ihm bleiben zu dürfen.

¹⁹ Doch Jesus ließ ihn nicht bleiben, sondern sagte zu ihm: 'Geh nach Hause zu deinen Angehörigen und erzähle ihnen, was der Herr Großes an dir getan und wie er sich deiner erbarmt hat.'

²⁰ Da ging er hin und verkündete in der Dekapolis, was Jesus an ihm Großes getan hatte; und alle staunten.

Lk 8,26-39

²⁶ Sie segelten hinab in das Gebiet der Gerasener, das Galiläa gegenüberliegt.
²⁷ Kaum war er ans Land gestiegen, kam ihm aus der Stadt ein Mann entgegen, der von Dämonen besessen war. Schon lange Zeit trug er keine Kleider mehr und hielt sich nicht in einem Haus auf, sondern in Grabhöhlen. *
²⁸ Als er Jesus erblickte, warf er sich schreiend vor ihm nieder und rief mit lauter Stimme: 'Was habe ich mit dir zu tun, Jesus, Sohn Gottes, des Allerhöchsten? Ich bitte dich, quäle mich nicht.' *
²⁹ Er hatte nämlich dem unreinen Geist befohlen, aus dem Menschen auszufahren. - Schon lange hatte der Geist ihn in seiner Gewalt. Man hatte ihn schon mit Ketten und Fußfesseln gebunden, um ihn festzuhalten. Aber er zerriß die Fesseln und wurde vom Dämon in einsame Gegenden getrieben.
³⁰ Jesus fragte ihn: 'Wie heißt du?' Er sagte: 'Legion.' Denn viele Dämonen waren in ihn gefahren.
³¹ Sie baten ihn, ihnen doch nicht zu gebieten, in den Abgrund zu fahren.
³² Es weidete dort am Berg eine große Schweineherde. Sie baten ihn, er möge ihnen gestatten, in jene hineinzufahren. Er gestattete es ihnen.
³³ Da fuhren die Dämonen von dem Menschen aus und fuhren in die Schweine. Und die Herde stürzte sich den Abhang hinab in den See und ertrank. *
³⁴ Als die Hirten sahen, was geschehen war, liefen sie davon und erzählten es in der Stadt und in den Dörfern.
³⁵ Da zogen die Leute hinaus, um zu sehen, was vorgefallen war. Sie kamen zu Jesus und fanden den Mann, aus dem die Dämonen ausgefahren waren, bekleidet und vernünftig zu Jesu Füßen sitzen, und gerieten in Furcht.
³⁶ Die Augenzeugen erzählten ihnen, wie der Besessene geheilt worden war.
³⁷ Da bat ihn die ganze Menge aus der Gegend von Gerasa, von ihnen wegzugehen; denn große Furcht hatte sie gepackt. So stieg er in das Boot und fuhr zurück.
³⁸ Der Mann, aus dem die Dämonen ausgefahren waren, bat ihn, bei ihm bleiben zu dürfen. Doch entließ er ihn mit den Worten:
³⁹ 'Kehre in dein Haus zurück und berichte, was Gott alles für dich getan hat.' Er ging hin und verkündete in der ganzen Stadt, was Jesus alles für ihn getan hatte.

8.59 Eine Heilung und die Erweckung der Tochter des Jairus

Abschnitt: 128

Mt 9,18-26

[18] Während er dies zu ihnen sagte, kam ein Synagogenvorsteher, warf sich vor ihm nieder und sagte: 'Meine Tochter ist eben gestorben. Doch komm und leg ihr deine Hand auf, dann wird sie wieder lebendig.'
[19] Jesus machte sich auf und folgte ihm mit seinen Jüngern.
[20] Da trat eine Frau, die schon zwölf Jahre an Blutungen litt, an ihn heran und berührte von hinten den Saum seines Gewandes.
[21] Denn sie sagte sich: 'Wenn ich auch nur sein Gewand berühre, werde ich gesund.'
[22] Jesus wandte sich um, sah sie und sagte: 'Habe keine Angst, meine Tochter, dein Glaube hat dich gerettet.' Und von der Stunde an war die Frau gesund.
[23] Als Jesus in das Haus des Synagogenvorstehers kam und die Flötenspieler und die laut klagende Menge erblickte,
[24] sagte er: 'Geht weg! Das Mädchen ist nicht gestorben, es schläft nur.' Da lachten sie ihn aus.
[25] Jesus wies aber die Leute hinaus und trat ein. Er faßte das Mädchen bei der Hand, und es erhob sich.
[26] Die Kunde davon verbreitete sich in jener ganzen Gegend.

Mk 5,21-43

[21] Nachdem Jesus im Boot am anderen Ufer angekommen war, sammelte sich eine große Volksmenge um ihn. - Er befand sich noch am See.
[22] Da kam ein Synagogenvorsteher namens Jaïrus zu ihm. Als er Jesus sah, fiel er ihm zu Füßen,
[23] flehte ihn an und sagte: 'Mein Töchterchen liegt in den letzten Zügen. Komm doch und leg ihm die Hände auf, damit es gesund wird und am Leben bleibt.' *
[24] Da ging Jesus mit ihm. Viel Volk begleitete und umdrängte ihn;
[25] darunter eine Frau, die schon zwölf Jahre an Blutfluß litt. *
[26] Von vielen Ärzten war sie viel gequält worden; sie hatte ihr ganzes Vermögen ausgegeben und doch keinerlei Hilfe gefunden -; im Gegenteil, es war mit ihr eher noch schlimmer geworden.

²⁷ Sie hatte vom Wirken Jesu gehört und kam nun in der Menge und berührte von hinten sein Gewand.

²⁸ Denn sie dachte: 'Wenn ich auch nur seine Kleider berühre, werde ich gesund.'

²⁹ Sofort hörte der Blutfluß auf, und sie spürte an ihrem Körper, daß sie von ihrem Leiden geheilt war.

³⁰ Jesus merkte, daß eine Kraft von ihm ausgegangen war. Er wandte sich in der Menge um und fragte: 'Wer hat meine Kleider berührt?'

³¹ Seine Jünger sagten zu ihm: 'Du siehst doch, wie dich das Volk umdrängt, und fragst noch: Wer hat mich berührt?'

³² Doch er schaute umher, um die zu sehen, die das getan hatte.

³³ Da kam die Frau, zitternd und zagend herbei; sie wußte ja, was vorgegangen war. Sie fiel vor ihm nieder und sagte ihm die ganze Wahrheit.

³⁴ Er aber sagte zu ihr: 'Tochter, dein Glaube hat dich gesund gemacht. Geh hin im Frieden und sei geheilt von deinem Leiden!'

³⁵ Während er noch redete, kamen Leute aus dem Haus des Synagogenvorstehers mit der Nachricht: 'Deine Tochter ist gestorben. Warum bemühst du noch den Meister?'

³⁶ Jesus aber hatte die Worte, die gesprochen wurden, aufgefangen. Er sagte zu dem Synagogenvorsteher: 'Fürchte dich nicht; glaube nur!'

³⁷ Und er ließ niemand mitgehen als nur Petrus, Jakobus und Johannes, den Bruder des Jakobus.

³⁸ Sie kamen zum Haus des Synagogenvorstehers. Da vernahm er Lärmen, Weinen und lautes Wehklagen.

³⁹ Er trat ein und sagte zu ihnen: 'Warum lärmt und weint ihr? Das Kind ist nicht gestorben, es schläft nur.' *

⁴⁰ Da verlachten sie ihn. Er aber wies alle hinaus und ging mit dem Vater und der Mutter des Kindes sowie mit seinen Begleitern dahin, wo das Kind lag.

⁴¹ Er faßte es bei der Hand und sagte zu ihm: 'Talita kum!', das heißt übersetzt: Mädchen, ich sage dir, steh auf!

⁴² Sogleich stand das Mädchen auf und ging umher; es war schon zwölf Jahre alt. Da gerieten sie vor Schrecken ganz außer sich.

⁴³ Er aber schärfte ihnen eindringlich ein, daß es niemand erfahren dürfe. Dann sagte er, man solle dem Mädchen zu essen geben.

Lk 8,40-56

⁴⁰ Als Jesus zurückkehrte, empfing ihn das Volk mit Freuden; denn alle warteten auf ihn.
⁴¹ Da kam ein Mann mit Namen Jaïrus, er war Vorsteher der Synagoge. Er fiel Jesus zu Füßen und bat ihn, in sein Haus zu kommen,
⁴² weil seine einzige Tochter, im Alter von etwa zwölf Jahren, im Sterben lag. Auf dem Weg dahin umdrängte ihn das Volk.
⁴³ Und eine Frau, die seit zwölf Jahren an Blutfluß litt, ihr gesamtes Vermögen für Ärzte aufgewendet hatte, ohne bei einem Heilung finden zu können,
⁴⁴ trat von hinten an ihn heran und berührte den Saum seines Gewandes. Auf der Stelle hörte ihr Blutfluß auf.
⁴⁵ Jesus fragte: 'Wer hat mich angerührt?' Da alle es verneinten, sagten Petrus und seine Gefährten: 'Meister, die Volksmenge drängt und drückt dich.'
⁴⁶ Jesus aber sagte: 'Es hat mich jemand angerührt, denn ich merkte, daß eine Kraft von mir ausging.'
⁴⁷ Da sah die Frau, daß sie nicht unbemerkt geblieben war, und kam zitternd herbei. Sie fiel vor ihm nieder und erzählte vor allem Volk, warum sie ihn angerührt habe und wie sie auf der Stelle geheilt worden sei.
⁴⁸ Er aber sagte zu ihr: 'Tochter, dein Glaube hat dich gesund gemacht. Geh in Frieden!'
⁴⁹ Während er noch redete, kam jemand aus dem Haus des Synagogenvorstehers mit der Nachricht: 'Deine Tochter ist tot, bemühe den Meister nicht weiter.'
⁵⁰ Jesus aber hörte es und sagte zu ihm: 'Fürchte dich nicht! Glaube nur, dann wird sie gerettet.'
⁵¹ Als er zum Haus kam, ließ er nur Petrus, Johannes und Jakobus sowie den Vater und die Mutter des Mädchens mit hinein.
⁵² Alle weinten und klagten um sie. Er aber sagte: 'Weint nicht; sie ist nicht gestorben, sie schläft nur.' *
⁵³ Da verlachten sie ihn; denn sie wußten, daß sie gestorben war.
⁵⁴ Er aber faßte sie bei der Hand und rief: 'Mädchen, steh auf!'
⁵⁵ Da kehrte ihr Geist zurück und sie stand sogleich auf; und er ließ ihr zu essen geben.
⁵⁶ Ihre Eltern gerieten außer sich. Er aber verbot ihnen, über das Geschehene jemandem zu erzählen.

8.60   Die Verwerfung Jesu in seiner Vaterstadt Nazaraeth

Abschnitt: 129

Mt 13,53-58

⁵³ Als Jesus diese Gleichnisse beendet hatte, zog er weiter.
⁵⁴ Er kam in seine Vaterstadt und lehrte sie in ihrer Synagoge. Voll Staunen
   fragten sie: 'Woher hat er diese Weisheit und die Wunderkräfte?
⁵⁵ Ist das nicht der Sohn des Zimmermanns? Heißen nicht seine Mutter Maria
   und seine Brüder Jakobus, Josef, Simon und Judas? *
⁵⁶ Leben nicht alle seine Schwestern unter uns? Woher hat er dann das alles?'
⁵⁷ Und sie nahmen Anstoß an ihm. Jesus sagte zu ihnen: 'Ein Prophet wird
   nicht verachtet, außer in seiner Vaterstadt und in seiner Familie.'
⁵⁸ Wegen ihres Unglaubens wirkte er dort nicht viele Machttaten.

Mk 6,1-6

¹ Von da ging Jesus weg und begab sich in seine Vaterstadt; seine Jünger be-
  gleiteten ihn.
² Am Sabbat lehrte er in der Synagoge. Und die Vielen, die zuhörten, staunten
  und sagten: 'Woher hat er das alles? Was ist das für eine Weisheit, die ihm
  gegeben ist! Und was für Machttaten geschehen durch seine Hände!
³ Ist das nicht der Zimmermann, Marias Sohn und Bruder von Jakobus, Joses,
  Judas und Simon? Wohnen nicht seine Schwestern hier bei uns?' Und sie
  nahmen Anstoß an ihm. *
⁴ Da sagte Jesus zu ihnen: 'Nirgendwo gilt ein Prophet weniger als in seiner
  Vaterstadt, bei seinen Verwandten und in seiner Familie.'
⁵ Er konnte dort keine Machttat vollbringen; nur einigen Kranken legte er die
  Hände auf und heilte sie. *
⁶ Er wunderte sich über ihren Unglauben. - Dann zog er durch die Dörfer
  ringsum und lehrte.

8.61 Rückblick auf das Wirken Jesu

Abschnitt: 130

Mt 9,35

[35] Jesus zog durch alle Städte und Dörfer. Er lehrte in ihren Synagogen, verkündete die Frohbotschaft vom Reich und heilte alle Krankheiten und Gebrechen.

Mk 6,6

[6] Er wunderte sich über ihren Unglauben. - Dann zog er durch die Dörfer ringsum und lehrte.

Kommentar:

Die Aussendungsrede an die Apostel

8.62 Gebet um Arbeiter für die große Ernte

Abschnitt: 131

Mt 9,36-38

[36] Als er die vielen Menschen sah, wurde er von Mitleid mit ihnen ergriffen; denn sie waren abgehetzt und erschöpft wie Schafe, ohne Hirten.
[37] Da sagte er zu seinen Jüngern: 'Die Ernte ist groß, aber der Arbeiter sind wenige.
[38] Bittet darum den Herrn der Ernte, daß er Arbeiter in seine Ernte sende.'

Kommentar:

Die Aussendungsrede an die Apostel

8.63   Anweisung für die Glaubensboten

Abschnitt: 132

Mt 10,5-16

⁵ Diese Zwölf sandte Jesus aus und gebot ihnen: 'Geht nicht zu den Heiden, und betretet keine Stadt der Samariter. *
⁶ Geht vielmehr zu den verlorenen Schafen des Hauses Israel.
⁷ Geht hin und verkündet: Das Himmelreich ist nahe.
⁸ Heilt die Kranken, weckt die Toten auf, macht die Aussätzigen rein, treibt Dämonen aus! - Umsonst habt ihr empfangen, umsonst sollt ihr geben.
⁹ Erwerbt euch kein Gold noch Silber noch Kupfermünzen in euren Gürtel,
¹⁰ (nehmt) keine Vorratstasche (mit), kein zweites Hemd, keine Schuhe, keinen Stab - denn der Arbeiter ist seines Unterhaltes wert.
¹¹ Kommt ihr in eine Stadt oder in ein Dorf, so erkundigt euch, wer darin würdig ist. Bleibt dort, bis ihr weiterzieht.
¹² Betretet ihr ein Haus, dann grüßt und sagt: Friede diesem Haus!
¹³ Ist das Haus dessen wert, soll Friede bei ihm einkehren; ist es dessen nicht wert, dann soll euer Friedensgruß zu euch zurückkehren.
¹⁴ Wenn man euch nicht aufnimmt und eure Worte nicht hört, dann zieht aus dem Haus und jener Stadt weiter und schüttelt den Staub von euren Füßen ab.
¹⁵ Wahrlich, ich sage euch: Dem Gebiet von Sodom und Gomorra wird es am Tag des Gerichts erträglicher ergehen als jener Stadt. *
¹⁶ Seht, ich sende euch wie Schafe mitten unter Wölfe; seid darum listig wie die Schlangen und arglos wie die Tauben! *

Mk 6,7-11

⁷ Und er rief die Zwölf zu sich, sandte sie zu zweien aus, und gab ihnen Macht über die unreinen Geister.
⁸ Er gebot ihnen, nichts auf den Weg mitzunehmen, außer einem Stab; kein Brot, keine Tasche und kein Geld im Gürtel.
⁹ Sie sollten Sandalen tragen, aber nicht zwei Hemden mitnehmen.
¹⁰ Ferner sagte er zu ihnen: 'Wo immer ihr in ein Haus eintretet, da bleibt, bis ihr von dort weiterzieht.

¹¹ Und wenn irgendein Ort euch nicht aufnimmt und man nicht auf euch hört, dann zieht weiter, und schüttelt den Staub von euren Füßen ab, ihnen zum Zeugnis. *

Lk 9,1-5

¹ Er berief die zwölf Apostel zu sich und gab ihnen Gewalt und Macht über alle bösen Geister sowie zum Heilen von Krankheiten.

² Dann sandte er sie aus, das Reich Gottes zu verkünden und die Kranken gesund zu machen,

³ und sagte zu ihnen: 'Nehmt nichts mit auf den Weg, weder Stab noch Tasche noch Brot noch Geld; auch sollt ihr nicht zwei Hemden haben.

⁴ Bleibt in dem Haus, in dem ihr aufgenommen werdet, bis ihr von dort weiterzieht.

⁵ Wenn man euch aber nicht aufnimmt, dann zieht aus jener Stadt weiter und schüttelt selbst den Staub noch von euren Füßen ab zum Zeugnis gegen sie.' *

8.64   Wirksamkeit Jesu und seiner Jünger

Abschnitt: 133

Mt 11,1

¹ Als Jesus die Unterweisung der zwölf Jünger beendet hatte, zog er weiter, um in den umliegenden Städten zu lehren und zu predigen.

Mk 6,12.13

¹² Da machten sie sich auf den Weg und riefen die Menschen auf, umzukehren.

¹³ Sie trieben viele Dämonen aus, salbten viele Kranke mit Öl und heilten sie. *

Lk 9,6

⁶ Sie machten sich auf den Weg und zogen von Ort zu Ort, verkündeten überall die Frohbotschaft und heilten die Kranken.

8.65   Der Bericht über die Enthauptung des Täufers

Abschnitt: 134

Mt 14,3-12

³ Herodes hatte nämlich wegen Herodias, der Frau seines Bruders Philippus, Johannes ergreifen, fesseln und ins Gefängnis werfen lassen,

⁴ denn Johannes hatte ihm vorgehalten: 'Es ist dir nicht erlaubt, sie zur Frau zu haben.' *

⁵ Gern hätte er ihn töten lassen, jedoch fürchtete er das Volk, denn es hielt ihn für einen Propheten.

⁶ Am Geburtstag des Herodes tanzte die Tochter der Herodias vor den Gästen und gefiel dem Herodes. *

⁷ Mit einem Eid versprach er ihr, ihr alles zu gewähren, was sie von ihm verlange.

⁸ Auf Anstiften ihrer Mutter sagte sie: 'Gib mir auf einer Schüssel das Haupt Johannes´ des Täufers.'

⁹ Der König war bestürzt. Aber um des Schwures und der Gäste willen befahl er, ihr den Kopf zu geben.

¹⁰ Er schickte hin und ließ Johannes im Gefängnis enthaupten.

¹¹ Man brachte sein Haupt auf einer Schüssel und gab es dem Mädchen, und dieses brachte es seiner Mutter.

¹² Die Jünger des Johannes holten den Leichnam und begruben ihn. Dann gingen sie hin und berichteten Jesus (was geschehen war).

Mk 6,17-29

¹⁷ Dieser Herodes hatte hingesandt und Johannes ergreifen und ihn gefesselt in das Gefängnis werfen lassen; und das wegen Herodias, der Frau seines Bruders Philippus, die er zur Frau genommen hatte.

¹⁸ Denn Johannes hatte zu Herodes gesagt: 'Es ist dir nicht erlaubt, deines Bruders Frau zu haben.' *

¹⁹ Das trug Herodias ihm nach. Sie hätte ihn gern töten lassen, konnte es aber nicht,

²⁰ denn Herodes hatte Scheu vor Johannes; er kannte ihn als einen gerechten und heiligen Mann und ließ ihn bewachen. Wenn er ihn hörte, war er sehr beunruhigt, trotzdem hörte er ihn aber gern. *

²¹ Ein für Herodias günstiger Tag kam, als Herodes an seinem Geburtstag seinen Fürsten, den Hauptleuten und den Vornehmen Galiläas ein Festmahl gab.

²² Da ging die Tochter eben jener Herodias hinein und tanzte. Sie gefiel dem Herodes und seinen Gästen, so daß der König zu dem Mädchen sagte: 'Verlange von mir, was du nur willst; ich werde es dir geben.' *

²³ Er schwur ihr: 'Was immer du erbittest, werde ich dir geben, bis zur Hälfte meines Reiches!'

²⁴ Da ging es hinaus und fragte seine Mutter: 'Was soll ich erbitten?' Die aber sagte: 'Das Haupt Johannes des Täufers.'

²⁵ Das Mädchen eilte zum König zurück und forderte: 'Ich will, daß du mir sogleich auf einer Schüssel das Haupt Johannes des Täufers gibst.'

²⁶ Da wurde der König sehr betrübt, aber des Eides und der Gäste wegen wollte er sie nicht abweisen.

²⁷ So sandte der König sofort einen Scharfrichter aus und befahl: 'Man bringe sein Haupt!' Der ging hin und enthauptete ihn im Gefängnis, *

²⁸ brachte sein Haupt auf einer Schüssel und gab es dem Mädchen, und das Mädchen gab es seiner Mutter.

²⁹ Seine Jünger hörten davon; sie kamen, nahmen seinen Leichnam und legten ihn in ein Grab.

Lk 3,19.20

¹⁹ Der Tetrarch Herodes aber, den Johannes wegen der Herodias, der Frau seines Bruders, und all des Bösen, das Herodes begangen hatte, zurechtgewiesen hatte,

²⁰ fügte zu all dem Bösen, das er getan hatte, noch hinzu, daß er Johannes in das Gefängnis werfen ließ.

8.66 Das Urteil des Vierfürtsen Herodes Antipas über Jesus

Abschnitt: 135

Mt 14,1.2

¹ Zu dieser Zeit vernahm der Tetrarch Herodes die Kunde von Jesus.

² Er sagte zu seinen Hofleuten: 'Das ist Johannes der Täufer. Er ist von den Toten auferstanden; deshalb wirken Wunderkräfte in ihm.'

Mk 6,14-16

¹⁴ Als sein Name bekannt geworden war, hörte auch König Herodes von Jesus. Die einen sagten: 'Johannes der Täufer ist von den Toten auferstanden; deshalb wirken Wunderkräfte in ihm.'
¹⁵ Andere meinten: 'Er ist Elija'. Wieder andere sagten: 'Er ist ein Prophet, wie einer von den alten Propheten.'
¹⁶ Als Herodes das hörte, sagte er: 'Johannes, den ich enthaupten ließ, ist auferweckt worden von den Toten.'

Lk 9,7-9

⁷ Der Tetrarch Herodes erfuhr von all diesen Vorgängen und geriet in Unruhe, denn einige sagten: 'Johannes ist von den Toten auferstanden,'
⁸ andere: 'Elija ist erschienen,' wieder andere: 'Einer von den alten Propheten ist auferstanden.'
⁹ Herodes sagte: 'Johannes habe ich doch enthaupten lassen! Wer ist nun dieser, über den ich solche Dinge vernehme?' Und er hatte das Verlangen, ihn zu sehen.

8.67 Die Rückkehr der Abostel

Abschnitt: 136

Mk 6,30

³⁰ Die Apostel fanden sich wieder bei Jesus ein und berichteten ihm alles, was sie getan und gelehrt hatten.

Lk 9,10

[10] Die Apostel kehrten zurück und erzählten ihm alles, was sie ausgerichtet hatten. Da zog er sich mit ihnen ganz allein in eine Stadt namens Betsaida zurück.

8.68 Die erste Brotvermehrung: Speisung der 5000

Abschnitt: 137

Mt 14,13-21

[13] Als Jesus das hörte, zog er sich in einem Boot an einen einsamen Ort zurück, um allein zu sein. Die Volksscharen erfuhren das und folgten ihm aus den Städten zu Fuß.

[14] Als er ans Land stieg, sah er eine große Volksmenge. Von Mitleid ergriffen, heilte er ihre Kranken.

[15] Am Abend traten die Jünger zu ihm und sagten: 'Die Gegend ist abgelegen, und die Zeit ist schon vorgerückt. Laß daher die Scharen ziehen, damit sie in die Dörfer gehen und sich etwas zu essen kaufen.'

[16] Jesus aber sagte zu ihnen: 'Sie brauchen nicht wegzugehen. Gebt ihr ihnen zu essen!'

[17] Sie erwiderten ihm: 'Wir haben hier nur fünf Brote und zwei Fische.'

[18] Er sagte: 'Bringt sie mir her!'

[19] Dann ließ er die Menschen sich auf dem Gras lagern, nahm die fünf Brote und die zwei Fische, blickte zum Himmel auf und segnete sie. Hierauf brach er die Brote und gab sie den Jüngern, und die Jünger gaben sie den Volksscharen.

[20] Alle aßen und wurden satt. Und von den übriggebliebenen Brotstücken hoben sie noch zwölf Körbe voll auf.

[21] Etwa fünftausend Mann waren satt geworden, nicht gerechnet Frauen und Kinder.

Mk 6,31-44

[31] Da sagte er zu ihnen: 'Laßt uns an einen einsamen Ort gehen, damit ihr allein sein und euch ausruhen könnt.' Denn es herrschte ein ständiges Kommen

und Gehen, so daß sie nicht einmal Zeit zum Essen fanden.

[32] So fuhren sie ganz allein mit dem Boot an einen abgelegenen Ort.

[33] Aber viele sahen sie abfahren und merkten ihre Absicht. Zu Fuß eilten sie aus allen Städten dorthin und waren noch vor ihnen dort.

[34] Als Jesus ans Land stieg, sah er die vielen Menschen und fühlte Erbarmen mit ihnen; denn sie waren wie Schafe ohne Hirten. Und er belehrte sie über vieles.

[35] Als es bereits spät war, traten seine Jünger zu ihm und sagten: 'Die Gegend ist abgelegen, und es ist schon spät.

[36] Laß die Leute ziehen, damit sie in die umliegenden Gehöfte und Dörfer gehen und sich etwas zu essen kaufen.'

[37] Er entgegnete ihnen: 'Gebt ihr ihnen zu essen!' Sie erwiderten ihm: 'Sollen wir hingehen, für zweihundert Denare Brot kaufen und es ihnen zu essen geben?'

[38] Er fragte sie: 'Wie viele Brote habt ihr? Geht und seht nach!' Sie erkundigten sich und sagten: 'Fünf, dazu zwei Fische.' *

[39] Da ordnete er an, alle sollten sich in Gruppen auf dem grünen Gras lagern.

[40] Sie ließen sich in Gruppen zu hundert und zu fünfzig nieder.

[41] Nun nahm er die fünf Brote und die zwei Fische, blickte zum Himmel auf und segnete sie. Dann brach er die Brote und gab sie den Jüngern, um sie den Leuten vorzusetzen. Auch die zwei Fische ließ er an alle austeilen.

[42] Alle aßen und wurden satt.

[43] Und man hob noch zwölf Körbe voll übriggebliebener Brotstücke auf, auch Reste von den Fischen.

[44] Von den Broten hatten fünftausend Männer gegessen.

Lk 9,10-17

[10] Die Apostel kehrten zurück und erzählten ihm alles, was sie ausgerichtet hatten. Da zog er sich mit ihnen ganz allein in eine Stadt namens Betsaida zurück.

[11] Die Volksscharen merkten es jedoch und zogen ihm nach. Er nahm sie freundlich auf, sprach zu ihnen vom Reich Gottes und machte alle gesund, die der Heilung bedurften.

[12] Schon ging der Tag zur Neige. Da traten die Zwölf heran und sagten zu ihm: 'Entlasse das Volk! Sie mögen in die umliegenden Dörfer und Gehöfte gehen, um Obdach und Nahrung zu finden; denn wir sind hier an einem einsamen Ort.'

¹³ Er entgegnete ihnen: 'Gebt ihr ihnen zu essen!' Sie erwiderten: 'Wir haben nur fünf Brote und zwei Fische; wir müßten hingehen und für dieses ganze Volk Nahrungsmittel kaufen.'

¹⁴ Es waren nämlich ungefähr fünftausend Mann. Da sagte er zu seinen Jüngern: 'Laßt sie sich in Gruppen zu etwa je fünfzig lagern!'

¹⁵ Sie taten so und ließen alle sich lagern.

¹⁶ Nun nahm er die fünf Brote und die zwei Fische, blickte zum Himmel auf und segnete sie, brach sie und gab sie den Jüngern, um sie dem Volk vorzusetzen.

¹⁷ Alle aßen und wurden satt. Von den übriggebliebenen Stücken hob man zwölf Körbe auf.

Joh 6,1-13

¹ Hierauf fuhr Jesus über den Galiläischen See, den See von Tiberias.

² Eine große Volksmenge folgte ihm, weil sie die Zeichen gesehen hatte, die er an den Kranken wirkte.

³ Da stieg Jesus auf einen Berg und setzte sich dort mit seinen Jüngern nieder.

⁴ Pascha, das Fest der Juden, war nahe.

⁵ Als nun Jesus die Augen erhob und sah, daß eine große Volksmenge zu ihm kam, sagte er zu Philippus: 'Woher sollen wir Brot kaufen, daß diese Leute essen können?'

⁶ - Das sagte er, um ihn auf die Probe zu stellen; denn er wußte von selbst, was er tun wollte. -

⁷ Philippus antwortete ihm: 'Für zweihundert Denare Brot reicht nicht für sie, selbst wenn jeder nur ein wenig erhält.'

⁸ Einer von seinen Jüngern, Andreas, der Bruder des Simon Petrus, sagte zu ihm:

⁹ 'Hier ist ein Knabe, der hat fünf Gerstenbrote und zwei Fische. Allein was ist das für so viele?' *

¹⁰ Da sagte Jesus: 'Laßt die Leute sich lagern.' Es war viel Gras an der Stelle. So lagerten sich denn die Männer, etwa fünftausend an der Zahl.

¹¹ Jesus nahm die Brote, sprach das Dankgebet und reichte sie den Lagernden; ebenso von den Fischen. (Alle erhielten,) wieviel sie wollten.

¹² Als sie gesättigt waren, sagte er zu seinen Jüngern: 'Sammelt die übriggebliebenen Brotstückchen, damit nichts verderbe.'

¹³ Sie sammelten nun und füllten von den fünf Gerstenbroten zwölf Körbe mit Resten, die beim Essen übriggeblieben waren.

8.69   Das Wandeln auf dem See

Abschnitt: 138

Mt 14,22-33

[22] Gleich danach nötigte er die Jünger, ins Boot zu steigen und an das andere Ufer vorauszufahren. Währenddessen wollte er die Volksscharen entlassen. *

[23] Nachdem er sie entlassen hatte, stieg er allein auf einen Berg, um zu beten. Es war Abend, als er immer noch allein dort war.

[24] Das Boot aber war bereits viele Stadien vom Land entfernt und mußte gegen die Wellen ankämpfen; es herrschte Gegenwind. *

[25] In der vierten Nachtwache kam Jesus auf dem See gehend auf sie zu. *

[26] Als die Jünger ihn so auf dem See kommen sahen, riefen sie vor Schrecken: 'Ein Gespenst!' Und sie schrien vor Angst.

[27] Doch Jesus redete sie sofort an und sagte: 'Habt Mut! Ich bin es. Fürchtet euch nicht!'

[28] Petrus entgegnete ihm: 'Herr, wenn du es bist, so laß mich über das Wasser zu dir kommen.'

[29] Jesus sagte: 'Komm!' Da stieg Petrus aus dem Boot und ging über das Wasser auf Jesus zu.

[30] Als er aber den starken Wind wahrnahm, ergriff ihn Furcht. Er begann zu sinken und schrie: 'Herr, rette mich!'

[31] Sogleich streckte Jesus die Hand aus, ergriff ihn und sagte zu ihm: 'Du Kleingläubiger, warum hast du gezweifelt?'

[32] Dann stiegen sie ins Boot, und der Wind legte sich.

[33] Die Jünger im Boot aber warfen sich vor ihm nieder und sagten: 'Du bist wahrhaftig Gottes Sohn.'

Mk 6,45-52

[45] Gleich darauf drängte er seine Jünger, in das Boot zu steigen und an das andere Ufer gen Betsaida vorauszufahren, indes er selbst das Volk entlassen wollte.

[46] Nachdem er es verabschiedet hatte, ging er auf einen Berg, um zu beten.

[47] Es war schon Abend geworden. Das Boot befand sich mitten auf dem See, und er war allein an Land.

⁴⁸ Da sah er, wie sie sich beim Rudern abmühten; denn sie hatten Gegenwind. Um die vierte Nachtwache kam er auf dem See wandelnd auf sie zu, wollte jedoch an ihnen vorübergehen. *

⁴⁹ Als sie ihn auf dem See wandeln sahen, meinten sie, es sei ein Gespenst, und schrien laut auf;

⁵⁰ denn alle hatten ihn gesehen und waren erschrocken. Doch er redete sie sogleich an und sagte: 'Habt Mut! Ich bin es. Fürchtet euch nicht!'

⁵¹ Dann stieg er zu ihnen ins Boot, und der Wind legte sich. Sie aber waren ganz außer sich,

⁵² denn bei der Brotvermehrung waren sie noch nicht zur Einsicht gekommen; ihr Herz war verhärtet.

Joh 6,14-21

¹⁴ Als nun die Leute das Zeichen sahen, das Jesus gewirkt hatte, sagten sie: 'Das ist wahrhaftig der Prophet, der in die Welt kommen soll.'

¹⁵ Als Jesus merkte, daß sie kommen und ihn mit Gewalt zum König machen wollten, zog er sich wieder auf den Berg zurück, er allein.

¹⁶ Als es Abend geworden war, gingen seine Jünger an den See hinab,

¹⁷ stiegen in ein Boot und fuhren über den See nach Kafarnaum. Es war schon dunkel geworden, und Jesus war noch nicht zu ihnen gekommen.

¹⁸ Es wehte ein starker Wind, der den See aufwühlte.

¹⁹ Sie waren etwa fünfundzwanzig bis dreißig Stadien weit gefahren, da sahen sie Jesus auf dem See gehen und sich dem Boot nähern. Sie gerieten in Furcht. *

²⁰ Er aber redete sie an: 'Ich bin es! Fürchtet euch nicht!'

²¹ Sie wollten ihn in das Boot nehmen; - und sofort war das Boot an der Küste, der sie zusteuerten.

8.70   Heilungen in Genesareth

Abschnitt: 139

Mt 14,34-36

³⁴ Sie fuhren hinüber und landeten in Gennesaret.

[35] Die Leute jenes Ortes erkannten ihn. Sie schickten Boten in die ganze Umgebung und ließen alle Kranken zu ihm bringen.
[36] Sie baten ihn, wenigstens den Saum seines Gewandes berühren zu dürfen. Und alle, die ihn berührten, wurden geheilt.

Mk 6,53-56

[53] Sie fuhren nun hinüber ans Land und gelangten nach Gennesaret. Dort legten sie an.
[54] Als sie aus dem Boot stiegen, erkannten ihn die Leute sofort.
[55] Sie liefen in der ganzen Gegend umher und brachten die Kranken auf Bahren dorthin, wo er, wie sie hörten, sich aufhielt.
[56] Und immer, wenn er ein Dorf, eine Stadt oder ein Gehöft betrat, legten sie die Kranken auf die freien Plätze und baten ihn, daß sie wenigstens den Saum seines Gewandes berühren dürften. Und alle, die ihn berührten, wurden gesund.

Kommentar:

Die Verheißung des eucharistischen Lebensbrotes

8.71   Die Verheissung des eucharistischen Lebensbrotes

Abschnitt: 140

Joh 6,22-31

[22] Am folgenden Tag bemerkte die Volksmenge, die am jenseitigen Ufer des Sees geblieben war, daß nur ein einziges Boot dagewesen und daß Jesus nicht mit seinen Jüngern in das Boot gestiegen war, daß vielmehr seine Jünger allein abgefahren waren.
[23] Indes kamen von Tiberias her andere Boote in die Nähe des Ortes, wo der Herr das Dankgebet gesprochen und die Leute das Brot gegessen hatten.
[24] Als nun die Volksmenge sah, daß Jesus und seine Jünger nicht mehr da waren, stiegen sie in die Boote und fuhren nach Kafarnaum, um Jesus zu suchen.

 ²⁵ Sie fanden ihn am anderen Ufer des Sees und fragten ihn: 'Meister, wann bist du hierher gekommen?'

²⁶ Jesus antwortete ihnen: 'Wahrlich, wahrlich, ich sage euch: Ihr sucht mich nicht, weil ihr Zeichen gesehen, sondern weil ihr von den Broten gegessen habt und satt geworden seid.

²⁷ Müht euch nicht um die vergängliche Speise, sondern um die Speise, die vorhält zu ewigem Leben, die der Menschensohn euch geben wird; denn diesen hat Gott der Vater beglaubigt.'

²⁸ Da fragten sie ihn: 'Was müssen wir tun, um die Werke Gottes zu verrichten?'

²⁹ Jesus antwortete ihnen: 'Darin besteht das von Gott gewollte Werk, daß ihr an den glaubt, den er gesandt hat.'

³⁰ Sie entgegneten ihm: 'Welches Zeichen wirkst du denn, daß wir es sehen und dir glauben? Was für ein Werk vollbringst du?

³¹ Unsere Väter haben in der Wüste das Manna gegessen. Es steht ja geschrieben: »Brot vom Himmel gab er ihnen zur Speise«.' *

Kommentar:

Die Verheißung des eucharistischen Lebensbrotes

8.72 Jeus das wahre Lebensbrot

Abschnitt: 141

Joh 6,32.47

³² Da sagte Jesus: 'Wahrlich, wahrlich, ich sage euch: Nicht Mose hat euch das Brot vom Himmel gegeben, sondern mein Vater gibt euch das wahre Brot vom Himmel.

⁴⁷ Wahrlich, wahrlich, ich sage euch: Wer glaubt, hat ewiges Leben.

Kommentar:

Die Verheißung des eucharistischen Lebensbrotes

8.73   Jesus das eucharistische Lebensbrot

Abschnitt: 142

Joh 6,48-59

[48] Ich bin das Brot des Lebens.
[49] Eure Väter haben in der Wüste das Manna gegessen und sind gestorben.
[50] Dies ist das Brot, das vom Himmel kommt, wer davon ißt, wird nicht sterben.
[51] Ich bin das lebendige Brot, das vom Himmel herabgekommen ist. Wer von diesem Brot ißt, wird leben in Ewigkeit. Und das Brot, das ich geben werde, ist mein Fleisch für das Leben der Welt.'
[52] Da stritten die Juden untereinander und sagten: 'Wie kann uns dieser sein Fleisch zu essen geben?'
[53] Jesus aber sagte ihnen: 'Wahrlich, wahrlich, ich sage euch: Wenn ihr das Fleisch des Menschensohnes nicht eßt und sein Blut nicht trinkt, habt ihr kein Leben in euch.
[54] Wer mein Fleisch ißt und mein Blut trinkt, der hat ewiges Leben, und den werde ich auferwecken am Jüngsten Tag.
[55] Denn mein Fleisch ist eine wahre Speise und mein Blut ein wahrer Trank.
[56] Wer mein Fleisch ißt und mein Blut trinkt, der bleibt in mir und ich in ihm.
[57] Wie mich der lebendige Vater gesandt hat und ich durch den Vater lebe, so wird auch der, der mich ißt, durch mich leben.
[58] Dies ist das Brot, das vom Himmel herabgekommen ist, nicht wie das, das die Väter gegessen haben und dann gestorben sind. Wer dieses Brot ißt, wird leben in Ewigkeit.'
[59] Dies sagte er in der Synagoge zu Kafarnaum.

Kommentar:

Die Verheißung des eucharistischen Lebensbrotes

8.74   Die Eucharistie im Zeichen des Widerspruchs

Abschnitt: 143

Joh 6,60-71

⁶⁰ Viele von seinen Jüngern, die das hörten, erklärten: 'Hart ist diese Rede! Wer kann sie hören?'

⁶¹ Jesus wußte, daß seine Jünger darüber murrten, und sagte zu ihnen: 'Daran nehmt ihr Anstoß?

⁶² Wenn ihr nun den Menschensohn dahin auffahren seht, wo er vordem war?

⁶³ Der Geist ist es, der lebendig macht, das Fleisch nützt nichts. Die Worte, die ich zu euch geredet habe, sind Geist und sind Leben. *

⁶⁴ Aber es gibt einige unter euch, die nicht glauben.' - Denn Jesus wußte von Anfang an, wer nicht glauben und wer ihn verraten werde. -

⁶⁵ Und er sagte: 'Darum habe ich zu euch gesagt: Niemand kann zu mir kommen, wenn es ihm nicht vom Vater gegeben ist.'

⁶⁶ Daraufhin zogen sich viele seiner Jünger zurück und gingen nicht mehr mit ihm.

⁶⁷ Da fragte Jesus die Zwölf: 'Wollt auch ihr weggehen?'

⁶⁸ Simon Petrus antwortete ihm: 'Herr, zu wem sollen wir gehen? Du hast Worte ewigen Lebens.

⁶⁹ Wir glauben und erkennen, daß du der Heilige Gottes bist.' *

⁷⁰ Jesus erwiderte ihnen: 'Habe ich nicht euch Zwölf auserwählt? Und doch ist einer von euch ein Teufel!'

⁷¹ Damit meinte er Judas, den Sohn Simons Iskariot. Dieser nämlich, einer von den Zwölfen, sollte ihn verraten.

8.75   Verbleiben in Galiläa

Abschnitt: 144

Joh 7,1

¹ Danach wanderte Jesus in Galiläa umher. Denn in Judäa wollte er nicht mehr umherziehen, weil die Juden ihm nach dem Leben trachteten.

Kommentar:

Die Verurteilung des Pharisäertums

8.76   Überschätzung der Überlieferung

Abschnitt: 146

Mt 15,1-9

¹ Da kamen Pharisäer und Schriftgelehrte aus Jerusalem zu Jesus und fragten:
² 'Warum übertreten deine Jünger die Überlieferung der Alten? Sie waschen
   sich ja nicht die Hände vor der Mahlzeit.' *
³ Er entgegnete ihnen: 'Warum übertretet ihr selbst Gottes Gebot um eurer
   Überlieferung willen?
⁴ Gott hat doch geboten: »Du sollst Vater und Mutter ehren!«, und: »Wer Vater
   oder Mutter schmäht, soll des Todes sterben«. *
⁵ Ihr aber sagt: »Wer zu Vater oder Mutter sagt: Was dir von mir zugute kommen sollte, erkläre ich zur Opfergabe!«, *
⁶ der braucht seinen Vater oder seine Mutter nicht mehr zu ehren. So setzt ihr
   Gottes Gebot um eurer Überlieferung willen außer Kraft.
⁷ Ihr Heuchler! Treffend hat der Prophet Jesaja über euch geweissagt:
⁸ »Dieses Volk ehrt mich mit den Lippen, sein Herz jedoch ist fern von mir.
⁹ Vergebens verehrt es mich, indem es Menschensatzungen als meinen Willen
   ausgibt«.' *

Mk 7,1-13

¹ Pharisäer und einige Schriftgelehrte, die aus Jerusalem gekommen waren,
   hatten sich bei Jesus eingefunden.
² Sie bemerkten, wie einige von seinen Jüngern mit unreinen, das heißt mit
   ungewaschenen Händen das Brot aßen.
³ Die Pharisäer und die Juden überhaupt essen nämlich nicht, ohne sich vorher
   mit einer Handvoll Wasser die Hände gewaschen zu haben, getreu der
   Überlieferung der Alten. *
⁴ Auch vom Markt essen sie nichts, ohne es vorher gewaschen zu haben. Noch
   vieles andere gibt es, was sie übernommen haben und beachten, wie das
   Abspülen von Bechern, Krügen und Kesseln.

⁵ Da fragten ihn also die Pharisäer und die Schriftgelehrten: 'Warum richten sich deine Jünger nicht nach der Überlieferung der Alten, sondern essen das Brot mit unreinen Händen?'
⁶ Er antwortete ihnen: 'Treffend hat Jesaja von euch Heuchlern geweissagt, wie geschrieben steht: »Dieses Volk ehrt mich mit den Lippen, sein Herz jedoch ist fern von mir. *
⁷ Umsonst verehrt es mich; denn Menschensatzungen stellt es als Lehre hin.«
⁸ Gottes Gebot gebt ihr preis, an der Überlieferung von Menschen haltet ihr fest.'
⁹ Weiter sagte Jesus: 'Trefflich versteht ihr es, euch über Gottes Gebot hinwegzusetzen, um eure Überlieferung zu wahren.
¹⁰ So hat Mose gesagt: »Du sollst deinen Vater und deine Mutter ehren«, und: »Wer Vater oder Mutter schmäht, soll des Todes sterben«. *
¹¹ Ihr aber sagt: Wenn einer zu Vater oder Mutter sagt: »Was ich dir zukommen lassen sollte, ist Korbán«, das heißt Opfergabe,
¹² dann laßt ihr ihn für Vater und Mutter nichts mehr tun. *
¹³ Damit setzt ihr durch eure Überlieferung Gottes Wort außer Kraft. Und dergleichen tut ihr noch vieles.'

Kommentar:

Die Verurteilung des Pharisäertums

8.77 Jesus an das Volk: Unreinheit aus dem Herzen

Abschnitt: 147

Mt 15,10-13

¹⁰ Dann rief er das Volk herbei und sagte: 'Hört und begreift:
¹¹ Nicht was in den Mund hineinkommt, macht den Menschen unrein, sondern was aus dem Mund herauskommt, das macht den Menschen unrein.'
¹² Da traten die Jünger zu ihm und sagten: 'Weißt du, daß die Pharisäer an deiner Rede Anstoß genommen haben?'
¹³ Er antwortete: 'Jede Pflanze, die nicht mein himmlischer Vater gepflanzt hat, wird ausgerissen werden.

Mk 7,14-16

> [14] Dann rief er wieder das Volk herbei und sagte: 'Hört mir alle zu und begreift: [15] Nichts, was von außen in den Menschen hineinkommt, kann ihn unrein machen, was aber aus dem Menschen herauskommt, das macht den Menschen unrein.
> [16]

Kommentar:

Die Verurteilung des Pharisäertums

8.78   Die Pharisäer – blinde Blindenführer

Abschnitt: 148

Mt 15,14

> [14] Laßt sie! Sie sind blinde Blindenführer. Wenn aber ein Blinder einen Blinden führt, fallen beide in die Grube.'

Lk 6,39

> [39] Er trug ihnen auch ein Gleichnis vor: 'Kann wohl ein Blinder einen Blinden führen? Fallen nicht beide in die Grube?

Kommentar:

Die Verurteilung des Pharisäertums

8.79   Sünden die wirklich 'unrein' machen

Abschnitt: 150

Mt 15,15-20

> [15] Da nahm Petrus das Wort und sagte: 'Erkläre uns den Sinn deiner Rede!'

¹⁶ Er antwortete: 'Seid auch ihr noch immer ohne Verständnis?

¹⁷ Begreift ihr nicht, daß alles, was durch den Mund hineinkommt, in den Magen gelangt und dann ausgeschieden wird?

¹⁸ Was aber aus dem Mund kommt, kommt aus dem Herzen, und das macht den Menschen unrein.

¹⁹ Denn aus dem Herzen kommen böse Gedanken, Mord, Ehebruch, Unzucht, Diebstahl, falsches Zeugnis und Gotteslästerung.

²⁰ Das ist es, was den Menschen unrein macht; aber mit ungewaschenen Händen zu essen, das macht den Menschen nicht unrein.'

Mk 7,17-23

¹⁷ Als er vom Volk weggegangen und nach Hause gekommen war, befragten ihn seine Jünger über seine Rede.

¹⁸ Er sagte ihnen: 'So seid auch ihr unverständig? Seht ihr nicht ein, daß alles, was von außen in den Menschen hineinkommt, ihn nicht unrein machen kann?

¹⁹ Denn es kommt ja nicht in sein Herz, sondern in den Magen und wird wieder ausgeschieden.' - Damit erklärte er alle Speisen für rein.

²⁰ Er fuhr fort: 'Was aus dem Menschen herauskommt, das macht den Menschen unrein.

²¹ Denn von innen, aus dem Herzen der Menschen, kommen böse Gedanken, Unzucht, Diebstahl, Mord,

²² Ehebruch, Habsucht, Bosheit, Hinterlist, Ausschweifung, Neid, Lästerung, Hochmut und Unvernunft.

²³ All dieses Böse kommt von innen heraus und macht den Menschen unrein.'

8.80 Jesus und die kananäische Frau

Abschnitt: 152

Mt 15,21-28

²¹ Von dort ging Jesus weiter und zog sich in die Gegend von Tyrus und Sidon zurück.

[22] Da kam eine kanaanäische Frau aus jener Gegend und rief: 'Erbarme dich meiner, Herr, Sohn Davids! Meine Tochter wird von einem Dämon schrecklich geplagt.' *

[23] Jesus aber schwieg. Da traten seine Jünger zu ihm und baten ihn: 'Schick sie doch fort; sie schreit ja hinter uns her.'

[24] Er entgegnete: 'Ich bin nur zu den verlorenen Schafen des Hauses Israel gesandt.'

[25] Sie aber kam herbei, fiel vor ihm nieder und bat: 'Herr, hilf mir!'

[26] Er erwiderte: 'Es ist nicht recht, den Kindern das Brot wegzunehmen und es den Hündlein hinzuwerfen.'

[27] 'Gewiß, Herr', sagte sie, 'aber auch die Hündlein bekommen doch von den Brosamen, die vom Tisch ihrer Herren fallen.'

[28] Da antwortete ihr Jesus: 'Frau, dein Glaube ist groß, dir geschehe nach deinem Wunsch.' Von der Stunde an war ihre Tochter gesund.

Mk 7,24-30

[24] Von dort brach er auf und begab sich in das Gebiet von Tyrus. Er ging in ein Haus, wollte aber, daß niemand es erfahre; doch er konnte nicht unbemerkt bleiben. *

[25] Gleich hatte eine Frau, deren Töchterchen einen unreinen Geist hatte, von ihm gehört. Sie kam herbei und fiel ihm zu Füßen.

[26] Die Frau war eine Griechin, ihrer Herkunft nach Syrophönizierin. Sie bat ihn, den Dämon aus ihrer Tochter auszutreiben. *

[27] Er sagte zu ihr: 'Laß erst die Kinder satt werden; denn es ist nicht recht, den Kindern das Brot wegzunehmen und es den Hündlein hinzuwerfen.' *

[28] 'Gewiß, Herr', erwiderte sie ihm: 'aber auch die Hündlein unter dem Tisch bekommen von den Brosamen der Kinder.'

[29] Da sagte er zu ihr: 'Um dieses Wortes willen geh hin, der Dämon ist aus deiner Tochter ausgefahren.'

[30] Sie ging nach Hause, und fand das Kind auf dem Bett liegen; der Dämon war ausgefahren.

8.81 Die Heilung eines Taubstummen

Abschnitt: 153

Mk 7,31-37

[31] Jesus zog aus dem Gebiet von Tyrus wieder weg und kam über Sidon an den See von Galiläa, mitten in das Gebiet der Dekapolis.
[32] Da brachte man einen Taubstummen zu ihm und bat, ihm die Hand aufzulegen.
[33] Er nahm ihn abseits vom Volk, legte ihm seine Finger in die Ohren und nachdem er ausgespuckt hatte, berührte er seine Zunge;
[34] dann blickte er zum Himmel auf, seufzte und sagte zu ihm: 'Effata!', das heißt: Öffne dich!
[35] Sogleich öffneten sich seine Ohren, das Band seiner Zunge löste sich, und er konnte richtig sprechen.
[36] Jesus schärfte ihnen ein, es niemandem zu sagen. Doch je strenger er es ihnen einschärfte, desto eifriger erzählten sie es weiter.
[37] Aufs höchste erstaunt sagten sie: 'Er hat alles gut gemacht; er macht, daß die Tauben hören und die Stummen reden.'

8.82 Die Heilung vieler Kranken

Abschnitt: 154

Mt 15,29-31

[29] Jesus zog weiter und kam an den See von Galiläa. Er stieg auf einen Berg und setzte sich.
[30] Da kamen große Volksscharen zu ihm. Sie hatten Lahme, Krüppel, Blinde, Stumme und viele andere Kranke mitgebracht und legten sie ihm zu Füßen. Und er heilte sie.
[31] Als das Volk sah, wie Stumme redeten, Krüppel gesund wurden, Lahme gehen und Blinde sehen konnten, war es erstaunt und pries den Gott Israels.

8.83   Die zweite Brotvermehrung: Die Speisung der 4000

Abschnitt: 155

Mt 15,32-39

[32] Jesus aber rief seine Jünger zu sich und sagte: 'Mich erbarmt des Volkes. Schon drei Tage harren sie bei mir aus und haben nichts mehr zu essen. Ich will sie nicht hungrig weggehen lassen, sonst könnten sie unterwegs zusammenbrechen.'

[33] Da sagten die Jünger zu ihm: 'Woher sollen wir in dieser Einöde so viele Brote nehmen, um eine so große Menge satt zu bekommen?'

[34] Jesus fragte sie: 'Wie viele Brote habt ihr?' Sie sagten: 'Sieben, und ein paar kleine Fische.'

[35] Da ließ er das Volk sich auf dem Boden lagern.

[36] Dann nahm er die sieben Brote und die Fische, sprach das Dankgebet, brach die Brote und gab das Brot und die Fische seinen Jüngern, und die Jünger dem Volk.

[37] Alle aßen und wurden satt. Und von den übriggebliebenen Brotstücken hoben sie noch sieben Körbe voll auf.

[38] Etwa viertausend Mann waren satt geworden, nicht gerechnet die Frauen und Kinder.

[39] Dann ließ er das Volk weggehen, stieg ins Boot und fuhr in die Gegend von Magadan. *

Mk 8,1-10

[1] In jenen Tagen war wieder eine große Volksschar da und hatte nichts zu essen. Da rief er die Jünger zu sich und sagte zu ihnen: *

[2] 'Mich erbarmt des Volkes. Schon drei Tage harren sie bei mir aus und haben nichts zu essen.

[3] Wenn ich sie hungrig nach Hause gehen lasse, werden sie unterwegs zusammenbrechen; einige von ihnen sind ja von weither gekommen.'

[4] Seine Jünger erwiderten ihm: 'Woher soll man an diesem abgelegenen Ort Brot nehmen, damit diese satt werden?'

[5] Er fragte sie: 'Wieviel Brote habt ihr?' Sie antworteten: 'Sieben.'

[6] Da ließ er das Volk sich auf den Boden lagern. Dann nahm er die sieben Brote, dankte, brach sie und gab sie seinen Jüngern zum Austeilen; und

die Jünger setzten sie dem Volk vor.

[7] Sie hatten auch ein paar kleine Fische. Er segnete sie und ließ auch sie verteilen.

[8] Sie aßen und wurden satt. Von den übriggebliebenen Brotstückchen hoben sie noch sieben Körbe auf.

[9] Es waren etwa viertausend . Darauf entließ er sie.

[10] Gleich danach stieg er mit seinen Jüngern in das Boot und fuhr in die Gegend von Dalmanuta.

8.84 Die Zeichenforderung der Gegner Jesu

Abschnitt: 156

Mt 16,1-4

[1] Die Pharisäer und Sadduzäer traten an Jesus heran, um ihn auf die Probe zu stellen. Sie baten ihn, ihnen ein Zeichen vom Himmel vorzuführen.

[2] Er aber erwiderte ihnen: 'Am Abend sagt ihr: »Es gibt schönes Wetter; denn der Himmel ist feuerrot«.

[3] Am Morgen: »Heute gibt es Regenwetter, denn der Himmel ist rot und trüb«. - Das Aussehen des Himmels versteht ihr zu beurteilen, die Zeichen der Zeit aber nicht?

[4] Dieses böse und treulose Geschlecht fordert ein Zeichen. Doch wird ihm kein anderes Zeichen gegeben werden als das Zeichen des Jona.' Und er ließ sie stehen und ging weg.

Mk 8,11-13

[11] Die Pharisäer kamen heraus und begannen mit ihm zu streiten; um ihn zu prüfen, verlangten sie von ihm ein Zeichen vom Himmel.

[12] Da seufzte er tief in seinem Inneren auf und sagte: 'Wozu verlangt dieses Geschlecht ein Zeichen? Wahrlich, ich sage euch: Niemals wird diesem Geschlecht ein Zeichen gegeben werden.'

[13] Damit ließ er sie stehen, stieg wieder in das Boot und fuhr an das jenseitige Ufer.

8.85 Warnung vor dem Sauerteig der Pharisäer und Sadduzäer

Abschnitt: 157

Mt 16,5-12

⁵ Als die Jünger am jenseitigen Ufer anlangten, hatten sie vergessen, Brot mitzunehmen.

⁶ Jesus sagte zu ihnen: 'Gebt acht und hütet euch vor dem Sauerteig der Pharisäer und Sadduzäer!'

⁷ Da machten sie sich untereinander Gedanken und sagten: 'Wir haben kein Brot mitgenommen.'

⁸ Jesus merkte das und sagte: 'Ihr Kleingläubigen, was macht ihr euch untereinander Gedanken darüber, daß ihr kein Brot mitgenommen habt?

⁹ Begreift ihr immer noch nicht? Erinnert ihr euch nicht an die fünf Brote für die Fünftausend, und wieviele Körbe ihr aufgehoben habt?

¹⁰ Auch nicht an die sieben Brote für die Viertausend, und wieviele Körbe ihr da aufgehoben habt?

¹¹ Warum begreift ihr nicht, daß ich nicht Brot gemeint habe, als ich zu euch sagte: Hütet euch vor dem Sauerteig der Pharisäer und Sadduzäer?'

¹² Da verstanden sie, daß er nicht gemeint hatte, sie sollten sich vor dem Sauerteig, sondern vor der Lehre der Pharisäer und Sadduzäer hüten.

Mk 8,14-21

¹⁴ Sie hatten vergessen, Brot mitzunehmen; nur ein einziges Brot hatten sie bei sich im Boot.

¹⁵ Er schärfte ihnen ein und sagte: 'Seht zu, nehmt euch in acht vor dem Sauerteig der Pharisäer und dem Sauerteig des Herodes!' *

¹⁶ Da machten sie sich untereinander Gedanken darüber, daß sie kein Brot hätten.

¹⁷ Jesus merkte das und sagte zu ihnen: 'Was macht ihr euch darüber Gedanken, daß ihr kein Brot habt? Begreift und versteht ihr immer noch nicht? Ist euer Herz verstockt?

¹⁸ Augen habt ihr und seht nicht; Ohren habt ihr und hört nicht? Erinnert ihr euch nicht:

¹⁹ Wie viele Körbe voll Brotstückchen habt ihr aufgehoben, als ich die fünf Brote für die Fünftausend brach?' Sie antworteten ihm: 'Zwölf.'

²⁰ 'Und wieviele Körbe voll habt ihr aufgehoben, als ich die sieben Brote für die Viertausend brach?' Sie antworteten: 'Sieben.' ²¹ Da sagte er zu ihnen: 'Versteht ihr immer noch nicht?'

8.86 Die Heilung des Blinden von Bethsaida

Abschnitt: 158

Mk 8,22-26

²² Sie kamen nach Betsaida. Da brachte man einen Blinden zu ihm und bat ihn, daß er ihn berühre. *
²³ Er nahm den Blinden bei der Hand und führte ihn aus dem Dorf hinaus, benetzte seine Augen mit Speichel, legte ihm die Hände auf und fragte ihn: 'Siehst du etwas?'
²⁴ Jener schlug die Augen auf und sagte: 'Ich sehe Menschen; etwas wie umhergehende Bäume.'
²⁵ Darauf legte er ihm wiederum die Hände auf die Augen, und er sah klar. Er war geheilt, so daß er alles ganz deutlich sehen konnte.
²⁶ Dann schickte ihn Jesus nach Haus, sagte ihm aber: 'Geh nicht in das Dorf hinein!' *

8.87 Das Bekenntnis des Petrus und die Verheissung Jesu

Abschnitt: 160

Mt 16,13-20

¹³ Als Jesus in die Gegend von Cäsarea Philippi kam, fragte er seine Jünger: 'Für wen halten die Leute den Menschensohn?'
¹⁴ Sie antworteten: 'Einige für Johannes den Täufer, andere für Elija, wieder andere für Jeremia oder sonst einen Propheten.'
¹⁵ Er fragte sie: 'Ihr aber, für wen haltet ihr mich?'
¹⁶ Simon Petrus antwortete: 'Du bist der Messias, der Sohn des lebendigen Gottes!'

[17] Da sagte Jesus zu ihm: 'Selig bist du, Simon, Sohn des Jona! Denn nicht Fleisch und Blut haben dir das geoffenbart, sondern mein Vater im Himmel. [18] Und ich sage dir: Du bist Petrus. Auf diesen Felsen will ich meine Kirche bauen, und die Mächte der Unterwelt werden sie nicht überwältigen. * [19] Ich will dir die Schlüssel des Himmelreichs geben. Was du auf Erden binden wirst, wird im Himmel gebunden sein, und was du auf Erden lösen wirst, wird im Himmel gelöst sein.' [20] Dann verbot er den Jüngern streng, irgend jemand zu sagen, daß er der Messias sei. *

Mk 8,27-30

[27] Jesus zog mit seinen Jüngern weiter in die Dörfer bei Cäsarea Philippi. Unterwegs fragte er die Jünger: 'Für wen halten mich die Leute?' [28] Sie antworteten ihm: 'Für Johannes den Täufer, andere für Elija, wieder andere für sonst einen der Propheten.' [29] Da fragte er sie: 'Ihr aber, für wen haltet ihr mich?' Petrus gab ihm zur Antwort: 'Du bist der Messias!' [30] Da schärfte er ihnen ein, mit niemand über ihn zu sprechen.

Lk 9,18-21

[18] Als er einmal allein betete und nur die Jünger bei ihm waren, fragte er sie: 'Für wen halten mich die Leute?' [19] Sie antworteten: 'Einige für Johannes den Täufer, andere für Elija, noch andere meinen, einer von den alten Propheten sei auferstanden.' [20] Da fragte er sie: 'Ihr aber, für wen haltet ihr mich?' Petrus gab zur Antwort: 'Für den Messias Gottes.' [21] Er verbot ihnen jedoch streng, dies irgend jemand zu sagen. *

8.88   Die erste Leidensweissagung

Abschnitt: 162

Mt 16,21-23

[21] Von da an begann Jesus seinen Jüngern klarzumachen, er müsse nach Jerusalem gehen, vieles von seiten der Ältesten, Hohenpriester und Schriftgelehrten erleiden, getötet, und am dritten Tag auferweckt werden.
[22] Da nahm Petrus ihn beiseite, machte ihm Vorhaltungen und sagte: 'Das möge Gott verhüten, Herr! Das darf dir nicht widerfahren!'
[23] Jesus aber wandte sich um und sagte zu Petrus: 'Weg mit dir, Satan! Du bist mir ein Ärgernis. Du folgst nicht den Gedanken Gottes, sondern denen der Menschen.' *

Mk 8,31-33

[31] Nun fing er an, sie zu belehren, der Menschensohn müsse viel leiden und von den Ältesten, den Hohenpriestern und den Schriftgelehrten verworfen und getötet werden, nach drei Tagen aber auferstehen. *
[32] Er sagte das ganz offen. Da nahm ihn Petrus beiseite und machte ihm Vorhaltungen.
[33] Er aber wandte sich um, sah seine Jünger an und tadelte Petrus mit den Worten: 'Weg von mir, Satan! Du hast nicht im Sinn, was Gott will, sondern was die Menschen wollen.' *

Lk 9,32

[32] Petrus und seine Gefährten wurden vom Schlaf übermannt. Als sie dann erwachten, sahen sie seine Herrlichkeit und die beiden Männer, die bei ihm standen.

8.89   Sprüche über die Nachfolge Christi

Abschnitt: 164

Mt 16,24-27

²⁴ Darauf sagte Jesus zu seinen Jüngern: 'Wer mir nachfolgen will, verleugne
sich selbst, nehme sein Kreuz auf sich und folge mir nach.

²⁵ Denn wer sein Leben retten will, wird es verlieren; wer aber sein Leben um
meinetwillen verliert, wird es gewinnen. *

²⁶ Was nützt es dem Menschen, wenn er die ganze Welt gewinnt, dabei aber
seine Seele verliert? Was kann ein Mensch geben, um seine Seele zurückzukaufen?

²⁷ Denn der Menschensohn wird mit seinen Engeln in der Herrlichkeit seines
Vaters kommen und jedem Menschen nach seinem Tun vergelten.

Mk 8,34-38

³⁴ Dann rief er das Volk und seine Jünger herbei und sagte zu ihnen: 'Wer
mir nachfolgen will, verleugne sich selbst, nehme sein Kreuz auf sich und
folge mir nach.

³⁵ Denn wer sein Leben retten will, wird es verlieren; wer aber sein Leben um
meinetwillen und um des Evangeliums willen verliert, wird es retten.

³⁶ Was nützt es dem Menschen, wenn er die ganze Welt gewinnt, dabei aber
seine Seele verliert?

³⁷ Was könnte der Mensch geben, um seine Seele zurückzukaufen?

³⁸ Wer sich vor diesem ehebrecherischen und sündhaften Geschlecht meiner
und meiner Worte schämt, dessen wird sich auch der Menschensohn schämen,
wenn er mit den heiligen Engeln kommt in der Herrlichkeit seines Vaters.'

Lk 9,23-26

²³ Zu allen aber sagte er: 'Wer mir nachfolgen will, verleugne sich selbst, nehme täglich sein Kreuz auf sich und folge mir nach.

²⁴ Denn wer sein Leben retten will, wird es verlieren; wer aber sein Leben um
meinetwillen verliert, wird es retten.

[25] Denn was nützt es dem Menschen, wenn er die ganze Welt gewinnt, aber sich selbst verliert oder Schaden erleidet?
[26] Denn wer sich meiner und meiner Worte schämt, dessen wird der Menschensohn sich schämen, wenn er in seiner und seines Vaters und der heiligen Engel Herrlichkeit kommt.

8.90 Feierliche Verheissung des nahen Gottesreiches

Abschnitt: 165

Mt 16,28

[28] Wahrlich, ich sage euch: Von denen, die hier stehen, werden einige den Tod nicht erleiden, bevor sie den Menschensohn mit seinem Reich kommen sehen.'

Mk 9,1

[1] Und er sagte ihnen: 'Wahrlich, ich sage euch: Von denen, die hier stehen, werden einige nicht zu Tode kommen, bevor sie das Reich Gottes mit Macht kommen sehen.' *

Lk 9,27

[27] Ich sage euch in Wahrheit: Von denen, die hier stehen, werden einige den Tod nicht kosten, bevor sie das Reich Gottes sehen.' *

8.91 Die Verklärung Jesu

Abschnitt: 166

Mt 17,1-8

[1] Sechs Tage später nahm Jesus nur Petrus, Jakobus und dessen Bruder Johannes mit sich; er führte sie auf einen hohen Berg.

² Da wurde er vor ihren Augen umgestaltet. Sein Gesicht leuchtete wie die
   Sonne, und seine Kleider wurden glänzend wie das Licht. *
³ Und es erschienen ihnen Mose und Elija im Gespräch mit Jesus.
⁴ Da sagte Petrus zu ihm: 'Herr, es ist gut, daß wir hier sind. Wenn du willst,
   baue ich hier drei Hütten, eine für dich, eine für Mose und eine für Elija.'
⁵ Während er noch redete, überschattete sie eine leuchtende Wolke, und eine
   Stimme erscholl aus der Wolke: 'Das ist mein geliebter Sohn, an dem ich
   Wohlgefallen habe; hört auf ihn!'
⁶ Als die Jünger das hörten, fielen sie tief erschrocken auf ihr Angesicht nieder.
⁷ Da trat Jesus zu ihnen, rührte sie an und sagte: 'Steht auf, fürchtet euch
   nicht!'
⁸ Als sie ihre Augen erhoben, sahen sie nur Jesus allein.

Mk 9,2-8

² Sechs Tage später nahm Jesus allein Petrus, Jakobus und Johannes mit sich
   und führte sie auf einen hohen Berg. Und er wurde vor ihnen umgestaltet;
³ seine Kleider glänzten in strahlendem Weiß, so weiß, wie sie kein Walker auf
   Erden zu bleichen vermag.
⁴ Und es erschien ihnen Elija mit Mose im Gespräch mit Jesus.
⁵ Da nahm Petrus das Wort und sagte zu Jesus: 'Meister, es ist gut, daß wir hier
   sind. Wir wollen drei Hütten bauen, dir eine, Mose eine und Elija eine.'
⁶ Er wußte nicht, was er sagen sollte. - So verwirrt waren sie vor Schreck.
⁷ Da kam eine Wolke und überschattete sie, und aus der Wolke rief eine Stimme: 'Dieser ist mein geliebter Sohn; auf ihn sollt ihr hören!'
⁸ Als sie um sich blickten, sahen sie auf einmal niemand mehr bei sich als
   Jesus allein.

Lk 9,28-36

²⁸ Etwa acht Tage nach diesen Reden nahm er Petrus, Johannes und Jakobus
   mit sich und stieg auf den Berg, um zu beten.
²⁹ Während er betete, veränderte sich das Aussehen seines Antlitzes, und seine
   Kleidung wurde strahlend weiß.
³⁰ Und zwei Männer redeten mit ihm: Mose und Elija.
³¹ Sie erschienen in Lichtglanz und sprachen von seinem Ende, das er in Jerusalem erfüllen sollte. *

[32] Petrus und seine Gefährten wurden vom Schlaf übermannt. Als sie dann erwachten, sahen sie seine Herrlichkeit und die beiden Männer, die bei ihm standen.

[33] Als diese von ihm scheiden wollten, sagte Petrus zu Jesus: 'Meister, es ist gut, daß wir hier sind. Wir wollen drei Hütten bauen: dir eine, Mose eine und Elija eine.' Er wußte nicht, was er sagte.

[34] Noch während er so redete, kam ein Wolke und überschattete sie. Sie gerieten in Furcht, als sie in die Wolke kamen.

[35] Aus der Wolke aber rief eine Stimme: 'Das ist mein auserwählter Sohn, auf ihn sollt ihr hören!'

[36] Als die Stimme verhallt war, befand sich Jesus wieder allein. Sie schwiegen und erzählten in jenen Tagen niemand etwas von dem, was sie gesehen hatten.

8.92 Über die Wiederkunft des Propheten Elias

Abschnitt: 167

Mt 17,9-13

[9] Während sie den Berg hinabstiegen, gebot ihnen Jesus: 'Erzählt niemand etwas von der Erscheinung, bevor der Menschensohn von den Toten auferweckt ist.'

[10] Und es fragten ihn seine Jünger: 'Warum sagen denn die Schriftgelehrten, zuerst müsse Elija kommen?' *

[11] Er antwortete: 'Elija kommt zwar und wird alles wiederherstellen.

[12] Ich sage euch aber: Elija ist schon gekommen. Aber sie haben ihn nicht erkannt, sondern haben ihm angetan, was sie wollten - auch der Menschensohn wird von ihnen zu leiden haben.'

[13] Da merkten die Jünger, daß er von Johannes dem Täufer zu ihnen gesprochen hatte.

Mk 9,9-13

[9] Während sie dann den Berg hinabstiegen, schärfte er ihnen ein, niemand zu erzählen, was sie gesehen hatten, bis der Menschensohn von den Toten auferstanden sei.

[10] Sie behielten die Sache für sich, besprachen aber miteinander, was »Auferstehen von den Toten« zu bedeuten habe.

[11] Sie fragten ihn: 'Warum sagen die Schriftgelehrten, Elija müsse erst kommen?'

[12] Er gab ihnen zur Antwort: 'Allerdings kommt zuvor Elija und stellt alles wieder her. Warum heißt es dann aber vom Menschensohn in der Schrift, daß er viel leiden und verworfen werden soll?

[13] Ich sage euch: Elija ist schon gekommen, und sie haben mit ihm gemacht, was sie wollten, wie von ihm geschrieben steht.' *

8.93   Die Heilung eines besessenen Knaben

Abschnitt: 168

Mt 17,14-21

[14] Als sie zur Volksmenge kamen, trat ein Mann zu ihm, warf sich vor ihm auf die Knie

[15] und sagte: 'Herr, erbarme dich meines Sohnes! Er ist mondsüchtig und leidet sehr darunter, denn oft fällt er ins Feuer und oft ins Wasser. *

[16] Ich habe ihn zu deinen Jüngern gebracht, aber sie konnten ihn nicht heilen.'

[17] Jesus entgegnete: 'O ungläubiges und verkehrtes Geschlecht! Wie lange soll ich noch bei euch sein? Wie lange noch euch ertragen? Bringt ihn zu mir her!'

[18] Jesus gebot dem Dämon, und er fuhr von dem Knaben aus, so daß er von der Stunde an geheilt war.

[19] Als die Jünger mit Jesus allein waren, fragten sie ihn: 'Warum konnten wir den Dämon nicht austreiben?'

[20] Er sagte: 'Weil ihr so wenig Glauben habt. Wahrlich, ich sage euch: Wenn ihr Glauben habt wie ein Senfkorn, werdet ihr zu diesem Berg sagen: Rück von hier dorthin, und er wird hinüberrücken; und nichts wird euch unmöglich sein. *

[21] *

Mk 9,14-29

¹⁴ Als sie zu den (übrigen) Jüngern kamen, sahen sie um sie herum eine große Menschenmenge und Schriftgelehrte, die mit ihnen stritten.

¹⁵ Sobald die Menge Jesus erblickte, war sie überrascht, eilte auf ihn zu und begrüßte ihn.

¹⁶ Er fragte sie: 'Worüber streitet ihr mit ihnen?'

¹⁷ Einer aus dem Volk antwortet ihm: 'Meister, ich habe meinen Sohn zu dir gebracht. Er ist von einem stummen Geist besessen. *

¹⁸ Und wenn der ihn packt, zerrt er ihn hin und her. Dann schäumt er, knirscht mit den Zähnen und liegt starr da. Ich bat deine Jünger, ihn auszutreiben, aber sie vermochten es nicht.'

¹⁹ Er entgegnete ihnen: 'O ungläubiges Geschlecht! Wie lange soll ich noch bei euch sein? Wie lange euch noch ertragen? Bringt ihn her zu mir!'

²⁰ Sie brachten ihn zu ihm. Sobald der Geist ihn erblickte, zerrte er den Knaben hin und her. Er fiel zu Boden, wälzte sich und schäumte.

²¹ Jesus fragte seinen Vater: 'Seit wann ist das so?' Er antwortete: 'Von Kindheit an.

²² Schon oft hat er ihn sogar ins Feuer oder ins Wasser geworfen, um ihn umzubringen. Wenn du nun etwas vermagst, so habe Erbarmen mit uns und hilf uns!'

²³ Jesus erwiderte ihm: 'Wenn du vermagst? Alles vermag, wer Glauben hat.' *

²⁴ Sogleich schrie der Vater des Knaben: 'Ich glaube! Hilf meinem Unglauben!'

²⁵ Als Jesus sah, daß immer mehr Volk zusammenlief, drohte er dem unreinen Geist und sagte zu ihm: 'Du stummer und tauber Geist, ich befehle dir: Fahre aus von ihm, und kehre niemals mehr in ihn zurück!'

²⁶ Unter Geschrei und heftigem Zerren fuhr er von ihm aus. Der Junge lag da wie tot, so daß alle sagten, er sei gestorben.

²⁷ Jesus aber faßte ihn bei der Hand und zog ihn hoch. Da stand der Knabe auf.

²⁸ Als Jesus nach Hause kam und mit den Jüngern allein war, fragten sie ihn: 'Warum konnten wir ihn nicht austreiben?'

²⁹ Er antwortete ihnen: 'Diese Art kann nur durch Gebet und Fasten ausgetrieben werden.'

Lk 9,37-43

[37] Als sie am folgenden Tag vom Berg hinabstiegen, kam ihnen eine große Volksmenge entgegen.

[38] Da rief ein Mann aus dem Volk: 'Meister, ich bitte dich, schau auf meinen Sohn; er ist mein einziger.

[39] Siehe, ein Geist packt ihn, dann schreit er plötzlich auf. Er zerrt ihn hin und her, daß er schäumt. Nur schwer läßt er von ihm ab und reibt ihn noch ganz auf.

[40] Ich bat deine Jünger, ihn auszutreiben; doch sie vermochten es nicht.'

[41] Jesus entgegnete: 'O ungläubiges und verkehrtes Geschlecht! Wie lange noch soll ich bei euch bleiben und euch ertragen? Führe deinen Sohn hierher!'

[42] Noch während er herbeikam, riß und zerrte ihn der Dämon hin und her. Jesus drohte dem unreinen Geist, heilte den Knaben und gab ihn seinem Vater zurück.

[43] Alle gerieten außer sich über die große Macht Gottes. Während sich alle über all seine Taten wunderten, sagte er zu seinen Jüngern:

8.94   Die zweite Leidensweissagung

Abschnitt: 169

Mt 17,22.23

[22] Während sie in Galiläa beisammen waren, sagte Jesus zu ihnen: 'Der Menschensohn wird in die Hände der Menschen überliefert werden.

[23] Sie werden ihn töten; aber am dritten Tag wird er auferweckt werden.' Da wurden sie sehr betrübt.

Mk 9,30-32

[30] Von da gingen sie weiter und wanderten durch Galiläa. Er wollte aber nicht, daß es jemand erfahre,

[31] denn er lehrte seine Jünger. Er sagte zu ihnen: 'Der Menschensohn wird in die Hände der Menschen überliefert. Sie werden ihn töten, aber drei Tage nach seinem Tod wird er auferstehen.'

³² Sie verstanden zwar die Rede nicht, doch scheuten sie sich, ihm Fragen zu stellen. *

Lk 9,43-45

⁴³ Alle gerieten außer sich über die große Macht Gottes. Während sich alle über all seine Taten wunderten, sagte er zu seinen Jüngern:
⁴⁴ 'Prägt euch diese Worte gut ein: Der Menschensohn wird in die Hände der Menschen überliefert werden.'
⁴⁵ Allein sie verstanden dieses Wort nicht, es blieb ihnen verhüllt, so daß sie es nicht faßten; doch scheuten sie sich, ihn hierüber zu fragen. *

8.95   Die Tempelsteuer

Abschnitt: 170

Mt 17,24-27

²⁴ Als sie nach Kafarnaum kamen, traten die Einnehmer der Tempelsteuer an Petrus heran und fragten: 'Zahlt euer Meister keine Tempelsteuer?' *
²⁵ Er antwortete: 'Doch!' - Als er dann das Haus betrat, kam ihm Jesus mit der Frage zuvor: 'Was meinst du, Simon, von wem erheben die Könige der Erde Abgaben oder Steuern? Von ihren Söhnen oder von den Fremden?'
²⁶ Er antwortete: 'Von den Fremden!' Da sagte Jesus zu ihm: 'Also sind die Söhne frei!
²⁷ Damit wir ihnen aber keinen Anstoß geben, geh an den See, wirf die Angel aus und nimm den ersten Fisch, den du heraufholst. Öffne ihm das Maul, und du wirst einen Stater darin finden. Den nimm und gib ihn ihnen für mich und dich.'

8.96   Der Rangstreit der Jünger

Abschnitt: 171

Mt 18,1-5

[1] In jener Stunde traten die Jünger zu Jesus und fragten: 'Wer ist im Himmelreich der Größte?'
[2] Da rief er ein Kind herbei, stellte es mitten unter sie
[3] und sagte: 'Wahrlich, ich sage euch: Wenn ihr nicht umkehrt und wie die Kinder werdet, werdet ihr keinesfalls in das Himmelreich eingehen.
[4] Wer sich nun erniedrigt wie dieses Kind, der ist der Größte im Himmelreich. *
[5] Und wer ein solches Kind in meinem Namen aufnimmt, der nimmt mich auf.

Mk 9,33-37

[33] Sie kamen nach Kafarnaum. Zu Haus angelangt, fragte er sie: 'Wovon habt ihr unterwegs gesprochen?'
[34] Sie schwiegen, denn sie hatten unterwegs miteinander darüber gestritten, wer (unter ihnen) der Größte sei.
[35] Da setzte er sich, rief die Zwölf herbei und sagte zu ihnen: 'Wer der Erste sein will, der soll der Letzte und Knecht aller sein.'
[36] Dann nahm er ein Kind, stellte es in ihre Mitte, schloß es in seine Arme und sagte zu ihnen:
[37] 'Wer ein solches Kind in meinem Namen aufnimmt, der nimmt mich auf; wer aber mich aufnimmt, der nimmt nicht mich auf, sondern den, der mich gesandt hat.'

Lk 9,46-48

[46] Es kam ihnen der Gedanke in den Sinn, wer von ihnen wohl der Größte sei.
[47] Da Jesus aber die Gedanken ihres Herzens kannte, nahm er ein Kind, stellte es neben sich
[48] und sagte zu ihnen: 'Wer dieses Kind in meinem Namen aufnimmt, der nimmt mich auf; wer aber mich aufnimmt, nimmt den auf, der mich gesandt hat. Denn wer unter euch allen der Kleinste ist, der ist groß.'

8.97   Mahnung zur Duldsamkeit

Abschnitt: 172

Mk 9,38-40

[38] Johannes berichtete ihm: 'Meister, wir sahen einen, der uns nicht nachfolgt, in deinem Namen Dämonen austreiben, und wir versuchten, ihn daran zu hindern, weil er uns doch nicht nachfolgt.'

[39] Jesus aber sagte: 'Hindert ihn nicht! Keiner, der in meinem Namen Wunder wirkt, wird gleich darauf Übles von mir reden können.

[40] Wer nicht gegen uns ist, der ist für uns.

Lk 9,49-50

[49] Johannes berichtete: 'Meister, wir haben gesehen, wie einer in deinem Namen Dämonen austrieb, und suchten ihn daran zu hindern, weil er dir nicht zusammen mit uns folgt.'

[50] Jesus erwiderte ihm: 'Hindert ihn nicht! Denn wer nicht gegen euch ist, der ist für euch.'

8.98   Lohn der Wohltätigkeit

Abschnitt: 173

Mt 10,41.42

[41] Wer einen Propheten aufnimmt, weil er ein Prophet ist, wird den Lohn eines Propheten empfangen. Wer einen Gerechten aufnimmt, weil er ein Gerechter ist, wird den Lohn eines Gerechten empfangen.

[42] Wer einem von diesen Kleinen nur einen Becher frischen Wassers zu trinken gibt, weil er ein Jünger ist - wahrlich, ich sage euch: Er wird gewiß nicht um seinen Lohn kommen.'

Mk 9,41

⁴¹ Wer euch nun deswegen, weil ihr Christus angehört, einen Becher Wasser zu trinken gibt, wahrlich, ich sage euch: sein Lohn wird ihm nicht verlorengehen.

8.99   Wehe über den Verführer

Abschnitt: 174

Mt 18,6.7

⁶ Wer aber einem von diesen Kleinen, die an mich glauben, Anlaß zur Sünde gibt, für den wäre es besser, daß ihm ein Mühlstein um den Hals gehängt und er in die Tiefe des Meeres versenkt würde.
⁷ Wehe der Welt wegen der Verführungen! Es müssen zwar Verführungen kommen; doch wehe dem Menschen, durch den die Verführung kommt! *

Mk 9,42

⁴² Wer einem von diesen Kleinen, die an mich glauben, Ärgernis gibt, für den ist es besser, daß ihm ein Mühlstein um den Hals gehängt und er ins Meer geworfen wird.

Lk 17,1.2

¹ Er sagte zu seinen Jüngern: 'Verführungen können unmöglich ausbleiben. Wehe aber dem, durch den sie kommen!
² Es wäre besser für ihn, wenn ihm ein Mühlstein um den Hals gehängt und er ins Meer gestürzt würde, als daß er verführte einen von diesen Kleinen.

8.100   Rettung des Verlorenen

Abschnitt: 175

Mt 18,10-14

¹⁰ Hütet euch, daß ihr keinen von diesen Kleinen verachtet! Denn ich sage euch: Ihre Engel sehen im Himmel allezeit das Angesicht meines himmlischen Vaters.

¹¹ *

¹² Was meint ihr: Wenn einer hundert Schafe hat und eines davon sich verirrt, läßt er da nicht die neunundneunzig anderen auf den Bergen und macht sich auf, das verirrte zu suchen?

¹³ Und wenn er Glück hat und es findet, wahrlich, ich sage euch: Er freut sich über dieses eine mehr als über die neunundneunzig, die sich nicht verirrt haben.

¹⁴ So will auch euer Vater im Himmel nicht, daß eins von diesen Kleinen verlorengeht.

8.101   Warnung vor Ärgernisnehmen

Abschnitt: 176

Mt 18,8.9

⁸ Wenn deine Hand oder dein Fuß dich zur Sünde verführt, dann hau sie ab und wirf sie von dir. Es ist besser für dich, verstümmelt oder lahm ins Leben einzugehen, als mit zwei Händen und zwei Füßen in das ewige Feuer geworfen zu werden.

⁹ Und wenn dein Auge dich zur Sünde verführt, dann reiß es aus und wirf es von dir. Es ist besser für dich, mit einem Auge ins Leben einzugehen, als mit zwei Augen in das Feuer der Hölle geworfen zu werden. *

Mk 9,43-49

⁴³ Wenn deine Hand dir zum Ärgernis wird, dann hau sie ab. Es ist besser für dich, verstümmelt ins Leben einzugehen, als mit zwei Händen in die Hölle

zu fahren, ins unauslöschliche Feuer, *

[44]

[45] Wenn dein Fuß dir zum Ärgernis wird, so hau ihn ab. Es ist besser für dich, du gehst lahm ins Leben ein, als daß du mit zwei Füßen in die Hölle geworfen wirst,

[46]

[47] Und wenn dein Auge dir zum Ärgernis wird, dann reiß es aus. Es ist besser für dich, du gehst mit einem Auge ins Reich Gottes, als daß du mit zwei Augen in die Hölle geworfen wirst,

[48] wo der Wurm nicht stirbt und das Feuer nicht erlischt.

[49] Denn jeder wird mit Feuer gesalzen werden. *

8.102   Sinnbild des Salzes

Abschnitt: 177

Mt 5,13

[13] Ihr seid das Salz der Erde. Wenn aber das Salz schal wird, womit soll man es salzig machen? Es taugt zu nichts mehr; man wirft es hinaus und es wird von den Leuten zertreten. *

Mk 9,50

[50] Das Salz ist gut. Wenn aber das Salz schal wird, womit wollt ihr es dann würzen? Habt Salz in euch, und haltet Frieden untereinander!'

Lk 14,34.35

[34] Das Salz ist etwas Gutes. Wenn aber das Salz schal wird, womit soll man es dann würzen?

[35] Weder für den Boden noch für den Dünger ist es brauchbar. Man wirft es hinaus. Wer Ohren hat zu hören, der höre!'

8.103 Von Zurechtweisung und Versöhnlichkeit

Abschnitt: 179

Mt 18,15-22

¹⁵ Wenn aber dein Bruder gegen dich gefehlt hat, geh hin und stelle ihn unter vier Augen zur Rede. Hört er auf dich, so hast du deinen Bruder gewonnen.
¹⁶ Hört er aber nicht, dann nimm noch einen oder zwei mit dir, damit durch die Aussage von zwei oder drei Zeugen alles festgestellt werde. *
¹⁷ Hört er auch auf sie nicht, dann sag es der Gemeinde. Hört er aber selbst auf die Gemeinde nicht, gelte er dir wie ein Heide oder Zöllner. *
¹⁸ Wahrlich, ich sage euch: Alles, was ihr auf Erden bindet, soll auch im Himmel gebunden sein, und alles, was ihr auf Erden löst, soll auch im Himmel gelöst sein. *
¹⁹ Weiter sage ich euch: Wenn zwei von euch auf Erden um irgend etwas einmütig bitten, wird es ihnen von meinem himmlischen Vater zuteil werden.
²⁰ Denn wo zwei oder drei in meinem Namen versammelt sind, da bin ich mitten unter ihnen.'
²¹ Da trat Petrus zu ihm und fragte: 'Herr, wenn mein Bruder sich gegen mich versündigt, wie oft muß ich ihm vergeben? Bis zu siebenmal?'
²² Jesus sagte zu ihm: 'Nicht bis zu siebenmal, sondern siebenundsiebzigmal. *

Lk 17,3-4

³ Habt acht auf euch! Wenn dein Bruder sich gegen dich verfehlt, so weise ihn zurecht. Tut es ihm leid, so vergib ihm.
⁴ Und sollte er sich siebenmal am Tag gegen dich verfehlen und siebenmal wieder zu dir kommen und sagen: »Es tut mir leid!«, so vergib ihm.'

8.104 Gleichnis vom unbarmherzigen Knecht

Abschnitt: 180

Mt 18,23-35

[23] Deshalb ist es mit dem Himmelreich wie mit einem König, der mit seinen Knechten abrechnen wollte.

[24] Als er mit der Abrechnung begann, führte man einen zu ihm, der ihm zehntausend Talente schuldig war. *

[25] Da er aber nicht bezahlen konnte, befahl der Herr, ihn, seine Frau und seine Kinder und seinen ganzen Besitz zu verkaufen und so die Schuld zu begleichen.

[26] Da fiel ihm der Knecht zu Füßen und flehte: »Herr, habe Geduld mit mir! Ich will dir alles bezahlen.«

[27] Der Herr erbarmte sich jenes Knechtes, gab ihn frei und erließ ihm die Schuld.

[28] Als nun jener Knecht wegging, traf er einen seiner Mitknechte, der ihm hundert Denare schuldig war. Den packte und würgte er und sagte: »Bezahle, was du schuldig bist!« *

[29] Da fiel sein Mitknecht vor ihm nieder und flehte: »Habe Geduld mit mir, ich will dir alles bezahlen.«

[30] Er aber wollte nicht, sondern ging hin und ließ ihn in den Kerker werfen, bis er die Schuld bezahlt habe.

[31] Seine Mitknechte waren empört, als sie sahen, was geschehen war. Sie gingen hin und meldeten den Vorfall ihrem Herrn.

[32] Da ließ er ihn zu sich rufen und sagte zu ihm: »Du böser Knecht! Deine ganze Schuld habe ich dir erlassen, weil du mich angefleht hast.

[33] Hättest du nicht auch mit deinem Mitknecht Erbarmen haben müssen, wie ich mich deiner erbarmt habe?«

[34] Und der Herr übergab ihn voll Zorn den Folterknechten, bis er die ganze Schuld bezahlt habe.

[35] So wird auch mein himmlischer Vater mit euch verfahren, wenn nicht ein jeder von euch seinem Bruder von Herzen vergibt.'

Kapitel 9

Auf der Reise zum Laubhüttenfes

9.1 Ansinnen der Verwandten Jesu

Abschnitt: 181

Joh 7,2-13

² Indes nahte das (Laubhütten)Fest der Juden. *
³ Da sagten seine Brüder zu ihm: 'Geh weg von hier und zieh nach Judäa, damit auch deine Jünger die Werke sehen, die du vollbringst. *
⁴ Denn niemand wirkt im Verborgenen, der öffentlich bekannt sein will. Wenn du solche Dinge zu tun vermagst, zeige dich offen der Welt.'
⁵ - Selbst seine Brüder glaubten nämlich nicht an ihn. -
⁶ Da sagte ihnen Jesus: 'Meine Zeit ist noch nicht gekommen; eure Zeit aber ist immer da.
⁷ Euch kann die Welt nicht hassen; mich aber haßt sie, weil ich von ihr bezeuge, daß ihre Werke böse sind.
⁸ Geht ihr nur hinauf zum Fest. Ich gehe zu diesem Fest nicht hinauf, weil meine Zeit noch nicht erfüllt ist.' *
⁹ Das sagte er und blieb in Galiläa.
¹⁰ Nachdem aber seine Brüder zum Fest hinaufgegangen waren, ging auch er hinauf, jedoch nicht öffentlich, sondern fast unbemerkt.
¹¹ Die Juden suchten ihn auf dem Fest und fragten: 'Wo ist er denn?'
¹² Man redete viel von ihm unter den Volksscharen. Die einen sagten: 'Er ist gut', andere aber meinten: 'Nein, im Gegenteil, er verführt das Volk.'
¹³ Frei und offen sprach keiner von ihm aus Furcht vor den Juden.

9.2 Die ungastlichen Samariter

Abschnitt: 182

Lk 9,51-56

[51] Als die Tage seiner Aufnahme näherkamen, faßte Jesus den Entschluß, nach Jerusalem zu reisen. *

[52] Er sandte Boten vor sich her. Die machten sich auf den Weg und kamen in eine Ortschaft der Samariter, um eine Unterkunft für ihn zu bereiten.

[53] Aber man nahm ihn nicht auf, weil er nach Jerusalem unterwegs war. *

[54] Als die Jünger Jakobus und Johannes dies sahen, sagten sie: 'Herr, willst du, daß wir befehlen, Feuer falle vom Himmel und verzehre sie?' *

[55] Er aber wandte sich um und wies sie zurecht, [mit den Worten: 'Ihr wißt nicht, wes Geistes ihr seid.

[56] Der Menschensohn ist nicht gekommen, Seelen zu verderben, sondern zu retten']. - Und sie gingen in ein anderes Dorf.

9.3 Erfordernisse der Nachfolge Christi

Abschnitt: 183

Mt 8,19-22

[19] Da trat ein Schriftgelehrter an ihn heran und sagte zu ihm: 'Meister, ich will dir folgen, wohin du auch gehen magst.'

[20] Jesus erwiderte ihm: 'Die Füchse haben Höhlen und die Vögel des Himmels Nester. Der Menschensohn aber hat keine Stätte, wohin er sein Haupt legen könnte.'

[21] Ein anderer aber, einer seiner Jünger, sagte zu ihm: 'Herr, erlaube mir, daß ich vorher hingehe und meinen Vater begrabe.'

[22] Jesus entgegnete ihm: 'Folge mir und laß die Toten ihre Toten begraben.' *

Lk 9,57-62

[57] Während sie des Weges dahinzogen, sagte einer zu ihm: 'Ich will dir folgen, wohin du auch gehst.'

⁵⁸ Jesus erwiderte ihm: 'Die Füchse haben Höhlen und die Vögel des Himmels Nester. Der Menschensohn aber hat keine Stätte, wohin er sein Haupt legen könnte.'

⁵⁹ Einen anderen forderte er auf: 'Folge mir!' Der entgegnete: 'Herr, laß mich zuvor hingehen und meinen Vater begraben.'

⁶⁰ Jesus erwiderte ihm: 'Laß die Toten ihre Toten begraben; du aber geh und verkünde das Reich Gottes.'

⁶¹ Wieder ein anderer sagte: 'Ich will dir folgen, Herr, doch erlaube mir erst, Abschied zu nehmen von denen in meinem Haus.'

⁶² Jesus erwiderte ihm: 'Keiner, der seine Hand an den Pflug legt und zurückschaut, ist tauglich für das Reich Gottes.'

9.4 Die Aussendung der 72 Jünger

Abschnitt: 184

Lk 10,1-12

¹ Danach bestimmte der Herr noch zweiundsiebzig andere und sandte sie zu zweien vor sich her in alle Städte und Ortschaften, wohin er selbst zu kommen gedachte.

² Er sagte zu ihnen: 'Die Ernte ist groß, aber der Arbeiter sind wenige. Bittet darum den Herrn der Ernte, daß er Arbeiter in seine Ernte sende.

³ Geht hin! Seht, ich sende euch wie Lämmer mitten unter die Wölfe.

⁴ Nehmt weder Beutel noch Tasche noch Sandalen mit und grüßt niemand unterwegs. *

⁵ Wenn ihr in ein Haus kommt, so sagt zuerst: Friede sei diesem Haus!

⁶ Wenn dort ein Kind des Friedens wohnt, so wird euer Friede auf ihm ruhen; andernfalls wird er zu euch zurückkehren.

⁷ Bleibt in jenem Haus, eßt und trinkt, was sie anbieten; denn der Arbeiter ist seines Lohnes wert. Wechselt nicht von einem Haus zum anderen.

⁸ Wenn ihr in eine Stadt kommt und man euch aufnimmt, so eßt, was man euch vorsetzt,

⁹ heilt die Kranken, die dort sind, und verkündet: »Das Reich Gottes hat sich euch genaht.«

¹⁰ Wenn ihr aber in eine Stadt kommt und man euch nicht aufnimmt, so geht auf ihre Straßen hinaus und sagt:

[11] 'Selbst den Staub eurer Stadt, der sich an unsere Füße geheftet hat, schütteln wir auf euch ab; aber wissen sollt ihr: Das Reich Gottes ist nahe.´ *
[12] Ich sage euch: Sodom wird es an jenem Tag erträglicher ergehen als jener Stadt.

9.5 Das Wehe über die unbußfertigen Städte

Abschnitt: 185

Mt 11,20-24;10,40

[20] Dann begann er die Städte, in denen die meisten seiner Machttaten geschehen waren, zu schelten, weil sie sich nicht bekehrt hatten:
[21] 'Weh dir, Chorazin! Weh dir, Betsaida! Wären in Tyrus und Sidon die Machttaten geschehen, die bei euch geschehen sind - sie hätten schon längst in Sack und Asche Buße getan.
[22] Ich sage euch: Tyrus und Sidon wird es am Tag des Gerichts erträglicher ergehen als euch.
[23] Und du, Kafarnaum, wirst du etwa bis zum Himmel erhoben werden? - Bis in die Unterwelt wirst du hinabgeschleudert werden. Denn wären in Sodom die Machttaten geschehen, die in dir geschahen, es stände noch heute. *
[24] Doch ich sage euch: Dem Gebiet von Sodom wird es am Tag des Gerichts erträglicher ergehen als dir.'
[40] Wer euch aufnimmt, nimmt mich auf. Wer mich aufnimmt, nimmt den auf, der mich gesandt hat.

Lk 10,13-16

[13] Weh dir, Chorazin! Weh dir, Betsaida! Denn wären in Tyrus und Sidon die Machttaten geschehen, die bei euch geschehen sind, sie hätten schon längst in Sack und Asche Buße getan.
[14] Doch Tyrus und Sidon wird es im Gericht erträglicher ergehen als euch.
[15] Und du, Kafarnaum, wirst du wohl bis zum Himmel erhoben werden? Bis in die Unterwelt sollst du hinabgestoßen werden!
[16] Wer euch hört, der hört mich; wer euch verwirft, der verwirft mich; wer aber mich verwirft, der verwirft den, der mich gesandt hat.'

9.6 Die Rückkehr der Jünger

Abschnitt: 186

Lk 10,17-20

[17] Voll Freude kehrten die zweiundsiebzig zurück und berichteten: 'Herr, selbst die Dämonen sind uns in deinem Namen untertan.'
[18] Er entgegnete ihnen: 'Ich sah den Satan wie einen Blitz vom Himmel fallen.
[19] Seht, ich habe euch Macht gegeben, auf Schlangen und Skorpione zu treten, ja Macht über alle feindliche Gewalt; nichts soll euch schaden können.
[20] Doch sollt ihr euch nicht darüber freuen, daß die Geister euch untertan sind; freut euch vielmehr darüber, daß eure Namen aufgezeichnet sind im Himmel.'

9.7 Der Jubelruf

Abschnitt: 187

Mt 11,25-27

[25] In jener Zeit sprach Jesus: 'Ich preise dich, Vater, Herr des Himmels und der Erde, daß du dies vor Weisen und Klugen verborgen, Kleinen aber geoffenbart hast. *
[26] Ja, Vater, so hat es dir gefallen.
[27] Alles ist mir von meinem Vater übergeben worden; niemand kennt den Sohn als nur der Vater, und niemand kennt den Vater als nur der Sohn und der, dem es der Sohn offenbaren will.

Lk 10,21.22

[21] In jener Stunde frohlockte er im Heiligen Geist und sagte: 'Ich preise dich, Vater, Herr des Himmels und der Erde, daß du dies vor Weisen und Klugen verborgen, Kleinen aber geoffenbart hast. Ja, Vater, so ist es dir wohlgefällig. *

²² Alles ist mir von meinem Vater übergeben. Niemand weiß, wer der Sohn ist, als nur der Vater, und niemand weiß, wer der Vater ist, als nur der Sohn, und der, dem der Sohn es offenbaren will.' *

9.8   Der Heilandsruf

Abschnitt: 188

Mt 11,28-30

²⁸ Kommt alle zu mir, ihr Mühseligen und Beladenen, ich will euch erquicken, ²⁹ nehmt mein Joch auf euch und lernt von mir; denn ich bin gütig und demütig von Herzen, und ihr werdet Erquickung finden für eure Seele. ³⁰ Denn mein Joch ist sanft, und meine Last ist leicht.'

9.9   Selige Augenzeugen

Abschnitt: 189

Mt 13,16.17

¹⁶ Selig aber sind eure Augen, daß sie sehen, und eure Ohren, daß sie hören! ¹⁷ Denn wahrlich, ich sage euch: Viele Propheten und Gerechte sehnten sich zu sehen, was ihr seht, und haben es nicht gesehen, und zu hören, was ihr hört, und haben es nicht gehört.

Lk 10,13.24

¹³ Weh dir, Chorazin! Weh dir, Betsaida! Denn wären in Tyrus und Sidon die Machttaten geschehen, die bei euch geschehen sind, sie hätten schon längst in Sack und Asche Buße getan. ²⁴ Denn ich sage euch: Viele Propheten und Könige wollten sehen, was ihr seht, und haben es nicht gesehen, wollten hören, was ihr hört, und haben es nicht gehört.'

9.10 Der barmherzige Samariter

Abschnitt: 190

Lk 10,25-37

²⁵ Da erhob sich ein Gesetzeslehrer, um ihn auf die Probe zu stellen. Er fragte: 'Meister, was muß ich tun, um ewiges Leben zu erlangen?'

²⁶ Er sagte zu ihm: 'Was steht im Gesetz geschrieben? Wie liest du?'

²⁷ Jener antwortete: 'Du sollst den Herrn deinen Gott lieben mit deinem ganzen Herzen, mit deiner ganzen Seele, mit allen deinen Kräften und mit deinem ganzen Denken, und deinen Nächsten wie dich selbst.'

²⁸ Er sagte zu ihm: 'Richtig hast du geantwortet. Tu das, so wirst du leben.'

²⁹ Jener aber wollte sich rechtfertigen und fragte Jesus: 'Wer ist denn mein Nächster?'

³⁰ Da nahm Jesus das Wort und sagte: 'Ein Mann ging von Jerusalem hinab nach Jericho und fiel unter Räuber. Die plünderten ihn aus, schlugen ihn, ließen ihn halbtot liegen und zogen ab.

³¹ Zufällig ging ein Priester denselben Weg hinab. Er sah ihn und ging vorüber.

³² Ebenso kam ein Levit dorthin, sah ihn und ging vorüber.

³³ Ein Samariter aber, der auf seiner Reise vorbeikam, sah ihn, ward von Mitleid gerührt,

³⁴ trat hinzu, goß Öl und Wein auf seine Wunden und verband sie; dann hob er ihn auf sein Reittier, brachte ihn in eine Herberge und sorgte für ihn. *

³⁵ Am anderen Tag zog er zwei Denare heraus und gab sie dem Wirt mit den Worten: »Sorge für ihn. Was du noch darüber aufwendest, werde ich dir auf meinem Rückweg bezahlen.«

³⁶ Wer von diesen dreien ist nach deiner Meinung der Nächste dessen geworden, der unter die Räuber gefallen war?'

³⁷ Jener antwortete: 'Der an ihm Barmherzigkeit geübt hat.' Und Jesus sagte zu ihm: 'Geh hin und handle gleichermaßen!'

9.11   Jesus im Hause der Martha und Maria

Abschnitt: 191

Lk 10,38-42

[38] Auf ihrer Wanderung kehrte er in einem Dorf ein. Eine Frau namens Marta nahm ihn gastlich auf.

[39] Sie hatte eine Schwester, mit Namen Maria. Die setzte sich zu Füßen des Herrn und lauschte seinen Worten.

[40] Marta aber war mit der Bedienung völlig in Anspruch genommen. Sie trat hinzu und sagte: 'Herr, kümmert es dich nicht, daß meine Schwester mir allein die Bedienung überläßt? Sag ihr doch, sie solle mir helfen.'

[41] Der Herr entgegnete ihr: 'Marta, Marta, du sorgst und kümmerst dich um gar viele Dinge.

[42] Nur eines aber ist notwendig. Maria hat sich fürwahr den besten Teil erwählt. Er wird ihr nicht genommen werden.'

Kapitel 10

Jesus auf dem Laubhüttenfest

10.1 Der Vorwurf des Sabbatbruches

Abschnitt: 192

Joh 7,14-24

[14] Schon war das Fest halb vorüber, da stieg Jesus in den Tempel hinauf und lehrte.

[15] Verwundert fragten die Juden: 'Wie versteht dieser die Schrift, obwohl er keinen Unterricht gehabt hat?'

[16] Jesus entgegnete ihnen: 'Meine Lehre stammt nicht von mir, sondern von dem, der mich gesandt hat.

[17] Wenn jemand dessen Willen tun will, wird er erkennen, ob meine Lehre von Gott kommt oder ob ich aus mir selbst rede.

[18] Wer aus sich selbst redet, sucht die eigene Ehre; wer aber die Ehre dessen sucht, der ihn gesandt hat, der ist glaubwürdig, und kein Falsch ist an ihm.

[19] Hat nicht Mose euch das Gesetz gegeben? Und doch befolgt keiner von euch das Gesetz. Warum trachtet ihr mir nach dem Leben?'

[20] Das Volk gab zur Antwort: 'Du bist besessen. Wer trachtet dir nach dem Leben?'

[21] Jesus erwiderte ihnen: 'Ein einziges Werk habe ich getan, und ihr staunt alle darüber. *

[22] Mose gab euch die Beschneidung - nicht als ob sie von Mose stammte, sie rührt vielmehr von den Vätern her -, und ihr nehmt die Beschneidung auch am Sabbat vor.

[23] Wenn nun jemand am Sabbat die Beschneidung empfangen darf, damit das Gesetz des Mose nicht verletzt wird, da zürnt ihr mir, weil ich am Sabbat einen ganzen Menschen gesund gemacht habe?

[24] Urteilt doch nicht nach dem äußeren Schein, sondern fällt ein gerechtes Urteil!'

10.2   Die göttliche Herkunft und Sendung Jesu

Abschnitt: 193

Joh 7,25-30

²⁵ Da bemerkten einige aus Jerusalem: 'Ist das nicht der, dem man nach dem Leben trachtet?

²⁶ Nun seht, er redet frei und offen, und keiner sagt ihm etwas. Sollten etwa die Vorsteher wirklich erkannt haben, daß er der Messias ist?

²⁷ Aber von diesem wissen wir ja, woher er ist. Wenn jedoch der Messias kommt, weiß niemand, woher er ist.' *

²⁸ Da rief Jesus, während er im Tempel lehrte: 'Ihr kennt mich und wißt, woher ich bin. Und doch bin ich nicht von mir selbst gekommen, sondern der Wahrhaftige ist es, der mich gesandt hat, den ihr nicht kennt.

²⁹ Ich aber kenne ihn; denn ich stamme von ihm, und er hat mich gesandt.'

³⁰ Nun suchten sie ihn zu ergreifen. Aber niemand legte Hand an ihn; denn seine Stunde war noch nicht gekommen.

10.3   Die künftige Verherrlicheung Jesu

Abschnitt: 194

Joh 7,31-36

³¹ Aus dem Volk aber kamen viele zum Glauben an ihn. Sie sagten: 'Kann der Messias, wenn er kommt, wohl mehr Zeichen wirken, als dieser gewirkt hat?'

³² Die Pharisäer erfuhren, daß das Volk so von ihm rede. Da sandten die Hohenpriester und die Pharisäer Diener ab, die ihn ergreifen sollten.

³³ Jesus sagte: 'Nur noch kurze Zeit bin ich bei euch, dann gehe ich zu dem, der mich gesandt hat.

³⁴ Ihr werdet mich suchen, aber nicht finden, und wo ich dann bin, dahin könnt ihr nicht kommen.'

³⁵ Da sagten die Juden zueinander: 'Wohin will der denn gehen, daß wir ihn nicht finden sollten? Will er etwa in die Diaspora unter die Griechen gehen und die Griechen belehren? *

[36] Was soll das heißen, wenn er sagt: Ihr werdet mich suchen, aber nicht finden, und: Wo ich dann bin, dahin könnt ihr nicht kommen?'

10.4 Jesus das Wasser des Lebens

Abschnitt: 195

Joh 7,37-39

[37] Am letzten Tag, dem großen Festtag, stand Jesus da und rief laut: 'Wen dürstet, der komme zu mir und trinke. Wer an mich glaubt, *
[38] - wie die Schrift sagt -, aus dessen Leib werden Ströme lebendigen Wassers fließen.' *
[39] Damit meinte er den Geist, den jene empfangen sollten, die an ihn glauben. Denn der Geist war noch nicht da, weil Jesus noch nicht verherrlicht war.

10.5 Urteile des Volkes über Jesus

Abschnitt: 196

Joh 7,40-52

[40] Einige aus dem Volk, die diese Worte vernommen hatten, sagten. 'Das ist wahrhaftig der Prophet!'
[41] Andere sagten: 'Das ist der Messias!' Wieder andere: 'Kommt denn der Messias aus Galiläa?
[42] Sagt nicht die Schrift: Der Messias kommt aus dem Geschlecht Davids und aus dem Dorf Betlehem, wo David war?' *
[43] So entstand seinetwegen ein Zwiespalt im Volk.
[44] Einige von ihnen wollten ihn ergreifen, aber niemand legte Hand an ihn.
[45] Die Diener kehrten also zu den Hohenpriestern und Pharisäern zurück. Diese fragten sie: 'Warum habt ihr ihn nicht mitgebracht?'
[46] Die Diener erwiderten: 'So wie dieser hat noch nie ein Mensch geredet!'
[47] Da entgegneten ihnen die Pharisäer: 'Habt auch ihr euch verführen lassen?
[48] Glaubt denn einer von den Ratsherren oder von den Pharisäern an ihn?
[49] Nein, nur dieser Pöbel, der das Gesetz nicht kennt - verflucht sei er!'

[50] Da sagte einer von ihnen, Nikodemus, der einst zu ihm gekommen war:

[51] 'Verurteilt unser Gesetz einen Menschen, ehe man ihn verhört und sein Tun untersucht hat?' *

[52] Sie entgegneten ihm: 'Bist vielleicht auch du aus Galiläa? Forsche in der Schrift nach, und du wirst sehen, daß aus Galiläa kein Prophet erweckt wird.'

10.6 Jesus und die Ehebrecherin

Abschnitt: 197

Joh 7,53;8,1-11

[53] Dann ging ein jeder nach Haus.

[1] Jesus aber begab sich zum Ölberg. *

[2] Am frühen Morgen ging er wieder in den Tempel. Alles Volk strömte ihm zu. Er setzte sich und lehrte sie. *

[3] Da brachten die Schriftgelehrten und die Pharisäer eine Frau herbei, die beim Ehebruch ertappt worden war, stellten sie in die Mitte

[4] und sagten zu ihm: 'Meister, diese Frau ist beim Ehebruch auf frischer Tat ertappt worden.

[5] Mose hat uns im Gesetz geboten, solche Frauen zu steinigen. Was sagst du dazu?' *

[6] Mit dieser Frage wollten sie ihn nur auf die Probe stellen, um ihn anklagen zu können. Jesus aber bückte sich nieder und schrieb mit dem Finger auf den Boden. *

[7] Als sie weiter mit Fragen in ihn drangen, richtete er sich auf und sagte zu ihnen: 'Wer von euch ohne Sünde ist, werfe als erster einen Stein auf sie!'

[8] Und er bückte sich abermals nieder und schrieb auf den Boden.

[9] Als sie die Antwort hörten, gingen sie davon, einer nach dem andern, die Ältesten voran. So blieb Jesus allein mit der Frau zurück, die in der Mitte stand.

[10] Jesus richtete sich auf und fragte sie: 'Frau, wo sind sie? Hat keiner dich verurteilt?'

[11] Sie sagte: 'Keiner, Herr.' Da sagte Jesus zu ihr: 'Auch ich verurteile dich nicht. Geh hin und sündige fortan nicht mehr!'

10.7 Jesus, das Licht der Welt

Abschnitt: 198

Joh 8,12-20

¹² Weiter sagte Jesus nun zu ihnen: 'Ich bin das Licht der Welt. Wer mir nachfolgt, wandelt nicht in der Finsternis - er wird das Licht des Lebens haben.' *

¹³ Da sagten die Pharisäer zu ihm: 'Du gibst Zeugnis von dir selbst. Dein Zeugnis ist nicht gültig.' *

¹⁴ Jesus erwiderte ihnen: 'Auch wenn ich von mir selbst Zeugnis gebe, ist mein Zeugnis gültig. Denn ich weiß, woher ich gekommen bin und wohin ich gehe. Ihr freilich wißt nicht, woher ich komme oder wohin ich gehe.

¹⁵ Ihr urteilt nach dem Äußeren, ich urteile über niemand. *

¹⁶ Und wenn ich doch ein Urteil fälle, so ist mein Urteil gültig; denn ich bin nicht allein; sondern mit mir ist der Vater, der mich gesandt hat.

¹⁷ Auch in eurem Gesetz steht geschrieben, daß das Zeugnis von zwei Personen gültig ist.

¹⁸ Ich selbst lege Zeugnis für mich ab, und auch der Vater, der mich gesandt hat, legt Zeugnis für mich ab.'

¹⁹ Da fragten sie ihn: 'Wo ist dein Vater?' Jesus antwortete: 'Ihr kennt weder mich noch meinen Vater. Kenntet ihr mich, so würdet ihr auch meinen Vater kennen.'

²⁰ Diese Worte sprach er an der Schatzkammer, als er im Tempel lehrte. Und niemand ergriff ihn; denn seine Stunde war noch nicht gekommen. *

10.8 Die Strafe des Unglaubens

Abschnitt: 199

Joh 8,21-30

²¹ Weiter sagte er zu ihnen: 'Ich gehe weg. Ihr werdet mich suchen, aber in eurer Sünde sterben. Wohin ich gehe, dahin könnt ihr nicht kommen.'

²² Da sagten die Juden: 'Will er sich etwa das Leben nehmen, weil er sagt: 'Wohin ich gehe, dahin könnt ihr nicht kommen?'

²³ Er entgegnete ihnen: 'Ihr stammt von unten, ich stamme von oben; ihr seid von dieser Welt, ich bin nicht von dieser Welt.

²⁴ So habe ich euch gesagt: Ihr werdet in euren Sünden sterben. Denn wenn ihr nicht glaubt, daß ich es bin, so werdet ihr in euren Sünden sterben.'

²⁵ Da fragten sie ihn: 'Wer bist du denn?' Jesus antwortete ihnen: 'Warum spreche ich überhaupt zu euch?

²⁶ Ich hätte viel über euch zu reden und zu richten. Doch der mich gesandt hat, ist wahrhaftig, und ich verkünde in der Welt das, was ich von ihm gehört habe.'

²⁷ Sie merkten nicht, daß er vom Vater zu ihnen sprach.

²⁸ Jesus fuhr fort: 'Wenn ihr den Menschensohn erhöht habt, dann werdet ihr erkennen, daß ich es bin und daß ich nichts von mir aus tue, daß ich vielmehr so rede, wie der Vater mich gelehrt hat.

²⁹ Der mich gesandt hat, ist mit mir. Er hat mich nicht allein gelassen, weil ich allezeit tue, was ihm wohlgefällt.'

³⁰ Auf diese Rede hin kamen viele zum Glauben an ihn.

10.9   Kinder Abrahams

Abschnitt: 200

Joh 8,31-47

³¹ Jesus sagte nun zu den Juden, die an ihn glaubten: 'Wenn ihr in meiner Lehre verharrt, seid ihr wahrhaft meine Jünger.

³² Dann werdet ihr die Wahrheit erkennen, und die Wahrheit wird euch frei machen.'

³³ Man hielt ihm entgegen: 'Wir sind Kinder Abrahams und haben nie jemandem als Knechte gedient. Wie kannst du sagen: Ihr werdet frei werden?'

³⁴ Jesus erwiderte ihnen: 'Wahrlich, wahrlich, ich sage euch: Jeder, der die Sünde tut, ist der Sünde Knecht!

³⁵ Der Sklave bleibt nicht für immer im Hause, der Sohn bleibt immer.

³⁶ Wenn nun der Sohn euch frei macht, seid ihr wirklich frei.

³⁷ Ich weiß wohl, daß ihr Kinder Abrahams seid. Allein ihr strebt mir nach dem Leben, weil mein Wort bei euch keinen Anklang findet.

³⁸ Ich rede, was ich beim Vater gesehen habe; auch ihr tut, was ihr von eurem Vater gehört habt.'

³⁹ Sie erwiderten ihm: 'Unser Vater ist Abraham.' Jesus entgegnete ihnen: 'Wärt ihr wirklich Kinder Abrahams, würdet ihr die Werke Abrahams tun!
⁴⁰ Jetzt aber sucht ihr mich zu töten, mich, der ich euch die Wahrheit verkündete, die ich von Gott vernommen habe. So hat Abraham nicht getan.
⁴¹ Ihr tut die Werke eures Vaters.' Da sagten sie zu ihm: 'Wir stammen doch nicht aus dem Ehebruch, einen Vater haben wir: Gott.'
⁴² Jesus erwiderte ihnen: 'Wenn Gott euer Vater wäre, würdet ihr mich lieben; denn ich bin von Gott ausgegangen und gekommen. Ich bin ja nicht von mir aus gekommen, sondern er hat mich gesandt.
⁴³ Warum versteht ihr nicht meine Rede? Weil ihr mein Wort nicht hören könnt.
⁴⁴ Ihr habt den Teufel zum Vater, und nach den Begierden eures Vaters wollt ihr handeln. Er war ein Menschenmörder von Anbeginn. Er steht nicht in der Wahrheit, weil keine Wahrheit in ihm ist. Wenn er lügt, spricht er aus seinem eigenen Wesen. Denn er ist ein Lügner und der Vater der Lüge.
⁴⁵ Weil ich dagegen die Wahrheit sage, glaubt ihr mir nicht.
⁴⁶ Wer von euch kann mich einer Sünde überführen? Wenn ich die Wahrheit sage, warum glaubt ihr mir nicht?
⁴⁷ Wer aus Gott ist, hört auf Gottes Wort. Darum hört ihr nicht darauf, weil ihr nicht aus Gott seid.'

10.10 Jesus vor Abraham

Abschnitt: 201

Joh 8,48-59

⁴⁸ Da entgegneten ihm die Juden: 'Sagen wir nicht mit Recht, daß du ein Samariter und von einem Dämon besessen bist?'
⁴⁹ Jesus erwiderte: 'Ich bin nicht besessen: ich ehre vielmehr meinen Vater, ihr dagegen verweigert mir die Ehre.
⁵⁰ Ich bin freilich nicht auf meine Ehre bedacht. Es ist einer, der auf sie bedacht ist und Gericht hält.
⁵¹ Wahrlich, wahrlich, ich sage euch: Wenn jemand mein Wort bewahrt, wird er den Tod in Ewigkeit nicht schauen.'
⁵² Da sagten die Juden zu ihm: 'Nun erkennen wir, daß du von einem Dämon besessen bist. Abraham ist gestorben und die Propheten, und du sagst:

Wenn jemand mein Wort bewahrt, wird er den Tod nicht kosten in Ewigkeit.

[53] Bist du etwa größer als unser Vater Abraham, der doch gestorben ist? Auch die Propheten sind gestorben. Für was gibst du dich aus?'

[54] Jesus entgegnete: 'Wollte ich mich selbst ehren, so wäre meine Ehre nichts. Mein Vater ist es, der mich verherrlicht. Von ihm sagt ihr: Er ist unser Gott.

[55] Und doch kennt ihr ihn nicht. Ich aber kenne ihn; wollte ich sagen, ich kenne ihn nicht, so wäre ich ein Lügner gleich wie ihr. Aber ich kenne ihn und bewahre sein Wort.

[56] Abraham, euer Vater, freute sich darauf, meinen Tag zu sehen. Er sah ihn und frohlockte.'

[57] Da sagten die Juden zu ihm: 'Du bist noch nicht fünfzig Jahre alt und hast Abraham gesehen?'

[58] Jesus antwortete ihnen: 'Wahrlich, wahrlich, ich sage euch: Ehe Abraham gewesen ist, bin ich.'

[59] Da hoben sie Steine auf, um nach ihm zu werfen. Jesus aber verbarg sich und ging aus dem Tempel hinaus. *

Kommentar:

Jesus und der Blindgeborene

10.11 Die Heilung am Sabbat

Abschnitt: 202

Joh 9,1-12

[1] Als er seines Weges ging, sah er einen Mann, der von Geburt an blind war.

[2] Seine Jünger fragten ihn: 'Meister, wer hat gesündigt, er oder seine Eltern, so daß er blind geboren wurde?' *

[3] Jesus antwortete: 'Weder er noch seine Eltern haben gesündigt, vielmehr sollen die Werke Gottes an ihm offenbar werden.

[4] Solange es Tag ist, müssen wir die Werke dessen vollbringen, der mich gesandt hat. Es kommt die Nacht, da niemand mehr wirken kann.

[5] Solange ich in der Welt bin, bin ich das Licht der Welt.'

[6] Nach dieser Worten spie er auf die Erde, machte mit dem Speichel einen Brei, strich dem Blinden den Brei auf die Augen

[7] und sagte zu ihm: 'Geh hin, wasche dich im Teich Schiloach' - das bedeutet 'Gesandter'. - Da ging er hin, wusch sich und kam sehend zurück.

[8] Die Nachbarn und die ihn vordem stets als Bettler gesehen hatten, sagten: 'Ist das nicht der Mann, der da saß und bettelte?'

[9] Die einen sagten: 'Ja, er ist es!' Andere sagten: 'Nein, er sieht ihm nur ähnlich.' Er selber sagte: 'Ich bin es.'

[10] Da fragten sie ihn: 'Wie sind dir denn die Augen geöffnet worden?'

[11] Er antwortete: 'Der Mann, der Jesus heißt, machte einen Brei, bestrich damit meine Augen und sagte zu mir: Geh zum Schiloach und wasche dich. Da ging ich hin, wusch mich und konnte sehen.'

[12] Sie fragten ihn: 'Wo ist der Mann?' Er antwortete: 'Ich weiß es nicht.'

Kommentar:

Jesus und der Blindgeborene

10.12 Die Untersuchung der Heilung

Abschnitt: 203

Joh 9,13-34

[13] Man führte den bisher Blinden zu den Pharisäern.

[14] Es war aber Sabbat an dem Tag, da Jesus den Brei gemacht und ihm die Augen geöffnet hatte.

[15] Die Pharisäer fragten ihn nun ebenfalls, wie er sehend geworden sei. Er erzählte ihnen: 'Er strich mir einen Brei auf die Augen, ich wusch mich und kann nun sehen.'

[16] Da sagten einige von den Pharisäern: 'Dieser Mensch ist nicht von Gott, er hält ja nicht den Sabbat!' Andere aber meinten: 'Wie kann ein Sünder solche Zeichen tun?' So entstand eine Spaltung unter ihnen.

[17] Da fragten sie den Blinden aufs neue: 'Was hältst denn du von ihm? Er hat dir ja die Augen geöffnet.' Er sagte: 'Er ist ein Prophet.'

[18] Nun wollten die Juden von ihm nicht glauben, daß er blind gewesen und

sehend geworden sei, bis sie die Eltern des Sehendgewordenen herbeige-
rufen hätten.

[19] Man fragte sie: 'Ist das euer Sohn, der, wie ihr behauptet, blind geboren
wurde? Wieso kann er denn jetzt sehen?'

[20] Seine Eltern antworteten: 'Wir wissen, daß der unser Sohn ist und daß er
blind geboren wurde.

[21] Wieso er aber jetzt sehen kann, wissen wir nicht, und ebensowenig wissen
wir, wer ihm die Augen geöffnet hat. Fragt ihn selbst. Er ist alt genug; er
kann selbst Auskunft über sich geben.'

[22] Dies sagten seine Eltern aus Furcht vor den Juden. Denn die Juden waren
schon übereingekommen, daß jeder, der ihn als Messias bekenne, aus der
Synagoge ausgestoßen werden sollte. *

[23] Darum sagten seine Eltern: 'Er ist alt genug. Fragt ihn selbst.'

[24] Nun ließen sie den Mann, der blind gewesen war, nochmals rufen und sagten
zu ihm: 'Gib Gott die Ehre! Wir wissen, daß dieser Mensch ein Sünder ist.'

[25] Er erwiderte: 'Ob er ein Sünder ist, weiß ich nicht. Ich weiß nur eins: Ich
war blind und kann jetzt sehen.'

[26] Sie fragten ihn wiederum: 'Was hat er mit dir gemacht? Wie hat er dir die
Augen geöffnet?'

[27] Er antwortete ihnen: 'Ich habe es euch schon gesagt. Aber ihr habt nicht
darauf gehört. Warum wollt ihr es nochmals hören? Wollt etwa auch ihr
seine Jünger werden?'

[28] Da schmähten sie ihn und sagten: 'Magst du sein Jünger sein, wir sind des
Mose Jünger.

[29] Wir wissen, daß Gott mit Mose geredet hat; von dem da aber wissen wir
nicht, woher er kommt.'

[30] Der Mann entgegnete ihnen: 'Darin liegt ja das Verwunderliche, daß ihr
nicht wißt, woher er kommt, und er hat mir doch die Augen geöffnet.

[31] Wir wissen, daß Gott Sünder nicht erhört. Wenn aber einer Gott fürchtet und
seinen Willen tut, den erhört er.

[32] Noch nie hat man gehört, daß jemand einem Blindgeborenen die Augen
geöffnet hat.

[33] Wäre dieser nicht von Gott, so hätte er nichts ausrichten können.'

[34] Da entgegneten sie ihm: 'Du bist ganz in Sünden geboren und willst uns
belehren?' Und sie stießen ihn aus.

Kommentar:

Jesus und der Blindgeborene

10.13 Die Verstocktheit der Pharisäer

Abschnitt: 204

Joh 9,35-41

[35] Jesus erfuhr, daß sie ihn ausgestoßen hatten. Als er ihn traf, fragte er ihn: 'Glaubst du an den Menschensohn?'

[36] Jener antwortete: 'Herr, wer ist es denn, damit ich an ihn glaube?'

[37] Jesus erwiderte: 'Du hast ihn vor Augen. Der mit dir redet, der ist es.'

[38] Da sagte er: 'Ich glaube, Herr', und warf sich vor ihm nieder.

[39] Jesus fuhr fort: 'Zum Gericht bin ich in diese Welt gekommen: Die Blinden sollen sehend, die Sehenden blind werden.'

[40] Das hörten einige Pharisäer, die bei ihm waren, und fragten ihn: 'Sind etwa auch wir blind?'

[41] Jesus antwortete ihnen: 'Wäret ihr blind, so würdet ihr ohne Sünde sein. Nun aber sagt ihr: »Wir sehen!« - Darum bleibt eure Sünde.

10.14 Jesus, der gute Hirt

Abschnitt: 205

Joh 10,1-18

[1] Wahrlich, wahrlich, ich sage euch: Wer nicht durch die Tür in den Schafstall eintritt, sondern anderswo einsteigt, ist ein Dieb und Räuber.

[2] Wer aber durch die Tür eintritt, der ist der Hirt der Schafe.

[3] Ihm öffnet der Türhüter, und die Schafe hören auf seine Stimme. Er ruft seine Schafe beim Namen und führt sie heraus.

[4] Hat er alle, die ihm gehören, herausgelassen, so geht er vor ihnen her, und die Schafe folgen ihm, denn sie kennen seine Stimme.

[5] Einem Fremden dagegen folgen sie nicht. Sie fliehen vielmehr vor ihm, weil sie die Stimme des Fremden nicht kennen.'

⁶ Dieses Gleichnis trug Jesus ihnen vor. Aber sie verstanden nicht, was er ihnen damit sagen wollte.

⁷ Weiterhin sagte Jesus zu ihnen: 'Wahrlich, wahrlich, ich sage euch: Ich bin die Tür zu den Schafen.

⁸ Alle, die vor mir gekommen sind, sind Diebe und Räuber, aber die Schafe haben nicht auf sie gehört.

⁹ Ich bin die Tür. Wer durch mich eintritt, wird gerettet. Er wird ein- und ausgehen und Weide finden.

¹⁰ Der Dieb kommt nur, um zu stehlen, zu töten und zu verderben. Ich bin gekommen, damit sie Leben haben und Überfluß haben.

¹¹ Ich bin der gute Hirt. Der gute Hirt gibt sein Leben für die Schafe.

¹² Der Mietling, der nicht Hirt ist, dem die Schafe nicht gehören, läßt die Schafe im Stich und flieht, wenn er den Wolf kommen sieht. Und der Wolf fällt die Schafe an und zersprengt sie. Der Mietling flieht,

¹³ weil er ein Mietling ist und ihm an den Schafen nichts liegt.

¹⁴ Ich bin der gute Hirt. Ich kenne die Meinen, und die Meinen kennen mich,

¹⁵ wie mich der Vater kennt und ich den Vater kenne. Ich gebe mein Leben für die Schafe.

¹⁶ Ich habe noch andere Schafe, die nicht aus diesem Schafstall sind. Auch die muß ich herbeiführen; sie werden auf meine Stimme hören, und es wird eine Herde und ein Hirt sein. *

¹⁷ Deshalb liebt mich der Vater, weil ich mein Leben hingebe, um es wieder zu nehmen.

¹⁸ Niemand nimmt es mir, ich gebe es freiwillig hin. Ich habe Macht, es hinzugeben, und habe Macht, es wieder zu nehmen. Das ist der Auftrag, den ich von meinem Vater erhalten habe.'

10.15 Eindruck der Hirtenrede

Abschnitt: 206

Joh 10,19-21

¹⁹ Wegen dieser Rede entstand wieder eine Spaltung unter den Juden.

²⁰ Viele von ihnen sagten: 'Er ist von einem Dämon besessen und von Sinnen. Was hört ihr auf ihn?'

[21] Andere sagten: 'Das ist nicht die Rede eines Besessenen. Kann denn ein Dämon Blinden die Augen öffnen?'

Kapitel 11

Letzte Wanderung

11.1 Das Vaterunser

Abschnitt: 207

Mt 6,9-13

[9] So sollt ihr nun beten: Vater unser, der du bist im Himmel, geheiligt werde dein Name,

[10] dein Reich komme, dein Wille geschehe wie im Himmel, so auf der Erde.

[11] Unser tägliches Brot gib uns heute.

[12] Und vergib uns unsere Schuld, wie auch wir vergeben unseren Schuldigern.

[13] Und führe uns nicht in Versuchung, sondern erlöse uns vom Bösen. *

Lk 11,1-4

[1] Einst verweilte er an einem Ort im Gebet. Als er es beendet hatte, bat ihn einer von seinen Jüngern: 'Herr, lehre uns beten, wie auch Johannes seine Jünger zu beten gelehrt hat.' *

[2] Da sagte er zu ihnen: 'Wenn ihr betet, so sprecht: Vater, geheiligt werde dein Name. Dein Reich komme.

[3] Unser tägliches Brot gib uns heute.

[4] Vergib uns unsere Sünden; denn auch wir vergeben allen unseren Schuldigern. Und führe uns nicht in Versuchung!'

11.2 Das Gleichnis vom zudringlichen Freunde

Abschnitt: 208

Lk 11,5-8

⁵ Dann sagte er zu ihnen: 'Einer von euch hat einen Freund. Zu dem geht er mitten in der Nacht und sagt ihm: »Freund, leihe mir drei Brote,
⁶ denn ein Freund von mir ist von der Reise zu mir gekommen, und ich habe nichts, ihm vorzusetzen.«
⁷ Jener aber gibt von drinnen zur Antwort: »Laß mich in Ruhe! Die Tür ist schon geschlossen, und meine Kinder sind bei mir in der Schlafkammer. Ich kann nicht aufstehen und dir etwas geben.«
⁸ Ich sage euch: Wenn er auch nicht deshalb aufsteht und ihm etwas gibt, weil er sein Freund ist, so wird er doch wegen seiner Zudringlichkeit aufstehen und ihm geben, wieviel er braucht.

11.3 Zuversicht und Beharrlichkeit im Gebete

Abschnitt: 209

Mt 7,7-11

⁷ Bittet, und es wird euch gegeben; sucht, und ihr werdet finden; klopft an, und es wird euch aufgetan.
⁸ Denn jeder, der bittet, empfängt; wer sucht, der findet; wer anklopft, dem wird aufgetan.
⁹ Oder ist einer unter euch, der seinem Sohn einen Stein gibt, wenn er um Brot bittet?
¹⁰ Oder wird er ihm eine Schlange geben, wenn er um einen Fisch bittet?
¹¹ Wenn nun ihr, obwohl ihr böse seid, euren Kindern gute Gaben zu geben wißt, wieviel mehr wird euer Vater im Himmel denen Gutes geben, die ihn bitten!

Lk 11,9-13

⁹ So sage ich euch: Bittet, dann wird euch gegeben; sucht, dann werdet ihr
finden; klopft an, dann wird euch aufgetan.

¹⁰ Denn jeder, der bittet, empfängt; wer sucht, der findet; wer anklopft, dem
wird aufgetan.

¹¹ Wenn ein Sohn einen von euch, der sein Vater ist, um Brot bittet, wird der
ihm etwa einen Stein geben? Und wenn er um einen Fisch bittet, gibt er
ihm etwa statt des Fisches eine Schlange?

¹² Oder wenn er um ein Ei bittet, gibt er ihm etwa einen Skorpion?

¹³ Wenn nun ihr, obwohl ihr böse seid, euren Kindern gute Gaben zu geben
wißt, wieviel mehr wird der Vater im Himmel Heiligen Geist denen geben,
die ihn darum bitten!'

11.4 Die Heilung zweier Blinden

Abschnitt: 210

Mt 9,27-31

²⁷ Als Jesus von dort weiterging, folgten ihm zwei Blinde, die laut riefen: 'Sohn
Davids, erbarme dich unser!'

²⁸ Kaum war er ins Haus gekommen, da traten sie zu ihm heran. Jesus fragte
sie: 'Glaubt ihr, daß ich euch helfen kann?' Sie antworteten: 'Ja, Herr.'

²⁹ Da berührte er ihre Augen und sagte: 'Nach eurem Glauben geschehe euch!'

³⁰ Da öffneten sich ihre Augen. Jesus aber gab ihnen die strenge Weisung:
'Gebt acht! Niemand soll es erfahren.'

³¹ Sie aber gingen weg und erzählten von ihm in der ganzen Gegend.

11.5 Die Heilung des stummen Besessenen

Abschnitt: 211

Mt 9,32-34

³² Als sie weggegangen waren, brachte man zu Jesus einen Stummen, der von
einem Dämon besessen war. *

[33] Sobald der Dämon ausgetrieben war, konnte der Stumme reden. Voll Verwunderung rief das Volk: 'So etwas ist in Israel noch nie geschehen.'
[34] Die Pharisäer aber sagten: 'Mit Hilfe des Obersten der Dämonen treibt er die Dämonen aus.'

11.6   Anschuldigung der Pharisäer

Abschnitt: 212

Mt 12,22-24

[22] Da brachte man zu ihm einen Besessenen, der blind und stumm war. Jesus heilte ihn, so daß der Stumme reden und sehen konnte. *
[23] Das Volk geriet außer sich und sagte: 'Ist dieser etwa der Sohn Davids?' *
[24] Als die Pharisäer das hörten, sagten sie: 'Mit Hilfe von Beelzebul, dem Obersten der Dämonen, treibt dieser die Dämonen aus'

Mk 3,22

[22] Die Schriftgelehrten, die von Jerusalem herabgekommen waren, sagten: 'Er ist von Beelzebul besessen', und 'Durch den Anführer der Dämonen treibt er die Dämonen aus.'

Lk 11,14-16

[14] Er trieb einen Dämon aus, der stumm war. Als der Dämon ausgefahren war, konnte der Stumme sprechen. Und die Leute staunten.
[15] Einige aber von ihnen sagten: 'Durch Beelzebul, den Anführer der Dämonen, treibt er die Dämonen aus.'
[16] Andere stellten ihn auf die Probe und verlangten von ihm ein Zeichen vom Himmel.

11.7 Die Verteidigung Jesu

Abschnitt: 213

Mt 12,25-30

[25] Jesus durchschaute ihre Gedanken, und sagte zu ihnen: 'Jedes Reich, das in sich uneins ist, wird verwüstet; keine Stadt, kein Haus, das in sich uneins ist, kann Bestand haben.

[26] Wenn der Satan den Satan austreibt, so ist er mit sich selbst uneins: Wie soll dann sein Reich Bestand haben?

[27] Und wenn ich die Dämonen durch Beelzebul austreibe, durch wen treiben sie eure Jünger aus? Sie werden eure Richter sein. *

[28] Wenn ich aber die Dämonen durch den Geist Gottes austreibe, dann ist das Reich Gottes zu euch gekommen.

[29] Niemand vermag in das Haus eines Starken einzudringen und dessen Habe zu rauben, ohne den Starken vorher zu fesseln - erst dann kann er sein Haus plündern.

[30] Wer nicht mit mir ist, ist gegen mich; wer nicht mit mir sammelt, zerstreut.

Mk 3,23-27

[23] Da rief er sie herbei und sprach in Gleichnissen zu ihnen. Er sagte: 'Wie kann der Satan den Satan austreiben?

[24] Wenn ein Reich in sich uneins ist, kann jenes Reich nicht bestehen,

[25] und wenn ein Haus in sich uneins ist, wird jenes Haus nicht bestehen können.

[26] Wenn nun der Satan gegen sich selbst aufsteht und mit sich selbst uneins ist, kann er nicht bestehen, sondern hat ein Ende.

[27] Niemand vermag in das Haus eines Starken einzudringen und ihm seine Habe zu rauben, wenn er den Starken nicht zuvor in Fesseln gelegt hat; erst dann kann er sein Haus plündern.

Lk 11,17-23

[17] Er aber durchschaute ihre Gedanken und sagte zu ihnen: 'Jedes Reich, das in sich uneins ist, geht zugrunde, und ein Haus stürzt über das andere.

[18] Wenn aber der Satan mit sich selbst uneins ist, wie soll da sein Reich Bestand haben? Ihr sagt, ich treibe die Dämonen durch Beelzebul aus.
[19] Wenn nun ich die Dämonen durch Beelzebul austreibe, durch wen treiben dann eure Jünger sie aus? Sie werden darum eure Richter sein. *
[20] Wenn ich aber die Dämonen durch den Finger Gottes austreibe, dann ist das Reich Gottes zu euch gekommen.
[21] Solange ein Starker bewaffnet seinen Hof bewacht, ist sein Eigentum in Sicherheit.
[22] Sobald aber ein Stärkerer als er eindringt und ihn überwindet, dann nimmt er ihm die Waffenrüstung ab, auf die er sich verließ, und verteilt die Beute.
[23] Wer nicht mit mir ist, ist gegen mich; wer nicht mit mir sammelt, zerstreut.

11.8 Die Sünde wider den Heiligen Geist

Abschnitt: 214

Mt 12,31-37

[31] Darum sage ich euch: Jede Sünde und Lästerung wird den Menschen vergeben, aber die Lästerung gegen den Geist wird nicht vergeben.
[32] Wer etwas gegen den Menschensohn sagt, dem wird vergeben. Wer aber ein Wort gegen den Heiligen Geist sagt, dem wird nicht vergeben werden, weder in dieser noch in der zukünftigen Welt. *
[33] Entweder erklärt ihr den Baum für gut, dann müßt ihr auch seine Früchte für gut erklären. Oder ihr erklärt den Baum für schlecht, dann müßt ihr auch seine Früchte für schlecht erklären. An den Früchten aber erkennt man den Baum.
[34] Ihr Schlangenbrut, wie könnt ihr Gutes reden, da ihr böse seid? Denn wovon das Herz voll ist, davon redet der Mund.
[35] Der gute Mensch bringt aus seinem guten Herzen Gutes hervor. Der böse Mensch bringt aus seinem bösen Herzen Böses hervor.
[36] Ich sage euch aber: Über jedes unnütze Wort, das die Menschen reden, müssen sie am Tag des Gerichts Rechenschaft ablegen.
[37] Denn nach deinen Worten wirst du gerechtgesprochen, und nach deinen Worten wirst du verurteilt werden.'

Mk 3,28-30

²⁸ Wahrlich, ich sage euch: Alle Sünden werden den Menschen vergeben, ebenso die Lästerungen, so viel sie auch lästern mögen.
²⁹ Wer aber gegen den Heiligen Geist lästert, findet in Ewigkeit keine Vergebung, sondern bleibt mit ewiger Sünde belastet.'
³⁰ Sie hatten nämlich gesagt: 'Er hat einen unreinen Geist.'

Joh 12,10

¹⁰ Die Hohenpriester aber beschlossen, auch Lazarus zu töten,

11.9   Vom Rückfall in die Sünde

Abschnitt: 215

Mt 12,43-45

⁴³ Wenn ein unreiner Geist aus einem Menschen ausgefahren ist, schweift er durch die Wüste und sucht eine Ruhestätte, findet aber keine.
⁴⁴ Da denkt er: Ich will in mein Haus zurückkehren, aus dem ich ausgezogen bin. Und wenn er kommt und es leer, ausgefegt und geschmückt vorfindet,
⁴⁵ geht er hin und holt noch sieben andere Geister, die schlimmer sind als er selbst. Sie ziehen ein und lassen sich darin nieder. Und die letzten Dinge jenes Menschen werden schlimmer sein als die ersten. So wird es auch diesem bösen Geschlecht ergehen.'

Lk 11,24-26

²⁴ Wenn der unreine Geist vom Menschen ausgefahren ist, schweift er durch öde Steppen und sucht sich eine Ruhestätte. Findet er keine, so denkt er: »Ich will in mein Haus zurückkehren, aus dem ich ausgezogen bin.«
²⁵ Und er kommt zurück und findet es ausgefegt und geschmückt.
²⁶ Da geht er hin und holt noch sieben andere Geister, die schlimmer sind als er selbst. Sie ziehen ein und lassen sich dort nieder. Und die letzten Dinge jenes Menschen werden schlimmer sein als die ersten.'

11.10   Seligpreisung der Mutter Jesu

Abschnitt: 216

Lk 11,27.28

²⁷ Während er so redete, rief eine Frau aus dem Volk ihm zu: 'Selig der Leib, der dich getragen, und die Brust, die dich genährt hat!'
²⁸ Er aber sagte: 'Selig sind vielmehr, die das Wort Gottes hören und es befolgen!' *

11.11   Das Jonaszeichen

Abschnitt: 217

Mt 12,38-42

³⁸ Einige Schriftgelehrte und Pharisäer wandten sich an ihn und sagten: 'Meister, wir möchten von dir ein Zeichen sehen.'
³⁹ Er entgegnete ihnen: 'Ein böses und treuloses Geschlecht verlangt ein Zeichen. Aber es wird ihm kein anderes Zeichen gegeben werden als das Zeichen des Propheten Jona.
⁴⁰ Wie Jona nämlich drei Tage und drei Nächte im Bauch des Meerungeheuers war, so wird auch der Menschensohn drei Tage und drei Nächte im Inneren der Erde sein. *
⁴¹ Die Männer von Ninive werden mit diesem Geschlecht vor dem Gericht auftreten und es verurteilen. Denn sie haben sich auf die Predigt des Jona hin bekehrt. Hier aber ist mehr als Jona. *
⁴² Die Königin des Südens wird mit diesem Geschlecht vor dem Gericht auftreten und es verurteilen. Denn sie kam vom Ende der Erde, um die Weisheit Salomos zu hören. Hier aber ist mehr als Salomo. *

Lk 11,29-32

²⁹ Als die Volksscharen weiter zusammenströmten, sagte er: 'Dieses Geschlecht ist ein böses Geschlecht. Es verlangt ein Zeichen. Aber es wird ihm kein anderes Zeichen gegeben werden als das Zeichen des Jona.

³⁰ Wie nämlich Jona für die Niniviten zum Zeichen wurde, wird es auch der Menschensohn für dieses Geschlecht sein.

³¹ Die Königin des Südens wird vor dem Gericht mit den Männern dieses Geschlechtes auftreten und sie verurteilen. Denn sie kam von den Enden der Welt, um auf Salomos Weisheit zu lauschen. Und hier ist mehr als Salomo!

³² Die Männer von Ninive werden mit diesem Geschlecht vor dem Gericht auftreten und es verurteilen. Denn sie haben sich auf die Predigt des Jona hin bekehrt. Und hier ist mehr als Jona!

11.12 Sprüche vom inneren Lichte

Abschnitt: 218

Mt 5,15;6,22.23

¹⁵ Man zündet auch nicht eine Lampe an und stellt sie unter einen Scheffel, sondern auf den Leuchter; dann leuchtet sie allen im Haus.

²² Die Leuchte des Leibes ist das Auge. Ist nun dein Auge lauter, so ist dein ganzer Leib voller Licht. *

²³ Ist aber dein Auge böse, so ist dein ganzer Leib in Finsternis. Wenn nun das Licht in dir Finsternis ist, wie groß wird erst die Finsternis sein!

11.13 Strafrede gegen die Pharisäer und Schriftgelehrten

Abschnitt: 219

Lk 11,37-52

³⁷ Während er noch redete, bat ihn ein Pharisäer, bei ihm zu speisen. Er ging hin und setzte sich zu Tisch.

³⁸ Als der Pharisäer sah, daß er sich vor der Mahlzeit nicht erst wusch, wunderte er sich.

³⁹ Da sagte der Herr zu ihm: 'Nun, ihr Pharisäer, das Äußere des Bechers und der Schüssel reinigt ihr, euer Inneres aber ist voll Raubgier und Bosheit.

⁴⁰ Ihr Toren, hat nicht der, der das Äußere schuf, auch das Innere geschaffen?

⁴¹ Gebt lieber das, was in den Schüsseln ist, als Almosen, dann ist euch alles rein. *

⁴² Weh euch Pharisäern! Ihr gebt den Zehnten von Minze, Raute und jeglichem Gartengewächs, aber um Recht und Liebe zu Gott kümmert ihr euch nicht. Das eine soll man tun, das andere nicht unterlassen. *

⁴³ Weh euch Pharisäern! Ihr habt gern den Ehrenplatz in den Synagogen und wollt auf den öffentlichen Plätzen gegrüßt sein.

⁴⁴ Weh euch, ihr gleicht unkenntlich gewordenen Gräbern, über die man hinschreitet, ohne es zu wissen!'

⁴⁵ Ein Gesetzeslehrer entgegnete ihm: 'Meister, mit diesen Worten beleidigst du auch uns.'

⁴⁶ Da sagte er: 'Weh auch euch Gesetzeslehrern! Ihr bürdet den Menschen unerträgliche Lasten auf, selbst aber rührt ihr die Lasten nicht mit einem Finger an.

⁴⁷ Weh euch! Ihr baut den Propheten Grabmale, und eure Väter haben sie getötet;

⁴⁸ also bezeugt und billigt ihr die Taten eurer Väter. - Jene haben sie getötet, und ihr baut ihnen Grabmale. *

⁴⁹ Darum auch hat die Weisheit Gottes gesagt: »Ich will Propheten und Boten zu ihnen senden; von diesen werden sie die einen töten, die anderen verfolgen.«

⁵⁰ Damit von diesem Geschlecht eingefordert werde das Blut aller Propheten, das seit Erschaffung der Welt vergossen ward:

⁵¹ vom Blut Abels angefangen bis zum Blut des Zacharias, der zwischen Altar und Tempel umgebracht wurde. Ja, ich sage euch: Es wird eingefordert werden von diesem Geschlecht! *

⁵² Weh euch Gesetzeslehrern! Ihr habt den Schlüssel zur Erkenntnis weggenommen. Ihr selbst seid nicht eingetreten und habt die abgehalten, die eintreten wollten.'

11.14   Zweiter Versuch zur Tötung Jesu

Abschnitt: 220

Lk 11,53.54

⁵³ Als er von dort wegging, setzten ihm die Schriftgelehrten und Pharisäer heftig zu und überhäuften ihn mit vielerlei Fragen.

⁵⁴ Dabei lauerten sie darauf, eine Äußerung aus seinem Munde aufzufangen und ihn daraufhin anklagen zu können.

11.15   Warnung vor Menschenfurcht

Abschnitt: 221

Mt 10,24-27

²⁴ Der Jünger steht nicht über dem Meister und der Knecht nicht über seinem Herrn.

²⁵ Der Jünger muß zufrieden sein, wenn es ihm wie seinem Meister geht, und der Sklave, wenn es ihm wie seinem Herrn geht. Hat man schon den Hausherrn Beelzebul genannt, dann erst recht seine Hausgenossen.

²⁶ Also fürchtet euch nicht vor ihnen! Denn nichts ist verhüllt, was nicht enthüllt, nichts geheim, was nicht bekannt würde.

²⁷ Was ich euch im Dunkeln sage, das kündet im Licht; was euch ins Ohr geflüstert wird, das predigt von den Dächern.

Lk 6,40;12,1-3

⁴⁰ Der Jünger steht nicht über dem Meister; jeder, der ausgelernt hat, wird sein wie sein Meister.

¹ Inzwischen hatten sich Tausende aus dem Volk angesammelt, so daß sie einander auf die Füße traten. Da sagte er, zunächst zu seinen Jüngern: 'Hütet euch vor dem Sauerteig der Pharisäer, das heißt vor der Heuchelei.

² Nichts ist verhüllt, was nicht enthüllt, nichts verborgen, was nicht bekannt werden wird.

³ Darum wird man alles, was ihr im Dunkeln gesprochen habt, beim hellen Licht verkünden; was ihr in den Kammern ins Ohr geflüstert habt, wird man auf den Dächern verkünden.

11.16 Mahnung zum Bekennermut

Abschnitt: 222

Mt 10,28-33

²⁸ Fürchtet euch nicht vor denen, die wohl den Leib, nicht aber die Seele töten können. Fürchtet vielmehr den, der Seele und Leib in der Hölle verderben kann. *

²⁹ Kauft man nicht zwei Spatzen für ein paar Pfennige? Und doch fällt ohne euren Vater keiner von ihnen zur Erde. *

³⁰ Bei euch aber sind auch alle Haare des Hauptes gezählt.

³¹ Fürchtet euch also nicht! Ihr seid mehr wert als viele Spatzen.

³² Wer immer sich vor den Menschen zu mir bekennt, zu dem werde auch ich mich vor meinem Vater im Himmel bekennen.

³³ Wer mich aber vor den Menschen verleugnet, den werde auch ich vor meinem Vater im Himmel verleugnen.

Lk 12,4-9

⁴ Ich sage euch, meinen Freunden: Fürchtet euch nicht vor denen, die den Leib töten können, aber weiter nichts vermögen.

⁵ Ich will euch zeigen, wen ihr fürchten sollt: Fürchtet den, der nach dem Tod die Macht hat, in die Hölle zu stürzen. Ja, ich sage euch: Den fürchtet! *

⁶ Kauft man nicht fünf Spatzen für zehn Pfennige? Und doch ist keiner von ihnen von Gott vergessen. *

⁷ Aber auch die Haare eures Hauptes sind alle gezählt. Fürchtet euch nicht! Ihr seid mehr wert als viele Spatzen.

⁸ Ich sage euch: Wer immer sich vor den Menschen zu mir bekennt, zu dem wird auch der Menschensohn sich vor den Engeln Gottes bekennen.

⁹ Wer mich aber vor den Menschen verleugnet, der wird auch vor den Engeln Gottes verleugnet werden.

11.17   Der Beistand des Hl. Geistes vor Gericht

Abschnitt: 223

Mt 10,19.20

> [19] Wenn man euch aber ausliefert, macht euch keine Sorge, wie oder was ihr reden sollt; denn in jener Stunde wird euch eingegeben werden, was ihr sagen sollt.
> [20] Nicht ihr werdet dann reden, sondern der Geist eures Vaters wird durch euch reden.

Mk 13,11

> [11] Wenn man euch abführt, um euch vor Gericht zu stellen, macht euch nicht im voraus Sorgen, was ihr sagen sollt; sagt das, was euch in jener Stunde eingegeben wird! Denn nicht ihr seid es, die da reden, sondern der Heilige Geist.

Lk 12,11.12

> [11] Wenn man euch vor die Synagogen und vor die Obrigkeiten und Behörden schleppt, so macht euch keine Sorge, wie und womit ihr euch verteidigen oder was ihr sagen sollt.
> [12] Denn der Heilige Geist wird euch in jener Stunde lehren, was zu sagen nötig ist.'

11.18   Warnung vor Habsucht

Abschnitt: 224

Lk 12,13-21

> [13] Einer aus dem Volk sagte zu ihm: 'Meister, befiehl meinem Bruder, das Erbe mit mir zu teilen.'

¹⁴ Er entgegnete ihm: 'Mensch, wer hat mich zum Richter oder Erbteiler über euch gesetzt?'

¹⁵ Dann sagte er zu ihnen: 'Seht zu und hütet euch vor aller Habsucht! Denn mag einer auch Überfluß haben, sein Leben ist durch seinen Besitz doch nicht gesichert.'

¹⁶ Und er erzählte ihnen ein Gleichnis: 'Der Acker eines reichen Mannes hatte guten Ertrag gebracht.

¹⁷ Da überlegte er bei sich: »Was soll ich tun? Ich habe ja keinen Platz mehr, wo ich meine Früchte lagern könnte!

¹⁸ So will ich es machen«, sagte er: »Ich breche meine Scheunen ab und baue größere, in denen ich all meinen Weizen und meine Güter unterbringen kann.

¹⁹ Dann will ich zu meiner Seele sagen: Meine Seele, du hast großen Vorrat an Gütern auf viele Jahre. Setze dich zur Ruhe. Iß und trink und laß es dir gut gehen.«

²⁰ Gott aber sagte zu ihm: »Du Tor, noch diese Nacht wird man deine Seele von dir fordern! Wem wird dann das gehören, was du aufgehäuft hast?«

²¹ So geht es dem, der für sich selbst Schätze sammelt, statt reich zu werden bei Gott.'

11.19 Warnung vor Übermaß zeitlicher Sorgen

Abschnitt: 225

Mt 6,25-34

²⁵ Darum sage ich euch: Macht euch keine Sorgen um euer Leben, was ihr esst und was ihr trinken sollt, noch um euren Leib, was ihr anziehen sollt. Ist das Leben nicht mehr als die Nahrung und der Leib nicht mehr als die Kleidung?

²⁶ Betrachtet die Vögel des Himmels: Sie säen nicht, sie ernten nicht, sie sammeln nicht in Scheunen: doch euer himmlischer Vater ernährt sie. Seid ihr nicht mehr wert als sie? *

²⁷ Wer von euch vermag mit seinen Sorgen seine Lebenszeit um nur eine kleine Spanne zu verlängern? *

²⁸ Und was seid ihr besorgt um eure Kleidung? Betrachtet die Lilien des Feldes! Wie sie wachsen! Sie arbeiten nicht und spinnen nicht.

²⁹ Ich sage euch aber: Selbst Salomo in all seiner Pracht war nicht gekleidet wie eine von ihnen.

³⁰ Wenn nun Gott das Gras des Feldes, das heute steht und morgen in den Ofen geworfen wird, so kleidet, wieviel mehr euch, ihr Kleingläubigen!

³¹ Seid also nicht besorgt und fragt nicht: Was sollen wir essen? Was sollen wir trinken? Womit sollen wir uns bekleiden?

³² Denn nach all dem trachten die Heiden. Euer himmlischer Vater weiß ja, daß ihr dies alles nötig habt.

³³ Sucht vielmehr zuerst das Reich Gottes und seine Gerechtigkeit, und dies alles wird euch hinzugegeben werden.

³⁴ Seid nicht so besorgt um den morgigen Tag; denn der morgige Tag wird für sich selbst sorgen. - Jeder Tag hat genug seiner eigenen Plage.

Lk 12,22-31

²² Zu seinen Jüngern aber sagte er: 'Darum sage ich euch: Seid nicht ängstlich besorgt für das Leben, was ihr essen, noch für den Leib, was ihr anziehen sollt.

²³ Denn das Leben ist mehr als die Nahrung, und der Leib mehr als die Kleidung.

²⁴ Betrachtet die Raben! Sie säen nicht, sie ernten nicht, sie haben weder Vorratskammer noch Scheune: Doch Gott ernährt sie. Wieviel mehr wert seid ihr als die Vögel!

²⁵ Wer von euch vermag mit seinen Sorgen seine Lebenszeit nur um eine kleine Spanne zu verlängern?

²⁶ Wenn ihr also nicht einmal das Geringste vermögt, was seid ihr um das Übrige ängstlich besorgt?

²⁷ Betrachtet die Lilien! Wie sie wachsen! Sie mühen sich nicht ab, sie spinnen nicht. Ich sage euch aber: Selbst Salomo in all seiner Pracht war nicht so gekleidet wie eine von ihnen.

²⁸ Wenn nun Gott das Gras, das heute auf dem Feld steht und morgen in den Ofen geworfen wird, so kleidet, wieviel mehr euch, ihr Kleingläubigen!

²⁹ So fragt auch nicht, was ihr essen und was ihr trinken sollt, und beunruhigt euch nicht.

³⁰ Nach all dem trachten die Völker der Welt. Euer Vater weiß doch, daß ihr dies nötig habt.

³¹ Sucht sein Reich, und dies wird euch hinzugegeben werden.

11.20 Freiwilliger Verzicht auf irdischen Besitz

Abschnitt: 226

Mt 6,19-21

[19] Sammelt euch nicht Schätze auf Erden, wo Motte und Rost sie vernichten und Diebe einbrechen und stehlen.

[20] Sammelt euch aber Schätze im Himmel, wo weder Motte noch Rost sie vernichten, noch Diebe einbrechen und sie stehlen.

[21] Denn wo dein Schatz ist, da ist auch dein Herz.

Lk 12,32-34

[32] Fürchte dich nicht, du kleine Herde; denn es hat eurem Vater gefallen, euch das Reich zu geben.

[33] Verkauft, was ihr habt, und gebt davon Almosen. Verschafft euch Beutel, die nicht veralten, einen unvergänglichen Schatz im Himmel, an den kein Dieb herankommt und den keine Motte zerstört.

[34] Denn wo euer Schatz ist, da ist auch euer Herz.

11.21 Wachsamkeit und Treue

Abschnitt: 227

Mt 24,42-44

[42] Seid also wachsam! Denn ihr wißt nicht, an welchem Tag euer Herr kommt.

[43] Seht: Wenn der Hausherr wüßte, zu welcher Stunde der Nacht der Dieb kommt, würde er sicherlich wachen und nicht in sein Haus einbrechen lassen.

[44] Darum haltet auch ihr euch bereit: denn der Menschensohn kommt zu einer Stunde, da ihr es nicht vermutet.

Mk 13,33-37

[33] Habt acht, seid wachsam! Denn ihr wißt nicht, wann die Zeit da ist.

[34] Es ist wie bei einem Mann, der auf Reisen ging. Als er sein Haus verließ, übergab er seinen Knechten die Verwaltung, wies jedem seine Aufgabe zu und trug dem Türhüter auf, wachsam zu sein.

[35] Seid also wachsam! Denn ihr wißt nicht, wann der Hausherr kommt, ob am Abend oder um Mitternacht, beim Hahnenschrei oder am Morgen.

[36] Er könnte ja unvermutet kommen und euch schlafend antreffen.

[37] Was ich euch aber sage, das sage ich allen: Seid wachsam!'

Lk 12,35-40

[35] Eure Hüften seien umgürtet und brennend die Lampen in euren Händen.

[36] So sollt ihr Menschen gleichen, die auf ihren Herrn warten, bis er vom Hochzeitsmahl heimkehrt, um ihm, wenn er kommt und anklopft, sogleich zu öffnen.

[37] Wohl den Knechten, die der Herr bei seiner Ankunft wachend findet! Wahrlich, ich sage euch: Er wird sich gürten und sie Platz nehmen lassen und umhergehen, um sie zu bedienen.

[38] Und wenn er erst um die zweite oder dritte Nachtwache kommt und sie so antrifft: dann wohl ihnen! *

[39] Das aber beachtet: Wenn der Hausherr wüßte, zu welcher Stunde der Dieb kommt, würde er sicher nicht zulassen, daß in sein Haus eingebrochen wird.

[40] So haltet auch ihr euch bereit; denn der Menschensohn kommt zu einer Stunde, da ihr es nicht vermutet.'

11.22   Vom Hausherrn und Hausknechte

Abschnitt: 228

Mt 24,45-51

[45] Wer ist wohl der treue und verständige Knecht, den der Herr über sein Gesinde gestellt hat, daß er ihm Speise gebe zur rechten Zeit?

[46] Selig ist jener Knecht, den der Herr das tuend antrifft, wenn er heimkehrt.

⁴⁷ Wahrlich, ich sage euch: Er wird ihn über alle seine Güter setzen.

⁴⁸ Wenn aber der böse Knecht bei sich denkt: »Mein Herr kommt noch lange nicht!«,

⁴⁹ und beginnt, seine Mitknechte zu schlagen und mit Trunkenbolden Gelage zu feiern,

⁵⁰ wird der Herr dieses Knechtes an einem Tag kommen, da er es nicht erwartet, zu einer Stunde, die er nicht kennt.

⁵¹ Er wird ihn in Stücke hauen und ihm seinen Platz bei den Heuchlern anweisen. Dort wird Heulen und Zähneknirschen sein.

Lk 12,41-46

⁴¹ Da fragte Petrus: 'Herr, beziehst du dieses Gleichnis nur auf uns oder auch auf alle anderen?'

⁴² Der Herr sagte: 'Wer ist wohl der treue und verständige Verwalter, den der Herr über sein Gesinde stellt, damit er ihm zur rechten Zeit den Unterhalt reicht?

⁴³ Wohl jenem Knecht, den der Herr bei seiner Heimkehr bei solcher Tätigkeit findet!

⁴⁴ Wahrlich, ich sage euch: Er wird ihn über alle seine Güter setzen.

⁴⁵ Wenn aber jener Knecht bei sich denkt: »Mein Herr kommt noch lange nicht!«; - wenn er Knechte und Mägde schlägt, schmaust und zecht und sich berauscht,

⁴⁶ so wird der Herr dieses Knechtes an einem Tage kommen, da er es nicht erwartet, zu einer Stunde, die er nicht kennt. Er wird ihn in Stücke hauen und ihm seinen Platz bei den Ungläubigen anweisen.

11.23 Der Grundsatz göttlicher Vergeltung

Abschnitt: 229

Lk 12,47.48

⁴⁷ Jener Knecht, der den Willen seines Herrn zwar kennt, aber nicht danach handelt, wird viele Schläge erhalten.

48 Wer ihn dagegen nicht kennt, aber strafwürdig handelt, wird wenige Schläge erhalten. Wem viel gegeben ist, von dem wird viel gefordert; wem viel anvertraut ist, von dem wird um so mehr verlangt werden.

11.24   Vom Feuer und von der Taufe

Abschnitt: 230

Lk 12,49.50

49 Ich bin gekommen, Feuer auf die Erde zu werfen, und wie wünschte ich, wenn es schon entzündet wäre!
50 Aber ich habe erst eine Taufe auf mich zu nehmen, und wie werde ich angefochten, bis sie vollzogen ist! *

11.25   Die Scheidung der Geister

Abschnitt: 231

Mt 10,34-36

34 Denkt nicht, ich sei gekommen, Frieden auf die Erde zu bringen. Ich bin nicht gekommen, Frieden zu bringen, sondern das Schwert.
35 Denn ich bin gekommen, um den Sohn mit seinem Vater zu entzweien, die Tochter mit ihrer Mutter, die Schwiegertochter mit ihrer Schwiegermutter.
36 Des Menschen Feinde werden seine Hausgenossen sein. *

Lk 12,51-53

51 Glaubt ihr, ich sei gekommen, Frieden auf die Erde zu bringen? Nein, sage ich euch, sondern Zwiespalt.
52 Denn fortan werden fünf im gleichen Haus in Zwiespalt sein: drei gegen zwei und zwei gegen drei;
53 der Vater wird in Zwiespalt sein mit dem Sohn und der Sohn mit dem Vater, die Mutter mit der Tochter und die Tochter mit der Mutter, die

Schwiegermutter mit der Schwiegertochter und die Schwiegertochter mit der Schwiegermutter.'

11.26 Über Zeichen und Lehre der Zeit

Abschnitt: 232

Lk 12,54-59

[54] Alsdann sagte er zu den Volksscharen: 'Wenn ihr im Westen eine Wolke aufsteigen seht, sagt ihr gleich: »Es gibt Regen«, und so trifft es ein.
[55] Merkt ihr, daß der Südwind weht, so sagt ihr: »Es wird heiß«, und es trifft ein.
[56] Ihr Heuchler! Das Aussehen der Erde und des Himmels wißt ihr zu beurteilen. Wie kommt es, daß ihr die Zeichen der Zeit nicht beurteilen könnt?
[57] Warum prüft ihr nicht von selbst, was recht ist?
[58] Wenn du mit deinem Gegner zur Obrigkeit gehst, so bemühe dich noch unterwegs, von ihm loszukommen. Sonst könnte er dich vor den Richter schleppen und der Richter dich dem Gerichtsdiener übergeben und der Gerichtsdiener dich in den Kerker werfen.
[59] Ich sage dir: Du kommst von dort nicht heraus, bis du auch den letzten Heller bezahlt hast.'

11.27 Mahnung zur Buße

Abschnitt: 233

Lk 13,1-5

[1] In jener Zeit kamen einige und erzählten ihm von den Galiläern, deren Blut Pilatus vergossen hatte, während sie gerade opferten. *
[2] Er entgegnete Ihnen: 'Meint ihr, diese Galiläer seien größere Sünder gewesen als die übrigen Galiläer, weil sie das erlitten haben? *
[3] Nein, sage ich euch. Doch wenn ihr euch nicht bekehrt, werdet ihr alle ebenso umkommen.

⁴ Oder meint ihr, jene achtzehn, die der Turm am Schiloach bei seinem Einsturz erschlug, seien schuldiger gewesen als die übrigen Bewohner Jerusalems? *

⁵ Nein, sage ich euch. Doch wenn ihr euch nicht bekehrt, werdet ihr alle ebenso umkommen.'

11.28   Der unfruchtbare Feigenbaum

Abschnitt: 234

Lk 13,6-9

⁶ Und er trug folgendes Gleichnis vor: 'Einer hatte in seinem Weinberg einen Feigenbaum gepflanzt. Er kam und suchte Frucht an ihm, fand aber keine.

⁷ Da sagte er zum Winzer: »Nun komme ich schon drei Jahre und suche Frucht an diesem Feigenbaum, finde aber keine. Hau ihn also um! Wozu soll er noch den Boden aussaugen?«

⁸ Aber jener erwiderte ihm: »Herr, laß ihn noch dieses Jahr stehen. Ich will um ihn herum aufgraben und Dünger einlegen.

⁹ Vielleicht bringt er dann im kommenden Jahr Frucht; andernfalls magst du ihn aushauen lassen.«'

11.29   Die Heilung der gekrümmten Frau

Abschnitt: 235

Lk 13,10-17

¹⁰ An einem Sabbat lehrte er in einer Synagoge.

¹¹ Da war eine Frau, die schon achtzehn Jahre einen Geist des Siechtums hatte. Sie war ganz verkrümmt und konnte sich gar nicht mehr aufrichten.

¹² Als Jesus sie erblickte, rief er sie herbei und sagte zu ihr: 'Frau, du bist von deinem Siechtum erlöst.'

¹³ Dabei legte er ihr die Hände auf. Sogleich richtete sie sich auf und pries Gott.

[14] Voll Entrüstung darüber, daß Jesus am Sabbat geheilt hatte, sagte der Synagogenvorsteher zum Volk: 'Sechs Tage sind da, an denen man arbeiten soll. An diesen also kommt und laßt euch heilen, aber nicht am Sabbat!' *

[15] Der Herr entgegnete ihm: 'Ihr Heuchler! Bindet nicht jeder von euch am Sabbat seinen Ochsen oder Esel von der Krippe los und führt ihn zur Tränke?

[16] Diese aber, eine Tochter Abrahams, die der Satan achtzehn Jahr lang gebunden hielt, sollte am Sabbat nicht von dieser Fessel gelöst werden dürfen?'

[17] Bei diesen Worten schämten sich alle seine Gegner. Das ganze Volk hingegen freute sich über all die herrlichen Taten, die durch ihn geschahen.

11.30 Das Gleichnis vom Senfkorn

Abschnitt: 236

Lk 13,18.19

[18] Dann sagte er: 'Wem ist das Reich Gottes gleich? Womit soll ich es vergleichen?

[19] Es gleicht einem Senfkorn, das ein Mann nahm und in seinen Garten säte. Es wuchs auf und ward zu einem großen Baum, und die Vögel des Himmels wohnten in seinen Zweigen.'

11.31 Das Gleichnis vom Sauerteig

Abschnitt: 237

Lk 13,20.21

[20] Weiter sagte er: 'Womit soll ich das Reich Gottes vergleichen?

[21] Es gleicht dem Sauerteig, den eine Frau nahm und unter drei Maß Mehl mengte, bis das Ganze durchsäuert war.'

11.32   Der Kampf um das Himmelreich

Abschnitt: 238

Lk 13,22-30

[22] So wanderte er lehrend durch Städte und Dörfer und setzte dabei seine Reise nach Jerusalem fort.

[23] Da fragte ihn jemand: 'Herr, sind es nur wenige, die gerettet werden?' Er sagte zu ihnen:

[24] 'Bemüht euch, durch die enge Pforte einzutreten. Denn ich sage euch: Viele werden versuchen, einzutreten, es aber nicht vermögen.

[25] Hat sich der Hausherr einmal erhoben und die Tür geschlossen, dann werdet ihr draußen stehen, an die Tür klopfen und rufen: »Herr, mache uns auf!« - Doch er wird euch entgegnen: »Ich weiß nicht, woher ihr seid.«

[26] Alsdann werdet ihr sagen: »Wir haben doch mit dir gegessen und getrunken; auf unsern Straßen hast du gelehrt.«

[27] Er aber wird euch erklären: »Ich sage euch, ich weiß nicht woher ihr seid. Hinweg von mir, all ihr Übeltäter!«

[28] Da wird Heulen und Zähneknirschen sein, wenn ihr Abraham, Isaak und Jakob und alle Propheten im Reich Gottes sehen werdet, euch selbst aber davon ausgeschlossen seht.

[29] Von Ost und West, von Nord und Süd werden sie kommen und im Reich Gottes zu Tisch sitzen.

[30] So werden Letzte die Ersten, und Erste die Letzten sein.' *

11.33   Jesus und Herodes

Abschnitt: 239

Lk 13,31-33

[31] Zu eben der Stunde kamen einige Pharisäer und sagten zu ihm: 'Geh weg und entferne dich von hier; denn Herodes will dich töten.' *

[32] Er aber erwiderte ihnen: 'Geht hin und bestellt diesem Fuchs: »Siehe, ich treibe Dämonen aus und vollbringe Heilungen heute und morgen: erst am dritten Tag bin ich damit fertig.

³³ Aber heute, morgen und übermorgen muß ich wandern: denn es geht nicht an, daß ein Prophet anderswo als in Jerusalem den Tod findet.«

11.34 Klageruf über Jerusalem

Abschnitt: 240

Lk 13,34.35

³⁴ Jerusalem, Jerusalem! Du mordest die Propheten und steinigst, die zu dir gesandt sind! Wie oft wollte ich deine Kinder sammeln wie eine Henne ihre Küchlein unter den Flügeln, aber ihr habt nicht gewollt!
³⁵ Nun wird euch euer Haus überlassen. Ich sage euch aber: Ihr werdet mich nicht mehr sehen, bis die Zeit kommt, daß ihr ruft: »Gepriesen sei, der da kommt, im Namen des Herrn!«' *

Kapitel 12

Jesus auf dem Tempelweihefest

12.1   Die Wesenseinheit mit dem Vater

Abschnitt: 241

Joh 10,22-39

[22] In Jerusalem fand damals das Fest der Tempelweihe statt. Es war Winter. *
[23] Jesus ging im Tempel in der Halle Salomos umher. *
[24] Da umringten ihn die Juden und sagten zu ihm: 'Wie lange hältst du uns noch hin? Bist du der Messias, so sage es uns frei heraus.'
[25] Jesus antwortete ihnen: 'Ich habe es euch gesagt, aber ihr glaubt nicht. Die Werke, die ich im Namen meines Vaters vollbringe, geben Zeugnis von mir.
[26] Aber ihr glaubt nicht, weil ihr nicht zu meinen Schafen gehört.
[27] Meine Schafe hören auf meine Stimme, ich kenne sie, und sie folgen mir.
[28] Ich schenke ihnen ewiges Leben; sie werden in Ewigkeit nicht verlorengehen, und niemand wird sie meiner Hand entreißen.
[29] Mein Vater, der sie mir gegeben hat, ist mächtiger als alle; niemand kann sie der Hand meines Vaters entreißen.
[30] Ich und der Vater sind eins.'
[31] Wiederum hoben die Juden Steine auf, um ihn zu steinigen.
[32] Jesus hielt ihnen entgegen: 'Viele gute Werke habe ich in der Macht meines Vater vor euch gewirkt. Um welches dieser Werke willen wollt ihr mich steinigen?'
[33] Die Juden erwiderten ihm: 'Nicht wegen eines guten Werkes wollen wir dich steinigen, sondern wegen der Gotteslästerung. Du bist doch nur ein Mensch und gibst dich für Gott aus.'
[34] Jesus antwortete ihnen: 'Steht nicht in eurem Gesetz geschrieben: »Ich habe gesagt: Ihr seid Götter?« *
[35] Wenn die Schrift schon jene Götter nennt, an die das Wort Gottes ergangen ist, die Schrift aber nicht aufgehoben werden kann,

[36] dürft ihr dann von dem, den der Vater geheiligt und in die Welt gesandt hat, behaupten: »Du lästerst Gott!«, weil ich gesagt habe: Ich bin der Sohn Gottes?

[37] Wenn ich nicht die Werke meines Vaters tue, dann glaubt mir nicht.

[38] Wenn ich sie aber tue, ihr mir aber nicht glauben wollt, so glaubt den Werken, damit ihr einseht und erkennt, daß der Vater in mir ist und daß ich im Vater bin.'

[39] Da suchten sie abermals, ihn festzunehmen, doch er entging ihren Händen.

Kapitel 13

Jesus in Peräa

13.1 An der ersten Taufstätte des Täufers

Abschnitt: 242

Mt 19,1.2

> [1] Als Jesus diese Rede beendet hatte, brach er von Galiläa auf und zog in das Gebiet von Judäa jenseits des Jordans.
> [2] Eine große Volksmenge folgte ihm, und er heilte sie dort.

Mk 10,1

> [1] Von dort brach Jesus auf und kam in das Gebiet von Judäa jenseits des Jordan. Abermals strömten die Volksscharen ihm zu, und er lehrte sie wieder in der gewohnten Weise.

Joh 10,40-42

> [40] Er begab sich wieder über den Jordan in die Gegend, wo Johannes zuerst getauft hatte. Dort blieb er.
> [41] Viele kamen zu ihm und sagten: 'Johannes hat zwar kein Zeichen gewirkt; aber alles, was Johannes von diesem gesagt hat, hat sich als wahr erwiesen.'
> [42] Und viele kamen dort zum Glauben an ihn.

Kommentar:

Gastmahlgespräche im Hause eines Pharisäers

13.2   Die Heilung eines Wassersüchtigen am Sabbat

Abschnitt: 243

Mk 14,1-6

¹ Zwei Tage vor dem Pascha, dem Fest der Ungesäuerten Brote, suchten die Hohenpriester und Schriftgelehrten nach einer Möglichkeit, ihn mit List zu ergreifen und zu töten. *
² Sie sagten: 'Nur nicht am Fest, sonst entsteht ein Aufruhr im Volk.'
³ Als Jesus in Betanien im Haus Simons des Aussätzigen zu Tisch saß, kam eine Frau mit einem Alabastergefäß voll kostbaren, echten Nardenöls. Sie zerbrach das Gefäß und goß das Öl über sein Haupt. *
⁴ Darüber wurden einige unwillig und sagten zueinander: 'Wozu diese Verschwendung des Salböls?
⁵ Man hätte es doch für mehr als dreihundert Denare verkaufen und den Erlös den Armen geben können.' Und sie fuhren sie zornig an.
⁶ Jesus aber sagte: 'Laßt sie! Warum kränkt ihr sie? Sie hat ein gutes Werk an mir getan.

Kommentar:

Gastmahlgespräche im Hause eines Pharisäers

13.3   Das Gleichnis von den Ehrenplätzen

Abschnitt: 244

Lk 14,7-11

⁷ Als er bemerkte, daß die Geladenen sich die ersten Plätze auswählten, trug er ihnen folgendes Gleichnis vor:
⁸ 'Wenn du von jemand zu einem Hochzeitsmahl geladen bist, so setze dich nicht an den ersten Platz. Es könnte ja ein vornehmerer als du geladen sein,
⁹ und dein und sein Gastgeber könnte kommen und zu dir sagen: »Mache diesem Platz!« - Dann müßtest du beschämt den letzten Platz einnehmen.

[10] Nein, wenn du geladen bist, geh hin und setze dich an den letzten Platz. Dann wird dein Gastgeber kommen und zu dir sagen: Freund, rücke höher hinauf! Das wird dir vor allen, die mit dir zu Tisch sitzen, zur Ehre gereichen.

[11] Denn jeder, der sich erhöht, wird erniedrigt, und wer sich erniedrigt, wird erhöht werden.'

Kommentar:

Gastmahlgespräche im Hause eines Pharisäers

13.4   Von der wahren Gastfreundschaft

Abschnitt: 245

Lk 14,12-14

[12] Zu seinem Gastgeber aber sagte er: 'Wenn du ein Mittag- oder Abendmahl gibst, so lade nicht deine Freunde, deine Brüder, deine Verwandten oder reiche Nachbarn ein; sonst laden auch sie dich ein, und dir wird zurückgegeben.

[13] Nein, wenn du ein Gastmahl gibst, so lade Bettler, Krüppel, Lahme und Blinde ein.

[14] Selig wirst du sein! Denn sie können es dir nicht vergelten; es wird dir aber vergolten werden bei der Auferstehung der Gerechten.'

13.5   Gleichnis vom königlichen Hochzeitsmahl

Abschnitt: 246

Mt 22,1-14

[1] Jesus fuhr fort, zu ihnen in Gleichnissen zu reden.

[2] Er sagte: 'Mit dem Himmelreich ist es wie mit einem König, der für seinen Sohn die Hochzeitsfeier bereitete.

³ Er schickte seine Knechte, die Geladenen zur Hochzeit zu rufen. Doch sie wollten nicht kommen.

⁴ Er sandte nochmals andere Knechte aus und gab ihnen den Auftrag, den Geladenen zu sagen: »Seht, ich habe mein Mahl bereitet, meine Ochsen und mein Mastvieh sind geschlachtet, alles steht bereit. Kommt zur Hochzeit!«

⁵ Sie aber kümmerten sich nicht darum, sondern gingen fort: der eine auf sein Landgut, der andere zu seinem Geschäft,

⁶ die übrigen aber fielen über seine Knechte her, mißhandelten sie und schlugen sie tot.

⁷ Als der König das erfuhr, wurde er zornig, sandte sein Heer aus, ließ die Mörder töten und ihre Stadt in Brand stecken.

⁸ Dann sagte er zu seinen Knechten: »Die Hochzeit ist zwar bereitet, aber die Geladenen waren nicht würdig.

⁹ Geht also hinaus auf die Straßenkreuzungen und ladet zur Hochzeitsfeier, wen ihr nur findet.«

¹⁰ Die Knechte gingen auf die Straßen hinaus und brachten alle herbei, die sie fanden, Gute und Böse, und der Hochzeitssaal füllte sich mit Gästen.

¹¹ Als nun der König eintrat, um sich die Gäste anzusehen, fiel sein Blick auf einen, der nicht mit einem Gewand für die Hochzeit bekleidet war.

¹² Er sagte zu ihm: »Freund, wie konntest du es wagen, hier ohne Hochzeitsgewand zu erscheinen?« - Der aber schwieg.

¹³ Da befahl der König den Dienern: »Bindet ihm Hände und Füße, und werft ihn hinaus in die äußerste Finsternis! Dort wird Heulen und Zähneknirschen sein.«

¹⁴ Viele sind zwar berufen, wenige aber auserwählt.'

Lk 14,15-24

¹⁵ Als einer von den Tischgenossen das hörte, sagte er zu ihm: 'Selig, wer teilnimmt am Mahl im Reich Gottes!' *

¹⁶ Da sagte er zu ihm: 'Ein Mann wollte ein großes Abendmahl veranstalten und hatte viele dazu eingeladen.

¹⁷ Zur Zeit des Abendmahles sandte er seinen Knecht aus, um den Geladenen zu sagen: »Kommt, alles ist schon bereit.«

¹⁸ Da fingen sie allesamt an, sich zu entschuldigen. Der erste ließ ihm sagen: »Ich habe Land gekauft und muß hingehen, es zu besichtigen. Ich bitte dich, halte mich für entschuldigt.«

[19] Ein anderer sagte: »Ich habe fünf Joch Ochsen gekauft und bin auf dem Weg, sie zu prüfen. Ich bitte dich, halte mich für entschuldigt.«

[20] Ein dritter sagte: »Ich habe mir eine Frau genommen und kann deshalb nicht kommen.«

[21] Der Knecht kam zurück und berichtete dies seinem Herrn. Da ward der Hausherr zornig und befahl seinem Knecht: »Geh schnell hinaus auf die Straßen und Gassen der Stadt und hole die Bettler und Krüppel, die Blinden und Lahmen herein!«

[22] Der Knecht meldete: »Herr, dein Befehl ist ausgeführt, aber es ist noch Platz da.«

[23] Da sagte der Herr zum Knecht: »Geh hinaus an die Landwege und die Zäune und nötige die Leute hereinzukommen, damit mein Haus voll wird. *

[24] Ich sage euch aber: Keiner von den Männern, die geladen waren, soll an meinem Abendmahl teilnehmen.«'

13.6 Vom Ernst der Nachfolge Christi

Abschnitt: 248

Mt 10,37-39

[37] Wer Vater oder Mutter mehr liebt als mich, ist meiner nicht wert. Und wer Sohn oder Tochter mehr liebt als mich, ist meiner nicht wert.

[38] Wer sein Kreuz nicht auf sich nimmt und mir nicht nachfolgt, ist meiner nicht wert.

[39] Wer sein Leben gewinnt, wird es verlieren; und wer sein Leben um meinetwillen verliert, wird es gewinnen.

Lk 14,25-27

[25] Große Volksscharen zogen mit ihm. Da wandte er sich um und sagte zu ihnen:

[26] 'Wenn jemand zu mir kommt, aber Vater und Mutter und Frau und Kind und Bruder und Schwester, ja sogar sich selbst nicht haßt, so kann er nicht mein Jünger sein. *

[27] Wer sein Kreuz nicht trägt und mir nachfolgt, kann nicht mein Jünger sein.

13.7 Sorgfältige Prüfung der Pflichten eines Jüngers Jesu

Abschnitt: 249

Lk 14,28-33

[28] Wenn einer von euch einen Turm bauen will, setzt er sich da nicht zuvor hin und berechnet die Kosten, ob er auch die Mittel zur Ausführung hat?

[29] Legte er nämlich den Grund und könnte nachher den Bau nicht vollenden, würden alle, die es sehen, über ihn spotten

[30] und sagen: »Dieser Mann fing einen Bau an und konnte ihn nicht zu Ende führen.«

[31] Oder welcher König, der sich anschickt, mit einem anderen König Krieg zu führen, setzt sich nicht zuvor hin und überlegt, ob er mit zehntausend Mann dem entgegenzutreten vermag, der mit zwanzigtausend Mann gegen ihn anrückt?

[32] Andernfalls schickt er eine Gesandtschaft ab, solange jener noch fern ist, und bittet um die Friedensbedingungen.

[33] So kann auch keiner von euch mein Jünger sein, der nicht allem entsagt, was er besitzt.

13.8 Das Murren der Pharisäer und Schriftgelehrten

Abschnitt: 251

Lk 15,1.2

[1] Alle Zöllner und Sünder nahten sich ihm, um ihn zu hören.

[2] Da murrten die Pharisäer und die Schriftgelehrten und sagten: 'Dieser nimmt sich der Sünder an und ißt mit ihnen.'

Kommentar:

Drei Gleichnisse von der Güte und Erbarmung Gottes

13.9   Das Gleichnis vom verlorenen Schafe

Abschnitt: 252

Lk 15,3-7

[3] Da trug er ihnen folgendes Gleichnis vor:

[4] 'Wenn einer von euch hundert Schafe besitzt und eins davon verliert, läßt er nicht die neunundneunzig anderen in der Einöde und geht dem verlorenen nach, bis er es findet?

[5] Hat er es gefunden, nimmt er es voll Freude auf seine Schultern.

[6] Und wenn er nach Hause kommt, ruft er Freunde und Nachbarn zusammen und sagt zu ihnen: »Freut euch mit mir. Ich habe mein Schaf gefunden, das verloren war.«

[7] Ich sage euch: Ebenso wird im Himmel größere Freude sein über einen Sünder, der sich bekehrt, als über neunundneunzig Gerechte, die der Bekehrung nicht bedürfen.

Kommentar:

Drei Gleichnisse von der Güte und Erbarmung Gottes

13.10   Das Gleichnis von der verlorenen Drachme

Abschnitt: 253

Lk 15,8-10

[8] Oder welche Frau, die zehn Drachmen besitzt und eine davon verliert, zündet nicht eine Lampe an, kehrt das Haus aus und sucht sorgfältig, bis sie die Drachme findet? *

[9] Und hat sie sie gefunden, ruft sie ihre Freundinnen und Nachbarinnen zusammen und sagt: Freut euch mit mir. Ich habe die Drachme gefunden, die ich verloren hatte.

[10] Ebenso, sage ich euch, ist bei den Engeln Gottes Freude über einen Sünder, der sich bekehrt.'

Kommentar:

Drei Gleichnisse von der Güte und Erbarmung Gottes

13.11 Das Gleichnis vom verlorenen Sohne

Abschnitt: 254

Lk 15,11-32

[11] Er fuhr fort: 'Ein Mann hatte zwei Söhne.

[12] Der jüngere von ihnen sagte zum Vater: »Vater, gib mir den Anteil am Vermögen, der mir zukommt.« - Da verteilte er das Vermögen unter sie.

[13] Wenige Tage später packte der jüngere Sohn alles zusammen und zog in ein fernes Land. Dort verschwendete er sein Vermögen durch ein ausschweifendes Leben.

[14] Als er alles durchgebracht hatte, kam über jenes Land eine schwere Hungersnot, und er fing an, Mangel zu leiden.

[15] Da ging er hin und verdingte sich bei einem Bürger jenes Landes. Dieser schickte ihn auf seinen Landsitz, um die Schweine zu hüten.

[16] Gern hätte er seinen Magen mit den Schoten gefüllt, die die Schweine fraßen; aber niemand gab sie ihm.

[17] Da ging er in sich und sagte: »Wie viele Tagelöhner meines Vaters haben Brot im Überfluß, ich aber komme hier vor Hunger um!

[18] Ich will mich aufmachen, zu meinem Vater gehen und zu ihm sagen: Vater, ich habe gesündigt gegen den Himmel und vor dir; *

[19] ich bin nicht mehr wert, dein Sohn zu heißen; behandle mich wie einen deiner Tagelöhner.«

[20] Er machte sich also auf und ging zu seinem Vater. Schon von weitem sah ihn sein Vater und ward von Erbarmen gerührt. Er eilte hin, fiel ihm um den Hals und küßte ihn.

[21] Der Sohn aber sagte zu ihm: »Vater, ich habe gesündigt gegen den Himmel und vor dir; ich bin nicht mehr wert, dein Sohn zu heißen.«

[22] Doch der Vater befahl seinen Knechten: »Schnell, bringt das beste Gewand heraus und zieht es ihm an. Gebt ihm einen Ring an die Hand und Sandalen an die Füße.

[23] Und holt das Mastkalb und schlachtet es. Wir wollen ein Freudenmahl halten und fröhlich sein.

²⁴ Denn dieser mein Sohn war tot und lebt wieder; er war verloren und ist gefunden worden.« - Und sie begannen ein Freudenfest.

²⁵ Sein älterer Sohn war gerade auf dem Feld. Als er nun kam und sich dem Haus näherte, hörte er Musik und Tanz.

²⁶ Er rief einen von den Knechten herbei und erkundigte sich, was das zu bedeuten habe.

²⁷ Der sagte zu ihm: »Dein Bruder ist heimgekommen. Da hat dein Vater das Mastkalb schlachten lassen, weil er ihn gesund zurückerhalten hat.«

²⁸ Nun ward er zornig und wollte nicht hineingehen. Aber sein Vater kam heraus und redete im gut zu.

²⁹ Er aber entgegnete dem Vater: »Schon so viele Jahre diene ich dir und habe noch nie ein Gebot von dir übertreten. Aber mir hast du noch nie einen Ziegenbock gegeben, daß ich mit meinen Freunden hätte ein Freudenfest feiern können.

³⁰ Als aber dieser da, dein Sohn, gekommen ist, nachdem er dein Vermögen mit Dirnen verpraßt hat, hast du für ihn das Mastkalb schlachten lassen.« *

³¹ Er aber erwiderte ihm: »Mein Kind, du bist immer bei mir, und alles, was mein ist, ist dein.

³² Man muß aber doch ein Freudenmahl halten und fröhlich sein, denn dieser, dein Bruder, war tot und lebt wieder; er war verloren und ist gefunden worden.«'

13.12   Das Gleichnis vom ungerechten Verwalter

Abschnitt: 255

Lk 16,1-12

¹ Er sagte aber auch zu seinen Jüngern: 'Ein reicher Mann hatte einen Verwalter. Dieser wurde verdächtigt, sein Vermögen zu verschleudern.

² Er ließ ihn rufen und sagte zu ihm: »Was muß ich da über dich hören? Lege Rechenschaft über deine Verwaltung ab! Du kannst nicht länger mein Verwalter bleiben.«

³ Da dachte der Verwalter bei sich: »Was soll ich anfangen, wenn mein Herr mir nun die Verwaltung nimmt? Graben kann ich nicht, zu betteln schäme ich mich.

⁴ Ich weiß, was ich tue, damit die Leute mich in ihre Häuser aufnehmen, nachdem ich der Verwaltung enthoben bin.«
⁵ Und er ließ die Schuldner seines Herrn einzeln zu sich kommen. Den ersten fragte er: »Wieviel bist du meinem Herrn schuldig?«
⁶ Er antwortete: »Hundert Krüge Öl.« - Da sagte er zu ihm: »Nimm deinen Schuldschein, setze dich schnell hin und schreibe: fünfzig.«
⁷ Darauf fragte er einen anderen: »Und du, wieviel bist du schuldig?« - Der antwortete: »Hundert Sack Weizen.« - Zu dem sagte er: »Nimm deinen Schein und schreibe: achtzig.«
⁸ Der Herr erkannte an, daß der ungerechte Verwalter mit Bedacht gehandelt hatte. Sind doch die Kinder dieser Welt ihresgleichen gegenüber bedachtsamer als die Kinder des Lichtes. *
⁹ Auch ich sage euch: Macht euch Freunde mit dem ungerechten Mammon, damit sie euch, wenn es einmal zu Ende geht, in die ewigen Wohnungen aufnehmen.
¹⁰ Wer treu ist im Kleinen, der ist auch im Großen treu; wer ungerecht ist im Kleinen, der ist auch im Großen ungerecht.
¹¹ Wenn ihr beim ungerechten Mammon nicht treu gewesen seid, wer wird euch dann das wahre Gut anvertrauen?
¹² Und wenn ihr beim fremden Gut nicht treu gewesen seid, wer wird euch dann etwas zu eigen geben? *

13.13 Das Gleichnis vom Doppeldienst

Abschnitt: 256

Mt 6,24

²⁴ Niemand kann zwei Herren dienen. Entweder wird er den einen hassen und den anderen lieben, oder er wird zu dem einen halten und den anderen verachten. Ihr könnt nicht Gott dienen und dem Mammon. *

Lk 16,13

¹³ Ein Knecht kann nicht zwei Herren dienen: denn entweder wird er den einen hassen und den anderen lieben, oder er wird zu dem einen halten und den anderen vernachlässigen. Ihr könnt nicht Gott dienen und dem Mammon.'

13.14   Die Scheinheiligkeit der Pharisäer

Abschnitt: 257

Lk 16,14.15

[14] Dies alles hörten die geldgierigen Pharisäer und verhöhnten ihn.

[15] Da sagte er zu ihnen: 'Ihr mögt euch vor den Menschen als Gerechte ausgeben, aber Gott kennt eure Herzen. Denn was bei den Menschen erhaben
ist, ist vor Gott ein Greuel.

13.15   Das Gleichnis vom reichen Prasser und armen Lazarus

Abschnitt: 258

Lk 16,19-31

[19] Es war einmal ein reicher Mann; der kleidete sich in Purpur und feine Lein-
wand und hielt alle Tage glänzende Gelage.

[20] Ein Armer aber mit Namen Lazarus lag voller Geschwüre vor seiner Tür. *

[21] Gern hätte er sich mit den Abfällen vom Tisch des Reichen gesättigt, aber
niemand gab sie ihm. Sogar die Hunde kamen und leckten an seinen Ge-
schwüren. *

[22] Da starb der Arme und wurde von den Engeln in den Schoß Abrahams getragen. Aber auch der Reiche starb und wurde begraben. *

[23] Als er in der Unterwelt, von Qualen gepeinigt, seine Augen erhob, sah er
von fern Abraham und Lazarus auf seinem Schoß.

[24] Da rief er: »Vater Abraham! Erbarme dich meiner und sende Lazarus, damit
er eine Fingerspitze ins Wasser tauche und meine Zunge kühle; denn ich
leide große Qual in dieser Feuersglut.«

[25] Doch Abraham sagte zu ihm: »Bedenke, Kind, daß du dein Gutes in deinem
Leben empfangen hast, Lazarus gleichermaßen das Schlechte. Jetzt wird
er hier getröstet, du aber leidest Qualen.

[26] Zu alledem befindet sich zwischen uns und euch eine weite Kluft, so daß
keiner von hier zu euch hinübergehen und keiner von dort herüberkommen
kann, auch wenn er wollte.«

[27] Jener fuhr fort: »Dann bitte ich dich, Vater, sende ihn in mein Vaterhaus.

²⁸ Ich habe ja noch fünf Brüder, die soll er warnen, damit nicht auch sie an diesen Ort der Qual kommen.«

²⁹ Abraham entgegnete: »Sie haben Mose und die Propheten; auf die sollen sie hören!«

³⁰ »Nein, Vater Abraham!«, erwiderte jener, »wenn aber einer von den Toten zu ihnen kommt, dann werden sie sich bekehren.«

³¹ Doch er entgegnete ihm: »Wenn sie nicht auf Mose und die Propheten hören, werden sie sich auch nicht überzeugen lassen, wenn einer von den Toten aufersteht!«'

13.16 Bitte um Stärkung der Glaubenszuversicht

Abschnitt: 259

Lk 17,5.6

⁵ Die Apostel baten den Herrn: 'Vermehre unseren Glauben.'

⁶ Der Herr erwiderte: 'Wenn ihr Glauben hättet wie ein Senfkorn, so würdet ihr zu diesem Maulbeerbaum sagen: »Komm mit der Wurzel heraus und verpflanze dich ins Meer!«, und er würde euch gehorchen.

13.17 Das Gleichnis vom Knecht

Abschnitt: 260

Lk 17,7-10

⁷ Wer von euch wird zu seinem Knecht, der pflügt und das Vieh hütet, wenn er vom Feld heimkommt, sagen: »Nun komm gleich und setze dich zu Tisch!«

⁸ Wird er nicht vielmehr zu ihm sagen: »Richte mir die Mahlzeit her, gürte dich und bediene mich, bis ich gegessen und getrunken habe; danach kannst auch du essen und trinken?«

⁹ Weiß er dem Knecht etwa Dank dafür, daß er seine Befehle ausgeführt hat?

¹⁰ So sollt auch ihr, wenn ihr alles getan habt, was man euch aufgetragen hat, sagen: »Unnütze Knechte sind wir, wir haben nur unsere Schuldigkeit getan.«'

Kapitel 14

Auf der letzten Reise nach Jerusalem

14.1   Die zehn Aussätzigen

Abschnitt: 261

Lk 17,11-19

[11] Auf der Reise nach Jerusalem zog er mitten durch Samaria und Galiläa.

[12] Als er in ein Dorf ging, kamen ihm zehn aussätzige Männer entgegen. Sie blieben von fern stehen

[13] und riefen mit erhobener Stimme: 'Jesus, Meister, erbarme dich unser!'

[14] Als er sie sah, sagte er zu ihnen: 'Geht hin, zeigt euch den Priestern!' Während sie hingingen, wurden sie rein.

[15] Doch einer von ihnen kam, als er sah, daß er geheilt war, zurück und lobte Gott mit lauter Stimme.

[16] Er warf sich vor ihm auf sein Angesicht nieder und dankte ihm. - Und das war ein Samariter.

[17] Da sagte Jesus: 'Sind nicht zehn rein geworden? Wo sind denn die neun anderen?

[18] Hat sich sonst keiner gefunden, der zurückkommt und Gott die Ehre gibt, als nur dieser Fremde?'

[19] Und er sagte zu ihm: 'Steh auf und geh! Dein Glaube hat dich gesund gemacht.'

14.2 Vom Reich Gottes und vom Tag des Menschensohnes

Abschnitt: 262

Lk 17,20-37

[20] Die Pharisäer fragten ihn, wann das Reich Gottes komme. Er antwortete ihnen: 'Das Reich Gottes kommt nicht in sichtbarer Weise.
[21] Man kann auch nicht sagen: »Hier ist es!« oder: »dort!« Denn seht, das Reich Gottes ist unter euch.'
[22] Zu seinen Jüngern aber sagte er: 'Es werden Tage kommen, da ihr gern nur einen von den Tagen des Menschensohnes erleben möchtet, aber ihr werdet ihn nicht erleben.
[23] Man wird zu euch sagen: »Hier ist er!«, »dort ist er!« Geht nicht hin und lauft ihnen nicht hinterher!
[24] Denn wie der Blitzstrahl von einem Ende des Himmels bis zum anderen leuchtet, so wird es mit dem Menschensohn sein an seinem Tag. *
[25] Zuvor aber muß er noch vieles leiden und von diesem Geschlecht verworfen werden.
[26] Wie es zuging in den Tagen Noachs, so wird es auch sein in den Tagen des Menschensohnes:
[27] Sie aßen und tranken, heirateten und ließen sich heiraten bis zu dem Tag, an dem Noach in die Arche ging. Da kam die Flut und vertilgte alle. *
[28] Ebenso war es in den Tagen Lots: Sie aßen und tranken, kauften und verkauften, pflanzten und bauten.
[29] An dem Tag aber, da Lot aus Sodom wegging, regnete es Feuer und Schwefel vom Himmel und vertilgte alle. *
[30] Geradeso wird es sein an dem Tag, da der Menschensohn sich offenbart.
[31] Wer an jenem Tag auf dem Dach ist und seine Sachen noch im Haus hat, steige nicht hinab, sie zu holen. Wer auf dem Feld ist, kehre gleichfalls nicht zurück.
[32] Denkt an Lots Frau! *
[33] Wer sein Leben zu erhalten sucht, wird es verlieren; wer es verliert, wird es erhalten. *
[34] Ich sage euch: In jener Nacht werden zwei auf einem Lager ruhen: der eine wird mitgenommen, der andere zurückgelassen werden.
[35] Zwei Frauen werden an einer Mühle mahlen: die eine wird aufgenommen, die andere zurückgelassen werden.

³⁶ *

³⁷ Sie fragten ihn: 'Wo denn, Herr?' Da sagte er ihnen: 'Wo ein Aas ist, da sammeln sich auch die Geier.' *

14.3 Das Gleichnis vom ungerechten Richter

Abschnitt: 263

Lk 18,1-8

¹ Er zeigte ihnen in einem Gleichnis, daß man allzeit beten müsse und nicht nachlassen dürfe.

² Er sagte: 'In einer Stadt lebte ein Richter, der Gott nicht fürchtete und auf Menschen nicht achtete.

³ In jener Stadt lebte nun eine Witwe. Die kam immer wieder zu ihm und bat: »Schaffe mir Recht gegen meinen Bedränger!«

⁴ Lange Zeit wollte er nicht. Dann aber sagte er sich: »Zwar fürchte ich nicht Gott und achte auf keinen Menschen.

⁵ Doch weil diese Witwe mir lästig fällt, will ich ihr Recht verschaffen. Sonst kommt sie noch am Ende und schlägt mich ins Gesicht.«'

⁶ Der Herr fuhr fort: 'Hört, was der ungerechte Richter sagt!

⁷ Und Gott sollte seinen Auserwählten, die Tag und Nacht zu ihm rufen, kein Recht verschaffen, auch wenn es länger dauert?

⁸ Ich sage euch: Gar bald wird er ihnen Recht verschaffen. Wird aber der Menschensohn auf Erden Glauben finden, wenn er kommt?' *

14.4 Das Gleichnis vom Phrarisäer und Zöllner

Abschnitt: 264

Lk 18,9-14

⁹ Zu einigen, die sich voll Selbstvertrauen für gerecht hielten und die anderen verachteten, sagte er folgendes Gleichnis:

¹⁰ 'Zwei Männer gingen hinauf in den Tempel, um zu beten. Der eine war ein Pharisäer, der andere ein Zöllner.

[11] Der Pharisäer stellte sich hin und betete für sich: »O Gott, ich danke dir, daß ich nicht wie die übrigen Menschen bin, wie die Räuber, Betrüger, Ehebrecher oder auch wie der Zöllner da. [12] Ich faste zweimal in der Woche, ich gebe den Zehnten von allem, was ich erwerbe.« *

[13] Der Zöllner aber blieb von ferne stehen und mochte nicht einmal die Augen zum Himmel erheben, sondern schlug an seine Brust und betete: »O Gott, sei mir Sünder gnädig!«

[14] Ich sage euch: dieser ging gerechtgesprochen nach Hause, jener nicht. Denn jeder, der sich erhöht, wird erniedrigt, und wer sich erniedrigt, wird erhöht werden.'

14.5 Über Ehescheidung und Ehelosigkeit

Abschnitt: 265

Mt 19,3-12

[3] Da traten Pharisäer an ihn heran, um ihn auf die Probe zu stellen, und fragten: 'Ist es dem Mann erlaubt, aus jedem beliebigen Grund seine Frau aus der Ehe zu entlassen?'

[4] Er antwortete: 'Habt ihr nicht gelesen, daß der Schöpfer am Anfang den Menschen als Mann und Frau geschaffen *

[5] und gesagt hat: Darum wird der Mann Vater und Mutter verlassen und sich an seine Frau binden, und die zwei werden ein Fleisch sein?

[6] Sie sind also nicht mehr zwei, sondern ein Fleisch. Was nun Gott verbunden hat, darf der Mensch nicht trennen.'

[7] Da sagten sie ihm: 'Warum hat dann Mose geboten, der Frau eine Scheidungsurkunde auszustellen und sie zu entlassen?' *

[8] Er sagte zu ihnen: 'Wegen eurer Herzenshärte hat Mose euch erlaubt, eure Frauen zu entlassen; am Anfang jedoch war es nicht so.

[9] Ich sage euch aber: Wer seine Frau entläßt - außer wegen Unzucht - und eine andere heiratet, bricht die Ehe.' *

[10] Da sagten die Jünger zu ihm: 'Wenn es um das Verhältnis von Mann und Frau so steht, dann ist es nicht ratsam zu heiraten.'

[11] Er sagte ihnen: 'Nicht alle fassen dieses Wort, sondern nur die, denen es gegeben ist:

¹² Manche können wegen eines Geburtsfehlers nicht eine Ehe schließen, andere werden von Menschen an der Eheschließung gehindert und einige gehen aus eigener Entscheidung, um des Himmelreiches willen, nicht eine Ehe ein. Der es fassen kann, fasse es.' *

Mk 10,2-12

² Da traten Pharisäer heran und fragten ihn, ob es einem Mann erlaubt sei, seine Frau zu entlassen. Damit wollten sie ihn auf die Probe stellen.
³ Er antwortete ihnen: 'Was hat euch Mose geboten?'
⁴ Sie sagten: 'Mose hat erlaubt, einen Scheidebrief auszustellen und die Frau zu entlassen.' *
⁵ Jesus entgegnete ihnen: 'Wegen eurer Herzenshärte hat er dieses Gebot erlassen.
⁶ Am Anfang der Schöpfung jedoch hat Gott den Menschen als Mann und Frau geschaffen.
⁷ Darum wird der Mann seinen Vater und seine Mutter verlassen und seiner Frau anhangen,
⁸ und die zwei werden ein Leib sein. Sie sind also nicht mehr zwei, sondern ein Leib. *
⁹ Was nun Gott verbunden hat, darf der Mensch nicht trennen.'
¹⁰ Zu Hause befragten ihn die Jünger noch einmal darüber.
¹¹ Er erklärte ihnen: 'Wer seine Frau entläßt und eine andere heiratet, bricht ihr gegenüber die Ehe. *
¹² Und wenn eine Frau ihren Mann entläßt und einen anderen heiratet, bricht sie die Ehe.'

14.6 Segnung der Kinder

Abschnitt: 266

Mt 19,13-15

¹³ Da brachte man Kinder zu ihm, damit er ihnen die Hände auflege und für sie bete. Die Jünger aber wiesen die Leute schroff ab.
¹⁴ Doch Jesus sagte: 'Laßt die Kinder, und hindert sie nicht, zu mir zu kommen, denn den so Beschaffenen gehört das Himmelreich.'

¹⁵ Er legte ihnen die Hände auf und zog von dort weiter.

Mk 10,13-16

¹³ Man brachte Kinder zu ihm, damit er sie berühre. Die Jünger aber wiesen die Leute, die sie brachten, unfreundlich ab.

¹⁴ Als Jesus das sah, wurde er unwillig und sagte zu ihnen: 'Laßt die Kinder zu mir kommen und wehrt es ihnen nicht, denn für solche wie sie ist das Reich Gottes.

¹⁵ Wahrlich, ich sage euch: Wer das Reich Gottes nicht annimmt wie ein Kind, wird nicht hineinkommen.'

¹⁶ Und er schloß sie in seine Arme, legte ihnen die Hände auf und segnete sie.

Lk 18,15-17

¹⁵ Man suchte auch die Kinder zu ihm zu bringen, damit er sie berühre. Als die Jünger das sahen, wiesen sie die Leute barsch ab.

¹⁶ Jesus aber rief die Kinder zu sich und sagte: 'Laßt die Kinder zu mir kommen und wehrt es ihnen nicht; denn für Menschen wie sie ist das Reich Gottes.

¹⁷ Wahrlich ich sage euch: Wer das Reich Gottes nicht annimmt wie ein Kind, wird nicht hineinkommen.'

14.7 Der reiche Jüngling

Abschnitt: 267

Mt 19,16-22

¹⁶ Da trat einer herzu und fragte ihn: 'Meister, was muß ich Gutes tun, um das ewige Leben zu erlangen?'

¹⁷ Er sagte zu ihm: 'Was fragst du mich nach dem Guten? Einer ist der Gute. Willst du aber ins Leben eingehen, so halte die Gebote!'

¹⁸ Er fragte ihn: 'Welche?' Jesus sagte: 'Du sollst nicht töten! Du sollst nicht ehebrechen! Du sollst nicht stehlen! Du sollst kein falsches Zeugnis ablegen!

[19] Du sollst Vater und Mutter ehren und deinen Nächsten lieben wie dich selbst!'

[20] Der junge Mann erwiderte ihm: 'Dies alles habe ich befolgt. Was fehlt mir noch?'

[21] Jesus sagte ihm: 'Wenn du vollkommen sein willst, geh hin, verkaufe, was du hast, und gib den Erlös den Armen, so wirst du einen Schatz im Himmel haben. Dann komm und folge mir!'

[22] Als der junge Mann das hörte, ging der betrübt davon; denn er besaß viele Güter.

Mk 10,17-22

[17] Als er des Weges weiter zog, kam einer herbeigelaufen, fiel vor ihm auf die Knie und fragte ihn: 'Guter Meister, was muß ich tun, um ewiges Leben zu gewinnen?'

[18] Jesus sagte zu ihm: 'Was nennst du mich gut? Niemand ist gut als Gott allein.

[19] Du kennst die Gebote: Du sollst nicht töten! Du sollst nicht ehebrechen! Du sollst nicht stehlen! Du sollst kein falsches Zeugnis ablegen! Du sollst nichts vorenthalten! Du sollst deinen Vater und deine Mutter ehren!' *

[20] Jener aber sagte zu ihm: 'Meister, das alles habe ich von Jugend an befolgt.'

[21] Jesus gewann ihn lieb, blickte ihn an und sagte zu ihm: 'Nur eines fehlt dir: Geh hin, verkaufe alles, was du hast, und gib es den Armen, und du wirst einen Schatz im Himmel haben. Dann komm und folge mir nach!'

[22] Der aber, bestürzt über Jesu Worte, ging betrübt davon; denn er besaß viele Güter. *

Lk 18,18-23

[18] Ein Vornehmer richtete an ihn die Frage: 'Guter Meister, was muß ich tun, um ewiges Leben zu gewinnen?'

[19] Jesus antwortete: 'Was nennst du mich gut? Niemand ist gut als Gott allein.

[20] Du kennst die Gebote: Du sollst nicht ehebrechen! Du sollst nicht töten! Du sollst nicht stehlen! Du sollst kein falsches Zeugnis ablegen! Du sollst deinen Vater und deine Mutter ehren!'

[21] Jener aber sagte: 'Das alles habe ich befolgt von meiner Jugend an.'

[22] Als Jesus das hörte, sagte er zu ihm: 'Nur eins fehlt dir noch: Verkaufe alles, was du hast, und verteile es unter die Armen, so wirst du einen Schatz im

Himmel haben. - Dann komm und folge mir!'
[23] Als jener das hörte, wurde er ganz betrübt; denn er war sehr reich.

14.8 Die Gefahr des Reichtums

Abschnitt: 268

Mt 19,23-26

[23] Jesus aber sagte zu seinen Jüngern: 'Wahrlich, ich sage euch: Ein Reicher
wird nur schwer in das Himmelreich eingehen.
[24] Noch einmal sage ich euch: Leichter ist es, daß ein Kamel durch ein Nadelöhr hindurchgeht, als daß ein Reicher in das Reich Gottes hineinkommt.' *
[25] Als die Jünger das hörten, erschraken sie sehr und fragten: 'Wer kann dann
gerettet werden?'
[26] Jesus schaute sie an und sagte zu ihnen: 'Bei Menschen ist das unmöglich,
bei Gott aber ist alles möglich.'

Mk 10,23-27

[23] Jesus blickte umher und sagte zu seinen Jüngern: 'Wie schwer ist es für
Begüterte, in das Reich Gottes einzugehen!'
[24] Die Jünger erschraken über seine Worte. Noch einmal sagte Jesus: 'Kinder,
wie schwer ist es für jene, die auf Hab und Gut vertrauen, in das Reich
Gottes einzugehen!
[25] Leichter kommt ein Kamel durch ein Nadelöhr hindurch als ein Reicher in
das Reich Gottes hinein.'
[26] Jetzt wurden sie noch mehr bestürzt und sagten zueinander: 'Wer kann dann
gerettet werden?'
[27] Jesus schaute sie an und sagte: 'Bei Menschen ist das unmöglich, aber nicht
bei Gott; denn bei Gott ist alles möglich.'

Lk 18,24-27

[24] Als Jesus ihn so traurig sah, sagte er: 'Wie schwer ist es für die Begüterten,
in das Reich Gottes einzugehen!

²⁵ Denn leichter geht ein Kamel durch ein Nadelöhr, als ein Reicher in das Reich Gottes hineinkommt.' *

²⁶ Da fragten die Zuhörer: 'Wer kann dann gerettet werden?'

²⁷ Er antwortete: 'Was bei Menschen unmöglich ist, ist möglich bei Gott.' *

14.9 Der Lohn der Entsagung und der Nachfolge Christi

Abschnitt: 269

Mt 19,27-30

²⁷ Da nahm Petrus das Wort und sagte: 'Siehe, wir haben alles verlassen und sind dir nachgefolgt. Was wird uns zuteil werden?'

²⁸ Jesus sagte ihnen: 'Wahrlich, ich sage euch: Ihr, die ihr mir nachgefolgt seid, werdet bei der Erneuerung der Welt, wenn der Menschensohn auf dem Thron seiner Herrlichkeit sitzt, ebenfalls auf zwölf Thronen sitzen und die zwölf Stämme Israels richten.

²⁹ Und jeder, der um meines Namens willen Häuser oder Brüder, Schwestern, Vater, Mutter, Kinder oder Äcker verläßt, wird hundertfach empfangen und ewiges Leben gewinnen.

³⁰ Viele, die die Ersten sind, werden die Letzten, und viele, die die Letzten sind, werden die Ersten sein.

Mk 10,28-31

²⁸ Da sagte Petrus zu ihm: 'Siehe, wir haben alles verlassen und sind dir nachgefolgt.'

²⁹ Jesus versicherte: 'Wahrlich, ich sage euch: Niemand verläßt um meinetwillen und um des Evangeliums willen Haus, Bruder, Schwester, Mutter, Vater, Kind oder Acker,

³⁰ ohne daß er das Hundertfache dafür erhält: schon jetzt in dieser Welt erhält er - wenn auch unter Verfolgungen - Haus, Bruder, Schwester, Mutter, Kind und Acker, und in der zukünftigen Welt ewiges Leben.

³¹ Viele, die die Ersten sind, werden die Letzten, und viele, die die Letzten sind, werden die Ersten sein.'

Lk 18,28-30

[28] Da sagte Petrus: 'Siehe, wir haben unser Eigentum verlassen und sind dir gefolgt.'

[29] Er sagte zu ihnen: 'Wahrlich, ich sage euch: Niemand verläßt um des Reiches Gottes willen Haus, Frau, Bruder, Eltern oder Kinder,

[30] ohne daß er ein Vielfaches dafür in dieser Welt empfängt und in der zukünftigen Welt das ewige Leben.'

14.10 Das Gleichnis von den Arbeitern im Weinberg

Abschnitt: 270

Mt 20,1-16

[1] Denn mit dem Himmelreich ist es wie mit einem Hausherrn, der gleich am frühen Morgen ausging, um Arbeiter für seinen Weinberg in Dienst zu nehmen. *

[2] Er einigte sich mit den Arbeitern auf einen Tagelohn von einem Denar und schickte sie in seinen Weinberg.

[3] Auch um die dritte Stunde ging er aus, und als er andere untätig auf dem Markt herumstehen sah,

[4] sagte er zu ihnen: »Geht auch ihr in meinen Weinberg; ich will euch geben, was recht ist.«

[5] Sie gingen hin. Um die sechste und neunte Stunde ging er abermals aus und machte es ebenso.

[6] Als er um die elfte Stunde ausging, sah er noch andere herumstehen. Er fragte sie: »Was steht ihr den ganzen Tag müßig herum?«

[7] Sie sagten: »Niemand hat uns eingestellt.« Er erwiderte ihnen: »Geht auch ihr in meinen Weinberg!«

[8] Als es Abend geworden war, sagte der Herr des Weinbergs zu seinem Verwalter: »Rufe die Arbeiter und zahle ihnen den Lohn aus, angefangen mit den letzten, bis zu den ersten.«

[9] Da kamen die, die er um die elfte Stunde eingestellt hatte, und erhielten je einen Denar.

[10] Als dann die ersten kamen, dachten sie, sie würden mehr erhalten. Aber auch sie erhielten je einen Denar.

[11] Als sie ihn aber erhielten, murrten sie gegen den Hausherrn
[12] und sagten: »Die Letzten da haben nur eine Stunde gearbeitet, und du hast
sie uns gleichgestellt, die wir die Last des Tages und die Hitze ertragen
haben.«
[13] Da sagte er einem von ihnen: »Freund, ich tue dir kein Unrecht. Bist du nicht
für einen Denar mit mir einig geworden?
[14] Nimm, was dein ist, und geh! Ich will dem Letzten ebensoviel geben wie
dir.
[15] Oder darf ich mit meinem Eigentum nicht machen, was ich will? Bist du
etwa neidisch, wenn ich (zu anderen) gütig bin?«
[16] So werden die Letzten die Ersten und die Ersten die Letzten sein.' *

Kommentar:

Jesus als die Auferstehung und das Leben

Kapitel 15

Kurzer Aufenthalt in Bethanien

15.1 Der Tod des Lazarus

Abschnitt: 271

Joh 11,1-16

¹ Da war ein Kranker, Lazarus von Betanien, dem Dorf Marias und ihrer Schwester Marta. *

² - Maria war es, die den Herrn mit Öl gesalbt und seine Füße mit ihrem Haar abgetrocknet hat. - Ihr Bruder Lazarus also war krank. *

³ Da sandten die Schwestern an Jesus die Nachricht: 'Herr, der, den du liebhast, ist krank.'

⁴ Als er das hörte, sagte er: 'Diese Krankheit führt nicht zum Tod, sondern dient zur Verherrlichung Gottes. Der Sohn Gottes soll durch sie verherrlicht werden.'

⁵ Jesus liebte aber Marta, ihre Schwester und Lazarus.

⁶ Als er nun hörte, daß dieser krank sei, blieb er zunächst noch zwei Tage an dem Ort, wo er sich aufhielt.

⁷ Dann erst sagte er zu den Jüngern: 'Laßt uns wieder nach Judäa ziehen!'

⁸ Die Jünger sagten ihm: 'Meister, eben noch wollten dich die Juden steinigen, und du gehst wieder dorthin?'

⁹ Jesus entgegnete: 'Hat der Tag nicht zwölf Stunden? Wer am Tag wandert, strauchelt nicht, weil ihm das Licht dieser Welt scheint.

¹⁰ Wer aber bei Nacht wandert, strauchelt, weil das Licht nicht bei ihm ist.'

¹¹ So sprach er. Dann erklärte er ihnen: 'Lazarus, unser Freund, schläft. Aber ich gehe hin, um ihn vom Schlaf aufzuwecken.'

¹² Da sagten die Jünger zu ihm: 'Herr, wenn er schläft, wird er wieder gesund.'

¹³ Jesus aber hatte seinen Tod gemeint, sie jedoch glaubten, er rede von der Ruhe des Schlafes.

¹⁴ Da sagte Jesus ihnen offen: 'Lazarus ist gestorben,

¹⁵ und ich freue mich euretwegen, daß ich nicht dort war, damit ihr glaubt.

Doch laßt uns nun zu ihm gehen!'
[16] Thomas, mit dem Beinamen Didymus, sagte zu den Mitjüngern: 'Laßt uns
mitgehen, um mit ihm zu sterben!' *

Kommentar:

Jesus als die Auferstehung und das Leben

15.2 Jesus bei Martha und Maria

Abschnitt: 272

Joh 11,17-37

[17] Als Jesus nun ankam, fand er ihn schon vier Tage im Grab liegen. *
[18] Betanien lag nahe bei Jerusalem, nur etwa fünfzehn Stadien entfernt. *
[19] So waren denn viele Juden zu Marta und Maria gekommen, um sie wegen
ihres Bruders zu trösten.
[20] Sobald Marta von der Ankunft Jesu hörte, ging sie ihm entgegen. Maria aber
blieb im Haus.
[21] Marta sagte zu Jesus: 'Herr, wärst du hier gewesen, so wäre mein Bruder
nicht gestorben.
[22] Aber auch jetzt weiß ich, daß Gott dir alles gewährt, um was du ihn bittest.'
[23] Jesus sagte zu ihr: 'Dein Bruder wird auferstehen.'
[24] Marta entgegnete ihm: 'Ich weiß, daß er auferstehen wird bei der Auferstehung am Jüngsten Tage.'
[25] Jesus sagte zu ihr: 'Ich bin die Auferstehung und das Leben. Wer an mich
glaubt, wird leben, auch wenn er stirbt;
[26] und jeder, der im Glauben an mich lebt, wird niemals sterben. Glaubst du
das?'
[27] Sie antwortete ihm: 'Ja Herr, ich glaube, daß du der Messias bist, der Sohn
Gottes, der in die Welt kommen soll.'
[28] Mit diesen Worten ging sie weg, rief ihre Schwester Maria und sagte ihr
leise: 'Der Meister ist da und ruft dich.'
[29] Kaum hatte jene das gehört, da erhob sie sich rasch und ging zu ihm.
[30] Jesus war nämlich noch nicht in das Dorf gekommen, sondern befand sich
noch an dem Ort, wo Marta ihm begegnet war.

[31] Als die Juden, die - um sie zu trösten - bei ihr im Haus waren, sahen, wie Maria eilends aufstand und wegging, folgten sie ihr; denn sie meinten, sie gehe zum Grab, um dort zu weinen.

[32] Sobald Maria dahin kam, wo Jesus war, und ihn sah, fiel sie ihm zu Füßen mit den Worten: 'Herr, wärest du hier gewesen, so wäre mein Bruder nicht gestorben.'

[33] Als nun Jesus sah, wie sie weinte und wie auch die Juden weinten, die mit ihr gekommen waren, wurde er innerlich tief ergriffen und erschüttert.

[34] Er fragte: 'Wo habt ihr ihn hingelegt?' Sie sagten zu ihm: 'Herr, komm und sieh!'

[35] Jesus brach in Tränen aus.

[36] Da sagten die Juden: 'Seht doch, wie lieb er ihn hatte!'

[37] Einige von ihnen aber meinten: 'Hätte der, der dem Blinden die Augen geöffnet hat, nicht auch verhindern können, daß dieser hier starb?'

Kommentar:

Jesus als die Auferstehung und das Leben

15.3 Die Auferweckung des Lazarus

Abschnitt: 273

Joh 11,38-44

[38] Aufs neue innerlich ergriffen, ging Jesus zum Grab. Es war eine Höhle, und ein Stein lag davor.

[39] Jesus gebot: 'Hebt den Stein weg!' Marta, die Schwester des Verstorbenen, sagte zu ihm: 'Herr, er riecht schon; er liegt ja bereits vier Tage.'

[40] Jesus erwiderte ihr: 'Habe ich dir nicht gesagt: Du wirst die Herrlichkeit Gottes sehen, wenn du glaubst?'

[41] Da hoben sie den Stein weg. Jesus erhob seine Augen und betete: 'Vater, ich danke dir, daß du mich erhört hast.

[42] Ich wußte zwar, daß du mich jederzeit erhörst, Aber wegen des Volkes, das da herumsteht, habe ich es gesagt, damit es glaube, daß du mich gesandt hast.'

[43] Nach diesen Worten rief er mit lauter Stimme: 'Lazarus, komm heraus!'

[44] Der Tote kam heraus, Hände und Füße mit Binden umwickelt, das Antlitz mit einem Schweißtuch bedeckt. Jesus gebot ihnen: 'Macht ihn los und laßt ihn gehen!'

15.4 Die Wirkung des Wunders

Abschnitt: 274

Joh 11,45-53

[45] Viele von den Juden, die zu Maria gekommen waren und gesehen hatten, was Jesus getan hatte, glaubten nun an ihn.

[46] Einige von ihnen aber gingen zu den Pharisäern und berichteten ihnen, was Jesus getan hatte.

[47] Da beriefen die Hohenpriester und die Pharisäer eine Ratsversammlung und sagten: 'Was fangen wir an, da dieser Mensch so viele Zeichen wirkt?

[48] Lassen wir ihn so gewähren, dann werden alle an ihn glauben - dann kommen die Römer und nehmen uns Land und Leute.'

[49] Einer aber von ihnen, Kajaphas, der in jenem Jahr Hoherpriester war, sagte ihnen: 'Ihr versteht nicht

[50] und bedenkt nicht, daß es für euch besser ist, wenn ein Mensch für das Volk stirbt, als wenn das ganze Volk zugrunde geht.'

[51] Das sagte er aber nicht aus sich selbst. Vielmehr weissagte er als Hoherpriester jenes Jahres, daß Jesus für das Volk sterben werde.

[52] Und nicht bloß für das Volk, sondern auch, um die zerstreuten Kinder Gottes zu einer Gemeinschaft zusammenzuführen.

[53] Von jenem Tag an waren sie entschlossen, ihn zu töten.

Kapitel 16

Das Vorspiel der Leidensgeschichte

16.1   Jesus in Ephraim

Abschnitt: 275

Joh 11,54-57

⁵⁴ Darum bewegte sich Jesus nicht mehr öffentlich unter den Juden, sondern zog sich von dort zurück in die Gegend nahe der Wüste in eine Stadt mit Namen Efraim. Dort blieb er mit seinen Jüngern.
⁵⁵ Es nahte aber das Paschafest der Juden. Viele zogen vom Land vor dem Paschafest hinauf nach Jerusalem, um sich zu heiligen. *
⁵⁶ Sie suchten nach Jesus, und während sie im Tempel zusammenstanden, sagten sie untereinander: 'Was meint ihr? Wird er wohl zum Fest kommen?'
⁵⁷ Die Hohenpriester und die Pharisäer hatten nämlich Befehl erlassen, wenn jemand um seinen Aufenthalt wisse, solle er es anzeigen, damit man ihn festnehmen könne.

16.2   Die dritte Leidensweissagung

Abschnitt: 276

Mt 20,17-19

¹⁷ Jesus zog hinauf nach Jerusalem. Unterwegs nahm er die zwölf Jünger beiseite und sagte zu ihnen:
¹⁸ 'Seht, wir ziehen nun nach Jerusalem hinauf. Dort wird der Menschensohn den Hohenpriestern und Schriftgelehrten übergeben werden. Die werden ihn zum Tod verurteilen
¹⁹ und ihn den Heiden ausliefern, auf daß er verspottet, gegeißelt und gekreuzigt werde. Doch am dritten Tag wird er auferweckt.'

Mk 10,32-34

[32] Sie waren auf dem Weg hinauf nach Jerusalem. Jesus schritt ihnen voran. Die (Jünger) erschraken, die Nachfolgenden aber fürchteten sich. Da nahm er die Zwölf wieder beiseite und sagte ihnen, was ihm widerfahren werde: * [33] 'Seht, wir ziehen hinauf nach Jerusalem. Dort wird der Menschensohn den Hohenpriestern und den Schriftgelehrten übergeben werden. Sie werden ihn zum Tod verurteilen und den Heiden ausliefern. [34] Man wird ihn verspotten, anspeien, geißeln und töten. Doch nach drei Tagen wird er auferstehen.'

Lk 18,31-34

[31] Er nahm die Zwölf zu sich und sagte zu ihnen: 'Seht, wir ziehen hinauf nach Jerusalem. Da wird alles in Erfüllung gehen, was die Propheten über den Menschensohn geschrieben haben. [32] Denn er wird den Heiden übergeben, verspottet und mißhandelt und angespien werden. [33] Man wird ihn geißeln und töten. Doch am dritten Tage wird er auferstehen.' [34] Sie verstanden aber nichts davon. Diese Rede war für sie dunkel, und sie begriffen nicht, was damit gemeint war.

16.3 Die Bitte der Zebedäussöhne

Abschnitt: 277

Mt 20,20-28

[20] Da kam die Mutter der Söhne des Zebedäus mit ihren Söhnen zu Jesus und warf sich vor ihm nieder; sie wollte ihm eine Bitte vortragen. [21] Er fragte sie: 'Was willst du?' Sie sagte zu ihm: 'Laß diese meine beiden Söhne in deinem Reich den einen zu deiner Rechten und den andern zu deiner Linken sitzen.' [22] Jesus entgegnete: 'Ihr wißt nicht, um was ihr bittet. Könnt ihr den Kelch trinken, den ich trinken werde?' Sie sagten zu ihm: 'Wir können es.'

²³ Da sagte er zu ihnen: 'Meinen Kelch werdet ihr zwar trinken. Aber den Platz zu meiner Rechten oder zur Linken habe nicht ich zu vergeben; er ist für die, denen er von meinem Vater bereitet ist.'

²⁴ Als die übrigen zehn das hörten, ärgerten sie ich über die beiden Brüder.

²⁵ Da rief sie Jesus zu sich und sagte: 'Ihr wißt, daß die Herrscher ihre Völker mit Gewalt regieren und daß die Großen sie unterdrücken.

²⁶ Bei euch soll es nicht so sein! Vielmehr - wer bei euch der Größte sein will, soll euer Diener sein,

²⁷ und wer bei euch der Erste sein will, soll euer Knecht sein;

²⁸ wie auch der Menschensohn nicht gekommen ist, sich bedienen zu lassen, sondern um zu dienen und sein Leben hinzugeben als Lösegeld für viele.'

Mk 10,35-45

³⁵ Da traten Jakobus und Johannes, die Söhne des Zebedäus, an ihn heran und sagten: 'Meister, gewähre uns eine Bitte!'

³⁶ Er fragte sie: 'Was soll ich für euch tun?'

³⁷ Sie baten ihn: 'Laß in deiner Herrlichkeit den einen von uns zu deiner Rechten, den anderen zu deiner Linken sitzen.'

³⁸ Jesus aber sagte zu ihnen: 'Ihr wißt nicht, um was ihr bittet. Könnt ihr den Kelch trinken, den ich trinke, oder mit der Taufe getauft werden, die ich empfange?' *

³⁹ Sie antworteten: 'Wir können es.' Da sagte Jesus zu ihnen: 'Den Kelch, den ich trinke, werdet ihr trinken, und mit der Taufe, die ich empfange, werdet ihr getauft werden, *

⁴⁰ aber den Platz zu meiner Rechten und zur Linken habe nicht ich zu verleihen; er gebührt denen, für die er bereitet ist.'

⁴¹ Als die zehn anderen das hörten, wurden sie unwillig über Jakobus und Johannes.

⁴² Da rief Jesus sie zu sich und sagte zu ihnen: 'Ihr wißt, daß die, die als Herrscher angesehen werden, von oben herab über ihre Völker herrschen, und daß ihre Großen von oben herab über sie Gewalt ausüben.

⁴³ Bei euch aber soll es nicht so sein. Wer unter euch der Größte werden will, der soll euer Diener sein,

⁴⁴ und wer unter euch der Erste sein will, der sei aller Knecht.

⁴⁵ Denn auch der Menschensohn ist nicht gekommen, sich dienen zu lassen, sondern zu dienen und sein Leben hinzugeben als Lösepreis für viele.'

16.4   Die Blindenheilung bei Jericho

Abschnitt: 278

Mt 20,29-34

[29] Als sie Jericho verließen, folgte ihm eine große Volksmenge.
[30] Am Weg saßen zwei Blinde. Als sie hörten, Jesus gehe vorbei, riefen sie laut: 'Herr, Sohn Davids, erbarme dich unser!'
[31] Die Menge fuhr sie an, sie sollten schweigen. Doch sie schrien noch lauter: 'Herr, Sohn Davids, erbarme dich unser!'
[32] Da blieb Jesus stehen, rief sie herbei und fragte: 'Was wollt ihr von mir?'
[33] Sie baten ihn: 'Herr, wir möchten, daß unsere Augen sich öffnen.'
[34] Voll Mitleid berührte Jesus ihre Augen. Sogleich konnten sie wieder sehen und folgten ihm.

Mk 10,46-52

[46] Sie kamen nach Jericho. Als er mit seinen Jüngern und einer großen Menschenmenge aus Jericho hinausging, saß ein blinder Bettler am Weg, Bartimäus, der Sohn des Timäus. *
[47] Sobald er hörte, Jesus von Nazaret sei da, rief er laut: 'Sohn Davids, Jesus, erbarme dich meiner!'
[48] Viele fuhren ihn an, er solle schweigen. Doch er schrie noch viel lauter: 'Sohn Davids, erbarme dich meiner!'
[49] Da blieb Jesus stehen und sagte: 'Ruft ihn her!' Sie riefen den Blinden heran und sagten zu ihm: 'Nur Mut! Steh auf, er ruft dich.'
[50] Da warf er seinen Mantel ab, sprang auf und eilte zu Jesus.
[51] Jesus fragte ihn: 'Was soll ich für dich tun?' Der Blinde bat ihn: 'Meister, mache, daß ich wieder sehen kann!'
[52] Da sagte Jesus zu ihm: 'Geh hin, dein Glaube hat dich gesund gemacht.' Sogleich konnte er wieder sehen; und er folgte ihm auf dem Weg.

Lk 18,35-43

[35] Als er sich Jericho näherte, saß ein Blinder am Weg und bettelte.
[36] Er hörte, daß eine Volksmenge vorbeizog, und fragte, was das bedeute.

[37] Man erklärte ihm, Jesus, der Nazoräer, komme vorbei.
[38] Da rief er: 'Jesus, Sohn Davids, erbarme dich meiner!'
[39] Die Vorausziehenden fuhren ihn an, er solle schweigen. Doch er schrie noch viel lauter: 'Sohn Davids, erbarme dich meiner!'
[40] Da blieb Jesus stehen und ließ ihn herbeiführen. Als er angekommen war, fragte er ihn:
[41] 'Was soll ich für dich tun?' Er bat: 'Herr, mache, daß ich wieder sehen kann.'
[42] Da sagte Jesus zu ihm: 'Sei wieder sehend! Dein Glaube hat dich gesund gemacht.'
[43] Auf der Stelle konnte er wieder sehen. Er pries Gott und folgte ihm nach. Und alles Volk, das dies gesehen hatte, lobte Gott.

16.5 Jesus und Zachäus

Abschnitt: 279

Lk 19,1-10

[1] Er kam nach Jericho und zog durch den Ort.
[2] Da war ein Mann mit Namen Zachäus. Er war Oberzöllner, und er war reich.
[3] Gern hätte er Jesus von Angesicht gesehen, aber wegen der Volksmenge konnte er es nicht; denn er war klein von Gestalt.
[4] So lief er voraus und stieg auf einen Maulbeerfeigenbaum, um ihn sehen zu können; denn dort mußte er vorbeikommen.
[5] Als Jesus an die Stelle kam, schaute er hinauf und sagte zu ihm: 'Zachäus, steig schnell herab, denn heute muß ich in deinem Haus bleiben.'
[6] Eilends stieg er herab und nahm ihn mit Freuden auf.
[7] Alle, die das sahen, murrten und sagten: 'Um zu rasten, ist er bei einem Sünder eingekehrt!'
[8] Zachäus aber trat herzu und sagte zum Herrn: 'Siehe, Herr, die Hälfte meines Vermögens gebe ich den Armen; und wenn ich jemand betrogen habe, so erstatte ich es vierfach.'
[9] Jesus sagte zu ihm: 'Heute ist diesem Haus Heil widerfahren, weil auch er ein Sohn Abrahams ist.
[10] Denn der Menschensohn ist gekommen, zu suchen und zu retten, was verloren war.'

16.6   Das Gleichnis von den anvertrauten Pfunden

Abschnitt: 280

Lk 19,11-28

[11] Weil er nahe bei Jerusalem war und die Leute, die ihm zuhörten, meinten, jetzt müsse bald das Reich Gottes erscheinen, trug er ihnen noch ein Gleichnis vor.

[12] Er sagte: 'Ein Mann von edler Abkunft zog in ein fernes Land, um sich die Königswürde zu holen und dann heimzukehren. *

[13] Er rief zehn von seinen Knechten, übergab ihnen zehn Minen und sagte zu ihnen: »Handelt damit, bis ich zurückkomme!« *

[14] Seine Mitbürger aber haßten ihn; sie schickten ihm eine Gesandtschaft nach und ließen sagen: »Wir wollen den nicht zu unserem König haben!«

[15] Als er nun doch mit der Königswürde heimgekehrt war, ließ er die Knechte, denen er das Geld gegeben hatte, zu sich rufen, um zu erfahren, was ein jeder erworben habe.

[16] Der erste kam und sagte: »Herr, deine Mine hat zehn Minen hinzugewonnen.«

[17] Da sagte er ihm: »Recht so, du guter Knecht; weil du im Kleinen treu gewesen bist, sollst du Gebieter über zehn Städte sein.«

[18] Der zweite kam und sagte: »Deine Mine, Herr, hat fünf Minen eingebracht.«

[19] Zu diesem sagte er: »Du sollst über fünf Städten stehen.«

[20] Und ein anderer kam und sagte: »Herr, hier ist deine Mine. Ich habe sie im Schweißtuch aufbewahrt.

[21] Ich fürchtete mich nämlich vor dir, weil du ein strenger Mann bist. Du nimmst, was du nicht angelegt, und erntest, was du nicht gesät hast.«

[22] Da sagte er ihm: »Aus deinem Mund will ich dich richten, du schlechter Knecht! Du wußtest, daß ich ein strenger Mann bin, daß ich nehme, was ich nicht angelegt, und ernte, was ich nicht gesät habe.

[23] Warum hast du denn mein Geld nicht auf eine Bank gebracht? Dann hätte ich es bei meiner Heimkehr mit Gewinn abgehoben.«

[24] Dann sagte er zu den Umstehenden: »Nehmt ihm die Mine weg und gebt sie dem, der die zehn Minen hat.«

[25] Sie erwiderten ihm: »Herr, der hat doch schon zehn Minen.«

[26] »Ich sage euch: Jedem, der hat, wird gegeben; wer aber nicht hat, dem wird auch das weggenommen, was er hat.

²⁷ Diese meine Feinde aber, die mich nicht zu ihrem König haben wollten, bringt hierher und macht sie vor meinen Augen nieder!«'
²⁸ Nach diesen Worten zog er weiter auf dem Weg nach Jerusalem hinauf.

16.7 Die Salbung in Bethanien

Abschnitt: 281

Mt 26,6-13

⁶ Als Jesus zu Betanien im Haus Simons des Aussätzigen weilte,
⁷ kam eine Frau mit einem Alabastergefäß voll kostbaren Salböls zu ihm. Das goß sie über sein Haupt, während er zu Tisch saß.
⁸ Als die Jünger das sahen, wurden sie unwillig und sagten: 'Wozu diese Verschwendung?
⁹ Man hätte das doch teuer verkaufen und das Geld den Armen geben können.'
¹⁰ Jesus bemerkte es und sagte zu ihnen: 'Warum kränkt ihr die Frau? Sie hat doch ein gutes Werk an mir getan.
¹¹ Arme habt ihr stets bei euch, mich aber habt ihr nicht allezeit.
¹² Wenn sie dieses Salböl über meinen Leib ausgoß, hat sie es für mein Begräbnis getan.
¹³ Wahrlich, ich sage euch: Überall in der ganzen Welt, wo dieses Evangelium verkündet wird, wird man auch zu ihrem Andenken erzählen, was sie getan hat.'

Mk 14,3-9

³ Als Jesus in Betanien im Haus Simons des Aussätzigen zu Tisch saß, kam eine Frau mit einem Alabastergefäß voll kostbaren, echten Nardenöls. Sie zerbrach das Gefäß und goß das Öl über sein Haupt. *
⁴ Darüber wurden einige unwillig und sagten zueinander: 'Wozu diese Verschwendung des Salböls?
⁵ Man hätte es doch für mehr als dreihundert Denare verkaufen und den Erlös den Armen geben können.' Und sie fuhren sie zornig an.
⁶ Jesus aber sagte: 'Laßt sie! Warum kränkt ihr sie? Sie hat ein gutes Werk an mir getan.

[7] Denn Arme habt ihr stets bei euch und könnt ihnen Gutes tun, so oft ihr wollt; mich aber habt ihr nicht allezeit.

[8] Sie hat getan, was sie konnte: sie hat meinen Leib im voraus für das Begräbnis gesalbt. *

[9] Wahrlich, ich sage euch: Überall in der ganzen Welt, wo das Evangelium verkündet wird, wird man auch zu ihrem Andenken erzählen, was sie getan hat.'

Joh 12,1-8

[1] Sechs Tage vor dem Paschafest kam Jesus nach Betanien, wo Lazarus wohnte, den Jesus von den Toten auferweckt hatte.

[2] Sie bereiteten ihm dort ein Abendessen. Marta bediente, und Lazarus gehörte zu denen, die mit ihm zu Tisch saßen.

[3] Da nahm Maria ein Pfund echten, kostbaren Nardenöls, salbte damit die Füße Jesu und trocknete ihm die Füße mit ihren Haaren; das Haus wurde erfüllt vom Duft des Salböls. *

[4] Einer seiner Jünger, Judas Iskariot, der ihn verraten sollte, sagte:

[5] 'Warum hat man dieses Salböl nicht für dreihundert Denare verkauft und sie den Armen gegeben?' *

[6] Das sagte er aber nicht, weil ihm an den Armen etwas lag, sondern, weil er ein Dieb war; er führte nämlich die Kasse und unterschlug die Einnahmen.

[7] Da sagte Jesus: 'Laß sie, damit sie es für den Tag meines Begräbnisses aufbewahre! *

[8] Arme habt ihr allezeit bei euch, mich hingegen habt ihr nicht allezeit.'

16.8   Beschluß zur Tötung des Lazarus

Abschnitt: 282

Joh 12,9-11

[9] Viele Juden hatten erfahren, daß er sich dort aufhalte, und sie kamen nicht bloß Jesu wegen, sondern auch um Lazarus zu sehen, den er von den Toten auferweckt hatte.

[10] Die Hohenpriester aber beschlossen, auch Lazarus zu töten,

[11] weil viele Juden seinetwegen hingingen und an Jesus glaubten.

16.9   Die Vorbereitung zum Einzug in Jerusalem

Abschnitt: 283

Mt 21,1-7

¹ Als sie sich Jerusalem näherten und nach Betfage am Ölberg kamen, sandte Jesus zwei Jünger voraus

² mit dem Auftrag: 'Geht in das Dorf, das vor euch liegt; dort werdet ihr eine Eselin angebunden finden mit ihrem Fohlen. Bindet sie los und führt sie zu mir!

³ Und wenn euch deswegen jemand anspricht, so antwortet: Der Herr braucht sie, er schickt sie aber bald zurück.'

⁴ Das ist geschehen, damit sich das Wort des Propheten erfülle:

⁵ 'Sagt der Tochter Zion: Dein König kommt zu dir voll Sanftmut. Er sitzt auf einem Esel, auf einem Fohlen, dem Jungen eines Lasttiers.' *

⁶ Die Jünger gingen hin und taten, wie Jesus ihnen befohlen hatte.

⁷ Sie brachten die Eselin und das Fohlen, legten ihre Kleider auf sie, und er setzte sich darauf.

Mk 11,1-7

¹ Als sie sich bei Betfage und Betanien am Ölberg Jerusalem näherten, sandte er zwei seiner Jünger voraus und trug ihnen auf:

² 'Geht in das Dorf, das vor euch liegt. Gleich wenn ihr hineinkommt, werdet ihr ein (Esels)Füllen angebunden finden, auf dem noch niemand gesessen hat. Bindet es los, und bringt es her!

³ Und sollte euch jemand sagen: »Was macht ihr da?«, so antwortet: »Der Herr braucht es und schickt es gleich wieder zurück«.'

⁴ Sie gingen hin und fanden das Füllen draußen am Weg, an einer Tür angebunden, und banden es los.

⁵ Einige, die dort standen, fragten sie: 'Was macht ihr da? Ihr bindet das Füllen los?'

⁶ Sie antworteten, wie Jesus ihnen gesagt hatte. Da ließ man sie gewähren.

⁷ Sie brachten nun das Füllen zu Jesus, legten ihre Kleider auf das Tier, und er setzte sich darauf.

Lk 19,29-35

²⁹ Als er in die Nähe von Betfage und Betanien an den Berg kam, der Ölberg heißt, entsandte er zwei seiner Jünger
³⁰ mit dem Auftrag: 'Geht in das Dorf, das vor euch liegt. Dort werdet ihr am Eingang ein Füllen angebunden finden, auf dem noch niemand gesessen hat. Bindet es los und führt es her.
³¹ Sollte euch jemand fragen: Warum bindet ihr es los?, so antwortet: Der Herr bedarf seiner.'
³² Die Abgesandten gingen hin und fanden es, wie er ihnen gesagt hatte.
³³ Als sie das Füllen losbanden, fragten seine Besitzer: 'Warum bindet ihr das Füllen los?'
³⁴ Sie antworteten: 'Der Herr bedarf seiner.'
³⁵ Sie führten nun das Füllen zu Jesus, warfen ihre Kleider darauf und ließen Jesus aufsitzen.

16.10 Der feierliche Einzug

Abschnitt: 284

Mt 21,8.9

⁸ Sehr viele aus dem Volk breiteten ihre Kleider auf dem Weg aus, andere schnitten Zweige von den Bäumen und streuten sie auf den Weg.
⁹ Die Volksscharen, die ihm vorauszogen und die nachfolgten, riefen mit lauter Stimme: 'Hosanna dem Sohn Davids! Gesegnet sei, der da kommt im Namen des Herrn! Hosanna in der Höhe!' *

Mk 11,8-10

⁸ Viele breiteten ihre Kleider auf den Weg aus, andere legten grüne Zweige, die sie auf den Feldern geschnitten hatten, auf den Weg.
⁹ Die vorauszogen und die ihm folgten, riefen laut: 'Hosanna! Gepriesen sei, der da kommt im Namen des Herrn!
¹⁰ Gepriesen sei das kommende Reich unseres Vaters David! Hosanna in der Höhe!' *

Lk 19,36-38

³⁶ Während er dahinzog, breiteten sie ihre Kleider auf dem Weg aus.
³⁷ Und als er sich schon dem Abhang des Ölberges näherte, begann die ganze Schar der Jünger voll Freude Gott mit lauter Stimme zu preisen ob all der Wundertaten, die sie gesehen hatten.
³⁸ Sie riefen: 'Gepriesen sei der König, der da kommt im Namen des Herrn! Friede im Himmel und Herrlichkeit in der Höhe!' *

Joh 12,12-16

¹² Am folgenden Tag erfuhr die Volksmenge, die zahlreich zum Fest gekommen war, Jesus sei auf dem Weg nach Jerusalem.
¹³ Da nahmen sie Palmzweige und zogen ihm entgegen mit dem Ruf: 'Hosanna! Gepriesen sei, der da kommt, im Namen des Herrn. Der König von Israel!' *
¹⁴ Jesus fand einen jungen Esel und setzte sich auf ihn, wie geschrieben steht:
¹⁵ 'Fürchte dich nicht, Tochter Zion! Siehe, dein König kommt, er sitzt auf dem Füllen einer Eselin.' *
¹⁶ Das verstanden seine Jünger anfangs nicht. Als aber Jesus verherrlicht war, da kam es ihnen zum Bewußtsein, daß dies von ihm geschrieben stand und daß sie dabei mitgewirkt hatten.

16.11   Grund der Volksbegeisterung; Neid der Pharisäer

Abschnitt: 285

Lk 19,39.40

³⁹ Da sagten einige Pharisäer aus der Volksmenge zu ihm: 'Meister, verbiete das deinen Jüngern.'
⁴⁰ Er entgegnete ihnen: 'Ich sage euch, wenn diese schweigen, werden die Steine schreien.' *

Joh 12,17-19

[17] Das Volk, das dabei war, als er Lazarus aus dem Grab rief und ihn von den Toten erweckte, legte davon Zeugnis ab.

[18] Deshalb zog ihm auch die Menge entgegen; sie hatte nämlich gehört, daß er dieses Zeichen gewirkt habe.

[19] Die Pharisäer aber sagten zueinander: 'Da seht ihr, daß ihr nichts ausrichtet. Die ganze Welt läuft ihm nach!'

16.12 Klage und Weissagung Jesu über Jerusalem

Abschnitt: 286

Lk 19,41-44

[41] Als er näher kam und die Stadt erblickte, weinte er über sie

[42] und sagte: 'Wenn doch auch du an diesem Tag erkannt hättest, was dir zum Frieden dient! Nun aber ist es vor deinen Augen verborgen.

[43] Denn es wird eine Zeit über dich kommen, da deine Feinde einen Wall gegen dich aufwerfen, dich ringsum einschließen und dich von allen Seiten bedrängen werden.

[44] Sie werden dich und deine Kinder, die in dir sind, zu Boden schmettern und keinen Stein in dir auf dem anderen lassen, weil du die Zeit deiner Heimsuchung nicht erkannt hast.'

16.13 Jesus in der Stadt und im Tempel

Abschnitt: 287

Mt 21,10.11.14-16

[10] Als er in Jerusalem einzog, geriet die ganze Stadt in Erregung, und fragte: 'Wer ist dieser?'

[11] Die Menge, die ihn begleitete, sagte: 'Das ist der Prophet Jesus von Nazaret in Galiläa.'

[14] Im Tempel kamen Lahme und Blinde zu ihm, und er heilte sie.

¹⁵ Als die Hohenpriester und die Schriftgelehrten die Wunder sahen, die er wirkte, und die Kinder hörten, die im Tempel laut: 'Hosanna dem Sohn Davids!' riefen, wurden sie ungehalten *
¹⁶ und sagten zu ihm: 'Hörst du, was sie rufen?' Jesus aber sagte ihnen: 'Gewiß! Habt ihr noch nie gelesen: »Aus dem Mund von Kindern und Säuglingen hast du dir Lob bereitet?«' *

Mk 11,11

¹¹ So zog er nach Jerusalem in den Tempel. Er sah sich alles ringsum an und ging, da es schon Abend war, mit den Zwölf hinaus nach Betanien.

16.14 Die Rückkehr Jesu nach Bethanien

Abschnitt: 288

Mt 21,17

¹⁷ Damit ließ er sie stehen, ging aus der Stadt hinaus nach Betanien und blieb dort über Nacht.

Mk 11,11

¹¹ So zog er nach Jerusalem in den Tempel. Er sah sich alles ringsum an und ging, da es schon Abend war, mit den Zwölf hinaus nach Betanien.

16.15 Die Verfluchung des Feigenbaums

Abschnitt: 289

Mt 21,18.19

¹⁸ Als er frühmorgens in die Stadt zurückkehrte, hungerte ihn.
¹⁹ Da sah er am Weg einen Feigenbaum. Er ging auf ihn zu, fand an ihm aber nichts als Blätter. Da sagte er zu ihm: 'In Ewigkeit soll an dir keine Frucht mehr wachsen.' Der Feigenbaum verdorrte auf der Stelle.

Mk 11,12-14

¹² Als sie am andern Tag Betanien verlassen hatten, hungerte ihn.
¹³ Da sah er von weitem einen Feigenbaum, der Blätter trug. Er ging hin, um nach Früchten zu sehen. Doch als er bei ihm angelangt war, fand er nichts als Blätter; es war nämlich nicht die Zeit der Feigen.
¹⁴ Da sagte er zu ihm: 'In Ewigkeit soll niemand mehr eine Frucht von dir essen.' Seine Jünger hörten es. *

16.16   Die zweite (?) Tempelreinigung

Abschnitt: 290

Mt 21,12.13

¹² Darauf ging Jesus in den Tempel, trieb alle Verkäufer und Käufer aus dem Tempel hinaus, stieß die Tische der Geldwechsler und die Stände der Taubenhändler um *
¹³ und sagte zu ihnen: 'Es steht geschrieben: »Mein Haus soll ein Haus des Gebetes sein.« - Ihr aber macht es zu einer Räuberhöhle.' *

Mk 11,15-17

¹⁵ Sie kamen nach Jerusalem. Jesus ging in den Tempel und trieb die Käufer und Verkäufer aus dem Tempel hinaus, stieß die Tische der Geldwechsler und die Stände der Taubenhändler um *
¹⁶ und duldete nicht, daß jemand irgend etwas durch den Tempelbezirk trug. *
¹⁷ Er belehrte sie und sagte: 'Steht nicht geschrieben: Mein Haus soll ein Bethaus sein für alle Völker? Ihr aber habt es zu einer Räuberhöhle gemacht.' *

Lk 19,45.46

⁴⁵ Dann ging er in den Tempel und trieb aus ihm die Verkäufer und Käufer hinaus.
⁴⁶ Er rief ihnen zu: 'Es steht geschrieben: »Mein Haus soll ein Bethaus sein.« - Ihr aber habt es zu einer Räuberhöhle gemacht.' *

Joh 2,13-17

¹³ Das Paschafest der Juden war nahe, und Jesus zog hinauf nach Jerusalem. *
¹⁴ Im Tempel traf er die Leute, die Rinder, Schafe und Tauben verkauften, und die Geldwechsler, die sich dort niedergelassen hatten.
¹⁵ Da flocht er aus Stricken eine Geißel und trieb alle samt den Schafen und Rindern zum Tempel hinaus. Den Geldwechslern verschüttete er das Geld und stieß die Tische um.
¹⁶ Den Taubenhändlern sagte er: 'Schafft das fort von hier und macht das Haus meines Vaters nicht zu einer Markthalle!'
¹⁷ Da gedachten seine Jünger des Schriftwortes: 'Der Eifer für dein Haus verzehrt mich.' *

16.17 Dritter Versuch zur Tötung Jesu

Abschnitt: 291

Lk 19,47.48

⁴⁷ Täglich lehrte er im Tempel. Die Hohenpriester und die Schriftgelehrten und die Führer des Volkes aber sannen darauf, ihn zu töten.
⁴⁸ Sie wußten nur nicht, wie sie vorgehen sollten, denn alles Volk hörte ihm gespannt zu.

16.18 Allabendliches Verlassen der Stadt

Abschnitt: 292

Mk 11,19

¹⁹ Am Abend verließen sie wieder die Stadt.

16.19   Die Macht des Glaubens und des Gebetes

Abschnitt: 293

Mt 21,20-22

[20] Als die Jünger das sahen, fragten sie verwundert: 'Wie konnte der Feigenbaum auf der Stelle verdorren?'

[21] Jesus antwortete ihnen: 'Wahrlich, ich sage euch: Wenn ihr Glauben habt
und nicht zweifelt, dann werdet ihr nicht nur vollbringen, was am Feigenbaum geschehen ist; selbst wenn ihr zu diesem Berg sagt: »Erhebe dich
und stürze dich ins Meer!«, so wird es geschehen;

[22] und alles, was ihr im Gebet gläubig erbittet, werdet ihr erhalten.'

Mk 11,20-25

[20] Am frühen Morgen kamen sie an dem Feigenbaum vorbei und sahen, daß er
bis auf die Wurzel verdorrt war.

[21] Da erinnerte sich Petrus und sagte zu ihm: 'Meister, siehe, der Feigenbaum,
den du verflucht hast, ist verdorrt.'

[22] Da sagte Jesus zu ihnen: 'Habt Glauben an Gott!

[23] Wahrlich, ich sage euch: Wenn einer zu dem Berg da sagt: Heb dich hinweg
und stürze dich ins Meer!, und wenn er in seinem Herzen nicht zweifelt,
sondern glaubt, daß sein Wort in Erfüllung geht, wird es so geschehen.

[24] Darum sage ich euch: Bei allem, worum ihr betet und bittet, - glaubt nur,
daß ihr es schon erhalten habt, so wird es euch zuteil werden.

[25] Und wann immer ihr steht, um zu beten, und ihr habt etwas gegen jemanden,
so vergebt, damit auch euer Vater im Himmel euch eure Sünden vergibt.

16.20   Die Vollmachtsfrage

Abschnitt: 294

Mt 21,23-27

[23] Dann ging er in den Tempel und lehrte. Da traten die Hohenpriester und die
Ältesten des Volkes zu ihm und fragten: 'Mit welcher Vollmacht tust du

dies? Und wer hat dir diese Vollmacht gegeben?'
²⁴ Jesus erwiderte ihnen: 'Ich will euch auch eine Frage vorlegen. Wenn ihr sie
mir beantwortet, sage ich euch auch, mit welcher Vollmacht ich dies tue:
²⁵ Woher stammte die Taufe des Johannes? Vom Himmel oder von Menschen?'
Sie überlegten untereinander: 'Sagen wir: Vom Himmel, so wird er uns
entgegnen: Warum habt ihr ihm dann nicht geglaubt?
²⁶ Sagen wir aber: Von Menschen, so haben wir das Volk zu fürchten; denn alle
halten Johannes für einen Propheten.'
²⁷ So gaben sie Jesus zur Antwort: 'Wir wissen es nicht.' Da sagte er zu ihnen:
'Dann sage ich euch auch nicht, mit welcher Vollmacht ich dies tue.'

Mk 11,27-33

²⁷ Sie kamen wieder nach Jerusalem. Während er im Tempel umherging, traten
die Hohenpriester, die Schriftgelehrten und die Ältesten an ihn heran
²⁸ und fragten ihn: 'Mit welcher Vollmacht tust du dies? Oder wer hat dir die
Vollmacht, das zu tun, gegeben?'
²⁹ Jesus erwiderte ihnen: 'Ich will euch eine Frage vorlegen. Beantwortet ihr
sie mir, werde ich euch sagen, mit welcher Vollmacht ich dies tue.
³⁰ Stammte die Taufe des Johannes vom Himmel oder von den Menschen?
Antwortet mir!'
³¹ Sie überlegten miteinander: 'Sagen wir: »Vom Himmel!«, so wird er entgegnen: »Warum habt ihr ihm dann nicht geglaubt?«
³² Doch sollen wir sagen: »Von Menschen?«' - Sie fürchteten das Volk; denn
alle waren überzeugt, daß Johannes wirklich ein Prophet gewesen war.
³³ So gaben sie Jesus zur Antwort: 'Wir wissen es nicht.' - Da sagte ihnen
Jesus: 'Dann sage ich euch auch nicht, mit welcher Vollmacht ich dies
tue.'

Joh 20,1-8

¹ Am ersten Tag der Woche kam Maria Magdalena frühmorgens, als es noch
dunkel war, zum Grab und sah, daß der Stein vom Grab weggenommen
war. *
² Eilig lief sie nun zu Simon Petrus und zu dem anderen Jünger, den Jesus
liebte, und sagte zu ihnen: 'Man hat den Herrn aus dem Grab genommen,
und wir wissen nicht, wohin man ihn gelegt hat.'

³ Da machten sich Petrus und der andere Jünger auf und kamen zum Grab.

⁴ Die beiden liefen miteinander. Der andere Jünger lief schneller als Petrus und kam zuerst am Grab an.

⁵ Er beugte sich vor und sah die Leinenbinden daliegen, ging aber nicht hinein.

⁶ Nun kam auch Simon Petrus ihm nach, ging in das Grab hinein und sah die Leinenbinden daliegen

⁷ sowie das Schweißtuch, das auf seinem Haupt gelegen hatte. Es lag aber nicht mit den Leinenbinden zusammen, sondern für sich zusammengefaltet an einer Stelle.

⁸ Jetzt ging auch der andere Jünger, der zuerst am Grab angekommen war, hinein. Er sah und glaubte.

16.21   Das Gleichnis von den ungleichen Söhnen

Abschnitt: 295

Mt 21,28-32

²⁸ 'Was meint ihr? Ein Mann hatte zwei Söhne. Er ging zum ersten und sagte: »Mein Sohn, geh und arbeite heute im Weinberg!«

²⁹ Der antwortete: »Ich gehe, Herr!«, - ging aber nicht hin.

³⁰ Da ging er zum zweiten und sprach ebenso. Der antwortete: »Ich will nicht!«; nachher aber tat es ihm leid, und er ging hin.

³¹ Wer von den beiden hat den Willen des Vaters erfüllt?' Sie antworteten: 'Der zweite.' Da sagte Jesus zu ihnen: 'Wahrlich, ich sage euch: Die Zöllner und Dirnen kommen noch vor euch in das Reich Gottes. *

³² Denn Johannes kam zu euch auf dem Weg der Gerechtigkeit, und ihr habt ihm nicht geglaubt. Die Zöllner und die Dirnen aber haben ihm geglaubt. Ihr habt das gesehen und habt auch später nicht bereut und ihm geglaubt. *

16.22 Das Gleichnis von den bösen Winzern

Abschnitt: 296

Mt 21,33-44

³³ Hört ein anderes Gleichnis: Ein Hausherr legte einen Weinberg an. Er umgab ihn mit einem Zaun, grub darin eine Kelter und baute einen Turm. Dann verpachtete er ihn an Winzer und ging außer Landes.
³⁴ Als die Zeit der Weinlese kam, schickte er seine Knechte zu den Winzern, um seine Früchte abzuholen.
³⁵ Doch die Winzer ergriffen seine Knechte: den einen schlugen sie, den anderen töteten sie, einen dritten steinigten sie.
³⁶ Er schickte wieder andere Knechte, mehr als zuvor. Mit diesen verfuhren sie ebenso. *
³⁷ Zuletzt sandte er seinen Sohn zu ihnen, weil er sich sagte: »Vor meinem Sohn werden sie Respekt haben.«
³⁸ Als aber die Winzer den Sohn erblickten, sagten sie zueinander: »Das ist der Erbe! Auf, laßt uns ihn töten und sein Erbe in Besitz nehmen.«
³⁹ Sie ergriffen ihn also, warfen ihn aus dem Weinberg hinaus und töteten ihn.
⁴⁰ Wenn nun der Herr des Weinbergs kommt: Was wird er wohl mit jenen Winzern tun?'
⁴¹ Sie sagten zu ihm: 'Er wird diesen Bösewichten ein schlimmes Ende bereiten und seinen Weinberg an andere Winzer verpachten, die ihm den Ertrag zur rechten Zeit abliefern.'
⁴² Da sagte Jesus zu ihnen: 'Habt ihr noch nie in der Schrift gelesen: »Der Stein, den die Bauleute verwarfen, der ist zum Eckstein geworden; das ist das Werk des Herrn, als ein Wunder steht es vor unseren Augen?« *
⁴³ Darum sage ich euch: Das Reich Gottes wird euch genommen und einem Volk gegeben werden, das seine Früchte bringt.'
⁴⁴ Und wer auf diesen Stein fällt, der wird zerschellen; auf wen er aber fällt, den wird er zermalmen. *

Mk 12,1-11

¹ Und er begann zu ihnen in Gleichnissen zu reden. (Er sagte:) 'Ein Mann legte einen Weinberg an. Er umgab ihn mit einem Zaun, grub eine Kelter

und baute einen Turm. Dann verpachtete er ihn an Winzer und ging außer Landes.

² Als es Zeit war, schickte er einen Knecht zu den Winzern, um von ihnen seinen Anteil am Ertrag des Weinbergs zu holen.

³ Sie aber ergriffen ihn, schlugen ihn und jagten ihn mit leeren Händen davon.

⁴ Darauf schickte er einen zweiten Knecht zu ihnen. Aber auch den mißhandelten und beschimpften sie.

⁵ Er schickte noch einen dritten, - den töteten sie -, und so noch viele andere, die sie teils schlugen, teils töteten.

⁶ Nun hatte er noch einen einzigen, geliebten Sohn. Den sandte er zuletzt zu ihnen. Er dachte nämlich: »Vor meinem Sohn werden sie Scheu haben.«

⁷ Allein die Winzer sagten zueinander: »Das ist der Erbe. Auf, laßt uns ihn töten, dann wird sein Erbgut uns gehören!«

⁸ Sie ergriffen ihn also, töteten ihn und warfen ihn aus dem Weinberg hinaus.

⁹ Was wird nun der Herr des Weinbergs tun? Kommen wird er, die Winzer umbringen und den Weinberg andern geben.

¹⁰ Habt ihr nicht diese Schriftstelle gelesen: »Der Stein, den die Bauleute verworfen haben, ist zum Eckstein geworden: *

¹¹ das ist das Werk des Herrn, als ein Wunder steht es vor unseren Augen?«' *

Lk 20,9-18

⁹ Er trug dem Volk aber folgendes Gleichnis vor: 'Ein Mann legte einen Weinberg an, verpachtete ihn an Winzer und ging für längere Zeit außer Landes.

¹⁰ Als es Zeit war, schickte er einen Knecht zu den Winzern, daß sie ihm seinen Anteil am Ertrag des Weinberges abliefern möchten. Doch die Winzer schlugen ihn und jagten ihn mit leeren Händen davon.

¹¹ Er schickte noch einen zweiten Knecht. Auch den schlugen und beschimpften sie und jagten ihn mit leeren Händen davon.

¹² Er schickte noch einen dritten. Doch auch den schlugen sie blutig und warfen ihn hinaus.

¹³ Da sagte der Herr des Weinbergs: »Was fange ich an? Ich will meinen geliebten Sohn hinschicken; vor ihm werden sie hoffentlich Scheu haben.«

¹⁴ Als die Winzer ihn aber erblickten, berieten sie sich untereinander und sagten: »Das ist der Erbe; wir wollen ihn töten, damit das Erbe uns zufällt.«

¹⁵ So warfen sie ihn aus dem Weinberg hinaus und töteten ihn. Was wird nun der Herr des Weinbergs mit ihnen tun?

¹⁶ Er wird kommen und diese Winzer umbringen und den Weinberg anderen geben.' Als sie das hörten sagten sie: 'Möge das nicht eintreffen!'

¹⁷ Er aber sah sie an und sagte: 'Was bedeutet denn das Schriftwort: »Der Stein, den die Bauleute verwarfen, der ist zum Eckstein geworden«? *

¹⁸ Wer auf diesen Stein fällt, der wird zerschmettert; auf wen er aber fällt, den zermalmt er.'

16.23   Vierter Versuch zur Tötung Jesu

Abschnitt: 297

Mt 21,45.46

⁴⁵ Als die Hohenpriester und die Pharisäer seine Gleichnisse hörten, merkten sie, daß er über sie redete.

⁴⁶ Sie hätten ihn gern festnehmen lassen; aber sie fürchteten sich vor dem Volk, weil es ihn für einen Propheten hielt.

Mk 12,12

¹² Sie hätten ihn gern festgenommen, fürchteten aber das Volk. Sie hatten nämlich gemerkt, daß er mit Blick auf sie das Gleichnis erzählt hatte. Sie verließen ihn und gingen davon.

Lk 20,19

¹⁹ Noch in der gleichen Stunde suchten die Schriftgelehrten und Hohenpriester Hand an ihn zu legen, doch fürchteten sie das Volk. Sie hatten nämlich gemerkt, daß sie mit diesem Gleichnis gemeint waren.

16.24   Die Steuerfrage der Pharisäer

Abschnitt: 298

Mt 22,15-22

[15] Darauf planten die Pharisäer, ihn zu Äußerungen zu verleiten, wegen der man ihn anklagen könnte.

[16] Sie schickten ihre Jünger zusammen mit Herodianern zu ihm und ließen sagen: 'Meister, wir wissen, daß du wahrhaftig bist und den Weg Gottes der Wahrheit gemäß lehrst; du nimmst auf niemand Rücksicht, denn du achtest nicht auf das Ansehen des Menschen.

[17] So sage uns denn deine Meinung: Ist es erlaubt, dem Kaiser Steuern zu zahlen, oder nicht?'

[18] Jesus aber durchschaute ihre Bosheit und sagte: 'Was versucht ihr mich, ihr Heuchler?

[19] Zeigt mir eine Steuermünze!' Da brachten sie einen Denar herbei.

[20] Jesus fragte sie: 'Wessen Bild und Aufschrift ist das?'

[21] Sie sagten: 'Des Kaisers.' Da sagte Jesus zu ihnen: 'Dann gebt dem Kaiser, was dem Kaiser gehört, und Gott, was Gott gehört.' *

[22] Als sie das hörten, waren sie verblüfft, ließen ihn stehen und gingen davon.

Mk 12,13-17

[13] Und sie sandten zu Jesus einige Pharisäer und einige Herodianer, damit sie ihn zu verfänglichen Äußerungen verleiteten.

[14] Die kamen und sagten zu ihm: 'Meister, wir wissen, daß du wahrhaftig bist und auf niemand Rücksicht nimmst; denn du siehst nicht auf das Ansehen des Menschen, sondern lehrst den Weg Gottes der Wahrheit gemäß. Ist es erlaubt, dem Kaiser Steuern zu zahlen oder nicht? Sollen wir sie zahlen, oder sollen wir sie nicht zahlen?' *

[15] Er durchschaute ihre Heuchelei und sagte zu ihnen: 'Warum versucht ihr mich? Bringt mir einen Denar, damit ich ihn mir ansehe.'

[16] Sie brachten ihm einen. Er fragte sie: 'Wessen Bild und Aufschrift ist das?' Sie antworteten: 'Des Kaisers.'

[17] Jesus erwiderte ihnen: 'Gebt dem Kaiser, was dem Kaiser gehört, und Gott, was Gott gehört!' Da staunten sie sehr über ihn. *

Lk 20,20-26

[20] Sie beobachteten ihn scharf und schickten Späher aus, die sich als fromme Leute ausgeben sollten, um ihn bei einer Äußerung zu packen. Sie wollten ihn dann der Obrigkeit und der Gewalt des Statthalters ausliefern.

[21] Sie fragten ihn also: 'Meister, wir wissen, du redest und lehrst recht und achtest nicht auf das Ansehen eines Menschen, denn du lehrst den Weg Gottes der Wahrheit gemäß.

[22] Ist es uns erlaubt, dem Kaiser Steuer zu zahlen, oder nicht?'

[23] Er durchschaute ihre Arglist und sagte zu ihnen:

[24] 'Zeigt mir einen Denar! Wessen Bild und Aufschrift trägt er?' Sie antworteten: 'Des Kaisers.'

[25] Da sagte er zu ihnen: 'Gebt demnach dem Kaiser, was dem Kaiser gehört, und Gott, was Gott gehört!'

[26] So gelang es ihnen nicht, ihn bei einer Äußerung vor dem Volk zu packen. Sie waren verblüfft über seine Antwort und schwiegen.

16.25 Die Auferstehungsfrage der Sadduzäer

Abschnitt: 299

Mt 22,23-33

[23] Am selben Tag kamen Sadduzäer zu Jesus, die behaupteten, es gäbe keine Auferstehung. Sie fragten ihn:

[24] 'Meister, Mose hat geboten: Wenn ein Mann kinderlos stirbt, so soll sein Bruder dessen Frau heiraten und für seinen Bruder Nachkommen erwecken. *

[25] Nun waren bei uns sieben Brüder. Der erste heiratete und starb. Da er kinderlos geblieben war, hinterließ er seine Frau seinem Bruder.

[26] Ebenso ging es mit dem zweiten und dem dritten bis zum siebten.

[27] Zuletzt von allen starb die Frau.

[28] Wem von den Sieben wird die Frau nun bei der Auferstehung gehören? Alle haben sie ja geheiratet.'

[29] Jesus gab ihnen zur Antwort: 'Ihr seid im Irrtum; ihr kennt weder die Schrift noch die Macht Gottes.

[30] Denn nach der Auferstehung heiraten sie nicht mehr und werden auch nicht geheiratet; sie werden sein wie die Engel im Himmel.

[31] Was aber die Auferstehung der Toten betrifft: Habt ihr nicht den Ausspruch Gottes an euch gelesen, der da sagt:

[32] »Ich bin der Gott Abrahams, der Gott Isaaks und der Gott Jakobs?« - Er ist doch nicht der Gott von Toten, sondern von Lebenden.' *

[33] Als die Volksscharen das hörten, staunten sie über seine Lehre.

Mk 12,18-27

[18] Es kamen Sadduzäer zu ihm, die behaupten, es gäbe keine Auferstehung, um ihm eine Frage vorzulegen, und sagten:

[19] 'Meister, Mose hat uns vorgeschrieben: Wenn der Bruder von einem stirbt und eine Frau hinterläßt, aber kein Kind, soll der Bruder die Frau nehmen und seinem (verstorbenen) Bruder Nachkommen erwecken. *

[20] Es waren sieben Brüder. Der erste nahm eine Frau und starb ohne Nachkommen.

[21] Da nahm sie der zweite und starb ohne Nachkommen, ebenso auch der dritte.

[22] Alle sieben hinterließen keine Nachkommen. Zuletzt von allen starb auch die Frau.

[23] Wem von ihnen wird sie bei der Auferstehung, - wenn sie auferstehen -, als Frau gehören? Alle sieben haben sie ja zur Frau gehabt?'

[24] Jesus erwiderte ihnen: 'Irrt ihr euch nicht deshalb, weil ihr weder die Schrift noch die Macht Gottes kennt?

[25] Wenn sie nämlich von den Toten auferstehen, nehmen sie nicht mehr zur Ehe und werden auch nicht mehr zur Ehe genommen, denn sie sind wie die Engel im Himmel.

[26] Was aber die Auferweckung der Toten betrifft, habt ihr nicht im Buch Mose, in der Geschichte vom Dornbusch, gelesen, wie Gott zu Mose sagt: »Ich bin der Gott Abrahams, der Gott Isaaks und der Gott Jakobs«? *

[27] Er ist doch nicht ein Gott von Toten, sondern von Lebenden. Ihr seid also sehr im Irrtum.'

Lk 20,27-40

[27] Dann kamen einige Sadduzäer hinzu, die leugnen, daß es eine Auferstehung gebe. Sie legten ihm die Frage vor:

[28] 'Meister, Mose hat uns vorgeschrieben: wenn jemand, der einen Bruder hat, stirbt, und eine Frau zurückläßt, aber kinderlos geblieben ist, so soll der

Bruder die Frau nehmen und dem Verstorbenen Nachkommen erwecken. *

²⁹ Es waren nun sieben Brüder. Der erste nahm eine Frau und starb kinderlos.

³⁰ Da nahm sie der zweite,

³¹ dann nahm sie der dritte, und so alle sieben. Sie starben, ohne Nachkommen zu hinterlassen.

³² Zuletzt von allen starb auch die Frau.

³³ Wem von ihnen wird nun die Frau bei der Auferstehung gehören? Alle sieben haben sie ja zur Frau gehabt.'

³⁴ Da sagte Jesus zu ihnen: 'Die Kinder dieser Welt nehmen zur Ehe und werden zur Ehe genommen.

³⁵ Die aber würdig befunden werden, an jener Welt und an der Auferstehung von den Toten teilzunehmen, nehmen nicht mehr zur Ehe und werden nicht mehr zur Ehe genommen.

³⁶ Sie können ja auch nicht mehr sterben; denn sie sind den Engeln gleich und Kinder Gottes, da sie Kinder der Auferstehung sind.

³⁷ Daß aber die Toten auferstehen, hat auch Mose an der Stelle vom Dornbusch angedeutet, insofern er den Herrn den Gott Abrahams, den Gott Isaaks und den Gott Jakobs nennt. *

³⁸ Er ist doch nicht Gott von Toten, sondern von Lebenden, denn für ihn leben alle.'

³⁹ Da sagten einige von den Schriftgelehrten: 'Meister, du hast gut gesprochen.'

⁴⁰ So wagten sie es nicht mehr, ihm eine Frage vorzulegen.

16.26 Das größte Gebot

Abschnitt: 300

Mt 22,34-40

³⁴ Als die Pharisäer erfuhren, daß er die Sadduzäer zum Schweigen gebracht hatte, kamen sie zusammen,

³⁵ und einer von ihnen, ein Gesetzeslehrer, stellte ihn auf die Probe und fragte:

³⁶ 'Meister, welches ist das größte Gebot im Gesetz?'

³⁷ Er sagte: 'Du sollst den Herrn, deinen Gott, lieben mit deinem ganzen Herzen, mit deiner ganzen Seele und mit deinem ganzen Verstand. *

³⁸ Das ist das größte und erste Gebot.

³⁹ Das zweite aber ist diesem gleich: Du sollst deinen Nächsten lieben wie dich selbst. *

⁴⁰ An diesen beiden Geboten hängen das ganze Gesetz und die Propheten.' *

Mk 12,28-34

²⁸ Einer von den Schriftgelehrten hatte ihrem Streitgespräch zugehört und bemerkt, wie treffend er ihnen geantwortet hatte. Nun trat er hinzu und fragte ihn: 'Welches ist das erste von allen Geboten?'

²⁹ Jesus antwortete: 'Das erste lautet: Höre, Israel! Der Herr ist unser Gott, der Herr allein.

³⁰ So sollst du den Herrn, deinen Gott, lieben mit ganzem Herzen und ganzer Seele, mit all deinen Gedanken und all deiner Kraft. *

³¹ Das zweite lautet: Du sollst deinen Nächsten lieben wie dich selbst. Ein größeres Gebot als diese gibt es nicht.' *

³² Da sagte der Schriftgelehrte zu ihm: 'Gut, Meister! Der Wahrheit gemäß hast du gesagt: Es gibt nur einen (Gott), und außer ihm gibt es keinen anderen.

³³ Ihn mit ganzem Herzen, ganzem Verstand und ganzer Kraft zu lieben und den Nächsten zu lieben wie sich selbst, ist wertvoller als alle Brand- und Schlachtopfer.' *

³⁴ Als Jesu sah, daß jener so verständig antwortete, sagte er zu ihm: 'Du bist nicht fern vom Reich Gottes.' Nun wagte es niemand mehr, ihm eine Frage vorzulegen.

16.27   Der Sohn Davids

Abschnitt: 301

Mt 22,41-46

⁴¹ Als die Pharisäer beisammen waren, richtete Jesus an sie eine Frage:

⁴² 'Was haltet ihr vom Messias? Wessen Sohn ist er?' Sie antworteten ihm: 'Davids.'

⁴³ Da sagte er zu ihnen: 'Inwiefern nennt ihn dann David im Geist »Herr«, da er sagt:

⁴⁴ »Der Herr sprach zu meinem Herrn: Setze dich zu meiner Rechten, bis ich dir deine Feinde als Schemel zu Füßen lege?« *

⁴⁵ Wenn nun David ihn »Herr« nennt, inwiefern ist er da sein Sohn?' *
⁴⁶ Darauf konnte ihm niemand eine Antwort geben. Von dem Tag an wagte auch niemand mehr, ihm Fragen zu stellen.

Mk 12,35-37

³⁵ Als Jesus im Tempel lehrte, warf er die Frage auf: 'Wie können die Schriftgelehrten behaupten, der Messias sei der Sohn Davids?
³⁶ David sagt doch selbst im Heiligen Geist: Der Herr sprach zu meinem Herrn: Setze dich zu meiner Rechten, bis ich deine Feinde als Schemel dir zu Füßen lege. *
³⁷ David selbst nennt ihn also »Herr«. Wie kann er da sein Sohn sein?' - Die Volksmenge hörte ihm gern zu.

Lk 20,41-44

⁴¹ Er aber richtete an sie die Frage: 'Wieso wird behauptet, der Messias sei der Sohn Davids?
⁴² Sagt doch David selbst im Buch der Psalmen: »Der Herr sprach zu meinem Herrn: Setze dich zu meiner Rechten, *
⁴³ bis ich deine Feinde als Schemel dir zu Füßen lege«.
⁴⁴ David nennt ihn also »Herr«, wie kann er da sein Sohn sein?' *

Kommentar:

Die Weherede gegen die Pharisäer und Schriftgelehrten

16.28 Das Verhalten der Vokksführer

Abschnitt: 302

Mt 23,1-12

¹ Dann sprach Jesus zu den Volksscharen und zu seinen Jüngern.
² Er sagte: 'Die Schriftgelehrten und die Pharisäer sitzen auf dem Lehrstuhl des Mose.

[3] Tut und befolgt darum alles, was sie euch sagen; aber nach ihren Werken richtet euch nicht. Denn sie reden zwar, handeln aber nicht danach.

[4] Sie binden schwere und untragbare Lasten und legen sie den Menschen auf die Schultern, selbst aber krümmen sie keinen Finger, um sie zu heben.

[5] Alle ihr Werke tun sie, um sich vor den Menschen zur Schau zu stellen. Sie machen ihre Gebetsriemen breit und die Quasten an ihren Gewändern lang,

[6] bei Festmahlen und in der Synagoge nehmen sie gern die ersten Sitze ein,

[7] und auf den öffentlichen Plätzen wollen sie gegrüßt und von den Leuten Meister genannt werden.

[8] Ihr aber sollt euch nicht Meister nennen lassen; denn nur einer ist euer Meister, ihr alle aber seid Brüder.

[9] Auch Vater nennt niemanden auf Erden; denn nur einer ist euer Vater, der im Himmel.

[10] Und laßt euch nicht Lehrer nennen; denn nur einer ist euer Lehrer, Christus.

[11] Wer der Größte unter euch ist, soll euer Diener sein.

[12] Wer aber sich selbst erhöht, wird erniedrigt werden; und wer sich selbst erniedrigt, wird erhöht werden.

Mk 12,38-40

[38] Weiter sagte er in seiner Unterweisung: 'Hütet euch vor den Schriftgelehrten! Sie mögen es, in langen Gewändern umherzugehen, auf den öffentlichen Plätzen gegrüßt zu werden,

[39] in den Synagogen die ersten Sitze und bei den Gastmahlen die Ehrenplätze einzunehmen.

[40] Sie reißen die Häuser der Witwen an sich und sprechen scheinheilig lange Gebete. - Ein umso strengeres Gericht haben sie zu erwarten.' *

Lk 20,45-47

[45] Während das ganze Volk zuhörte, sagte er zu seinen Jüngern:

[46] 'Hütet euch vor den Schriftgelehrten! Sie gehen gern in langen Gewändern einher, wollen auf den öffentlichen Plätzen gegrüßt sein und in den Synagogen die ersten Sitze und bei Gastmahlen die Ehrenplätze einnehmen.

[47] Sie reißen die Häuser der Witwen an sich und sagen scheinheilig lange Gebete her. Sie haben ein desto strengeres Gericht zu erwarten.'

Kommentar:

Die Weherede gegen die Pharisäer und Schriftgelehrten

16.29   Die acht Weherufe

Abschnitt: 303

Mt 23,13-33

[13] Wehe euch, ihr Schriftgelehrten und Pharisäer, ihr Heuchler! Ihr verschließt das Himmelreich vor den Menschen. Ihr selbst tretet nicht ein, und ihr laßt auch die nicht hinein, die hinein wollen.

[14] *

[15] Wehe euch, ihr Schriftgelehrten und Pharisäer, ihr Heuchler! Ihr zieht durch Länder und Meere, um einen einzigen Proselyten zu gewinnen; und sobald ihr ihn gewonnen habt, macht ihr ihn zu einem Sohn der Hölle, doppelt so schlimm wie ihr. *

[16] Wehe euch, ihr blinden Führer! Ihr sagt: Wenn einer beim Tempel schwört, so gilt das nicht; schwört er aber beim Gold des Tempels, so ist er gebunden.

[17] Ihr Toren und Blinden, was ist denn größer: das Gold oder der Tempel, der das Gold erst heiligt?

[18] Ihr sagt auch: Wenn einer beim Altar schwört, so gilt das nicht; schwört er aber bei der Opfergabe, die darauf liegt, so ist er gebunden.

[19] Ihr Blinden, was ist denn größer: die Opfergabe oder der Altar, der die Opfergabe erst heiligt?

[20] Wer beim Altar schwört, der schwört bei diesem und bei allem, was darauf liegt.

[21] Wer beim Tempel schwört, der schwört bei diesem und bei dem, der darin wohnt.

[22] Und wer beim Himmel schwört, der schwört bei Gottes Thron und bei dem, der auf dem Thron sitzt.

[23] Wehe euch, ihr Schriftgelehrten und Pharisäer, ihr Heuchler! Ihr gebt den Zehnten von Minze, Anis und Kümmel, das Wichtigste des Gesetzes aber laßt ihr außer acht: Gerechtigkeit, Barmherzigkeit und Treue. Das eine soll man tun, das andere nicht lassen.

[24] Ihr blinden Führer! Ihr seht die Mücke und verschluckt das Kamel.

²⁵ Wehe euch, ihr Schriftgelehrten und Pharisäer, ihr Heuchler! Ihr reinigt das Äußere von Bechern und Schüsseln, inwendig aber sind sie voll Raub und Gier.

²⁶ Du blinder Pharisäer, reinige zuerst das Innere des Bechers, dann wird auch das Äußere rein werden.

²⁷ Wehe euch, ihr Schriftgelehrten und Pharisäer, ihr Heuchler! Ihr gleicht übertünchten Gräbern, von außen sehen sie zwar schön aus; innen aber sind sie voll von Totengebein und allem Unrat. *

²⁸ So erscheint auch ihr äußerlich gerecht vor den Menschen, innen aber seid ihr voll Heuchelei und Gesetzlosigkeit.

²⁹ Wehe euch, ihr Schriftgelehrten und Pharisäer, ihr Heuchler! Ihr baut den Propheten Grabstätten und schmückt die Denkmäler der Gerechten

³⁰ und sagt: Hätten wir in den Tagen unserer Väter gelebt, hätten wir uns am Blut der Propheten nicht mitschuldig gemacht.

³¹ Also stellt ihr euch selbst das Zeugnis aus, daß ihr die Söhne von Prophetenmördern seid.

³² Macht nur das Maß eurer Väter voll!

³³ Ihr Schlangen und Natterngezücht! Wie wollt ihr der Verurteilung zur Hölle entrinnen? *

Kommentar:

Die Weherede gegen die Pharisäer und Schriftgelehrten

16.30 Die Strafe

Abschnitt: 304

Mt 23,34-36

³⁴ Seht: Ich sende zu euch Propheten, Weise und Schriftgelehrte. Die einen von ihnen werdet ihr töten und kreuzigen, die anderen in euren Synagogen geißeln und von Stadt zu Stadt verfolgen,

³⁵ damit über euch das Blut aller Gerechten komme, das auf Erden vergossen ward, vom Blut des gerechten Abel bis zum Blut des Zacharias, des Sohnes des Barachias, den ihr zwischen dem Tempel und dem Altar ermordet habt. *

[36] Wahrlich, ich sage euch: Dies alles wird über dieses Geschlecht kommen.

Kommentar:

Die Weherede gegen die Pharisäer und Schriftgelehrten

16.31 Klageruf über Jerusalem

Abschnitt: 305

Mt 23,37-39

> [37] Jerusalem, Jerusalem! Du mordest die Propheten und steinigst, die zu dir gesandt sind! Wie oft wollte ich deine Kinder sammeln, wie eine Henne ihre Küken unter die Flügel sammelt; aber ihr habt nicht gewollt. *
> [38] Siehe, euer Haus soll euch verödet überlassen werden. *
> [39] Denn ich sage euch: Ihr werdet mich von nun an nicht mehr sehen, bis ihr ruft: Gepriesen sei, der da kommt im Namen des Herrn!' *

Lk 13,34.35

> [34] Jerusalem, Jerusalem! Du mordest die Propheten und steinigst, die zu dir gesandt sind! Wie oft wollte ich deine Kinder sammeln wie eine Henne ihre Küchlein unter den Flügeln, aber ihr habt nicht gewollt!
> [35] Nun wird euch euer Haus überlassen. Ich sage euch aber: Ihr werdet mich nicht mehr sehen, bis die Zeit kommt, daß ihr ruft: »Gepriesen sei, der da kommt, im Namen des Herrn!«' *

16.32 Die arme Witwe

Abschnitt: 306

Mk 12,41-44

> [41] Jesus setzte sich dem Opferkasten gegenüber und schaute zu, wie das Volk Geld in den Opferkasten warf. Viele Reiche warfen viel hinein.

[42] Und es kam eine arme Witwe und legte zwei Lepta, das ist ein Quadrans, hinein. *

[43] Da rief er seine Jünger zu sich und sagte zu ihnen: 'Wahrlich, ich sage euch: Diese arme Witwe hat mehr in den Opferkasten gelegt als alle anderen, die etwas hineinwarfen.

[44] Denn alle warfen von ihrem Überfluß hinein, sie aber warf aus ihrer Armut alles, was sie hatte, hinein, ihren ganzen Lebensunterhalt.

Lk 21,1-4

[1] Als er aufblickte, sah er, wie die Reichen ihre Gaben in den Opferkasten warfen.

[2] Er sah auch, wie eine arme Witwe zwei Lepta dort hineinlegte. *

[3] Da sagte er: 'Wahrlich, ich sage euch: Diese arme Witwe hat mehr als alle anderen hineingelegt.

[4] Denn alle diese warfen von dem, was sie im Überfluß haben, in den Opferstock hinein, sie aber aus ihrem Mangel, den ganzen Lebensunterhalt, den sie hatte.'

16.33   Jesus und die Griechen

Abschnitt: 307

Joh 12,20-36

[20] Unter denen, die hinaufgepilgert waren, um am Fest anzubeten, befanden sich auch einige Griechen. *

[21] Diese wandten sich an Philippus, der aus Betsaida in Galiläa stammte, und baten ihn: 'Herr, wir möchten gern Jesus sehen.' *

[22] Philippus ging hin und sagte es Andreas; Andreas und Philippus hinwieder sagten es Jesus.

[23] Jesus gab ihnen zur Antwort: 'Die Stunde ist gekommen, da der Menschensohn verherrlicht wird.

[24] Wahrlich, wahrlich, ich sage euch: Wenn das Weizenkorn nicht in die Erde fällt und stirbt, bleibt es für sich allein. Wenn es aber stirbt, bringt es viele Frucht.

[25] Wer sein Leben liebhat, verliert es; wer dagegen sein Leben in dieser Welt haßt, wird es für das ewige Leben retten.

[26] Wer mir dienen will, der folge mir. Wo ich bin, da soll auch mein Diener sein. Wer mir dient, den wird mein Vater ehren.

[27] Jetzt ist meine Seele erschüttert. Soll ich nun sagen: Vater, rette mich aus dieser Stunde? Doch gerade wegen dieser Stunde bin ich gekommen! *

[28] Vater, verherrliche deinen Namen.' Da erscholl eine Stimme vom Himmel: 'Ich habe ihn verherrlicht und will ihn wieder verherrlichen.'

[29] Das Volk, das dabeistand und dies hörte, meinte, es habe gedonnert. Andere sagten: 'Ein Engel hat mit ihm gesprochen.'

[30] Jesus hingegen sagte: 'Nicht meinetwegen erscholl diese Stimme, sondern euretwegen.

[31] Jetzt ergeht das Gericht über diese Welt, jetzt wird der Fürst dieser Welt hinausgestoßen.

[32] Ich aber werde, wenn ich von der Erde erhöht bin, alle an mich ziehen.'

[33] - Mit diesen Worten wollte er andeuten, welchen Todes er sterben werde. -

[34] Das Volk entgegnete ihm: 'Wir haben aus dem Gesetz gehört, daß der Messias ewig bleibt. Wie kannst du sagen, der Menschensohn müsse erhöht werden? Wer ist dieser Menschensohn?'

[35] Jesus sagte ihnen: 'Nur noch kurze Zeit ist das Licht unter euch. Wandelt im Licht, solange ihr es noch habt, sonst überfällt euch die Finsternis. Wer in der Finsternis wandelt, weiß nicht, wohin er geht.

[36] Solange ihr das Licht habt, glaubt an das Licht, damit ihr Kinder des Lichtes werdet.' Nach diesen Worten ging Jesus weg und hielt sich vor ihnen verborgen.

16.34   Der Unglaube der Juden

Abschnitt: 308

Joh 12,37-43

[37] Obwohl er so viele Zeichen vor ihnen gewirkt hatte, glaubten sie nicht an ihn.

[38] So sollte das Wort des Propheten Jesaja in Erfüllung gehen, der da sagte: 'Herr, wer glaubt unserer Botschaft? Wem ist der Arm des Herrn offenbar geworden?' *

³⁹ Sie konnten nicht glauben; denn Jesaja hat weiter gesagt:

⁴⁰ 'Er hat ihre Augen geblendet und ihr Herz verhärtet, damit sie mit den Augen nicht sehen und mit dem Herzen nicht verstehen und sich nicht bekehren, daß ich sie heile.' *

⁴¹ So sprach Jesaja, da er seine Herrlichkeit schaute und von ihm redete. *

⁴² Gleichwohl glaubten auch viele von den Vorstehern an ihn. Nur bekannten sie es der Pharisäer wegen nicht offen, um nicht aus der Synagoge ausgestoßen zu werden.

⁴³ Die Ehre bei den Menschen galt ihnen eben mehr als die Ehre bei Gott.

16.35   Die göttliche Sendung Jesu als Messias

Abschnitt: 309

Joh 12,44-50

⁴⁴ Jesus verkündete laut: 'Wer an mich glaubt, der glaubt nicht an mich, sondern an den, der mich gesandt hat;

⁴⁵ und wer mich sieht, der sieht den, der mich gesandt hat.

⁴⁶ Als Licht bin ich in die Welt gekommen, damit niemand, der an mich glaubt, in der Finsternis bleibe.

⁴⁷ Wer meine Worte hört, sie aber nicht bewahrt, den richte nicht ich. Denn ich bin nicht gekommen, die Welt zu richten, sondern die Welt zu retten.

⁴⁸ Wer mich verachtet und meine Worte nicht annimmt, der hat seinen Richter: Das Wort, das ich verkündet habe, wird ihn am Jüngsten Tag richten.

⁴⁹ Denn ich habe nicht aus mir selbst geredet, sondern der Vater, der mich gesandt hat, hat mir geboten, was ich reden und was ich verkünden soll.

⁵⁰ Und ich weiß, sein Gebot ist ewiges Leben. Was ich also rede, das rede ich so, wie der Vater mir gesagt hat.'

Kommentar:

Weissagungen vom Ende

16.36   Die Veranlassung der Weissagungen

Abschnitt: 310

Mt 24,1.2

> ¹ Jesus verließ den Tempel und ging des Weges, als seine Jünger herzutraten und auf die Prachtbauten des Tempels hinwiesen. *
> ² Er sagte zu ihnen: 'Seht ihr das alles? Wahrlich, ich sage euch: Hier wird nicht ein Stein auf dem anderen bleiben, der nicht niedergerissen wird.'

Mk 13,1.2

> ¹ Als er aus dem Tempel ging, sagte einer von seinen Jüngern zu ihm: 'Meister, sieh doch, was für Steine und was für Bauten!'
> ² Jesus erwiderte ihm: 'Siehst du diese Prachtbauten? Es wird nicht ein Stein auf dem anderen bleiben, der nicht niedergerissen wird.'

Lk 21,5.6

> ⁵ Als einige vom Tempel sagten, er sei mit so prächtigen Steinen und Weihegeschenken geschmückt, sagte er:
> ⁶ 'Es werden Tage kommen, da wird von dem, was ihr hier seht, nicht ein Stein auf dem anderen bleiben; alles wird dem Erdboden gleichgemacht.'

Kommentar:

Weissagungen vom Ende

16.37   Allgemeine Vorzeichen

Abschnitt: 311

Mt 24,3-8

> ³ Als er sich dann auf dem Ölberg niedergelassen hatte, traten die Jünger, die mit ihm allein waren, zu ihm und sagten: 'Sag uns, wann wird dies

geschehen, und was ist das Zeichen deiner Ankunft und des Weltendes?' *

[4] Jesus antwortete ihnen: 'Seht zu, daß euch niemand irreführt!

[5] Denn viele werden unter meinem Namen auftreten und sagen: »Ich bin der Messias!« Und sie werden viele irreführen.

[6] Ihr werdet von Kriegen und Kriegsgerüchten hören. Habt acht, laßt euch nicht erschrecken! Denn das alles muß kommen, bedeutet aber noch nicht das Ende.

[7] Denn Volk wird sich gegen Volk, Reich gegen Reich erheben. Hungersnot und Pest und Erdbeben wird es allenthalben geben.

[8] Doch das alles ist erst der Anfang der Wehen.

Mk 13,3-8

[3] Als er sich dann auf dem Ölberg dem Tempel gegenüber niedergelassen hatte, fragten ihn, da sie allein waren, Petrus, Jakobus, Johannes und Andreas:

[4] 'Sag uns, wann wird dies geschehen, und was ist das Zeichen, daß dies alles sich vollendet?'

[5] Jesus antwortete ihnen: 'Seht zu, daß euch niemand irreführt!

[6] Viele werden unter meinem Namen auftreten und sagen: 'Ich bin es!' Und sie werden viele irreführen.

[7] Wenn ihr von Kriegen und Kriegsgerüchten hört, so laßt euch nicht erschrecken. Das muß kommen, bedeutet aber noch nicht das Ende.

[8] Denn Volk wird sich gegen Volk und Reich gegen Reich erheben, Erdbeben wird es geben an vielen Orten, Hungersnot wird herrschen - das ist der Anfang der Wehen.

Lk 21,7-11

[7] Sie fragten ihn: 'Meister, wann wird das geschehen, und was ist das Zeichen dafür, daß es hereinbricht?'

[8] Er sagte: 'Seht zu, daß ihr euch nicht irreführen laßt. Denn viele werden unter meinem Namen auftreten und sagen: »Ich bin es!´, und: »Die Zeit ist gekommen!« - Lauft ihnen nicht nach!

[9] Wenn ihr von Kriegen und Aufständen hört, so laßt euch dadurch nicht erschrecken, denn dies muß zuvor geschehen; aber das Ende ist nicht sofort da.'

[10] Er fuhr fort: 'Volk wird sich gegen Volk und Reich gegen Reich erheben.

¹¹ Starke Erdbeben wird es geben und in manchen Gegenden Hungersnot und Pest; schreckliche Dinge werden sich ereignen und gewaltige Zeichen am Himmel stehen.

Kommentar:

Weissagungen vom Ende

16.38 Die Jüngerverfolgungen

Abschnitt: 312

Mt 10,17-23;24,9-14

¹⁷ Nehmt euch aber vor den Menschen in acht! Denn sie werden euch den Gerichten ausliefern und in ihren Synagogen geißeln.
¹⁸ Um meinetwillen werdet ihr vor Statthalter und Könige geschleppt werden, um Zeugnis abzulegen vor ihnen und vor den Heiden.
¹⁹ Wenn man euch aber ausliefert, macht euch keine Sorge, wie oder was ihr reden sollt; denn in jener Stunde wird euch eingegeben werden, was ihr sagen sollt.
²⁰ Nicht ihr werdet dann reden, sondern der Geist eures Vaters wird durch euch reden.
²¹ Der Bruder wird den Bruder, der Vater den Sohn dem Tod überliefern. Kinder werden sich gegen die Eltern auflehnen und sie töten.
²² Um meines Namens willen werdet ihr von allen gehaßt werden. Wer aber ausharrt bis zum Ende, der wird gerettet werden.
²³ Wenn man euch in der einen Stadt verfolgt, so flieht in eine andere. Wahrlich, ich sage euch: Ihr werdet mit den Städten Israels nicht zu Ende sein, bis der Menschensohn kommt. *
⁹ Dann wird man euch bedrängen und euch töten; um meines Namens willen werdet ihr von allen Völkern gehaßt sein.
¹⁰ Dann werden viele zu Fall kommen, einander verraten und hassen.
¹¹ Falsche Propheten werden in großer Zahl auftreten und viele irreführen.
¹² Weil die Gesetzlosigkeit überhandnimmt, wird die Liebe der meisten erkalten.
¹³ Wer aber ausharrt bis ans Ende, wird gerettet werden.

¹⁴ Dieses Evangelium vom Reich wird in der ganzen Welt verkündet werden, zum Zeugnis für alle Völker. - Dann erst kommt das Ende.

Mk 13,9-13

⁹ Seht euch aber selber vor! Sie werden euch den Gerichten ausliefern, in den Synagogen euch schlagen und vor Statthalter und Könige stellen meinetwegen, ihnen zum Zeugnis.

¹⁰ Und allen Völkern muß zuerst das Evangelium verkündet werden.

¹¹ Wenn man euch abführt, um euch vor Gericht zu stellen, macht euch nicht im voraus Sorgen, was ihr sagen sollt; sagt das, was euch in jener Stunde eingegeben wird! Denn nicht ihr seid es, die da reden, sondern der Heilige Geist.

¹² Der Bruder wird den Bruder, der Vater den Sohn dem Tod überliefern. Kinder werden sich gegen ihre Eltern auflehnen und sie töten.

¹³ Um meines Namens willen werdet ihr von allen gehaßt werden. Wer aber ausharrt bis ans Ende, wird gerettet werden.

Lk 21,12-19

¹² Aber vor all dem wird man Hand an euch legen und euch verfolgen. Man wird euch den Synagogen und Gefängnissen überliefern und vor Könige und Statthalter schleppen um meines Namens willen.

¹³ Da wird euch Gelegenheit gegeben, Zeugnis abzulegen.

¹⁴ Nehmt euch im Herzen vor, nicht vorher zu überlegen, wie ihr euch verteidigen sollt.

¹⁵ Denn ich werde euch Weisheit zum Reden geben, der alle eure Widersacher nicht zu widersprechen und zu widerstehen vermögen.

¹⁶ Ihr werdet sogar von Eltern, Brüdern, Verwandten und Freunden ausgeliefert werden, und manche von euch wird man ums Leben bringen.

¹⁷ Um meines Namens willen werdet ihr von allen gehaßt werden.

¹⁸ Aber kein Haar soll von eurem Haupt verlorengehen.

¹⁹ Durch eure standhafte Ausdauer werdet ihr eure Seele retten.

Kommentar:

Weissagungen vom Ende

16.39 Vorzeichen der Zerstörung Jerusalems

Abschnitt: 313

Mt 24,15-22

¹⁵ Wenn ihr nun den »verwüstenden Greuel« an heiliger Stätte stehen seht, von dem der Prophet Daniel gesprochen hat - wer es liest, der beachte es wohl! -, *
¹⁶ dann sollen die Leute in Judäa ins Gebirge flüchten.
¹⁷ Wer auf dem Dach ist, steige nicht hinab, um noch die Sachen aus seinem Haus zu holen.
¹⁸ Wer auf dem Feld ist, kehre nicht zurück, um seinen Mantel zu holen.
¹⁹ Wehe den hoffenden und stillenden Müttern in jenen Tagen!
²⁰ Betet aber, daß eure Flucht nicht in den Winter fällt oder auf einen Sabbat. *
²¹ Denn dann wird eine so große Drangsal kommen, wie es von Anbeginn der Welt bis jetzt noch keine gegeben hat, noch je geben wird.
²² Und würden jene Tage nicht abgekürzt, so würde kein Mensch gerettet werden. Aber um der Auserwählten willen werden jene Tage abgekürzt.

Mk 13,14-20

¹⁴ Wenn ihr den Greuel der Verwüstung stehen seht, wo er nicht sein darf - wer es liest, der beachte es wohl! -, dann sollen die Leute in Judäa in die Berge fliehen; *
¹⁵ wer auf dem Dach ist, soll nicht erst hinabsteigen und ins Haus hineingehen, um etwas zusammenzupacken,
¹⁶ wer auf dem Feld ist, kehre nicht zurück, um seinen Mantel zu holen.
¹⁷ Wehe den hoffenden und stillenden Müttern in jenen Tagen.
¹⁸ Betet aber, daß es nicht im Winter geschehe.
¹⁹ In jenen Tagen wird eine Drangsal sein, wie es von Anbeginn der Schöpfung bis jetzt noch keine gegeben hat, noch je eine geben wird. *
²⁰ Hätte der Herr die Tage nicht abgekürzt, würde kein Mensch gerettet werden. Aber um der Auserwählten willen, die er erkoren, hat er die Tage abgekürzt.

Lk 21,20-24

> [20] Wenn ihr Jerusalem von Kriegsheeren eingeschlossen seht, dann wisset, daß seine Zerstörung nahe ist.
>
> [21] Dann sollen, die in Judäa leben, ins Gebirge flüchten, die in Jerusalem die Stadt verlassen und die auf dem Land nicht in die Stadt hineingehen.
>
> [22] Denn das sind die Tage der Vergeltung, da alles in Erfüllung geht, was in der Schrift steht.
>
> [23] Wehe den hoffenden und stillenden Frauen in jenen Tagen! Denn es wird eine große Bedrängnis über das Land kommen und ein Zorngericht über dieses Volk.
>
> [24] Die einen werden durch die Schärfe des Schwertes fallen, die anderen gefangen unter alle Völker weggeführt werden. Jerusalem wird von den Heiden zertreten werden, bis auch die Zeit der Heiden abgelaufen ist. *

Kommentar:

Weissagungen vom Ende

16.40   Das Vorzeichen der Wiederkunft Christi

Abschnitt: 314

Mt 24,23-28

> [23] Wenn dann jemand zu euch sagt: »Seht, hier ist der Messias!«, oder: »dort!«, - glaubt es nicht!
>
> [24] Denn es werden falsche Messias und falsche Propheten auftreten und große Zeichen und Wunder wirken, um - wenn möglich - selbst die Auserwählten irrezuführen.
>
> [25] Seht, ich habe es euch vorausgesagt.
>
> [26] Wenn man also zu euch sagt: »Seht, er ist in der Wüste!«, so geht nicht hinaus; oder: »Seht, er ist in den Gemächern!«, so glaubt es nicht.
>
> [27] Denn wie der Blitz im Osten aufzuckt und bis zum Westen hin leuchtet, so wird es auch mit der Ankunft des Menschensohnes sein. *
>
> [28] Wo ein Aas ist, da sammeln sich die Geier.

Mk 13,21-23

²¹ Wenn dann jemand zu euch sagt: »Hier ist der Messias!«, oder: »Dort ist er!«, so glaubt es nicht!
²² Denn es werden falsche Messias und falsche Propheten auftreten und Zeichen und Wunder wirken, um, wenn möglich, die Auserwählten irrezuführen.
²³ Seid also auf der Hut! Seht, ich habe euch alles vorausgesagt.

Kommentar:

Weissagungen vom Ende

16.41 Die Wiederkunft Christi

Abschnitt: 315

Mt 24,29-31

²⁹ Sogleich nach der Drangsal jener Tage wird sich die Sonne verfinstern und der Mond seinen Schein verlieren, die Sterne werden vom Himmel fallen und die Kräfte des Himmels erschüttert werden.
³⁰ Dann wird das Zeichen des Menschensohnes am Himmel erscheinen. Da werden alle Stämme der Erde wehklagen. Sie werden den Menschensohn auf den Wolken des Himmels mit großer Macht und Herrlichkeit kommen sehen. *
³¹ Er wird seine Engel aussenden mit lautem Posaunenschall, und sie werden seine Auserwählten von den vier Windrichtungen zusammenführen, von einem Ende des Himmels bis zum anderen.

Mk 13,24-27

²⁴ In den Tagen nach jener Drangsal wird sich die Sonne verfinstern, und der Mond wird seinen Schein verlieren,
²⁵ die Sterne werden vom Himmel fallen, und die Kräfte des Himmels erschüttert werden.
²⁶ Dann wird man den Menschensohn auf den Wolken kommen sehen mit großer Macht und Herrlichkeit. *

²⁷ Er wird seine Engel aussenden und seine Auserwählten von den vier Windrichtungen zusammenführen, vom Ende der Erde bis zum Ende des Himmels.

Lk 21,25-28

²⁵ Es werden Zeichen sein an Sonne, Mond und Sternen und vor dem Brausen und Branden des Meeres wird ratlose Angst herrschen unter den Völkern der Erde.

²⁶ Die Menschen werden vergehen vor banger Erwartung der über den Erdkreis kommenden Dinge; denn die Kräfte des Himmels werden erschüttert werden.

²⁷ Dann wird man den Menschensohn auf einer Wolke kommen sehen mit Macht und großer Herrlichkeit.

²⁸ Wenn all dies sich zu ereignen beginnt, dann richtet euch auf und erhebt euer Haupt! Denn eure Erlösung naht.'

Kommentar:

Weissagungen vom Ende

16.42   Das Gleichnis vom Feigenbaum

Abschnitt: 316

Mt 24,32-35

³² Vom Feigenbaum lernt das Gleichnis: Wenn seine Zweige saftig werden und Blätter treiben, wißt ihr, daß der Sommer nahe ist.

³³ So sollt auch ihr, wenn ihr dies alles seht, wissen, daß er nahe ist, vor der Tür.

³⁴ Wahrlich, ich sage euch: Dieses Geschlecht wird nicht vergehen, bevor das alles eintrifft.

³⁵ Himmel und Erde werden vergehen, aber meine Worte werden nicht vergehen.

Mk 13,28-31

²⁸ Vom Feigenbaum lernt das Gleichnis: Wenn seine Zweige saftig werden und Blätter treiben, wißt ihr, daß der Sommer nahe ist.

²⁹ So sollt auch ihr, wenn ihr dies eintreten seht, wissen, daß er nahe ist, vor der Tür.

³⁰ Wahrlich, ich sage euch: Dieses Geschlecht wird nicht vergehen, bis dies alles eintrifft. *

³¹ Himmel und Erde werden vergehen, aber meine Worte werden nicht vergehen.

Lk 21,29-33

²⁹ Er trug ihnen ein Gleichnis vor: 'Betrachtet den Feigenbaum und alle anderen Bäume.

³⁰ Wenn ihr seht, daß sie schon ausschlagen, erkennt ihr von selbst: der Sommer ist nahe.

³¹ So sollt ihr, wenn ihr das eintreten seht, erkennen, daß das Reich Gottes nahe ist.

³² Wahrlich, ich sage euch: Dieses Geschlecht wird nicht vergehen, bis das alles eintrifft.

³³ Himmel und Erde werden vergehen, aber meine Worte werden nicht vergehen.

Kommentar:

Weissagungen vom Ende

16.43 Die Ungewißheit des Tages und der Stunde

Abschnitt: 317

Mt 24,36

³⁶ Um jenen Tag aber und jene Stunde weiß niemand etwas, auch nicht die Engel des Himmels, auch nicht der Sohn, sondern allein der Vater. *

Mk 13,32

[32] Jenen Tag aber oder die Stunde kennt niemand, nicht einmal die Engel im Himmel, auch nicht der Sohn, sondern nur der Vater. *

Kommentar:

Weissagungen vom Ende

16.44   Sorglosigkeit der Menschen

Abschnitt: 318

Mt 24,37-41

[37] Wie in den Tagen des Noach, so wird es bei der Ankunft des Menschensohnes sein.

[38] Denn in den Tagen vor der Sintflut aßen und tranken sie, heirateten und verheirateten, bis zu dem Tag, da Noach in die Arche ging; *

[39] und sie kamen nicht zur Einsicht, bis die Sintflut hereinbrach und alles hinwegraffte. So wird es auch bei der Ankunft des Menschensohnes sein.

[40] Dann werden zwei auf dem Feld sein: der eine wird aufgenommen, der andere zurückgelassen.

[41] Zwei Frauen werden auf einer Mühle mahlen: die eine wird aufgenommen, die andere zurückgelassen.

Lk 17,26.27.30.35

[26] Wie es zuging in den Tagen Noachs, so wird es auch sein in den Tagen des Menschensohnes:

[27] Sie aßen und tranken, heirateten und ließen sich heiraten bis zu dem Tag, an dem Noach in die Arche ging. Da kam die Flut und vertilgte alle. *

[30] Geradeso wird es sein an dem Tag, da der Menschensohn sich offenbart.

[35] Zwei Frauen werden an einer Mühle mahlen: die eine wird aufgenommen, die andere zurückgelassen werden.

Kommentar:

Weissagungen vom Ende

16.45 Mahnung zur Nüchternheit und Wachsamkeit

Abschnitt: 319

Lk 21,34-36

> ³⁴ Nehmt euch in acht, daß ihr eure Herzen nicht mit Schwelgerei und Trunkenheit und mit irdischen Sorgen beschwert, so daß jener Tag unversehens über euch kommt. *
> ³⁵ Denn wie eine Schlinge wird er über alle kommen, die auf dem ganzen Erdkreis wohnen.
> ³⁶ So seid denn allezeit wachsam und betet, damit ihr Kraft erhaltet, all diesen kommenden Ereignissen zu entgehen, und vor dem Menschensohn zu bestehen.'

Kommentar:

21WoFr; 2Wt349; 1Thess 4,1-8; 1Kor 1,17-25

16.46 Das Gleichnis von den zehn Jungfrauen

Abschnitt: 320

Mt 25,1-13

> ¹ Mit dem Himmelreich wird es sein wie mit zehn Jungfrauen, die ihre Lampen nahmen und dem Bräutigam entgegengingen.
> ² Fünf von ihnen waren töricht, fünf klug.
> ³ Die törichten hatten zwar ihre Lampen mitgenommen, aber keinen Ölvorrat,
> ⁴ die klugen dagegen hatten außer den Lampen in Krügen noch Öl mitgebracht.
> ⁵ Als nun der Bräutigam länger ausblieb, wurden alle schläfrig und schliefen ein.

⁶ Um Mitternacht erhob sich Geschrei: »Der Bräutigam! Kommt heraus, ihm entgegen!«

⁷ Da erhoben sich die Jungfrauen und richteten ihre Lampen her.

⁸ Die törichten aber sagten zu den klugen: »Gebt uns von eurem Öl! Unsere Lampen sind am Erlöschen.«

⁹ Die klugen erwiderten: »Dann würde es nicht für uns und auch nicht für euch reichen. Geht doch lieber zu den Händlern und kauft es euch.«

¹⁰ Während sie hingingen, um zu kaufen, kam der Bräutigam. Die bereit waren, gingen mit ihm in den Hochzeitssaal, und die Tür ward verschlossen.

¹¹ Endlich kamen auch die anderen Jungfrauen und riefen: »Herr, Herr, mache uns auf!«

¹² Er aber erwiderte: »Wahrlich, ich sage euch: Ich kenne euch nicht!«

¹³ Seid also wachsam; denn ihr kennt weder den Tag noch die Stunde!

Kommentar:

21WoSa; 2Wt355; 1Thess 4,9-11; 1Kor 1,26-31

16.47   Das Gleichnis von den anvertrauten Talenten

Abschnitt: 321

Mt 25,14-30

¹⁴ Es ist wie bei einem Mann, der in die Fremde ziehen wollte. Er rief seine Knechte und übergab ihnen sein Vermögen.

¹⁵ Dem einen gab er fünf Talente, dem anderen zwei, dem dritten eins, jedem nach seiner besonderen Tüchtigkeit. Dann reiste er ab.

¹⁶ Der fünf Talente empfangen hatte, ging hin, arbeitete mit ihnen und gewann noch fünf dazu.

¹⁷ Ebenso gewann auch der mit den zwei Talenten noch zwei andere hinzu.

¹⁸ Der aber das eine erhalten hatte, ging hin, grub ein Loch in die Erde und verbarg darin das Geld seines Herrn.

¹⁹ Nach geraumer Zeit kam der Herr jener Knechte zurück und hielt Abrechnung mit ihnen.

²⁰ Der die fünf Talente empfangen hatte, trat heran, brachte fünf weitere Talente mit und sagte: »Herr, fünf Talente hast du mir übergeben, siehe, fünf

weitere Talente habe ich dazugewonnen.«

²¹ Da sagte sein Herr zu ihm: »Recht so, du guter und treuer Knecht. Über weniges bist du treu gewesen, über vieles will ich dich setzen. Geh ein in die Freude deines Herrn!«

²² Auch der mit den zwei Talenten trat heran und sagte: »Herr, zwei Talente hast du mir übergeben, siehe, zwei Talente habe ich dazugewonnen.«

²³ Da sagte sein Herr zu ihm: »Recht so, du guter und treuer Knecht. Über weniges bist du treu gewesen, über vieles will ich dich setzen. Geh ein in die Freude deines Herrn!«

²⁴ Es trat aber auch der heran, der das eine Talent erhalten hatte, und sagte: »Herr, ich kenne dich, du bist ein strenger Mann. Du erntest, wo du nicht gesät, und sammelst ein, wo du nicht ausgestreut hast.

²⁵ Darum fürchtete ich mich, ging hin und vergrub dein Talent in der Erde. Hier hast du dein Eigentum.«

²⁶ Da erwiderte ihm sein Herr: »Du schlechter und fauler Knecht, du wußtest, daß ich ernte, wo ich nicht gesät, und sammle, wo ich nicht ausgestreut habe?

²⁷ Dann hättest du mein Geld bei den Wechslern anlegen sollen, so daß ich bei meiner Heimkehr mein Geld mit Zinsen hätte abheben können.

²⁸ Nehmt ihm darum das Talent und gebt es dem, der die zehn Talente hat!

²⁹ Denn jedem, der hat, wird gegeben werden, und er wird Überfluß haben; wer aber nicht hat, dem wird noch genommen werden, was er hat. *

³⁰ Den unnützen Knecht aber werft hinaus in die Finsternis draußen! Dort wird Heulen und Zähneknirschen sein.«

16.48   Die Rede vom Weltgericht

Abschnitt: 322

Mt 25,31-46

³¹ Wenn der Menschensohn in seiner Herrlichkeit kommt und alle Engel mit ihm, dann wird er sich auf den Thron seiner Herrlichkeit setzen.

³² Alle Völker werden vor ihm versammelt werden. Er wird sie voneinander scheiden, wie der Hirt die Schafe von den Böcken scheidet.

³³ Die Schafe wird er zu seiner Rechten stellen, die Böcke zu seiner Linken.

³⁴ Dann wird der König denen zu seiner Rechten sagen: »Kommt, ihr Geseg-
neten meines Vaters! Nehmt das Reich in Besitz, das seit der Erschaffung
der Welt für euch bereitet ist.

³⁵ Denn ich war hungrig, und ihr habt mir zu essen gegeben, ich war durstig,
und ihr habt mir zu trinken gegeben, ich war fremd, und ihr habt mich
beherbergt,

³⁶ nackt, und ihr habt mich bekleidet, ich war krank, und ihr habt mich besucht,
ich war im Gefängnis, und ihr seid zu mir gekommen.«

³⁷ Dann werden ihm die Gerechten erwidern: »Herr, wann haben wir dich
hungrig gesehen und haben dir zu essen gegeben, oder durstig und haben
dir zu trinken gegeben?

³⁸ Und wann haben wir dich als Fremdling gesehen und haben dich beherbergt,
oder nackt und haben dich bekleidet?

³⁹ Und wann haben wir dich krank gesehen oder im Gefängnis und sind zu dir
gekommen?«

⁴⁰ Der König wird ihnen antworten: »Wahrlich, ich sage euch: Was ihr einem
dieser meiner geringsten Brüder getan habt, das habt ihr mir getan.«

⁴¹ Dann wird er auch zu denen zur Linken sagen: »Hinweg von mir, ihr Ver-
fluchten, ins ewige Feuer, das für den Teufel und seine Engel bereitet ist!

⁴² Denn ich war hungrig, und ihr habt mir nicht zu essen gegeben, ich war
durstig, und ihr habt mir nicht zu trinken gegeben,

⁴³ ich war fremd, und ihr habt mich nicht beherbergt, nackt, und ihr habt mich
nicht bekleidet, krank und im Gefängnis, und ihr habt mich nicht besucht.«

⁴⁴ Dann werden auch sie erwidern: »Herr, wann haben wir dich hungrig oder
durstig oder fremd oder nackt oder krank oder im Gefängnis gesehen und
hätten dir nicht gedient?«

⁴⁵ Darauf wird er ihnen antworten: »Wahrlich, ich sage euch: Was ihr einem
von diesen Geringsten da nicht getan habt, das habt ihr auch mir nicht
getan.«

⁴⁶ Diese werden hingehen in ewige Pein, die Gerechten aber in ewiges Leben.' *

16.49 Das letzte öffentliche Lehren Jesu

Abschnitt: 323

Lk 21,37.38

[37] Tagsüber lehrte er im Tempel, abends aber ging er hinaus und verbrachte die Nacht auf dem Berg, der Ölberg heißt.

[38] Und das ganze Volk machte sich schon frühmorgens auf, um ihn im Tempel zu hören.

Kapitel 17

Das Leiden

17.1   Heimliches Vorgehen des Hohen Rates

Abschnitt: 324

Mt 26,1-5

> [1] Als Jesus alle diese Reden beendet hatte, sagte er zu seinen Jüngern: *
> [2] 'Ihr wißt, daß in zwei Tagen das Paschafest ist und der Menschensohn über-
>   liefert wird, um gekreuzigt zu werden.'
> [3] Damals versammelten sich die Hohenpriester und die Ältesten des Volkes im
>   Palast des Hohenpriesters namens Kajaphas.
> [4] Sie kamen überein, Jesus mit List festzunehmen und zu töten.
> [5] Sie sagten aber: 'Nur nicht am Fest! Sonst entsteht ein Aufruhr im Volk.'

Mk 14,1.2

> [1] Zwei Tage vor dem Pascha, dem Fest der Ungesäuerten Brote, suchten die
>   Hohenpriester und Schriftgelehrten nach einer Möglichkeit, ihn mit List
>   zu ergreifen und zu töten. *
> [2] Sie sagten: 'Nur nicht am Fest, sonst entsteht ein Aufruhr im Volk.'

Lk 22,1.2

> [1] Es nahte das Fest der Ungesäuerten Brote, das man Pascha nennt.
> [2] Die Hohenpriester und Schriftgelehrten überlegten, wie sie ihn töten könn-
>   ten. Sie fürchteten aber das Volk.

17.2 Die Verabredung des Judas mit der Behörde

Abschnitt: 325

Mt 26,14-16

[14] Darauf ging einer von den Zwölfen mit Namen Judas Iskariot zu den Hohenpriestern

[15] und sagte: 'Was wollt ihr mir geben, wenn ich ihn euch überliefere?' Sie setzten ihm dreißig Silberlinge aus. *

[16] Von da an suchte er nach einer günstigen Gelegenheit, ihn zu überliefern.

Mk 14,10.11

[10] Da ging Judas Iskariot, einer von den Zwölf, zu den Hohenpriestern, um ihnen Jesus zu überliefern.

[11] Als sie das hörten, freuten sie sich und versprachen, ihm Geld dafür zu geben. Nun suchte er nach einer günstigen Gelegenheit, ihn auszuliefern.

Lk 22,3-6

[3] Da fuhr der Satan in Judas mit dem Beinamen Iskariot, der einer von den Zwölfen war.

[4] Er ging hin und besprach sich mit den Hohenpriestern und den Hauptleuten, wie er ihn an sie ausliefern könne.

[5] Die freuten sich darüber und versprachen, ihm Geld zu geben.

[6] Er sagte zu und sann nun auf eine günstige Gelegenheit, ihn ohne Aufsehen beim Volk an sie auszuliefern.

17.3 Die Bereitung des Ostermahles

Abschnitt: 326

Mt 26,17-19

[17] Am ersten Tag der Ungesäuerten Brote traten die Jünger zu Jesus und fragten: 'Wo sollen wir das Paschamahl für dich bereiten?' *

¹⁸ Er sagte: 'Geht in die Stadt zu einem gewissen Mann und sagt zu ihm: Der Meister läßt sagen: Meine Zeit ist nahe, bei dir will ich mit meinen Jüngern das Paschamahl halten.'

¹⁹ Die Jünger taten, wie Jesus ihnen aufgetragen hatte, und bereiteten das Paschamahl.

Mk 14,12-16

¹² Am ersten Tag der Ungesäuerten Brote, an dem man das Paschalamm schlachtete, fragten ihn seine Jünger: 'Wohin sollen wir gehen, um für dich das Paschalamm zu bereiten?'

¹³ Da entsandte er zwei von seinen Jüngern und trug ihnen auf: 'Geht in die Stadt. Da wird euch ein Mann begegnen, der einen Wasserkrug trägt. Folgt ihm! *

¹⁴ Sagt zu dem Herrn des Hauses, in das er hineingeht: Der Meister läßt fragen: Wo ist das Gemach, in dem ich mit meinen Jüngern das Paschamahl halten kann? *

¹⁵ Er wird euch im Obergeschoß einen geräumigen Saal zeigen, der mit Polstern versehen ist und bereitsteht. Dort bereitet es für uns!'

¹⁶ Die Jünger gingen in die Stadt und fanden es so, wie er ihnen gesagt hatte, und bereiteten das Paschamahl.

Lk 22,7-13

⁷ Es kam der Tag der Ungesäuerten Brote, an dem das Paschalamm zu schlachten war.

⁸ Da entsandte Jesus Petrus und Johannes mit dem Auftrag: 'Geht hin und bereitet uns das Paschamahl, damit wir es abhalten können.' *

⁹ Sie fragten ihn: 'Wo sollen wir es bereiten?'

¹⁰ Er antwortete ihnen: 'Wenn ihr in die Stadt kommt, wird euch ein Mann begegnen, der einen Wasserkrug trägt. Folgt ihm in das Haus, in das er hineingeht,

¹¹ und sagt dem Herrn des Hauses: »Der Meister läßt dich fragen: Wo ist das Gemach, in dem ich mit meinen Jüngern das Paschamahl halten kann?«

¹² Jener wird euch einen geräumigen Saal zeigen, der mit Polstern versehen ist. Dort bereitet es.'

¹³ Sie gingen hin und fanden alles, wie er ihnen gesagt hatte, und bereiteten das Paschamahl.

17.4 Der Beginn des Ostermahles

Abschnitt: 327

Mt 26,20.29

²⁰ Als es Abend geworden war, setzte er sich mit den zwölf Jüngern zu Tisch.
²⁹ Ich sage euch aber: Von jetzt an werde ich nicht mehr von dieser Frucht des Weinstocks trinken, bis zu jenem Tag, da ich von ihr aufs neue mit euch trinken werde im Reich meines Vaters.'

Mk 14,17.25

¹⁷ Als es Abend geworden war, kam Jesus mit den Zwölfen.
²⁵ Wahrlich, ich sage euch: Ich werde von dem Gewächs des Weinstocks nicht mehr trinken bis zu dem Tag, da ich von ihm neu trinke im Reich Gottes.'

Lk 22,14-18

¹⁴ Als die Stunde gekommen war, ließ er sich zu Tisch nieder und die zwölf Apostel mit ihm.
¹⁵ Er sagte zu ihnen: 'Sehnlichst habe ich danach verlangt, dieses Paschamahl mit euch zu halten, bevor ich leide. *
¹⁶ Denn ich sage euch: Ich werde es von jetzt an nicht mehr essen, bis es seine Erfüllung findet im Reich Gottes.'
¹⁷ Dann nahm er einen Kelch, dankte und sagte: 'Nehmt ihn und teilt ihn unter euch.
¹⁸ Denn ich sage euch: Fortan werde ich nicht mehr von dem Gewächs des Weinstocks trinken, bis das Reich Gottes kommt.'

17.5   Warnung vom Ehrgeiz

Abschnitt: 328

Lk 22,24-30

²⁴ Es entstand auch ein Streit unter ihnen, wer von ihnen wohl der Größte sei.
²⁵ Er aber sagte zu ihnen: 'Die Könige der Völker herrschen über sie, und ihre
Machthaber werden Wohltäter genannt.
²⁶ Bei euch aber sei es nicht so, sondern der Größte unter euch sei wie der
Geringste und der Vorgesetzte wie der Dienende. *
²⁷ Wer ist denn größer: der zu Tisch sitzt, oder der bedient? Ist es nicht der, der
zu Tisch sitzt? Ich aber bin in eurer Mitte als der Dienende.
²⁸ Ihr habt in meinen Prüfungen bei mir ausgeharrt,
²⁹ so vermache ich euch das Reich, wie mein Vater es mir vermacht hat.
³⁰ Ihr sollt in meinem Reich an meinem Tisch essen und trinken und sollt auf
Thronen sitzen und die zwölf Stämme Israels richten.

17.6   Die Fußwaschung

Abschnitt: 329

Joh 13,1-11

¹ Es war vor dem Paschafest. Jesus wußte, daß für ihn die Stunde gekommen
war, aus dieser Welt zum Vater zu gehen. Da erwies er, der die Seinen, die
in der Welt waren, geliebt hatte, ihnen seine Liebe bis zum letzten. *
² Es war bei einem Mahl. Der Teufel hatte Judas Iskariot, dem Sohn Simons,
schon den Gedanken eingegeben, ihn zu verraten.
³ Jesus wußte, daß der Vater ihm alles in die Hand gegeben hatte, daß er von
Gott ausgegangen war und wieder zu Gott zurückkehre.
⁴ Er erhob sich vom Mahl, legte sein Obergewand ab, nahm ein Leinentuch
und band es sich um,
⁵ goß Wasser in ein Becken und begann, den Jüngern die Füße zu waschen und
sie mit dem Leinentuch abzutrocknen, mit dem er umgürtet war. *
⁶ So kam er zu Simon Petrus. Der sagte zu ihm: 'Herr, du willst mir die Füße
waschen?'

⁷ Jesus antwortete ihm: 'Was ich tue, verstehst du jetzt noch nicht, du wirst es aber später verstehen.'

⁸ Petrus erwiderte ihm: 'In Ewigkeit sollst du mir nicht die Füße waschen!' Jesus entgegnete ihm: 'Wenn ich dich nicht waschen darf, hast du keine Gemeinschaft mit mir.'

⁹ Da sagte ihm Simon Petrus: 'Dann, Herr, nicht allein meine Füße, sondern auch die Hände und das Haupt.'

¹⁰ Jesus sagte zu ihm: 'Wer gebadet hat, braucht sich nur noch die Füße zu waschen, damit ist er ganz rein. Auch ihr seid rein, aber nicht alle.'

¹¹ Er kannte nämlich seinen Verräter; darum sagte er: 'Ihr seid nicht alle rein.'

17.7 Die Lehre für die Jünger

Abschnitt: 330

Joh 13,12-20

¹² Nachdem er ihnen nun die Füße gewaschen, sein Obergewand wieder angelegt und am Tisch Platz genommen hatte, sagte er zu ihnen: 'Versteht ihr, was ich an euch getan habe?

¹³ Ihr nennt mich Meister und Herr, und ihr habt recht, denn ich bin es.

¹⁴ Wenn nun ich, der Herr und Meister, euch die Füße gewaschen habe, dann müßt auch ihr einander die Füße waschen. *

¹⁵ Denn ich habe euch ein Beispiel gegeben: Wie ich an euch getan habe, so sollt auch ihr tun.

¹⁶ Wahrlich, wahrlich, ich sage euch: Der Knecht ist nicht mehr als sein Herr und der Gesandte nicht mehr, als der ihn gesandt hat.

¹⁷ Da ihr das nun wißt, so seid ihr selig, wenn ihr danach handelt.

¹⁸ Nicht von euch allen spreche ich. Ich weiß, wen ich mir erwählt habe. Allein die Schrift muß in Erfüllung gehen: »Der mein Brot ißt, hat seine Ferse gegen mich erhoben«. *

¹⁹ Schon jetzt sage ich es euch, ehe es eintritt, damit ihr, wenn es eintritt, glaubt, daß von mir die Rede ist.

²⁰ Wahrlich, wahrlich, ich sage euch: Wer einen aufnimmt, den ich sende, der nimmt mich auf; wer aber mich aufnimmt, der nimmt den auf, der mich gesandt hat.'

17.8 Die Ankündigung des Verrates

Abschnitt: 331

Mt 26,21-25

[21] Während sie beim Mahl waren, sagte er: 'Wahrlich, ich sage euch: Einer von euch wird mich verraten.'

[22] Da wurden sie tief betrübt, und einer nach dem anderen fragte ihn: 'Doch nicht etwa ich, Herr?'

[23] Er gab zur Antwort: 'Der mit mir die Hand in die Schüssel tunkt, der wird mich verraten. *

[24] Der Menschensohn geht zwar hin, wie von ihm geschrieben steht. Wehe aber jenem Menschen, durch den der Menschensohn verraten wird. Für jenen Menschen wäre es besser, wenn er nicht geboren wäre.'

[25] Da fragte Judas, der ihn überlieferte: 'Bin ich es etwa, Meister?' Er sagte zu ihm: 'Du hast es gesagt.' *

Mk 14,18-21

[18] Während sie zu Tisch saßen und aßen, sagte Jesus: 'Wahrlich, ich sage euch: Einer von euch, der mit mir ißt, wird mich verraten.'

[19] Da wurden sie traurig, und einer nach dem andern fragte ihn: 'Doch nicht etwa ich?'

[20] Er sagte zu ihnen: 'Einer von den Zwölfen ist es, der mit mir (das Brot) in dieselbe Schüssel taucht. *

[21] Der Menschensohn geht zwar hin, wie von ihm geschrieben steht. Wehe aber dem Menschen, durch den der Menschensohn verraten wird. Für jenen Menschen wäre es besser, wenn er nicht geboren wäre.'

Lk 22,21-23

[21] Doch seht, die Hand meines Verräters ist mit mir auf dem Tisch.

[22] Der Menschensohn geht zwar hin, wie es bestimmt ist; aber wehe dem Menschen, durch den er verraten wird!'

[23] Da begannen sie untereinander zu fragen, wer von ihnen es denn sei, der das tun könnte.

17.9 Die Persönlichkeit des Verräters

Abschnitt: 332

Joh 13,21-30

[21] Nach diesen Worten wurde Jesus im Geist erschüttert und beteuerte: 'Wahrlich, wahrlich, ich sage euch: Einer von euch wird mich verraten.'
[22] Da schauten die Jünger einander an; denn sie ahnten nicht, wen er meine.
[23] Einer von seinen Jüngern, der, den Jesus liebte, lag bei Tisch an der Brust Jesu.
[24] Diesem winkte Simon Petrus zu und sagte ihm: 'Frage, wen er damit meint.'
[25] Der lehnte sich gleich an die Brust Jesu und fragte ihn: 'Herr, wer ist es?'
[26] Da antwortete Jesus: 'Der ist es, dem ich den Bissen eintunken und reichen werde.' Er tunkte den Bissen ein und gab ihn Judas, dem Sohn Simons Iskariot. *
[27] Nach dem Bissen fuhr der Satan in ihn. Jesus sagte ihm noch: 'Was du tun willst, tue bald.' *
[28] Keiner der Tischgenossen aber verstand, warum er ihm das sagte.
[29] Weil Judas die Kasse führte, meinten nämlich einige, Jesus habe ihm sagen wollen: 'Kaufe, was wir für das Fest nötig haben', oder er solle den Armen etwas geben.
[30] Als jener den Bissen genommen hatte, ging er sofort hinaus. Es war Nacht.

17.10 Die Verherrlichung Jesu

Abschnitt: 333

Joh 13,31.32

[31] Als er hinausgegangen war, sagte Jesus: 'Jetzt ist der Menschensohn verherrlicht, und Gott ist in ihm verherrlicht.
[32] Wenn Gott in ihm verherrlicht ist, so wird auch Gott ihn in sich verherrlichen, und er wird ihn bald verherrlichen.

17.11   Die Einsetzung der Eucharistie

Abschnitt: 334

Mt 26,26-28

[26] Während des Mahles nahm Jesus Brot, segnete es, brach es und gab es den Jüngern mit den Worten: 'Nehmt hin und esset, das ist mein Leib.' *
[27] Dann nahm er einen Kelch, dankte und reichte ihn ihnen mit den Worten: 'Trinket alle daraus;
[28] denn dies ist mein Blut des Bundes, das für viele vergossen wird zur Vergebung der Sünden.

Mk 14,22-24

[22] Während des Mahles nahm Jesus Brot, sprach den Lobpreis, brach es und reichte es ihnen mit den Worten: 'Nehmet hin, das ist mein Leib.' *
[23] Dann nahm er den Kelch, sagte Dank und reichte ihn ihnen, und sie tranken alle daraus.
[24] Und er sagte zu ihnen: 'Das ist mein Blut des Bundes, das für viele vergossen wird. *

Lk 22,19.20

[19] Alsdann nahm er das Brot, dankte, brach es und reichte es ihnen mit den Worten: 'Das ist mein Leib, der für euch hingegeben wird. Tut dies zu meinem Gedächtnis.' *
[20] Ebenso nahm er nach dem Mahl den Kelch und sagte: 'Dieser Kelch ist der Neue Bund mit meinem Blut, das für euch vergossen wird.

17.12   Das neue Gebot

Abschnitt: 335

Joh 13,33-35

³³ Kinder, nur noch kurze Zeit bin ich bei euch. Ihr werdet mich suchen; aber wie ich schon den Juden gesagt habe, so sage ich jetzt auch euch: Wohin ich gehe, dahin könnt ihr nicht kommen.
³⁴ Ein neues Gebot gebe ich euch: Liebt einander! Wie ich euch geliebt habe, so sollt auch ihr einander lieben.
³⁵ Daran sollen alle erkennen, daß ihr meine Jünger seid, wenn ihr untereinander Liebe habt.'

17.13   Vorhersagung der Verleugnung des Petrus

Abschnitt: 336

Mt 26,31-35

³¹ Da sagte Jesus zu ihnen: 'Ihr alle werdet heute Nacht an mir irre werden. Denn es steht geschrieben: Ich werde den Hirten erschlagen, und zerstreuen werden sich die Schafe der Herde. *
³² Nachdem ich aber auferweckt worden bin, werde ich euch nach Galiläa vorausgehen.'
³³ Petrus aber erwiderte ihm: 'Wenn alle an dir irre werden, ich lasse mich niemals beirren!'
³⁴ Jesus sagte ihm: 'Wahrlich, ich sage dir: In dieser Nacht, ehe der Hahn kräht, wirst du mich dreimal verleugnen.'
³⁵ Petrus beteuerte ihm: 'Selbst wenn ich mit dir sterben müßte - nie werde ich dich verleugnen!' Ebenso redeten auch alle anderen Jünger.

Mk 14,27-31

²⁷ Da sagte Jesus zu ihnen: 'Ihr werdet alle zu Fall kommen; denn es steht geschrieben: »Ich werde den Hirten schlagen, dann werden sich die Schafe zerstreuen.«

[28] Aber nach meiner Auferweckung werde ich euch nach Galiläa vorausgehen.'
[29] Petrus sagte zu ihm: 'Wenn auch alle zu Fall kommen werden, nicht aber ich!'
[30] Da sagte Jesus zu ihm: 'Wahrlich, ich sage dir: Heute, in dieser Nacht, ehe der Hahn zweimal kräht, wirst du mich dreimal verleugnen.'
[31] Er aber beteuerte noch nachdrücklicher: 'Selbst wenn ich mit dir sterben müßte, nie werde ich dich verleugnen.' Ebenso redeten aber auch alle anderen.

Lk 22,31-34

[31] Simon, Simon! Siehe, der Satan begehrt, euch wie den Weizen zu sieben. *
[32] Ich aber habe für dich gebetet, daß dein Glaube nicht aufhöre. Und wenn du dich dereinst bekehrt hast, stärke deine Brüder!'
[33] Er aber erwiderte ihm: 'Herr, mit dir bin ich bereit, auch ins Gefängnis und in den Tod zu gehen.'
[34] Doch er entgegnete: 'Ich sage dir, Petrus, der Hahn wird heute nicht krähen, bevor du dreimal geleugnet hast, mich zu kennen.'

Joh 13,36-38

[36] Simon Petrus fragte ihn: 'Herr, wohin gehst du?' Jesus antwortete ihm: 'Wohin ich gehe, dahin kannst du mir nicht folgen, du wirst mir aber später folgen.'
[37] Petrus sagte zu ihm: 'Herr, warum kann ich dir jetzt nicht folgen? Mein Leben will ich für dich hingeben.'
[38] Jesus erwiderte: 'Dein Leben willst du für mich hingeben? Wahrlich, wahrlich, ich sage dir: Noch ehe der Hahn kräht, wirst du mich dreimal verleugnet haben.'

17.14   Die Schwertrede

Abschnitt: 337

Lk 22,35-38

[35] Dann sagte er zu ihnen: 'Als ich euch aussandte ohne Beutel, Tasche und Schuhe, hat euch da etwas gefehlt?' Sie antworteten: 'Nein!'
[36] Da fuhr er fort: 'Jetzt aber soll, wer einen Beutel hat, ihn an sich nehmen, ebenso eine Tasche. Wer das nicht hat, verkaufe seinen Mantel und kaufe dafür ein Schwert.
[37] Denn ich sage euch: An mir muß sich erfüllen, was geschrieben steht, nämlich: »Er wird unter die Übeltäter gerechnet.« - Denn was mir bestimmt ist, kommt zu seiner Vollendung.' *
[38] Da riefen sie: 'Herr, siehe, hier sind zwei Schwerter.' Er sagte zu ihnen: 'Es ist genug.'

Kommentar:

Die Abschieds- und Trostreden nach Johannes

17.15   Jenseitstrost: Die himmlische Heimat

Abschnitt: 338

Joh 14,1-11

[1] Euer Herz bange nicht! Glaubt an Gott, und glaubt an mich!
[2] Im Haus meines Vaters sind viele Wohnungen; hätte ich euch sonst gesagt, daß ich hingehe, euch eine Stätte zu bereiten?
[3] Wenn ich hingegangen bin und euch eine Stätte bereitet habe, komme ich wieder und nehme euch zu mir, damit auch ihr seid, wo ich bin.
[4] Den Weg dorthin, wohin ich gehe, kennt ihr ja.'
[5] Thomas entgegnete ihm: 'Herr, wir wissen nicht, wohin du gehst. Wie sollen wir da den Weg kennen?'
[6] Jesus sagte zu ihm: 'Ich bin der Weg und die Wahrheit und das Leben. Niemand kommt zum Vater als durch mich.

[7] Wenn ihr mich erkannt hättet, würdet ihr auch meinen Vater kennen. Schon jetzt kennt ihr ihn und habt ihn gesehen.'

[8] Philippus sagte zu ihm: 'Herr, zeige uns den Vater! Das genügt uns.'

[9] Jesus erwiderte ihm: 'Solange schon bin ich bei euch, und du kennst mich noch nicht, Philippus? Wer mich gesehen hat, hat den Vater gesehen. Wie kannst du nur sagen: Zeige uns den Vater?

[10] Glaubst du nicht, daß ich im Vater bin und der Vater in mir ist? Die Worte, die ich zu euch rede, sage ich nicht aus mir selbst; der Vater, der in mir bleibt, vollbringt die Werke.

[11] Glaubt mir, daß ich im Vater bin und der Vater in mir ist. Sonst glaubt doch wenigstens um der Werke willen.

Kommentar:

Die Abschieds- und Trostreden nach Johannes

17.16   Diesseitstrost: Erhörung, Beistand, Vereinigung

Abschnitt: 339

Joh 14,12-31

[12] Wahrlich, wahrlich, ich sage euch: Wer an mich glaubt, wird die Werke, die ich tue, ebenfalls tun; ja er wird noch größere als diese tun. Denn ich gehe zum Vater.

[13] Alles, um was ihr in meinem Namen bittet, werde ich tun, damit der Vater im Sohn verherrlicht wird.

[14] Wenn ihr mich in meinem Namen um etwas bittet, so werde ich es tun.

[15] Wenn ihr mich liebt, so haltet meine Gebote.

[16] Dann will ich den Vater bitten, und er wird euch einen anderen Beistand geben, der für immer bei euch bleiben soll,

[17] den Geist der Wahrheit. Ihn kann die Welt nicht empfangen, weil sie ihn nicht sieht und ihn nicht kennt. Ihr kennt ihn; denn er bleibt bei euch und wird in euch sein.

[18] Ich will euch nicht als Waisen zurücklassen, ich komme zu euch.

[19] Nur noch kurze Zeit, und die Welt sieht mich nicht mehr. Ihr aber werdet mich wiedersehen, weil ich lebe, und auch ihr leben werdet.

[20] An jenem Tag werdet ihr erkennen, daß ich in meinem Vater bin und daß ihr in mir seid und ich in euch.

[21] Wer meine Gebote hat und sie hält, der ist es, der mich liebt. Wer aber mich liebt, den wird mein Vater lieben, und auch ich werde ihn lieben und mich ihm offenbaren.'

[22] Da fragte ihn Judas, nicht der Iskariot: 'Herr, wie kommt es denn, daß du dich nur uns offenbaren willst und nicht der Welt?'

[23] Jesus antwortete ihm: 'Wer mich liebt, wird mein Wort bewahren; mein Vater wird ihn lieben, und wir werden zu ihm kommen und Wohnung bei ihm nehmen.

[24] Wer mich nicht liebt, bewahrt meine Worte nicht. Das Wort aber, das ihr hört, ist nicht mein Wort, sondern das des Vaters, der mich gesandt hat.

[25] Dies habe ich zu euch gesagt, solange ich noch bei euch bin.

[26] Der Beistand aber, der Heilige Geist, den der Vater in meinem Namen senden wird, der wird euch alles lehren und euch an alles erinnern, was ich euch gesagt habe.

[27] Frieden hinterlasse ich euch, meinen Frieden gebe ich euch. Nicht wie die Welt ihn gibt, gebe ich ihn euch. Euer Herz bange nicht und zage nicht!

[28] Ihr habt gehört, daß ich euch gesagt habe: Ich gehe hin und komme wieder zu euch. Wenn ihr mich liebtet, würdet ihr euch freuen, daß ich zum Vater gehe; denn der Vater ist größer als ich.

[29] Nun habe ich es euch gesagt, ehe es eintritt, damit ihr glaubt, wenn es eintritt.

[30] Ich werde nicht mehr viel mit euch reden; denn es kommt der Fürst der Welt. Gegen mich vermag er nichts;

[31] aber die Welt soll erkennen, daß ich den Vater liebe und so handle, wie der Vater mir aufgetragen hat. - Steht auf! Laßt uns aufbrechen! *

Kommentar:

Die Abschieds- und Trostreden nach Johannes

17.17   Jesus der wahre Weinstock

Abschnitt: 340

Joh 15,1-8

¹ Ich bin der wahre Weinstock, und mein Vater ist der Weingärtner.

² Jede Rebe an mir, die keine Frucht bringt, schneidet er ab; jede, die Frucht bringt, reinigt er, damit sie noch mehr Frucht bringe.

³ Ihr seid schon rein kraft des Wortes, das ich zu euch gesprochen habe.

⁴ Bleibt in mir, und ich bleibe in euch. Wie die Rebe aus sich selbst keine Frucht bringen kann, wenn sie nicht am Weinstock bleibt, so auch ihr nicht, wenn ihr nicht in mir bleibt.

⁵ Ich bin der Weinstock, ihr seid die Reben. Wer in mir bleibt und in wem ich bleibe, der bringt viel Frucht; denn ohne mich könnt ihr nichts tun.

⁶ Wer nicht in mir bleibt, wird wie ein Rebzweig weggeworfen, und er verdorrt. Man hebt ihn auf und wirft ihn ins Feuer und er verbrennt.

⁷ Wenn ihr in mir bleibt und meine Worte in euch bleiben, so bittet, um was ihr wollt: es wird euch zuteil werden.

⁸ Dadurch wird mein Vater verherrlicht, daß ihr viel Frucht bringt und euch als meine Jünger erweist.

Kommentar:

Die Abschieds- und Trostreden nach Johannes

17.18   Das Gebot der Liebe

Abschnitt: 341

Joh 15,9-17

⁹ Wie mich der Vater geliebt hat, so habe ich euch geliebt. Bleibt in meiner Liebe.

¹⁰ Wenn ihr meine Gebote haltet, so bleibt ihr in meiner Liebe, wie ich die Gebote meines Vaters gehalten habe und in seiner Liebe bleibe.

[11] Das habe ich zu euch gesagt, auf daß meine Freude in euch sei und eure Freude vollkommen werde.

[12] Dies ist mein Gebot: Liebt einander, wie ich euch geliebt habe.

[13] Eine größere Liebe hat niemand, als wer sein Leben hingibt für seine Freunde.

[14] Ihr seid meine Freunde, wenn ihr tut, was ich euch gebiete.

[15] Ich nenne euch nicht mehr Knechte, denn der Knecht weiß nicht, was sein Herr tut. Freunde habe ich euch genannt, denn ich habe euch alles geoffenbart, was ich von meinem Vater gehört habe.

[16] Nicht ihr habt mich erwählt, sondern ich habe euch erwählt und euch dazu bestellt, daß ihr hingeht und Frucht bringt -, bleibende Frucht! Dann wird der Vater euch alles geben, um was ihr ihn in meinem Namen bittet.

[17] Das gebiete ich euch, daß ihr einander liebt.

Kommentar:

Die Abschieds- und Trostreden nach Johannes

17.19   Das leidvolle Jüngerschicksal

Abschnitt: 342

Joh 15,18-27;16,1-4

[18] Wenn die Welt euch haßt, so wißt: Mich hat sie schon vor euch gehaßt.

[19] Wäret ihr von der Welt, so würde die Welt ihr Eigenes lieben. Weil ihr aber nicht von der Welt seid, sondern ich euch aus der Welt erwählt habe, haßt euch die Welt.

[20] Gedenkt des Wortes, das ich zu euch gesprochen habe: Der Knecht ist nicht mehr als sein Herr. Haben sie mich verfolgt, so werden sie auch euch verfolgen. Haben sie mein Wort gehalten, so werden sie auch das eure halten.

[21] Aber all das werden sie euch antun um meines Namens willen, weil sie den nicht kennen, der mich gesandt hat.

[22] Wäre ich nicht gekommen und hätte ich nicht zu ihnen geredet, so wären sie ohne Sünde. Nun aber haben sie keine Entschuldigung für ihre Sünde.

[23] Wer mich haßt, der haßt auch meinen Vater.

²⁴ Hätte ich unter ihnen nicht die Werke vollbracht, wie sie kein anderer vollbracht hat, so wären sie ohne Sünde. Nun aber haben sie diese gesehen und hassen dennoch mich und meinen Vater.

²⁵ Doch es mußte das Wort in Erfüllung gehen, das in ihrem Gesetz geschrieben steht: »Sie hassen mich ohne Grund.« *

²⁶ Wenn aber der Beistand kommt, den ich euch vom Vater senden werde, der Geist der Wahrheit, der vom Vater ausgeht, wird er Zeugnis von mir geben.

²⁷ Aber auch ihr sollt Zeugnis geben, weil ihr von Anfang an bei mir seid.

¹ Dies habe ich euch gesagt, damit ihr nicht irre werdet.

² Man wird euch aus den Synagogen stoßen. Ja, es kommt die Stunde, da jeder, der euch tötet, glaubt, Gott einen Dienst zu erweisen.

³ Das werden sie tun, weil sie weder den Vater kennen noch mich.

⁴ Doch das habe ich euch gesagt, damit, wenn jene Stunde kommt, ihr daran denkt, daß ich es euch gesagt habe. Anfangs habe ich euch nichts davon gesagt, weil ich bei euch war.

Kommentar:

Die Abschieds- und Trostreden nach Johannes

17.20   Der Trost des Heiligen Geistes

Abschnitt: 343

Joh 16,5-15

⁵ Jetzt aber gehe ich zu dem, der mich gesandt hat, und keiner von euch fragt mich mehr: Wohin gehst du?

⁶ Vielmehr ist euer Herz voll Traurigkeit, weil ich euch das gesagt habe.

⁷ Aber ich sage euch die Wahrheit: Es ist gut für euch, daß ich hingehe: Denn wenn ich nicht hingehe, kommt der Beistand nicht zu euch; wenn ich aber hingehe, werde ich ihn zu euch senden.

⁸ Und wenn er kommt, wird er der Welt zum Bewußtsein bringen, daß es eine Sünde gibt, eine Gerechtigkeit und ein Gericht:

⁹ Eine Sünde, weil man an mich nicht glaubt;

¹⁰ eine Gerechtigkeit, weil ich zum Vater gehe und ihr mich nicht mehr sehen werdet;

[11] ein Gericht, weil der Fürst dieser Welt gerichtet ist.

[12] Noch vieles hätte ich euch zu sagen, aber ihr könnt es jetzt nicht ertragen.

[13] Wenn aber jener, der Geist der Wahrheit, kommt, wird er euch in alle Wahrheit einführen. Denn er wird nicht aus sich reden, sondern alles, was er hört, wird er reden, und was zukünftig ist, euch verkünden.

[14] Er wird mich verherrlichen; denn er wird von Meinem nehmen und es euch verkünden. *

[15] Alles, was der Vater hat, ist mein. Darum habe ich gesagt: Er nimmt von Meinem und wird es euch verkünden.

Kommentar:

Die Abschieds- und Trostreden nach Johannes

17.21   Der Trost des Wiedersehens

Abschnitt: 344

Joh 16,16-24

[16] Noch eine kleine Weile, und ihr seht mich nicht mehr; und wiederum eine kleine Weile, und ihr seht mich wieder.'

[17] Da sagten einige seiner Jünger zueinander: 'Was will er uns damit sagen: »Noch eine kleine Weile, und ihr seht mich nicht mehr; und wiederum eine kleine Weile, und ihr seht mich wieder?« Und: »Ich gehe zum Vater«?'

[18] Sie sagten: 'Was will er damit sagen: Noch eine kleine Weile? Wir verstehen nicht, was er sagen will.'

[19] Jesus erkannte, daß sie ihn fragen wollten, und sagte zu ihnen: 'Ihr sprecht miteinander darüber, daß ich gesagt habe: Noch eine kleine Weile, und ihr seht mich nicht mehr, und wiederum eine kleine Weile, und ihr seht mich wieder?

[20] Wahrlich, wahrlich, ich sage euch: Ihr werdet weinen und wehklagen, aber die Welt wird sich freuen; ihr werdet traurig sein, aber eure Trauer wird sich in Freude verwandeln.

[21] Wenn eine Frau gebiert, hat sie Schmerzen, weil ihre Stunde gekommen ist. Hat sie aber das Kind geboren, so gedenkt sie nicht mehr der Not, aus Freude darüber, daß ein Mensch zur Welt gekommen ist.

²² So seid auch ihr jetzt traurig. Aber ich werde euch wiedersehen, und euer Herz wird sich freuen, und eure Freude wird euch niemand nehmen.
²³ An jenem Tag werdet ihr mich nichts mehr zu fragen haben. Wahrlich, wahrlich, ich sage euch: Wenn ihr den Vater um etwas bittet, so wird er es euch in meinem Namen geben.
²⁴ Bisher habt ihr um nichts in meinem Namen gebeten. Bittet, so werdet ihr empfangen, damit eure Freude vollkommen sei.

Kommentar:

Die Abschieds- und Trostreden nach Johannes

17.22   Glaube, Friede und Sieg

Abschnitt: 345

Joh 16,25-33

²⁵ Dies habe ich in Bildern zu euch geredet. Es kommt die Stunde, da ich nicht mehr in Bildern zu euch reden, sondern euch offen vom Vater Kunde geben werde.
²⁶ An jenem Tage werdet ihr in meinem Namen bitten, und ich brauche den Vater nicht mehr für euch zu bitten.
²⁷ Denn der Vater selbst liebt euch, weil ihr mich geliebt und geglaubt habt, daß ich von Gott ausgegangen bin.
²⁸ Ich bin vom Vater ausgegangen und in die Welt gekommen. Ich verlasse die Welt wieder und gehe zum Vater.'
²⁹ Da sagten seine Jünger: 'Jetzt redest du offen und gebrauchst kein Bild mehr.
³⁰ Jetzt wissen wir, daß du alles weißt und niemand dich erst zu fragen braucht. Darum glauben wir, daß du von Gott ausgegangen bist.'
³¹ Jesus erwiderte ihnen: 'Jetzt glaubt ihr?
³² Seht! Es kommt die Stunde, ja, sie ist schon da, wo ihr euch zerstreut, ein jeder an seinen Ort, und mich allein laßt. Aber ich bin nicht allein; denn der Vater ist bei mir.
³³ Dies habe ich euch gesagt, damit ihr in mir Frieden habt. In der Welt habt ihr Drangsal; aber seid getrost, ich habe die Welt überwunden.'

Kommentar:

Das hohepriesterliche Gebet

17.23 Gebet Jesu für sich

Abschnitt: 346

Joh 17,1-5

¹ Nach diesen Worten erhob Jesus seine Augen zum Himmel und betete: 'Vater, gekommen ist die Stunde: Verherrliche deinen Sohn, damit dein Sohn dich verherrliche. *
² Du hast ihm Macht verliehen über alle Menschen, damit er allen, die du ihm gegeben hast, ewiges Leben schenke.
³ Das ewige Leben besteht aber darin, daß sie dich erkennen, den allein wahren Gott, und den du gesandt hast, Jesus Christus.
⁴ Ich habe dich auf Erden verherrlicht, ich habe das Werk vollbracht, das zu vollbringen du mir aufgetragen hast.
⁵ Und jetzt, Vater, verherrliche du mich bei dir mit der Herrlichkeit, die ich bei dir hatte, ehe die Welt war.

Kommentar:

Das hohepriesterliche Gebet

17.24 Gebet Jesu für die Jünger

Abschnitt: 347

Joh 17,6-19

⁶ Geoffenbart habe ich deinen Namen den Menschen, die du mir aus der Welt gegeben hast. Sie waren dein. Du hast sie mir gegeben, und sie haben dein Wort bewahrt.
⁷ Nun wissen sie, daß alles, was du mir gegeben hast, von dir kommt.

[8] Denn die Worte, die du mir gegeben hast, habe ich ihnen gegeben. Sie haben sie angenommen und so in Wahrheit erkannt, daß ich von dir ausgegangen bin. Auch haben sie den Glauben gewonnen, daß du mich gesandt hast.

[9] Für sie bitte ich. Nicht für die Welt bitte ich, sondern für sie, die du mir gegeben hast. Sie sind ja dein. *

[10] Und alles, was mein ist, ist dein, und was dein ist, ist mein, und ich bin in ihnen verherrlicht.

[11] Ich bin nicht mehr in der Welt - sie aber bleiben in der Welt. Ich komme zu dir. Heiliger Vater, bewahre sie in deinem Namen, den du mir gegeben hast, damit sie eins seien gleichwie wir.

[12] Solange ich bei ihnen war, habe ich sie bewahrt in deinem Namen, den du mir gegeben hast. Ich habe sie behütet und keiner von ihnen ist verlorengegangen außer dem Sohn des Verderbens. So sollte sich die Schrift erfüllen. *

[13] Nun aber komme ich zu dir, und dies sage ich noch in der Welt, damit sie meine Freude vollkommen in sich haben.

[14] Ich habe ihnen dein Wort gegeben. Aber die Welt hat sie gehaßt, weil sie nicht mehr von der Welt sind, wie auch ich nicht von der Welt bin.

[15] Ich bitte nicht: Nimm sie aus der Welt!, sondern: Bewahre sie vor dem Bösen!

[16] Sie sind nicht von der Welt, wie auch ich nicht von der Welt bin.

[17] Heilige sie in der Wahrheit. Dein Wort ist Wahrheit. *

[18] Wie du mich in die Welt gesandt hast, so habe auch ich sie in die Welt gesandt.

[19] Für sie heilige ich mich, damit auch sie in Wahrheit geheiligt seien.

Kommentar:

Das hohepriesterliche Gebet

17.25   Gebet Jesu für die Kirche

Abschnitt: 348

Joh 17,20-26

²⁰ Aber nicht nur für sie bitte ich, sondern auch für jene, die auf ihr Wort hin an mich glauben werden:
²¹ Laß sie alle eins sein. Wie du, Vater, in mir bist und ich in dir bin, so laß auch sie in uns sein, damit die Welt glaube, daß du mich gesandt hast.
²² Ich habe die Herrlichkeit, die du mir gegeben hast, ihnen gegeben, damit sie eins seien, gleichwie wir eins sind:
²³ Ich in ihnen und du in mir. So laß auch sie vollkommen eins sein, damit die Welt erkennt, daß du mich gesandt und sie geliebt hast, gleichwie du mich geliebt hast.
²⁴ Vater, ich will, daß sie, die du mir gegeben hast, dort bei mir sind, wo ich bin, damit sie meine Herrlichkeit sehen, die du mir verliehen hast. Denn du hast mich geliebt, noch ehe die Welt ward.
²⁵ Gerechter Vater, die Welt hat dich nicht erkannt. Ich aber habe dich erkannt, und diese haben erkannt, daß du mich gesandt hast.
²⁶ Ich habe ihnen deinen Namen kundgetan und werde ihn weiter kundtun, damit die Liebe, mit der du mich geliebt hast, in ihnen sei und ich in ihnen.'

17.26   Der Gang zum Ölberg

Abschnitt: 349

Mt 26,30

³⁰ Nachdem sie den Lobgesang gesungen hatten, gingen sie hinaus zum Ölberg.

Mk 14,26

²⁶ Sie beteten den Lobgesang und gingen hinaus an den Ölberg. *

Lk 22,39

[39] Dann ging er hinaus und begab sich, wie gewohnt, an den Ölberg. Auch die Jünger folgten ihm.

Joh 18,1

[1] Nach diesen Reden ging Jesus mit seinen Jüngern hinaus über den Bach Kidron. Dort war ein Garten. Den betrat er mit seinen Jüngern. *

17.27   Die Todesangst Jesu

Abschnitt: 350

Mt 26,36-46

[36] Darauf kam Jesus mit ihnen zu einem Landgut, Getsemani genannt. Er sagte zu den Jüngern: 'Setzt euch hier nieder, während ich dorthin gehe und bete.'

[37] Petrus und die beiden Söhne des Zebedäus nahm er mit; und es überkam ihn Traurigkeit und Angst. *

[38] Da sagte er zu ihnen: 'Tiefbetrübt ist meine Seele bis zum Tod: bleibt hier und wacht mit mir!'

[39] Und er ging ein wenig weiter, fiel auf sein Angesicht nieder und betete: 'Mein Vater, wenn es möglich ist, so gehe dieser Kelch an mir vorüber. Doch nicht wie ich will, sondern wie du willst.'

[40] Er kam zu den Jüngern zurück und fand sie schlafend. Da sagte er zu Petrus: 'So hattet ihr nicht die Kraft, eine einzige Stunde mit mir zu wachen?

[41] Wacht und betet, damit ihr nicht in Versuchung geratet; der Geist ist zwar willig, aber das Fleisch ist schwach.'

[42] Wieder, zum zweitenmal, entfernte er sich und betete: 'Mein Vater, wenn dieser Kelch nicht vorübergehen kann, ohne daß ich ihn trinke, geschehe dein Wille!'

[43] Und als er zurückkam, fand er sie wieder schlafend. Denn die Lider waren ihnen schwer geworden.

[44] Da verließ er sie, ging abermals hin und betete zum drittenmal mit den gleichen Worten.

⁴⁵ Dann kehrte er zu den Jüngern zurück und sagte zu ihnen: 'Schlaft weiter und ruht euch aus! Seht, die Stunde ist gekommen, daß der Menschensohn in die Hände der Sünder überliefert wird.
⁴⁶ Steht auf, laßt uns gehen! Seht, mein Verräter ist da.'

Mk 14,32-42

³² Sie kamen zu einem Landgut, das Getsemani heißt. Da sagte er zu seinen Jüngern: 'Setzt euch hier hin, während ich bete.'
³³ Nur Petrus, Jakobus und Johannes nahm er mit sich. Er begann zu zittern und zu zagen
³⁴ und sagte zu ihnen: 'Meine Seele ist zu Tode betrübt. Bleibt hier und wacht!'
³⁵ Dann ging er ein wenig weiter, fiel zur Erde nieder und betete, es möge die Stunde, wenn möglich, an ihm vorübergehen.
³⁶ Er sagte: 'Abba, Vater, dir ist alles möglich; nimm diesen Kelch von mir! Doch nicht, was ich will, sondern was du willst (soll geschehen).'
³⁷ Er kam zurück und fand sie schlafend. Da sagte er zu Petrus: 'Simon, du schläfst? Nicht einmal eine Stunde konntest du wachen?
³⁸ Wacht und betet, damit ihr nicht in Versuchung geratet. Der Geist ist zwar willig, aber das Fleisch ist schwach.'
³⁹ Und wieder ging er weg und betete mit denselben Worten.
⁴⁰ Als er zurückkam, fand er sie abermals schlafend, denn die Augen waren ihnen zugefallen; und sie wußten nicht, was sie ihm antworten sollten.
⁴¹ Er kam zum drittenmal und sagte zu ihnen: 'Ihr schlaft weiter und ruht euch aus? Genug! Die Stunde ist da. Jetzt wird der Menschensohn in die Hände der Sünder überliefert.
⁴² Steht auf, laßt uns gehen! Seht, mein Verräter ist da!'

Lk 22,40-46

⁴⁰ Als er dort angekommen war, sagte er zu ihnen: 'Betet, damit ihr nicht in Versuchung kommt.'
⁴¹ Er entfernte sich etwa einen Steinwurf weit von ihnen, kniete nieder und betete:
⁴² 'Vater, wenn du willst, so nimm diesen Kelch von mir. Doch nicht mein, sondern dein Wille geschehe!'
⁴³ Da erschien ihm ein Engel vom Himmel und stärkte ihn.

[44] Nun geriet er in Angst, und betete noch inständiger, und sein Schweiß ward wie Blutstropfen, die zur Erde rannen.

[45] Er erhob sich vom Gebet und ging zu seinen Jüngern, fand sie aber vor Traurigkeit schlafend.

[46] Da sagte er zu ihnen: 'Was schlaft ihr? Steht auf und betet, damit ihr nicht in Versuchung kommt!'

17.28 Die Gefangennahme

Abschnitt: 351

Mt 26,47-56

[47] Während er noch redete, kam Judas, einer von den Zwölfen, und mit ihm im Auftrag der Hohenpriester und Ältesten des Volkes eine große Schar mit Schwertern und Knüppeln.

[48] Sein Verräter hatte ihnen ein Zeichen angegeben und gesagt: 'Den ich küssen werde, der ist es; den ergreift!'

[49] Sogleich trat er auf Jesus zu und sagte: 'Sei gegrüßt, Meister!' und küßte ihn.

[50] Jesus aber sagte zu ihm: 'Freund, dazu bist du gekommen?' Da traten sie herzu, legten Hand an Jesus und nahmen ihn fest.

[51] Einer von den Begleitern Jesu erhob die Hand und zog sein Schwert. Er schlug nach dem Knecht des Hohenpriesters und hieb ihm ein Ohr ab.

[52] Da sagte Jesus zu ihm: 'Stecke dein Schwert wieder in die Scheide. Denn alle, die zum Schwert greifen, kommen durch das Schwert um.

[53] Oder meinst du, daß auf meine Bitte hin mein Vater mir nicht sogleich mehr als zwölf Legionen Engel bereitstellen würde? *

[54] Wie sollte dann aber die Schrift erfüllt werden, nach der es so kommen muß?'

[55] Zu den Scharen aber sagte Jesus in jener Stunde: 'Wie gegen einen Räuber seid ihr mit Schwertern und Knüppeln ausgezogen, mich zu ergreifen. Tag für Tag saß ich im Tempel und lehrte, und ihr habt mich nicht festgenommen.

[56] Das alles aber ist geschehen, damit die Schriften der Propheten erfüllt würden.' Da verließen ihn alle Jünger und flohen.

Mk 14,43-49

[43] Während er noch redete, kam Judas, einer von den Zwölfen, und mit ihm im Auftrag der Hohenpriester, der Schriftgelehrten und der Ältesten eine Schar mit Schwertern und Knüppeln.

[44] Sein Verräter hatte mit ihnen ein Zeichen verabredet und gesagt: 'Den ich küssen werde, der ist es. Ergreift ihn und führt ihn ab; bewacht ihn gut.'

[45] Als er kam, trat er sogleich auf Jesus zu, sagte: 'Meister!', - und küßte ihn.

[46] Da legten sie Hand an ihn und ergriffen ihn.

[47] Doch einer von denen, die dabeistanden, zog das Schwert, schlug nach dem Knecht des Hohenpriesters und hieb ihm ein Ohr ab.

[48] Da sagte Jesus zu ihnen: 'Wie gegen einen Räuber seid ihr mit Schwertern und Knüppeln ausgezogen, um mich gefangenzunehmen.

[49] Tag für Tag war ich bei euch im Tempel und lehrte, und ihr habt mich nicht festgenommen; aber das ist geschehen, damit die Schriften erfüllt werden.'

Lk 22,47-53

[47] Während er noch redete, erschien eine Rotte. Einer von den Zwölfen namens Judas ging ihr voraus und näherte sich Jesus, um ihn zu küssen.

[48] Jesus aber sagte zu ihm: 'Judas, mit einem Kuß verrätst du den Menschensohn?'

[49] Als seine Jünger sahen, was da kommen sollte, riefen sie: 'Herr, sollen wir mit dem Schwert dreinschlagen?'

[50] Und einer von ihnen schlug nach einem Knecht des Hohenpriesters und hieb ihm das rechte Ohr ab.

[51] Doch Jesus sagte: 'Laßt ab! Nicht weiter!' Dann berührte er das Ohr und heilte ihn.

[52] Zu den Hohenpriestern aber, den Tempelhauptleuten und den Ältesten, die gegen ihn herangekommen waren, sagte Jesus: 'Wie gegen einen Räuber seid ihr mit Schwertern und Knüppeln ausgezogen.

[53] Als ich Tag für Tag bei euch im Tempel lehrte, habt ihr keine Hand gegen mich erhoben. Aber das ist eure Stunde und die Macht der Finsternis!'

Joh 18,2-11

[2] Auch Judas, sein Verräter, kannte den Ort, denn Jesus war dort oft mit seinen Jüngern zusammengekommen.

³ Judas erhielt nun die Kohorte und von den Hohenpriestern und den Pharisäern Knechte und kam dorthin mit Laternen, Fackeln und Waffen. *

⁴ Jesus, der alles wußte, was ihm bevorstand, trat vor und fragte sie: 'Wen
sucht ihr?'

⁵ Sie antworteten: 'Jesus, den Nazoräer.' Jesus sagte zu ihnen: 'Ich bin es.'
Auch Judas sein Verräter, stand bei ihnen.

⁶ Als er ihnen nun sagte: 'Ich bin es', wichen sie zurück und stürzten zu Boden.

⁷ Nochmals fragte er sie: 'Wen sucht ihr?' Sie antworteten: 'Jesus, den Nazoräer.'

⁸ Jesus erwiderte: 'Ich habe euch gesagt, daß ich es bin. Wenn ihr also mich
sucht, dann laßt diese gehen!'

⁹ So sollte sich das Wort erfüllen, das er gesprochen: 'Keinen von denen, die
du mir gegeben hast, habe ich verloren.'

¹⁰ Simon Petrus aber zog das Schwert, das er bei sich hatte, schlug nach dem
Knecht des Hohenpriesters und hieb ihm das rechte Ohr ab. Der Knecht
hieß Malchus.

¹¹ Da sagte Jesus zu Petrus: 'Stecke dein Schwert in die Scheide! Soll ich etwa
den Kelch nicht trinken, den der Vater mir gereicht hat?'

17.29   Die Flucht der Jünger

Abschnitt: 352

Mt 26,56

⁵⁶ Das alles aber ist geschehen, damit die Schriften der Propheten erfüllt würden.'
Da verließen ihn alle Jünger und flohen.

Mk 14,50-52

⁵⁰ Da verließen ihn alle und flohen.

⁵¹ Ein Jüngling aber, der nur mit einem linnenen Tuch bekleidet war, folgte
ihm. Und sie faßten ihn. *

⁵² Er aber ließ das Tuch fallen und lief nackt davon.

17.30 Das Vorverhör bei Annas

Abschnitt: 353

Joh 18,12-14.19-23

[12] Die Kohorte, der Hauptmann und die Knechte der Juden ergriffen nun Jesus, fesselten ihn

[13] und führten ihn zunächst zu Hannas. Dieser war nämlich der Schwiegervater des Kajaphas, der in jenem Jahre Hoherpriester war. *

[14] - Kajaphas war es gewesen, der den Juden den Rat gegeben hatte: Es ist besser, daß ein Mensch für das Volk stirbt. -

[19] Der Hohepriester fragte Jesus nach seinen Jüngern und nach seiner Lehre.

[20] Jesus gab ihm zur Antwort: 'Ich habe offen vor der Welt geredet. Ich habe stets in Synagogen und im Tempel gelehrt, wo alle Juden zusammenkommen, und habe nichts im Verborgenen geredet.

[21] Warum fragst du mich? Frage die, die gehört haben, was ich zu ihnen gesprochen habe. Die wissen doch, was ich gesagt habe.'

[22] Bei diesen Worten schlug einer der Knechte, der dabeistand, Jesus ins Gesicht und sagte: 'So antwortest du dem Hohenpriester?'

[23] Jesus entgegnete ihm: 'Habe ich unrecht geredet, so beweise das Unrecht; habe ich aber recht geredet, warum schlägst du mich?'

17.31 Jesus vor Kaiphas und dem Hohen Rate

Abschnitt: 354

Mt 26,57

[57] Sie ergriffen Jesus und brachten ihn zum Hohenpriester Kajaphas, bei dem sich die Schriftgelehrten und die Ältesten versammelt hatten.

Mk 14,53

[53] Sie führten Jesus zum Hohenpriester, und es versammelten sich alle Hohenpriester, die Ältesten und die Schriftgelehrten.

Lk 22,54

[54] Da nahmen sie ihn fest und führten ihn in das Haus des Hohenpriesters. Petrus folgte von weitem.

Joh 18,24

[24] Hannas schickte ihn nun gefesselt zum Hohenpriester Kajaphas.

17.32   Die erste Verleugnung des Petrus

Abschnitt: 355

Mt 26,58.69.70

[58] Petrus aber folgte ihm von weitem bis zum Palast des Hohenpriesters. Er ging hinein und setzte sich unter die Diener, um abzuwarten, wie die Sache ausgehen werde.

[69] Petrus aber saß draußen im Hof. Da kam eine Magd auf ihn zu und sagte: 'Auch du warst bei Jesus, dem Galiläer!' *

[70] Er jedoch leugnete vor allen und sagte: 'Ich weiß nicht, wovon du redest.'

Mk 14,54.66-68

[54] Petrus folgte ihm von fern bis in den Hof des Hohenpriesters. Er saß unter den Dienern und wärmte sich am Feuer.

[66] Während Petrus unten im Hof war, kam eine von den Mägden des Hohenpriesters.

[67] Sie sah, wie Petrus sich wärmte, schaute ihn an und sagte: 'Auch du warst bei dem Nazarener, bei Jesus.'

[68] Er leugnete es aber mit den Worten: 'Ich weiß nicht und verstehe nicht, was du da sagst!' - und ging hinaus in den Vorhof.

Lk 22,54-57

⁵⁴ Da nahmen sie ihn fest und führten ihn in das Haus des Hohenpriesters. Petrus folgte von weitem.

⁵⁵ Mitten im Hof hatte man ein Feuer angezündet und sich herumgesetzt; Petrus setzte sich mitten unter sie.

⁵⁶ Da sah ihn eine Magd am Feuer sitzen, faßte ihn ins Auge und rief. 'Auch der war bei ihm.'

⁵⁷ Er leugnete und sagte: 'Weib, ich kenne ihn nicht.'

Joh 18,15-18

¹⁵ Simon Petrus und noch ein anderer Jünger folgten Jesus. Dieser Jünger war dem Hohenpriester bekannt und gelangte so mit Jesus in den Hof des Hohenpriesters, *

¹⁶ während Petrus draußen am Tor stehenblieb. Der andere Jünger, der Bekannte des Hohenpriesters, ging nun hinaus, sprach mit der Türhüterin und holte Petrus hinein.

¹⁷ Da sagte die Magd am Tor zu Petrus: 'Gehörst nicht auch du zu den Jüngern dieses Menschen?' Er antwortete: 'Nein.'

¹⁸ Die Knechte und die Diener aber standen um ein Kohlenfeuer, das sie gemacht hatten, und wärmten sich, denn es war kalt. Auch Petrus stand bei ihnen und wärmte sich.

17.33 Die falschen Belastungszeugen

Abschnitt: 356

Mt 26,59-61

⁵⁹ Die Hohenpriester und der ganze Hohe Rat suchten nach einem falschen Zeugnis gegen Jesus, damit sie ihn töten könnten.

⁶⁰ Doch fanden sie keines, trotz der vielen falschen Zeugen, die auftraten. Zuletzt kamen noch zwei

⁶¹ und sagten: 'Dieser hat behauptet: Ich kann den Tempel Gottes niederreißen und ihn in drei Tagen wieder aufbauen.'

Mk 14,55-59

[55] Die Hohenpriester und der ganze Hohe Rat suchten nach einer Zeugenaussage gegen Jesus, auf Grund der sie ihn zum Tod verurteilen könnten. Doch sie fanden keine. *
[56] Viele legten zwar falsches Zeugnis gegen ihn ab, aber ihre Aussagen stimmten nicht überein.
[57] Einige von diesen falschen Zeugen sagten:
[58] 'Wir haben ihn sagen gehört: Ich werde diesen von Menschenhand erbauten Tempel niederreißen und in drei Tagen einen anderen aufbauen, der nicht von Menschenhand geschaffen ist.' *
[59] Aber nicht einmal in diesem Punkt stimmte ihre Aussage überein.

17.34 Das offene Messiasbekenntnis

Abschnitt: 357

Mt 26,62-64

[62] Da erhob sich der Hohepriester und fragte ihn: 'Sagst du nichts zu dem, was diese gegen dich bezeugen?'
[63] Jesus aber schwieg. Da sagte der Hohepriester zu ihm: 'Ich beschwöre dich bei dem lebendigen Gott, daß du uns sagst, ob du der Messias bist, der Sohn Gottes.'
[64] Jesus antwortete ihm: 'Du hast es gesagt! Doch ich sage euch: Von nun an werdet ihr den Menschensohn zur Rechten des Allmächtigen sitzen und auf den Wolken des Himmels kommen sehen.' *

Mk 14,60-62

[60] Da erhob sich der Hohepriester, trat in die Mitte und fragte Jesus: 'Erwiderst du nichts auf das, was diese gegen dich aussagen?'
[61] Er aber schwieg und gab keine Antwort. Da richtete der Hohepriester an ihn die Frage: 'Bist du der Messias, der Sohn des Hochgelobten?'
[62] Jesus antwortete: 'Ich bin es. Und sehen werdet ihr den Menschensohn sitzend zur Rechten des Allmächtigen und kommend mit den Wolken des Himmels.' *

17.35 Todesurteil gegen Jesus

Abschnitt: 358

Mt 26,65.66

[65] Darauf zerriß der Hohepriester sein Gewand mit den Worten: 'Er hat gelästert! Wozu brauchen wir noch Zeugen? Jetzt habt ihr die Lästerung gehört. [66] Was meint ihr?' Sie erwiderten: 'Er ist des Todes schuldig!'

Mk 14,63.64

[63] Da zerriß der Hohepriester sein Gewand und rief: 'Was brauchen wir noch Zeugen? [64] Ihr habt die Gotteslästerung gehört. Was meint ihr?' Da gaben sie alle das Urteil ab, er sei des Todes schuldig.

17.36 Verspottung und Mißhandlung Jesu

Abschnitt: 359

Mt 26,67.68

[67] Da spien sie ihm ins Angesicht und schlugen ihn mit Fäusten. Andere gaben ihm Backenstreiche [68] und sagten: 'Offenbare uns, Messias: Wer ist es, der dich geschlagen hat?'

Mk 14,65

[65] Darauf begannen einige ihn anzuspucken, verbanden ihm die Augen, schlugen ihn ins Gesicht und riefen: 'Weissage!' Und die Diener schlugen ihn mit Stöcken.

Lk 22,63-65

^{63} Die Männer, die ihn gefangenhielten, verspotteten und mißhandelten ihn.

^{64} Sie verhüllten ihm die Augen, schlugen ihn und sagten: 'Weissage, wer ist es, der dich geschlagen hat?'

^{65} Noch viele andere Schmähungen stießen sie gegen ihn aus.

17.37 Die zweite Verleugnung des Petrus

Abschnitt: 360

Mt 26,71.72

^{71} Als er zur Torhalle weggegangen war, erblickte ihn eine andere Magd und sagte zu den Leuten dort: 'Der war auch bei Jesus, dem Nazoräer.' *

^{72} Und wieder leugnete er mit einem Schwur: 'Ich kenne den Menschen nicht!'

Mk 14,69.70

^{69} Als die Magd ihn da erblickte, sagte sie wiederum zu den Umstehenden: 'Der ist einer von ihnen.'

^{70} Doch er leugnete abermals. - Kurz darauf sagten die Umstehenden noch einmal zu Petrus: 'Du bist wirklich einer von ihnen; du bist ja auch ein Galiläer.'

Lk 22,58

^{58} Nach einer Weile erblickte ihn ein anderer und sagte: 'Auch du bist einer von denen.' Petrus erwiderte: 'Mensch, das bin ich nicht.'

Joh 18,25

^{25} Simon Petrus aber stand noch da und wärmte sich. Da fragten sie ihn: 'Gehörst nicht auch du zu seinen Jüngern?' Er leugnete und sagte: 'Nein.'

17.38   Die dritte Verleugnung des Petrus

Abschnitt: 361

Mt 26,73-75

⁷³ Nach einer kleinen Weile traten die Umstehenden an Petrus heran und sagten: 'Du gehörst wirklich auch zu ihnen, selbst deine Sprache verrät dich.'
⁷⁴ Da fing er an zu fluchen und zu schwören: 'Ich kenne den Menschen nicht.' Und sogleich krähte ein Hahn.
⁷⁵ Und Petrus erinnerte sich des Wortes, das Jesus gesagt hatte: 'Ehe der Hahn kräht, wirst du mich dreimal verleugnen.' Und er ging hinaus und weinte bitterlich.

Mk 14,70-72

⁷⁰ Doch er leugnete abermals. - Kurz darauf sagten die Umstehenden noch einmal zu Petrus: 'Du bist wirklich einer von ihnen; du bist ja auch ein Galiläer.'
⁷¹ Er aber fing an zu fluchen und zu schwören: 'Ich kenne diesen Menschen nicht, von dem ihr redet.'
⁷² Sogleich krähte ein Hahn zum zweitenmal. Und Petrus gedachte des Wortes, das Jesus zu ihm gesagt hatte: 'Ehe der Hahn zweimal kräht, wirst du mich dreimal verleugnen.' Und er begann zu weinen.

Lk 22,59-62

⁵⁹ Nach Ablauf von etwa einer Stunde versicherte wieder ein anderer: 'Wahrhaftig, der war auch bei ihm, er ist ja auch ein Galiläer.'
⁶⁰ Petrus entgegnete: 'Mensch, ich begreife nicht, was du sagst.' Sogleich, noch während er redete, krähte ein Hahn.
⁶¹ Da wandte sich der Herr um und sah Petrus an. Und Petrus erinnerte sich an das Wort des Herrn, das er zu ihm gesagt hatte: 'Noch ehe der Hahn heute kräht, wirst du mich dreimal verleugnen.'
⁶² Er ging hinaus und weinte bitterlich.

Joh 18,26.27

²⁶ Einer von den Knechten des Hohenpriesters, ein Verwandter dessen, dem
Petrus das Ohr abgehauen hatte, sagte: 'Habe ich dich nicht im Garten bei
ihm gesehen?'
²⁷ Wiederum leugnete Petrus, und sogleich krähte ein Hahn.

17.39   Verhör vor dem Hohen Rate

Abschnitt: 362

Mt 27,1

¹ Als es Morgen geworden war, faßten alle Hohenpriester und Ältesten des
Volkes gegen Jesus den Beschluß, ihn zu töten.

Mk 15,1

¹ Gleich in der Frühe hatten die Hohenpriester mit den Ältesten, den Schriftgelehrten und dem ganzen Hohen Rat den Beschluß fertiggestellt. Sie ließen
ihn fesseln und abführen und lieferten ihn Pilatus aus.

Lk 22,66-71

⁶⁶ Nach Tagesanbruch versammelte sich das Ältestenkollegium des Volkes,
Hohepriester als auch Schriftgelehrte. Sie ließen ihn in ihre Ratssitzung
führen
⁶⁷ und sagten: 'Wenn du der Messias bist, so sage es uns.' Er entgegnete ihnen:
'Wenn ich es euch sage, so glaubt ihr mir nicht;
⁶⁸ wenn ich euch frage, so antwortet ihr mir nicht.
⁶⁹ Aber fortan wird der Menschensohn zur Rechten des allmächtigen Gottes
sitzen.'
⁷⁰ Da fragten alle: 'Du bist also der Sohn Gottes?' Er antwortete ihnen: 'Ja, ich
bin es!'
⁷¹ Darauf riefen sie: 'Was brauchen wir noch ein Zeugnis? Wir haben es ja
selbst aus seinem Mund gehört!'

17.40 Die Übergabe Jesu an Pilatus

Abschnitt: 363

Mt 27,2

² Sie führten ihn gefesselt ab und übergaben ihn dem Statthalter Pilatus. *

Mk 15,1

¹ Gleich in der Frühe hatten die Hohenpriester mit den Ältesten, den Schriftgelehrten und dem ganzen Hohen Rat den Beschluß fertiggestellt. Sie ließen ihn fesseln und abführen und lieferten ihn Pilatus aus.

Lk 23,1

¹ Ihre ganze Versammlung erhob sich nun und ließ ihn zu Pilatus führen.

Joh 18,28

²⁸ Von Kajaphas führten sie Jesus in das Prätorium. Es war frühmorgens. Sie selbst betraten das Prätorium nicht, damit sie nicht unrein würden und dann das Paschalamm nicht essen dürften. *

17.41 Das Ende des Verräters Judas

Abschnitt: 364

Mt 27,3-10

³ Als nun Judas, der ihn überliefert hatte, sah, daß er verurteilt worden war, wurde er von Reue ergriffen. Er brachte den Hohenpriestern und Ältesten die dreißig Silberlinge zurück

⁴ und sagte: 'Ich habe gesündigt. Ich habe unschuldiges Blut überliefert!' Die aber sagten: 'Was geht uns das an? Sieh du selber zu!'

⁵ Da warf er die Silberlinge gegen den Tempel, lief weg und erhängte sich.
⁶ Die Hohenpriester hoben die Silberlinge auf und meinten: 'Man darf sie nicht in den Tempelschatz legen; denn es ist Blutgeld.'
⁷ Sie beschlossen, dafür den Töpferacker als Begräbnisstätte für die Fremden zu kaufen.
⁸ Deshalb heißt jener Acker bis auf den heutigen Tag 'Blutacker'. *
⁹ So erfüllte sich das Wort des Propheten Jeremia, der sagt: 'Sie nahmen die dreißig Silberlinge, den Preis für den Geschätzten, den die Söhne Israels abgeschätzt haben,
¹⁰ und gaben sie für den Töpferacker. So hat der Herr mir aufgetragen.' *

17.42   Die Anklage der Juden vor Pilatus

Abschnitt: 365

Lk 23,2

² Sie erhoben folgende Anklage gegen ihn: 'Wir haben gefunden, daß dieser unser Volk aufwiegelt, daß er verbietet, dem Kaiser Steuern zu zahlen und daß er sich für den Messias, den König, ausgibt.'

Joh 18,29-32

²⁹ So kam denn Pilatus zu ihnen heraus und fragte: 'Welche Anklage erhebt ihr gegen diesen Menschen?'
³⁰ Sie antworteten ihm: 'Wäre er kein Missetäter, so hätten wir ihn dir nicht übergeben.'
³¹ Da sagte Pilatus zu ihnen: 'Nehmt ihr ihn und richtet ihn nach eurem Gesetz!' Die Juden erwiderten ihm: 'Wir haben nicht das Recht, jemand hinzurichten.' *
³² So sollte sich das Wort erfüllen, das Jesus gesprochen hatte, um anzudeuten, welchen Todes er sterben sollte.

17.43 Erstes Verhör vor Pilatus

Abschnitt: 366

Mt 27,11

¹¹ Jesus aber wurde vor den Statthalter gestellt. Der Statthalter richtete an ihn die Frage: 'Bist du der König der Juden?' Jesus sagte: 'Ich bin es.'

Mk 15,2

² Pilatus richtete an ihn die Frage: 'Bist du der König der Juden?' Er gab ihm zur Antwort: 'Du sagst es.'

Lk 23,3

³ Pilatus fragte ihn: 'Bist du der König der Juden?' Er gab ihm zur Antwort: 'Ich bin es!'

Joh 18,33-38

³³ Pilatus ging nun wieder in das Prätorium, ließ Jesus rufen und fragte ihn: 'Bist du der König der Juden?'
³⁴ Jesus antwortete: 'Sagst du das aus dir selbst, oder haben es dir andere von mir berichtet?'
³⁵ Pilatus entgegnete: 'Bin ich denn ein Jude? Dein Volk und die Hohenpriester haben dich mir übergeben. Was hast du getan?'
³⁶ Jesus erwiderte: 'Mein Reich ist nicht von dieser Welt. Wäre mein Reich von dieser Welt, so würden meine Diener dafür kämpfen, daß ich den Juden nicht ausgeliefert würde. Nun ist aber mein Reich nicht von hier.'
³⁷ Da sagte Pilatus zu ihm: 'Du bist also doch ein König?' Jesus antwortete: 'Ja, ich bin ein König. Ich bin dazu geboren und dazu in die Welt gekommen, daß ich für die Wahrheit Zeugnis gebe. Jeder, der aus der Wahrheit ist, hört auf meine Stimme.'
³⁸ Pilatus entgegnete ihm: 'Was ist Wahrheit?' Nach diesen Worten ging er wieder zu den Juden hinaus und sagte zu ihnen: 'Ich finde keine Schuld an ihm.

17.44   Die Unsicherheit des Pilatus

Abschnitt: 367

Mt 27,12-14

¹² Doch auf die Anklagen der Hohenpriester und Ältesten entgegnete er nichts.
¹³ Da sagte Pilatus zu ihm: 'Hörst du nicht, was sie alles gegen dich vorbringen?'
¹⁴ Doch er antwortete ihm auf keine einzige Frage, so daß der Statthalter sehr verwundert war.

Mk 15,3-5

³ Die Hohenpriester erhoben vielerlei Anklagen gegen ihn.
⁴ Pilatus befragte ihn weiter und sagte: 'Entgegnest du gar nichts? Hör´ doch, was sie alles gegen dich vorbringen!'
⁵ Jesus aber gab keine Antwort mehr, so daß Pilatus sich wunderte.

Lk 23,4.5

⁴ Pilatus erklärte den Hohenpriestern und den Volksscharen: 'Ich finde keine Schuld an diesem Menschen.' *
⁵ Sie aber bestanden darauf: 'Er bringt mit seiner Lehre das Volk in ganz Judäa in Aufruhr, von Galiläa angefangen bis hierher.'

Joh 18,38

³⁸ Pilatus entgegnete ihm: 'Was ist Wahrheit?' Nach diesen Worten ging er wieder zu den Juden hinaus und sagte zu ihnen: 'Ich finde keine Schuld an ihm.

17.45   Jesus vor Herodes Antipas

Abschnitt: 368

Lk 23,6-12

⁶ Als Pilatus das hörte, erkundigte er sich, ob der Mann ein Galiläer sei,
⁷ und nachdem er erfahren hatte, daß er aus dem Gebiet des Herodes stamme, schickte er ihn zu Herodes, der sich in jenen Tagen ebenfalls in Jerusalem aufhielt. *
⁸ Herodes freute sich, als er Jesus sah. Schon seit langem hätte er ihn gern gesehen, weil er viel von ihm gehört hatte und hoffte, ein Wunderzeichen von ihm zu sehen.
⁹ Er richtete viele Fragen an ihn. Allein Jesus gab ihm keine Antwort.
¹⁰ Die Hohenpriester und Schriftgelehrten standen dabei und klagten ihn heftig an.
¹¹ Da verhöhnte ihn Herodes mit seinem Gefolge. Er ließ ihm zum Spott ein Prunkgewand überwerfen und schickte ihn zu Pilatus zurück. *
¹² An jenem Tag wurden Herodes und Pilatus Freunde; vorher waren sie nämlich miteinander verfeindet.

17.46   Überzeugung des Pilatus von der Unschuld Jesu

Abschnitt: 369

Lk 23,13-16

¹³ Pilatus berief nun die Hohenpriester, die Ratsmitglieder und das Volk zu sich
¹⁴ und sagte zu ihnen: 'Ihr habt mir diesen Menschen vorgeführt, weil er das Volk aufwiegeln soll. Und seht, ich habe ihn in eurer Gegenwart verhört, aber keine der Anklagen, die ihr gegen diesen Menschen vorbringt, begründet gefunden.
¹⁵ Ebensowenig Herodes; denn er sandte ihn zu uns zurück. Seht, er hat nichts getan, was den Tod verdient. *
¹⁶ So will ich ihn denn geißeln lassen und dann freigeben.' *

17.47   Die Wahl zwischen Barabbas und Jesus

Abschnitt: 370

Mt 27,15-18

¹⁵ An jedem Fest pflegte der Statthalter dem Volk einen Gefangenen freizugeben, den es haben wollte.
¹⁶ Die Römer hatten damals einen berüchtigten Gefangenen namens Barabbas. *
¹⁷ Als sie nun versammelt waren, fragte sie Pilatus: 'Wen, wollt ihr, soll ich
euch freigeben, Barabbas oder Jesus, der »Messias« genannt wird?'
¹⁸ Er wußte nämlich, daß sie ihn aus Mißgunst überliefert hatten.

Mk 15,6-10

⁶ Zu jedem Fest pflegte Pilatus einen Gefangenen freizugeben, den sie sich
ausbaten.
⁷ Damals war nun mit anderen Aufrührern, die bei einem Aufstand einen Mord
begangen hatten, einer namens Barabbas im Gefängnis. *
⁸ Als nun die Volksmenge hinaufgekommen war und forderte, was er ihnen
immer gewährte,
⁹ fragte sie Pilatus: 'Soll ich euch den König der Juden freigeben?'
¹⁰ Er merkte nämlich, daß die Hohenpriester Jesus aus Mißgunst ausgeliefert
hatten.

Lk 23,17

¹⁷ 23:17 [An jedem Fest mußte er ihnen einen Gefangenen freilassen.] *

Joh 18,39

³⁹ Es besteht aber bei euch das Herkommen, daß ich euch zum Paschafest einen
freilasse. Soll ich euch den König der Juden freigeben?'

17.48 Fürbitte der Frau des Pilatus

Abschnitt: 371

Mt 27,19

[19] Während er aber auf dem Richterstuhl saß, schickte seine Frau zu ihm und ließ ihm sagen: 'Habe nichts zu schaffen mit jenem Gerechten. Denn seinetwegen hatte ich heute im Traum viel auszustehen.' *

17.49 Forderung der Freilassung des Barabbas

Abschnitt: 372

Mt 27,20-23

[20] Die Hohenpriester und die Ältesten aber überredeten das Volk, Barabbas zu fordern, Jesus aber töten zu lassen.

[21] Der Statthalter ergriff das Wort und fragte sie: 'Wen von den beiden soll ich euch freigeben?' Sie riefen: 'Barabbas!'

[22] Pilatus sagte zu ihnen: 'Was soll ich denn mit Jesus machen, der »Messias« genannt wird?' Da schrien alle: 'Er soll gekreuzigt werden.'

[23] Er sagte: 'Was hat er denn Böses getan?' Da schrien sie noch lauter: 'Er soll gekreuzigt werden.'

Mk 15,11-15

[11] Die Hohenpriester aber hetzten das Volk auf, zu fordern, daß er ihnen lieber Barabbas freilasse.

[12] Pilatus ergriff wieder das Wort und fragte sie: 'Was soll ich nun mit dem tun, den ihr den König der Juden nennt?'

[13] Sie schrien zurück: 'Laß ihn kreuzigen!'

[14] Pilatus fragte sie: 'Was hat er denn Böses getan?' Sie schrien noch lauter: 'Kreuzige ihn!'

[15] Pilatus wollte die Masse zufriedenstellen und gab ihr Barabbas frei. Jesus aber ließ er geißeln und übergab ihn zur Kreuzigung. *

Lk 23,18-23

¹⁸ Da schrien sie allesamt: 'Hinweg mit diesem! Gib uns Barabbas frei!'

¹⁹ Der war im Gefängnis wegen eines Aufruhrs in der Stadt und wegen eines Mordes.

²⁰ Nochmals redete Pilatus auf sie ein, weil er Jesus freigeben wollte.

²¹ Aber sie schrien: 'Ans Kreuz, ans Kreuz mit ihm!'

²² Er fragte sie zum drittenmal: 'Was hat der denn Böses getan? Ich habe nichts an ihm gefunden, wofür er den Tod verdient hätte. Ich will ihn also geißeln lassen und dann freigeben.'

²³ Sie aber bestanden mit lautem Geschrei auf ihrer Forderung, ihn zu kreuzigen, und ihr Geschrei war sehr stark.

Joh 18,40

⁴⁰ Da schrien sie zurück: 'Nein, den nicht, sondern Barabbas!' Barabbas aber war ein Räuber.

17.50   Die Geißelung

Abschnitt: 373

Mt 27,26

²⁶ Da gab er ihnen Barabbas frei. - Jesus aber ließ er geißeln und übergab ihn zur Kreuzigung. *

Mk 15,15

¹⁵ Pilatus wollte die Masse zufriedenstellen und gab ihr Barabbas frei. Jesus aber ließ er geißeln und übergab ihn zur Kreuzigung. *

Joh 19,1

¹ Hierauf ließ Pilatus Jesus ergreifen und geißeln. *

17.51 Die Verspottung und Dornenkrönung

Abschnitt: 374

Mt 25,27-30

²⁷ Dann hättest du mein Geld bei den Wechslern anlegen sollen, so daß ich bei meiner Heimkehr mein Geld mit Zinsen hätte abheben können.
²⁸ Nehmt ihm darum das Talent und gebt es dem, der die zehn Talente hat!
²⁹ Denn jedem, der hat, wird gegeben werden, und er wird Überfluß haben; wer aber nicht hat, dem wird noch genommen werden, was er hat. *
³⁰ Den unnützen Knecht aber werft hinaus in die Finsternis draußen! Dort wird Heulen und Zähneknirschen sein.≪

Mk 15,16-19

¹⁶ Die Soldaten führten ihn in das Innere des Palastes ab, das heißt in das Prätorium, und riefen die ganze Kohorte zusammen.
¹⁷ Sie zogen ihm einen Purpurmantel an, setzten ihm einen Dornenkranz auf, den sie geflochten hatten,
¹⁸ und grüßten ihn: 'Heil dir, König der Juden!'
¹⁹ Sie schlugen ihm mit einem Rohr aufs Haupt, spien ihn an, beugten die Knie und huldigten ihm.

Joh 19,2.3

² Und die Soldaten flochten aus Dornen ein Krone, setzten sie ihm aufs Haupt und legten ihm einen Purpurmantel um.
³ Dann traten sie vor ihn hin und riefen: 'Heil dir, König der Juden!' Und sie gaben ihm Backenstreiche.

17.52   Die Vorführung des Mannes der Schmerzen

Abschnitt: 375

Joh 19,4-7

⁴ Pilatus kam wieder heraus und sagte zu ihnen: 'Seht, ich führe ihn zu euch heraus, damit ihr erkennt, daß ich keine Schuld an ihm finde.'

⁵ So kam Jesus mit Dornenkrone und Purpurmantel. Pilatus sagte zu ihnen: 'Seht! Da ist der Mensch!'

⁶ Sobald aber die Hohenpriester und die Diener ihn sahen, schrien sie: 'Ans Kreuz, ans Kreuz!' Pilatus entgegnete ihnen: 'So nehmt ihr ihn und kreuzigt ihn; denn ich finde keine Schuld an ihm.'

⁷ Die Juden erwiderten ihm: 'Wir haben ein Gesetz, und nach dem Gesetz muß er sterben; denn er hat sich für den Sohn Gottes ausgegeben.'

17.53   Zweites Verhör vor Pilatus

Abschnitt: 376

Joh 19,8-12

⁸ Als nun Pilatus dieses Wort vernahm, fürchtete er sich noch mehr.

⁹ Er ging in das Prätorium zurück und fragte Jesus: 'Woher bist du?' Jesus gab ihm aber keine Antwort.

¹⁰ Da sagte Pilatus zu ihm: 'Mit mir sprichst du nicht? Weißt du nicht, daß ich die Macht habe, dich freizugeben, und die Macht habe, dich kreuzigen zu lassen?'

¹¹ Jesus erwiderte: 'Du hättest keinerlei Macht über mich, wenn sie dir nicht von oben gegeben wäre. Deswegen hat der die größere Schuld, der mich dir übergeben hat.'

¹² Daraufhin suchte Pilatus ihn freizugeben. Die Juden aber schrien: 'Wenn du diesen freigibst, bist du kein Freund des Kaisers. Jeder, der sich für einen König ausgibt, ist des Kaisers Widersacher.'

17.54 Der König der Juden

Abschnitt: 377

Joh 19,13-15

¹³ Nachdem Pilatus diese Worte gehört hatte, ließ er Jesus hinausführen und setzte sich auf den Richterstuhl, an der Stelle, die Lithostrotos heißt, auf hebräisch Gabbata.

¹⁴ Es war der Rüsttag des Paschafestes, um die sechste Stunde. Und er sagte zu den Juden: 'Da ist euer König!'

¹⁵ Doch sie schrien: 'Hinweg, hinweg! Kreuzige ihn!' Pilatus sagte zu ihnen: 'Euren König soll ich kreuzigen lassen?' Die Hohenpriester erwiderten: 'Wir haben keinen König, sondern nur den Kaiser.'

17.55 Übergabe zur Kreuzigung

Abschnitt: 379

Mt 27,24-26

²⁴ Pilatus sah, daß er nichts erreichte, sondern der Lärm nur noch größer wurde. Er ließ sich Wasser reichen und wusch sich vor dem Volk die Hände, indem er sagte: 'Unschuldig bin ich an diesem Blut. Seht ihr selber zu!'

²⁵ Und das ganze Volk entgegnete: 'Sein Blut komme über uns und unsere Kinder!'

²⁶ Da gab er ihnen Barabbas frei. - Jesus aber ließ er geißeln und übergab ihn zur Kreuzigung. *

Mk 15,15

¹⁵ Pilatus wollte die Masse zufriedenstellen und gab ihr Barabbas frei. Jesus aber ließ er geißeln und übergab ihn zur Kreuzigung. *

Lk 23,24.25

²⁴ Pilatus entschied, daß ihrem Verlangen entsprochen werde.

²⁵ Er gab den frei, der des Aufruhrs und des Mordes wegen im Gefängnis war und den sie haben wollten. Jesus aber gab er ihrem Willen preis.

Joh 19,16

¹⁶ Da übergab er ihnen Jesus zur Kreuzigung. - Sie übernahmen Jesus.

17.56   Der Kreuzweg Jesu

Abschnitt: 380

Mt 27,31.32

³¹ Nachdem sie ihn verspottet hatten, nahmen sie ihm den Mantel ab, zogen ihm seine Kleider an und führten ihn zur Kreuzigung.

³² Auf dem Weg trafen sie einen Mann aus Zyrene namens Simon. Den zwangen sie, sein Kreuz zu tragen.

Mk 15,20.21

²⁰ Nachdem sie ihren Spott mit ihm getrieben hatten, nahmen sie ihm den Purpurmantel ab und zogen ihm seine eigenen Kleider an. Dann führten sie ihn hinaus, um ihn zu kreuzigen. *

²¹ Einen Mann, der vom Feld kam und gerade vorüberging, Simon von Zyrene, den Vater des Alexander und des Rufus, zwangen sie, ihm das Kreuz zu tragen. *

Lk 23,26.32

²⁶ Auf dem Weg zur Hinrichtung hielten sie einen gewissen Simon von Zyrene an, der vom Feld kam, und luden ihm das Kreuz auf, damit er es Jesus nachtrage.

³² Mit ihm führte man noch zwei Missetäter zur Hinrichtung hinaus.

Joh 19,16.17

¹⁶ Da übergab er ihnen Jesus zur Kreuzigung. - Sie übernahmen Jesus.

¹⁷ Für sich selbst das Kreuz tragend, ging er zur sogenannten Schädelstätte hinaus, die auf hebräisch Golgota heißt.

17.57 Die weinenden Frauen Jerusalems

Abschnitt: 381

Lk 23,27-31

²⁷ Eine große Menge Volkes folgte ihm und viele Frauen, die um ihn weinten und klagten.

²⁸ Jesus wandte sich zu ihnen und sagte: 'Ihr Töchter von Jerusalem, weint nicht über mich, weint vielmehr über euch selbst und über eure Kinder.

²⁹ Denn seht, es werden Tage kommen, da man sagen wird: Selig die Unfruchtbaren, der Schoß, der nicht geboren, und die Brust, die nicht gestillt hat!

³⁰ Da wird man den Bergen zurufen: »Fallt über uns!´, und den Hügeln: »Bedeckt uns!«

³¹ Denn wenn das am grünen Holz geschieht, was wird dann mit dem dürren geschehen?'

17.58 Die Kreuzigung Jesu

Abschnitt: 382

Mt 27,33.34

³³ So gelangten sie an den Ort, der Golgota, das heißt Schädelstätte, genannt wird.

³⁴ Dort gaben sie ihm Wein mit Galle gemischt zu trinken. Er kostete davon, wollte aber nicht trinken. *

Mk 15,22.23.25

> [22] Und sie führten ihn an den Ort Golgota, das heißt übersetzt: Schädelstätte. [23] Dort reichten sie ihm mit Myrrhe gewürzten Wein; er nahm ihn aber nicht. * [25] Es war die dritte Stunde, als sie ihn kreuzigten. *

Lk 23,33

> [33] Sie kamen an den Ort, genannt 'Schädel', dort kreuzigten sie ihn und die Missetäter, den einen zur Rechten, den anderen zur Linken.

Joh 19,18

> [18] Dort kreuzigten sie ihn und mit ihm noch zwei andere zu beiden Seiten, Jesus in der Mitte.

17.59 Die Kreuzigung der Missetäter

Abschnitt: 383

Mt 27,38

> [38] Mit ihm wurden zwei Räuber gekreuzigt, der eine zur Rechten, der andere zur Linken.

Mk 15,27.28

> [27] Mit ihm kreuzigten sie zwei Räuber, den einen zu seiner Rechten, den andern zu seiner Linken.
> [28] *

Lk 23,33

> [33] Sie kamen an den Ort, genannt 'Schädel', dort kreuzigten sie ihn und die Missetäter, den einen zur Rechten, den anderen zur Linken.

Joh 19,18

[18] Dort kreuzigten sie ihn und mit ihm noch zwei andere zu beiden Seiten, Jesus in der Mitte.

17.60 Der Kreuzestitel

Abschnitt: 384

Mt 27,37

[37] Über seinem Kopf brachten sie eine Inschrift mit Angabe seiner Schuld an: 'Das ist Jesus, der König der Juden.'

Mk 15,26

[26] Die Inschrift mit der Angabe seiner Schuld lautete: 'Der König der Juden.'

Lk 23,38

[38] Über ihm war eine Inschrift in griechischer, lateinischer und hebräischer Schrift angebracht: 'Das ist der König der Juden.'

Joh 19,19-22

[19] Pilatus hatte aber auch eine Inschrift anfertigen und an das Kreuz heften lassen. Sie lautete: 'Jesus, der Nazoräer, der König der Juden.'
[20] Diese Inschrift, geschrieben auf hebräisch, auf lateinisch und auf griechisch, lasen nun viele Juden; denn der Ort, wo Jesus gekreuzigt wurde, lag nahe bei der Stadt.
[21] Da sagten die jüdischen Hohenpriester zu Pilatus: 'Schreibe nicht: »Der König der Juden«, sondern daß er behauptet hat: »König bin ich der Juden«.'
[22] Pilatus entgegnete: 'Was ich geschrieben habe, bleibt geschrieben.'

Kommentar:

Das erste Wort Jesu am Kreuz

17.61 Jesu Fürbitte für seine Feinde

Abschnitt: 385

Lk 23,34

> [34] Jesus aber betete: 'Vater, vergib ihnen; denn sie wissen nicht, was sie tun!' - Beim Verteilen seiner Kleider warfen sie das Los. *

17.62 Die Kleiderverteilung

Abschnitt: 386

Mt 27,35.36

> [35] Nachdem sie ihn gekreuzigt hatten, verteilten sie seine Kleider unter sich, wobei sie das Los warfen. *
> [36] Darauf setzten sie sich nieder und bewachten ihn.

Mk 15,24

> [24] Dann kreuzigten sie ihn und verteilten seine Kleider unter sich, indem sie das Los darüber warfen, was ein jeder bekommen sollte.

Lk 23,34

> [34] Jesus aber betete: 'Vater, vergib ihnen; denn sie wissen nicht, was sie tun!' - Beim Verteilen seiner Kleider warfen sie das Los. *

Joh 19,23.24

²³ Nachdem die Soldaten Jesus gekreuzigt hatten, nahmen sie seine Kleider und machten daraus vier Teile, für jeden Soldaten einen Teil; dazu kam noch der Leibrock. Der Leibrock war ohne Naht, von oben her ganz durchgewoben.

²⁴ Da sagten sie zueinander: 'Wir wollen ihn nicht zerschneiden, sondern darum losen, wem er gehören soll.' So sollte sich das Schriftwort erfüllen: 'Sie teilen meine Kleider unter sich und werfen über mein Gewand das Los.' So taten nun die Soldaten. *

17.63 Die Verspottung des Gekreuzigten

Abschnitt: 387

Mt 27,39-43

³⁹ Die Vorübergehenden aber lästerten ihn, schüttelten den Kopf

⁴⁰ und sagten: 'Du willst doch den Tempel niederreißen und in drei Tagen wiederaufbauen! Rette dich selbst! - Wenn du Gottes Sohn bist, so steig herab vom Kreuz!'

⁴¹ Ebenso höhnten auch die Hohenpriester mitsamt den Schriftgelehrten und Ältesten und sagten:

⁴² 'Anderen hat er geholfen, sich selbst kann er nicht helfen. Er ist der König Israels? Er steige jetzt vom Kreuz herab, dann werden wir an ihn glauben.

⁴³ Er hat auf Gott vertraut, Gott befreie ihn jetzt, wenn er an ihm sein Wohlgefallen hat. Er hat ja gesagt: »Ich bin der Sohn Gottes.«'

Mk 15,29-32

²⁹ Die Vorübergehenden lästerten ihn, schüttelten ihre Köpfe und sagten: 'Na!, du willst doch den Tempel niederreißen und in drei Tagen wieder aufbauen?

³⁰ Rette dich doch selbst und steige herab vom Kreuz!'

³¹ Ebenso höhnten auch die Hohenpriester; sie spotteten untereinander mit den Schriftgelehrten und sagten: 'Anderen hat er geholfen, sich selbst kann er nicht helfen.

[32] Der Messias, der König Israels! Soll er doch jetzt vom Kreuz herabsteigen, damit wir es sehen und glauben.' Auch die mit ihm gekreuzigt waren, schmähten ihn.

Lk 23,35-37

[35] Das Volk stand da und schaute zu. Die Mitglieder des Hohen Rates aber höhnten und riefen: 'Anderen hat er geholfen; wenn er der Gesalbte Gottes, der Auserwählte ist, helfe er sich selbst.'
[36] Auch die Soldaten verspotteten ihn. Sie traten hinzu und reichten ihm Essig
[37] mit den Worten: 'Bist du der König der Juden, so hilf dir selbst!'

Kommentar:

Das zweite Wort Jesu am Kreuz

17.64   Jesu Gnadenwort an den einen Schächer

Abschnitt: 388

Mt 27,44

[44] In gleicher Weise schmähten ihn auch die Räuber, die mit ihm gekreuzigt waren.

Mk 15,32

[32] Der Messias, der König Israels! Soll er doch jetzt vom Kreuz herabsteigen, damit wir es sehen und glauben.' Auch die mit ihm gekreuzigt waren, schmähten ihn.

Lk 23,39-43

[39] Einer von den gekreuzigten Missetätern lästerte ihn mit den Worten: 'Bist du nicht der Messias? Dann hilf dir selbst und uns.'

⁴⁰ Der andere aber verwies es ihm und sagte: 'Hast denn auch du keine Furcht vor Gott, obwohl du doch die gleiche Strafe erleidest?

⁴¹ Wir zwar mit Recht, denn wir empfangen, was unseren Taten entspricht; dieser aber hat nichts Unrechtes getan.'

⁴² Dann sagte er zu Jesus: 'Jesus, gedenke meiner, wenn du in dein Reich kommst.'

⁴³ Da sagte er zu ihm: 'Wahrlich, ich sage dir: Heute noch wirst du mit mir im Paradies sein!' *

Kommentar:

Das dritte Wort Jesu am Kreuz:

17.65   Jesu Wort der Kindesliebe

Abschnitt: 389

Joh 19,25-27

²⁵ Beim Kreuz Jesu standen seine Mutter und die Schwester seiner Mutter, Maria, die (Frau) des Klopas, und Maria Magdalena. *

²⁶ Als Jesus nun die Mutter und den Jünger, den er liebte, dabeistehen sah, sagte er zu seiner Mutter: 'Frau, da ist dein Sohn!'

²⁷ Dann sagte er zu dem Jünger: 'Da ist deine Mutter!' Von jener Stunde an nahm der Jünger sie in sein Haus auf.

Kommentar:

Das vierte Wort Jesu am Kreuz

17.66 Jesu Angstruf der Gottverlassenheit

Abschnitt: 390

Mt 27,45-47

[45] In der sechsten Stunde brach eine Finsternis über das ganze Land herein, die bis zur neunten andauerte. *

[46] Um die neunte Stunde rief Jesus mit lauter Stimme: 'Eli, Eli, lema sabachtani?', das heißt: Mein Gott, mein Gott, warum hast du mich verlassen? *

[47] Einige der dort Stehenden hörten das und sagten: 'Er ruft Elija.'

Mk 15,33-35

[33] Um die sechste Stunde brach eine Finsternis über das ganze Land herein, die bis zur neunten Stunde herrschte.

[34] In der neunten Stunde rief Jesus mit lauter Stimme: 'Eloï, Eloï, lama sabachthani?', das heißt übersetzt: Mein Gott, mein Gott, warum hast du mich verlassen? *

[35] Einige von den Umstehenden hörten das und sagten: 'Hört, er ruft Elija!' *

Lk 23,44.45

[44] Es war schon um die sechste Stunde, da brach bis zur neunten Stunde über das ganze Land eine Finsternis herein,

[45] nachdem die Sonne sich verfinstert hatte; der Vorhang des Tempels riß mitten entzwei.

Kommentar:

Das fünfte Wort Jesu am Kreuz

17.67 Jesu Leidensruf

Abschnitt: 391

Mt 27,48.49

⁴⁸ Einer von ihnen lief hin, nahm einen Schwamm, füllte ihn mit Essig, steckte ihn auf einen Rohrstock und gab ihm zu trinken.

⁴⁹ Die anderen sagten: 'Laß das, wir wollen sehen, ob Elija kommt, ihn zu retten.'

Mk 15,36

³⁶ Einer aber lief hin, füllte einen Schwamm mit Essig, steckte ihn auf ein Rohr und gab ihm zu trinken. Er sagte: 'Laßt uns doch sehen, ob Elija kommt, um ihn herabzunehmen.'

Joh 19,28.29

²⁸ Danach, wissend, daß schon alles vollbracht ist, sagte Jesus, damit die Schrift erfüllt werde: 'Mich dürstet.' *

²⁹ Es stand da ein Gefäß voll Essig. Sie steckten einen Schwamm voll Essig auf einen Ysopstengel und brachten ihn an seinen Mund. *

Kommentar:

Das sechste Wort Jesu am Kreuz

17.68 Jesu Siegeswort

Abschnitt: 392

Joh 19,30

³⁰ Als Jesus den Essig genommen hatte, sagte er: 'Es ist vollbracht.' Dann neigte er das Haupt und gab den Geist auf.

Kommentar:

Das siebte Wort Jesu am Kreuz

17.69   Jesu Sterbegebet

Abschnitt: 393

Lk 23,46

> [46] Da rief Jesus mit lauter Stimme: 'Vater, in deine Hände befehle ich meinen Geist!' Mit diesen Worten verschied er.

17.70   Der Tod Jesu

Abschnitt: 394

Mt 27,50

> [50] Jesus aber schrie noch einmal mit lauter Stimme. - Dann gab er den Geist auf.

Mk 15,37

> [37] Jesus aber stieß einen lauten Schrei aus und verschied.

Lk 23,46

> [46] Da rief Jesus mit lauter Stimme: 'Vater, in deine Hände befehle ich meinen Geist!' Mit diesen Worten verschied er.

Joh 19,30

> [30] Als Jesus den Essig genommen hatte, sagte er: 'Es ist vollbracht.' Dann neigte er das Haupt und gab den Geist auf.

17.71 Vorgänge nach dem Tode Jesu

Abschnitt: 395

Mt 27,51-54

[51] Da riß der Vorhang des Tempels von oben bis unten entzwei, die Erde bebte, die Felsen barsten,

[52] die Gräber öffneten sich, und viele der entschlafenen Heiligen wurden auferweckt;

[53] sie kamen nach seiner Auferweckung aus den Gräbern heraus, gingen in die Heilige Stadt und erschienen vielen.

[54] Als der Hauptmann und seine Leute, die bei Jesus Wache hielten, das Erdbeben und die anderen Ereignisse wahrnahmen, gerieten sie in große Furcht und sagten: 'Dieser war wirklich der Sohn Gottes!'

Mk 15,38.39

[38] Da riß der Vorhang des Tempels von oben bis unten entzwei. *

[39] Der Hauptmann, der ihm gegenüberstand und ihn so sterben sah, sagte: 'Dieser Mensch war wirklich der Sohn Gottes.'

Lk 23,45.47-48

[45] nachdem die Sonne sich verfinstert hatte; der Vorhang des Tempels riß mitten entzwei.

[47] Als der Hauptmann sah, was geschehen war, pries er Gott und sagte: 'Wirklich, dieser Mann war gerecht!'

[48] Alles Volk, das diesem Schauspiel beiwohnte und die Vorgänge gesehen hatte, schlug sich an die Brust und kehrte heim.

17.72   Die frommen Frauen und Bekannten Jesu

Abschnitt: 396

Mt 27,55.56

[55] Es waren dort auch viele Frauen, die von ferne zuschauten. Sie hatten Jesus von Galiläa her begleitet, um für ihn zu sorgen.

[56] Unter ihnen befanden sich Maria aus Magdala, Maria, die Mutter des Jakobus und Josef, und die Mutter der Söhne des Zebedäus. *

Mk 15,40.41

[40] Es waren auch Frauen da, die von fern zuschauten, darunter Maria aus Magdala, Maria, die Mutter von Jakobus dem Kleinen und Joses, sowie Salome.

[41] Als er in Galiläa war, hatten sie ihn begleitet und für ihn gesorgt. - Noch viele andere Frauen waren da, die mit ihm nach Jerusalem hinaufgezogen waren.

Lk 23,49

[49] Alle seine Bekannten aber, auch die Frauen, die ihm von Galiläa her gefolgt waren, standen abseits und sahen dies mit an.

17.73   Die Durchbohrung der Seite Jesu

Abschnitt: 397

Joh 19,31-37

[31] Es war Rüsttag, und die Leiber sollten den Sabbat über nicht am Kreuz bleiben; jener Sabbat war nämlich ein hoher Feiertag. Darum baten die Juden Pilatus, es sollten den Gekreuzigten die Beine zerschlagen und sie dann abgenommen werden. *

[32] Da kamen die Soldaten und zerschlugen dem einen wie dem anderen der Mitgekreuzigten die Beine.

[33] Als sie aber zu Jesus kamen, sahen sie, daß er schon tot war. Darum zerschlugen sie ihm die Beine nicht,

[34] sondern einer der Soldaten durchbohrte seine Seite mit einer Lanze, und sogleich kam Blut und Wasser heraus.

[35] Der dies gesehen hat, legt Zeugnis davon ab, und sein Zeugnis ist wahr. Und jener weiß, daß er die Wahrheit spricht, damit auch ihr glaubt.

[36] Denn das ist geschehen, damit die Schrift in Erfüllung ginge: 'Kein Gebein soll ihm zerbrochen werden', *

[37] und eine andere Schriftstelle sagt: 'Sie werden aufblicken zu dem, den sie durchbohrt haben.' *

17.74 Die Abnahme Jesu vom Kreuz und Grablegung

Abschnitt: 398

Mt 27,57-61

[57] Am Abend kam ein reicher Mann aus Arimathäa namens Josef. Auch er war ein Jünger Jesu.

[58] Er ging zu Pilatus und bat um den Leichnam Jesu. Da befahl Pilatus, ihn herauszugeben. *

[59] Josef nahm den Leichnam, wickelte ihn in ein reines Leinentuch

[60] und legte ihn in das Grab, das er sich neu in den Felsen hatte hauen lassen. Vor den Eingang zum Grab wälzte er einen großen Stein und ging weg.

[61] Maria aus Magdala und die andere Maria waren auch dort; sie saßen dem Grab gegenüber.

Mk 15,42-47

[42] Es war bereits Abend geworden. Weil Rüsttag war, der Tag vor dem Sabbat,

[43] kam Josef von Arimathäa, ein vornehmer Ratsherr, der ebenfalls das Reich Gottes erwartete, faßte Mut, ging zu Pilatus hinein und bat um den Leichnam Jesu. *

⁴⁴ Pilatus wunderte sich, daß Jesus schon tot sein sollte. Er ließ daher den Hauptmann kommen und erkundigte sich bei ihm, ob er schon gestorben sei. *

⁴⁵ Als er es vom Hauptmann bestätigt fand, schenkte er Josef den Leichnam.

⁴⁶ Der kaufte ein Leinentuch, nahm ihn ab und wickelte ihn in das Tuch. Dann legte er ihn in ein Grab, das in einen Felsen gehauen war. Vor den Eingang des Grabes wälzte er einen Stein.

⁴⁷ Maria aus Magdala aber und Maria, die Mutter des Joses, sahen, wo er hingelegt wurde.

Lk 23,50-55

⁵⁰ Da war ein Mann namens Josef, der Ratsherr war, ein edler und rechtschaffener Mann,

⁵¹ der ihrem Beschluß und ihrem Vorgehen nicht zugestimmt hatte. Er stammte von Arimathäa, einer jüdischen Stadt; auch er erwartete das Reich Gottes.

⁵² Er ging zu Pilatus und bat um den Leichnam Jesu.

⁵³ Er nahm ihn ab, wickelte ihn in ein Leinentuch und legte ihn in ein Felsengrab, in dem noch niemand beigesetzt war.

⁵⁴ Es war Rüsttag, und der Sabbat brach schon an.

⁵⁵ Die Frauen, die mit ihm aus Galiläa gekommen waren, gingen mit, schauten das Grab an und sahen, wie sein Leichnam hineingelegt wurde.

Joh 19,38-42

³⁸ Josef von Arimathäa, der ein Jünger Jesu war, aber aus Furcht vor den Juden nur im geheimen, bat hierauf Pilatus, den Leichnam Jesu abnehmen zu dürfen. Pilatus gestattete es. Er kam nun und nahm den Leichnam ab. *

³⁹ Auch Nikodemus, der einst des Nachts zu ihm gekommen war, fand sich ein und brachte eine Mischung von Myrrhe und Aloe, wohl an hundert Pfund. *

⁴⁰ Sie nahmen nun den Leichnam Jesu und umwickelten ihn samt den würzigen Kräutern mit Leinenbinden, wie es der Begräbnissitte der Juden entspricht.

⁴¹ An dem Ort, wo er gekreuzigt wurde, war ein Garten und in dem Garten ein neues Grab, in dem noch niemand beigesetzt worden war.

⁴² Dort hinein nun legten sie Jesus wegen des Rüsttages der Juden; denn das Grab war in der Nähe.

17.75   Die Vorbereitung zur Salbung

Abschnitt: 399

Mk 16,1

¹ Als der Sabbat vorüber war, kauften Maria aus Magdala, Maria, die Mutter des Jakobus, und Salome wohlriechende Öle, um hinzugehen und ihn zu salben.

Lk 23,56

⁵⁶ Nach ihrer Rückkehr bereiteten sie Gewürzkräuter und Salben. Den Sabbat verbrachten sie nach dem Gesetz in Ruhe.

17.76   Die Grabeswache

Abschnitt: 400

Mt 27,62-66

⁶² Tags darauf, nach dem Rüsttag, kamen die Hohenpriester und Pharisäer gemeinsam zu Pilatus *

⁶³ und sagten: 'Herr, es ist uns eingefallen, daß jener Betrüger, als er noch lebte, gesagt hat: »Nach drei Tagen werde ich auferweckt.«

Laß darum das Grab bis zum dritten Tag bewachen. Sonst könnten seine Jünger kommen, ihn stehlen und zum Volk sagen: »Er ist von den Toten auferweckt worden!« Dann wäre der letzte Betrug noch schlimmer als der erste.'

⁶⁵ Pilatus erwiderte ihnen: 'Ihr sollt eine Wache haben. Geht und bewacht das Grab, so gut ihr könnt.'

⁶⁶ Sie gingen hin und sicherten das Grab, indem sie den Stein in Gegenwart der Wache versiegelten.

Kapitel 18

Die Verherrlichung

18.1 Wunder bei der Auferstehung

Abschnitt: 401

Mt 28,2-4

> [2] Und siehe, die Erde erbebte gewaltig, denn ein Engel des Herrn stieg vom
> Himmel herab, trat hinzu, wälzte den Stein weg und setzte sich darauf.
> [3] Sein Aussehen war wie der Blitz und sein Gewand weiß wie Schnee.
> [4] Aus Furcht vor ihm erbebten die Wächter und waren wie tot.

18.2 Frauen am Grabe

Abschnitt: 402

Mt 28,1

> [1] Nach dem Sabbat, beim Morgengrauen des ersten Wochentages, machten
> sich Maria aus Magdala und die andere Maria auf den Weg, um nach dem
> Grab zu sehen.

Mk 16,2-4

> [2] In der Morgenfrühe des ersten Wochentages, als die Sonne aufgegangen war,
> kamen sie zum Grab.
> [3] Sie sagten zueinander: 'Wer wird uns den Stein vom Eingang des Grabes
> wegwälzen?'
> [4] Doch als sie hinschauten, sahen sie, daß der Stein weggewälzt war; er war
> nämlich sehr groß.

Lk 24,1-3

¹ Am ersten Tag der Woche aber gingen sie in aller Frühe mit den Gewürz-
kräutern, die sie zubereitet hatten, zum Grab.
² Sie fanden den Stein vom Grab weggewälzt.
³ Sie gingen hinein, den Leichnam des Herrn Jesus aber fanden sie nicht.

Joh 20,1

¹ Am ersten Tag der Woche kam Maria Magdalena frühmorgens, als es noch
dunkel war, zum Grab und sah, daß der Stein vom Grab weggenommen
war. *

18.3   Botschaft Magdalenas an Petrus und Johannes

Abschnitt: 403

Joh 20,2

² Eilig lief sie nun zu Simon Petrus und zu dem anderen Jünger, den Jesus
liebte, und sagte zu ihnen: 'Man hat den Herrn aus dem Grab genommen,
und wir wissen nicht, wohin man ihn gelegt hat.'

18.4   Engelserscheinungen

Abschnitt: 404

Mt 28,5-7

⁵ Der Engel sprach zu den Frauen: 'Fürchtet euch nicht! Ich weiß, ihr sucht
Jesus, den Gekreuzigten.
⁶ Er ist nicht hier; denn er ist auferweckt worden, wie er gesagt hat. Kommt
her und seht die Stelle, wo er gelegen hat.
⁷ Geht eilends hin zu seinen Jüngern und meldet ihnen: Er ist von den Toten
auferweckt worden und geht euch voraus nach Galiläa, dort werdet ihr ihn
sehen. Tut nun, was ich euch gesagt habe!' *

Mk 16,5-8

⁵ Sie gingen in das Grab hinein und sahen zur Rechten einen Jüngling sitzen, der ein weißes Gewand trug. Da erschraken sie sehr.

⁶ Er aber sagte zu ihnen: 'Erschreckt nicht! Ihr sucht Jesus von Nazaret, den Gekreuzigten. Er ist auferstanden. Er ist nicht hier. Seht die Stelle, wo man ihn hingelegt hatte.

⁷ Nun geht hin und sagt seinen Jüngern, vor allem Petrus: Er geht euch voraus nach Galiläa; dort werdet ihr ihn sehen, wie er euch gesagt hat.'

⁸ Sie gingen hinaus und eilten vom Grab weg; denn Schrecken und Entsetzen hatte sie erfaßt. Und sie sagten niemand etwas davon, weil sie sich fürchteten. *

Lk 24,4-8

⁴ Während sie ratlos dastanden, traten plötzlich zwei Männer in strahlendem Gewand zu ihnen.

⁵ Vor Schrecken senkten sie den Blick zu Boden. Jene aber sagten zu ihnen: 'Was sucht ihr den Lebenden unter den Toten?

⁶ Er ist nicht hier, er ist auferweckt worden. Erinnert euch daran, wie er euch, als er noch in Galiläa war, gesagt hat,

⁷ daß der Menschensohn in die Hände der Sünder ausgeliefert und gekreuzigt werden muß, aber am dritten Tag auferstehe.'

⁸ Da erinnerten sie sich seiner Worte.

18.5   Bericht der Frauen über ihre Erlebnisse beim Grabe

Abschnitt: 405

Mt 28,8

⁸ Mit Furcht und großer Freude liefen sie vom Grab weg und eilten, seinen Jüngern die Botschaft zu überbringen.

Lk 24,9-11

[9] Sie kehrten vom Grab zurück und berichteten all das den Elf und allen übrigen.

[10] Es waren Maria Magdalena, Johanna, Maria, die Mutter des Jakobus; auch die anderen Frauen, die mit ihnen waren, berichteten das den Aposteln.

[11] Aber diese Berichte kamen ihnen wie ein Märchen vor, und sie glaubten ihnen nicht.

18.6 Petrus und Johannes beim Grabe

Abschnitt: 406

Lk 24,12

[12] Petrus machte sich aber auf und eilte zum Grab. Als er sich vorneigte, sah er nur die Leinenbinden daliegen. Voll Verwunderung über das, was geschehen war, kehrte er nach Hause zurück.

Joh 20,3-10

[3] Da machten sich Petrus und der andere Jünger auf und kamen zum Grab.

[4] Die beiden liefen miteinander. Der andere Jünger lief schneller als Petrus und kam zuerst am Grab an.

[5] Er beugte sich vor und sah die Leinenbinden daliegen, ging aber nicht hinein.

[6] Nun kam auch Simon Petrus ihm nach, ging in das Grab hinein und sah die Leinenbinden daliegen

[7] sowie das Schweißtuch, das auf seinem Haupt gelegen hatte. Es lag aber nicht mit den Leinenbinden zusammen, sondern für sich zusammengefaltet an einer Stelle.

[8] Jetzt ging auch der andere Jünger, der zuerst am Grab angekommen war, hinein. Er sah und glaubte.

[9] Denn sie hatten noch nicht die Schrift verstanden, daß er von den Toten auferstehen müsse.

[10] Dann kehrten die Jünger nach Hause zurück.

18.7   Erscheinung Jesu vor Maria Magdalena und Anderen

Abschnitt: 408

Mt 28,9-10

⁹ Da kam Jesus ihnen entgegen und sagte: 'Seid gegrüßt!' Sie traten näher, umfaßten seine Füße und warfen sich vor ihm nieder.

¹⁰ Da sagte Jesus zu ihnen: 'Fürchtet euch nicht! Geht hin und berichtet meinen Brüdern, sie sollen nach Galiläa gehen. Dort werden sie mich sehen.'

Mk 16,9-11

⁹ Nach seiner Auferstehung, in der Frühe des ersten Wochentages, erschien Jesus zuerst Maria aus Magdala, aus der er sieben Dämonen ausgetrieben hatte.

¹⁰ Die ging hin und berichtete es seinen trauernden und weinenden Gefährten.

¹¹ Als diese hörten, daß er lebe und von ihr gesehen worden sei, glaubten sie es nicht.

Joh 20,11-18

¹¹ Maria aber blieb draußen am Grab und weinte. Wie sie nun weinte, neigte sie sich vor (und schaute) in die Grabkammer (hinein).

¹² Da sah sie zwei Engel in weißen Gewändern sitzen, den einen dort, wo das Haupt, den anderen dort, wo die Füße des Leichnams Jesu gelegen hatten.

¹³ Diese sagten zu ihr: 'Frau, was weinst du?' Sie antwortete ihnen: 'Weil man meinen Herrn weggenommen hat und ich nicht weiß, wohin man ihn gelegt hat.'

¹⁴ Nach diesen Worten wandte sie sich um und sah Jesus dastehen, erkannte aber nicht, daß es Jesus war.

¹⁵ Jesus fragte sie: 'Frau, was weinst du! Wen suchst du?' In der Meinung, es sei der Gärtner, antwortete sie ihm: 'Herr, hast du ihn weggetragen, so sage mir, wohin du ihn gelegt hast; dann will ich ihn holen.'

¹⁶ Da sagte Jesus zu ihr: 'Maria!' Sie wandte sich um und sagte zu ihm auf hebräisch: 'Rabbuni!', das heißt 'Meister'. *

[17] Jesus sagte zu ihr: 'Halte mich nicht fest! Denn ich bin noch nicht zu meinem Vater aufgefahren. Doch gehe zu meinen Brüdern und sage ihnen: Ich fahre auf zu meinem Vater und eurem Vater, zu meinem Gott und eurem Gott.'

[18] Maria Magdalena ging hin und verkündete den Jüngern: 'Ich habe den Herrn gesehen!' - und dies habe er ihr gesagt.

18.8 Die bestochenen Wächter

Abschnitt: 409

Mt 28,11-15

[11] Während sie hingingen, kamen einige von der Wache in die Stadt und meldeten den Hohenpriestern alles, was sich zugetragen hatte.

[12] Diese kamen mit den Ältesten zusammen und hielten Rat. Sie gaben den Soldaten viel Geld

[13] und wiesen sie an: 'Sagt: Nachts sind seine Jünger gekommen und haben ihn, während wir schliefen, gestohlen.

[14] Sollte dies dem Statthalter zu Ohren kommen, werden wir ihn beschwichtigen und dafür sorgen, daß ihr nichts zu befürchten habt.'

[15] Sie nahmen das Geld und taten, wie man sie angewiesen hatte. Und verbreitet wurde dieses Gerede bei den Juden bis auf den heutigen Tag. *

18.9 Die Emmausjünger am Ostersonntag-Nachmittag

Abschnitt: 410

Mk 16,12

[12] Hierauf erschien er in einer anderen Gestalt zweien von ihnen unterwegs, als sie aufs Land gingen.

Lk 24,13-32

¹³ Noch am selben Tag wanderten zwei von ihnen nach einem Dorf mit Namen Emmaus, das sechzig Stadien von Jerusalem entfernt liegt. *

¹⁴ Sie unterhielten sich miteinander über alle diese Ereignisse.

¹⁵ Während sie so miteinander redeten und Meinungen austauschten, nahte sich Jesus selbst und ging mit ihnen. *

¹⁶ Ihre Augen aber waren gehalten, so daß sie ihn nicht erkannten.

¹⁷ Er sagte zu ihnen: 'Was sind das für Reden, die ihr auf dem Weg miteinander führt?' Da hielten sie traurig inne.

¹⁸ Der eine, namens Kleopas, antwortete ihm: 'Bist du der einzige Fremde in Jerusalem, der nicht weiß, was dort in diesen Tagen geschehen ist?' *

¹⁹ Er fragte sie: 'Was denn?' Sie erwiderten ihm: 'Das mit Jesus von Nazaret! Er war ein Prophet, mächtig in Wort und Tat vor Gott und allem Volk.

²⁰ Ihn haben unsere Hohenpriester und Vorsteher ausgeliefert, daß er zum Tod verurteilt und gekreuzigt werde.

²¹ Wir aber hatten gehofft, daß er es sei, der Israel erlösen werde. Und nun ist heute zu all dem schon der dritte Tag, seit dies geschehen ist. *

²² Aber auch einige von unseren Frauen haben uns in Aufregung versetzt. Sie waren frühmorgens am Grab gewesen,

²³ und als sie seinen Leichnam nicht gefunden hatten, kamen sie und sagten, sie hätten auch eine Erscheinung von Engeln gehabt, die versicherten, daß er lebe.

²⁴ Einige von den Unsrigen gingen dann zum Grab und fanden es so, wie die Frauen gesagt hatten; ihn selbst aber sahen sie nicht!'

²⁵ Da sagte er zu ihnen: 'O ihr Unverständigen! Was seid ihr so schwerfällig, auf Grund dessen, was die Propheten verkündet haben, mit dem Herzen zu glauben!

²⁶ Mußte denn der Messias nicht leiden und so in seine Herrlichkeit eingehen?'

²⁷ Und er begann mit Mose und allen anderen Propheten und legte ihnen aus, was in allen Schriften sich auf ihn bezieht.

²⁸ So kamen sie in die Nähe des Dorfes, dem sie zustrebten. Er tat, als wolle er weitergehen.

²⁹ Sie aber bedrängten ihn und sagten: 'Bleibe bei uns. Es will Abend werden. Der Tag hat sich schon geneigt.' Da kehrte er ein, um bei ihnen zu bleiben.

³⁰ Während er mit ihnen zu Tisch saß, nahm er das Brot, segnete es, brach es und reichte es ihnen.

³¹ Da gingen ihnen die Augen auf und sie erkannten ihn; er aber entschwand

ihren Blicken.

[32] Und sie sagten zueinander: 'Brannte nicht unser Herz in uns, als er unterwegs mit uns redete und uns die Schrift erschloß?'

18.10 Bericht der Emmausjünger über ihre Erlebnisse

Abschnitt: 411

Mk 16,13

[13] Auch sie gingen hin und berichteten es den übrigen. Selbst ihnen glaubten sie nicht.

Lk 24,33-35

[33] Noch in derselben Stunde machten sie sich auf, kehrten nach Jerusalem zurück und fanden die Elf mit ihren Gefährten versammelt.

[34] Die riefen: 'Der Herr ist wahrhaft auferweckt worden. Er ist dem Simon erschienen.'

[35] Nun erzählten auch sie, was sich unterwegs zugetragen und wie sie ihn erkannt hatten am Brechen des Brotes. *

18.11 Die Erscheinung Jesu am Ostersonntag-Abend im Saale

Abschnitt: 412

Lk 24,36-43

[36] Während sie noch darüber sprachen, stand Jesus mitten unter ihnen und sagte zu ihnen: 'Friede sei mit euch!'

[37] Vor Angst und Schrecken glaubten sie, einen Geist zu sehen.

[38] Da sagte er zu ihnen: 'Weshalb seid ihr verwirrt und warum steigen Zweifel in euren Herzen auf?

[39] Seht meine Hände und meine Füße! Ich bin es selbst. Betastet mich und überzeugt euch! Ein Geist hat doch nicht Fleisch und Bein, wie ihr es an mir seht.'

[40] Nach diesen Worten zeigte er ihnen Hände und Füße.

[41] Allein vor Freude und Verwunderung konnten sie es noch nicht glauben und staunten nur. Darum fragte er sie: 'Habt ihr etwas zu essen da?'

[42] Sie reichten ihm ein Stück gebratenen Fisches.

[43] Er nahm es und aß es vor ihren Augen.

Joh 20,19-23

[19] Als es nun Abend war an jenem ersten Wochentag und die Jünger die Türen aus Furcht vor den Juden verschlossen hatten, kam Jesus, trat in ihre Mitte und sagte zu ihnen: 'Friede sei mit euch!'

[20] Nach diesen Worten zeigte er ihnen die Hände und die Seite. Da freuten sich die Jünger, als sie den Herrn sahen.

[21] Abermals sagte Jesus zu ihnen: 'Friede sei mit euch! Wie mich der Vater gesandt hat, so sende auch ich euch.'

[22] Nach diesen Worten hauchte er sie an und sagte zu ihnen: 'Empfangt den Heiligen Geist.

[23] Wem immer ihr die Sünden nachlaßt, dem sind sie nachgelassen; wem ihr sie behaltet, dem sind sie behalten.'

18.12   Die Erscheinung Jesu am Oktavtag der Auferstehung

Abschnitt: 413

Mk 16,14

[14] Später erschien Jesus auch den Elf, als sie zu Tisch saßen; er tadelte ihren Unglauben und ihre Herzenshärte, weil sie denen nicht geglaubt, die ihn als Auferweckten gesehen hatten.

Joh 20,24-29

[24] Thomas, einer von den Zwölfen, mit dem Beinamen Didymus, war nicht bei ihnen, als Jesus gekommen war. *

[25] Die anderen Jünger sagten ihm nun: 'Wir haben den Herrn gesehen.' Er aber erwiderte ihnen: 'Wenn ich an seinen Händen nicht das Mal der Nägel

sehen und meinen Finger nicht in die Stelle der Nägel legen und meine
Hand nicht in seine Seite legen kann, glaube ich keineswegs.'
²⁶ Acht Tage darauf waren seine Jünger wieder in dem Haus und Thomas war
bei ihnen. Da kam Jesus bei verschlossenen Türen, trat in ihre Mitte und
sagte: 'Friede sei mit euch!'
²⁷ Dann sagte er zu Thomas: 'Reich deinen Finger her und sieh meine Hände.
Reich deine Hand her und lege sie in meine Seite, und sei nicht mehr
ungläubig, sondern gläubig!'
²⁸ Thomas antwortete ihm: 'Mein Herr und mein Gott!'
²⁹ Jesus sagte zu ihm: 'Weil du mich siehst, glaubst du? Selig, die nicht sehen
und doch glauben!'

18.13   Die Erscheinung Jesu am See Tiberias

Abschnitt: 414

Joh 21,1-14

¹ Danach offenbarte sich Jesus abermals den Jüngern am See von Tiberias. Er
offenbarte sich auf folgende Weise: *
² Simon Petrus, Thomas mit dem Beinamen Didymus, Natanael aus Kana
in Galiläa, die Söhne des Zebedäus, und noch zwei andere von seinen
Jüngern waren beisammen. *
³ Simon Petrus sagte zu ihnen: 'Ich gehe fischen.' Sie erwiderten ihm: 'Wir
gehen auch mit.' Sie gingen nun hinaus und stiegen in das Boot, fingen
aber nichts in jener Nacht.
⁴ Als bereits der Morgen dämmerte, trat Jesus an das Ufer. Aber die Jünger
wußten nicht, daß es Jesus war.
⁵ Da sagte Jesus zu ihnen: 'Kinder, habt ihr nicht etwas zu essen?' Sie antworteten ihm: 'Nein.'
⁶ Da sagte er zu ihnen: 'Werft das Netz zur Rechten des Bootes aus, so werdet
ihr etwas finden.' Sie warfen es aus und vermochten es vor der Menge der
Fische nicht mehr heraufzuziehen.
⁷ Da sagte jener Jünger, den Jesus liebhatte, zu Petrus: 'Es ist der Herr!' Als
Simon Petrus hörte, es sei der Herr, warf er sein Obergewand um - er hatte
es nämlich abgelegt - und warf sich in den See.
⁸ Die anderen Jünger kamen im Boot und zogen das Netz mit den Fischen

nach; denn sie waren nicht mehr weit vom Land, nur etwa zweihundert Ellen. *

⁹ Als sie nun ans Land stiegen, sahen sie ein Kohlenfeuer angelegt, einen Fisch darauf und Brot dabei.

¹⁰ Jesus sagte zu ihnen: 'Bringt von den Fischen, die ihr eben gefangen habt.'

¹¹ Da stieg Simon Petrus in das Boot und zog das Netz ans Land; es war mit hundertdreiundfünfzig großen Fischen gefüllt, und obschon ihrer so viele waren, zerriß das Netz nicht.

¹² Dann sagte Jesus zu ihnen: 'Kommt zum Frühstück!' Keiner von den Jüngern wagte, ihn zu fragen: 'Wer bist du?' Sie wußten ja, daß es der Herr war.

¹³ Jesus kam, nahm das Brot und reichte es ihnen, ebenso auch den Fisch.

¹⁴ Das war bereits das dritte Mal, daß sich Jesus nach seiner Auferstehung von den Toten seinen Jüngern offenbarte.

18.14   Die Übertragung des Primates an Petrus

Abschnitt: 415

Joh 21,15-17

¹⁵ Nachdem sie gefrühstückt hatten, sagte Jesus zu Simon Petrus: 'Simon, Sohn des Johannes, liebst du mich mehr als diese?' Er antwortete ihm: 'Ja, Herr, du weißt, daß ich dich liebe.' Da sagte er zu ihm: 'Weide meine Lämmer!' *

¹⁶ Er fragte ihn abermals: 'Simon, Sohn des Johannes, liebst du mich?' Er antwortete ihm: 'Ja, Herr, du weißt, daß ich dich liebe.' Und er sagte zu ihm: 'Hüte meine Schafe!'

¹⁷ Er fragte ihn zum drittenmal: 'Simon, Sohn des Johannes, liebst du mich?' - Da ward Petrus traurig, weil er ihn zum drittenmal fragte: 'Liebst du mich?' Und er antwortete ihm: 'Herr, du weißt alles, du weißt, daß ich dich liebe.' Jesus sagte zu ihm: 'Weide meine Schafe!

18.15 Die Weissagung über Petrus und Johannes

Abschnitt: 416

Joh 21,18-23

 ¹⁸ Wahrlich, wahrlich, ich sage dir: Als du jünger warst, hast du dich selbst gegürtet und bist hingegangen, wohin du wolltest. Bist du aber alt geworden, so wirst du deine Hände ausstrecken, und ein anderer wird dich gürten und dich führen, wohin du nicht willst.'

¹⁹ Mit diesen Worten wollte er andeuten, durch welchen Tod er Gott verherrlichen sollte. Darauf sagte er zu ihm: 'Folge mir nach!'

²⁰ Petrus wandte sich um und sah den Jünger nachkommen, den Jesus liebte, der auch beim Mahl sich an seine Brust gelehnt und gefragt hatte: 'Herr, wer ist es, der dich verrät?'

²¹ Diesen also sah Petrus und sagte zu Jesus: 'Herr, was wird aber mit diesem geschehen?'

²² Jesus antwortete ihm: 'Wenn ich will, daß er am Leben bleibt, bis ich wiederkomme, was kümmert dich das? Folge du mir nach!'

²³ So verbreitete sich bei den Jüngern die Meinung, jener Jünger werde nicht sterben. Aber Jesus hatte zu Petrus nicht gesagt: 'Er stirbt nicht', sondern: 'Wenn ich will, daß er am Leben bleibt, bis ich wiederkomme, was kümmert dich das?'

18.16 Die Erscheinung Jesu auf einem Berge in Galiläa

Abschnitt: 417

Mt 28,16-20

¹⁶ Die elf Jünger aber gingen nach Galiläa auf den Berg, wohin Jesus sie beschieden hatte. *

¹⁷ Als sie ihn erblickten, fielen sie vor ihm nieder. Einige aber hatten Zweifel.

¹⁸ Da trat Jesus näher, redete sie an und sagte: 'Mir ist alle Macht gegeben im Himmel und auf Erden.

¹⁹ So geht denn hin und macht alle Völker zu Jüngern, indem ihr sie tauft auf den Namen des Vaters und des Sohnes und des Heiligen Geistes,

[20] und sie lehrt, alles zu halten, was ich euch geboten habe. Seht, ich bin bei euch alle Tage bis zum Ende der Welt.'

Mk 16,15-18

[15] Dann sagte er zu ihnen: 'Geht hin in alle Welt, und verkündet das Evangelium allen Geschöpfen!

[16] Wer glaubt und sich taufen läßt, wird gerettet werden; wer aber nicht glaubt, wird verdammt werden.

[17] Folgende Zeichen werden denen, die geglaubt haben, folgen: In meinem Namen werden sie Dämonen austreiben, in neuen Sprachen reden,

[18] Schlangen aufheben, und wenn sie etwas Todbringendes trinken, wird es ihnen nicht schaden; Kranken werden sie die Hände auflegen, und sie werden gesund werden.'

18.17 Die Abschiedsrede Jesu in Jerusalem

Abschnitt: 418

Lk 24,44-49

[44] Er sagte zu ihnen: 'Das sind meine Worte, die ich zu euch gesprochen habe, als ich noch bei euch weilte, daß nämlich alles, was im Gesetz des Mose, bei den Propheten und in den Psalmen über mich geschrieben steht, erfüllt wird.'

[45] Hierauf erschloß er ihnen den Sinn für das Verständnis der Schriften.

[46] Dann sagte er zu ihnen: 'So steht geschrieben: Der Messias muß leiden und am dritten Tag von den Toten auferstehen.

[47] In seinem Namen soll bei allen Völkern, angefangen von Jerusalem, Buße und Vergebung der Sünden gepredigt werden.

[48] Ihr seid Zeugen dafür.

[49] Seht, ich sende die Verheißung meines Vaters auf euch herab. Bleibt in der Stadt, bis ihr mit Kraft von oben ausgerüstet seid.'

18.18 Christi Himmelfahrt

Abschnitt: 419

Mk 16,19

> [19] Nachdem nun der Herr Jesus zu ihnen gesprochen hatte, wurde er in den Himmel aufgenommen und setzte sich zur Rechten Gottes.

Lk 24,50.51

> [50] Er führte sie hinaus bis nach Betanien, erhob seine Hände und segnete sie.
> [51] Und während er sie segnete, schied er von ihnen und wurde in den Himmel emporgehoben;

18.19 Freudige Rückkehr der Jünger nach Jerusalem

Abschnitt: 420

Lk 24,52.53

> [52] sie aber waren anbetend vor ihm niedergefallen. Dann kehrten sie hocherfreut nach Jerusalem zurück.
> [53] Sie waren immer im Tempel und lobten und priesen Gott.

18.20 Beginn des großen Werkes der Weltmission

Abschnitt: 421

Mk 16,20

> [20] Sie aber zogen aus und predigten überall. Der Herr wirkte dabei mit und bekräftigte das Wort durch beglaubigende Zeichen.

18.21   Das Schlußwort des Evangelisten Johannes

Abschnitt: 422

Joh 20,30.31

[30] Noch viele andere Zeichen hat Jesus vor den Augen seiner Jünger gewirkt, die nicht in diesem Buch aufgezeichnet sind. *

[31] Diese aber sind aufgezeichnet, damit ihr glaubt, daß Jesus der Messias ist, der Sohn Gottes, und damit ihr im Glauben das Leben habt in seinem Namen.

18.22   Der Schluß des Johannesevangeliums

Abschnitt: 423

Joh 21,24.25

[24] Das ist der Jünger, der hiervon Zeugnis ablegt und dies geschrieben hat. Und wir wissen, daß sein Zeugnis wahr ist.

[25] Es gibt noch vieles andere, was Jesus getan hat. Wollte man das im einzelnen niederschreiben, so könnte, glaube ich, selbst die Welt die Bücher nicht fassen, die man schreiben müßte.

Tabelle 18.1: Aufteilung der Evangelien in Abschnitte

Nr.	Titel	Evangelienabschnitte			
		Mt	Mk	Lk	Joh
	Vorwort der Evangelisten				
1	Das Vorwort des Evangelisten Lukas			1,1-4	
2	Das Vorwort des Evangelisten Johannes				1,1-18
	Die Kindheitsgeschichte Jesu				
3	Die Verkündigung der Geburt des Täufers			1,5-25	
4	Die Verkündigung der Geburt Jesu			1,26-38	
5	Mariä Heimsuchung			1,39-56	
6	Die Geburt des Täufers			1,57-80	
7	Stammbaum Jesu	1,1-17		3,23-38	
9	Die Heimführung Marias durch Joseph	1,18-25			
10	Die Geburt Jesu			2,1-7	
11	Die Hirten auf dem Felde und vor der Krippe			2,8-20	
12	Die Beschneidung und Namensgebung	1,25		2,21	
13	Die Darstellung Jesu im Tempel			2,22-38	
14	Die Weisen aus dem Morgenland	2,1-12			
15	Die Flucht nach Ägypten	2,13-15			
16	Der Kindermord	2,16-18			
17	Die Rückkehr aus Ägypten	2,19-21			
18	Die Heimkehr nach Nazareth	2,22-23		2,39-40	
19	Der zwölfjährige Jesus im Tempel			2,41-50	
20	Das verborgene Leben Jesu in Nazareth			2,51.52	
	Die unmittelbare Vorbereitung				
21	Die Berufung des Täufers und sein Auftreten	3,1-6	1,1-6	3,1-6	
22	Der Täufer an die Pharisäer und Sadduzäer	3,7-10		3,7-9	
23	Der Täufer an das Volk			3,10-14	
24	Das erste Zeugnis des Täufers über Jesus	3,11-12	1,7.8	3,15-18	
25	Die Taufe Jesu	3,13-17	1,9-11	3,21.22	
26	Die Versuchung Jesu	4,1-11	1,12.13	4,1-13	
27	Das zweite Zeugnis des Täufers über Jesus				1,19-28
28	Das dritte Zeugnis des Täufers über Jesus				1,29-34
29	Die Berufung des Johannes und Andreas				1,35-39
30	Die Berufung des Simon Petrus				1,40-42
31	Die Berufung des Philippus und Nathanael				1,43-51
32	Die Hochzeit zu Kana				2,1-11
33	Kurzer Aufenthalt in Kapharnaum				2,12
	Erstes Wirken in Judäa				
34	Die Tempelreinigung in Jerusalem				2,13-17
35	Der erste Streitfall				2,18-22
36	Die Stimmung in Jerusalem				2,23-25
37	Jesus und Nikodemus bei nächtlichem Gespräch				3,1-21
39	Jesus und Johannes der Täufer				3,22-36
	Das Wirken in Galiläa				
40	Jesus am Jakobsbrunnen: Jesus und die Samariterin				4,1-26
41	Jesus am Jakobsbrunnen: Jesus und die Jünger				4,27-38
42	Jesus am Jakobsbrunnen: Jesus und die Samariter				4,39-42

Fortsetzung auf der nächsten Seite

Fortsetzung von der vorigen Seite

Nr.	Titel	Mt	Mk	Lk	Joh
43	Die Heilung des Sohnes eines königlichen Beamten				4,43-54
44	Erste Lehrtätigkeit in den Synagogen Galiläas	4,12-17	1,14.15	4,14.15	
45	Jesus in Nazareth			4,16-30	
47	Jesus in Kapharnaum	4,13-16		4,31	
49	Aufforderung zu einer probeweisen Nachfolge	4,18-22	1,16-20		
51	Jesus in der Synagoge von Kapharnaum		1,21.28	4,31-37	
53	Die Heilung der Schwiegermutter des Petrus	8,14.15	1,29-31	4,38.39	
54	Heilungen am Abend desselben Tages	8,16.17	1,32-34	4,40.41	
55	Von Kapharnaum in die Umgegend		1,35-38	4,42.43	
56	Die Wanderpredigt Jesu in Galiläa	4,23-25	1,39	4,44	
57	Predigt vom Boote Simons aus			5,1-3	
58	Der reiche Fischfang			5,4-11	
59	Die Heilung eines Aussätzigen	8,1-4	1,40-45	5,12-16	
60	Die Heilung eines Gelähmten	9,1-8	2,1-12	5,17-26	
61	Die Berufung des Matthäus	9,9	2,13.14	5,27.28	
62	Das Gastmahl im Hause des Matthäus	9,10-13	2,15-17	5,29-32	
63	Die Fastenfrage	9,14-17	2,18-22	5,33-39	
	Jesus in Jerusalem				
64	Die Heilung des 38 Jahre kranken Mannes am Sabbat				5,1-15
65	Jesus als Lebensspender und Richter				5,16-30
66	Das Zeugnis des himmlischen Vaters für Jesus				5,31-47
	Jesus wieder in Galiläa				
67	Das Ährenraufen am Sabbat	12,1-8	2,23-28	6,1-5	
68	Die Heilung der verdorrten Hand	12,9.13	3,1-5	6,6-10	
69	Erster Versuch zur Tötung Jesu	12,14	3,6	6,11	
70	Jesus der Knecht Gottes	12,15-21			
71	Zulauf und Heilungen	4,25.24	3,7-12	6,17-19	
72	Die Apostelwahl	10,1-4	3,13-19	6,12-16	
73	Die Bergpredigt: Einleitung	5,1-2		6,20	
74	Die Seligpreisungen und Weherufe	5,3-12		6,20-26	
75	Vom Jüngerberuf und Jüngertreue	5,13-16	9,50;4,21	14,34.35;8,16;11,33	
76	Keine Auflösung des Gesetzes	5,17-20		16,17	
77	Vom Töten und der Versöhnlichkeit	5,21-26		12,57-59	
78	Vom Ehebruch und vom Ärgernis	5,27-30		16,18	
79	Von der Ehescheidung	5,31.32			
80	Vom Schwören	5,33-37			
81	Von der Wiedervergeltung	5,38-42		6,29.30	
82	Von der Feindesliebe	5,43-48		6,27.28;6,32-36	
83	Vom rechten Almosengeben	6,1-4			
84	Vom rechten Beten	6,5-8			
85	Das Vaterunser	6,9-13		11,1-4	
86	Vom Vergeben	6,14-15			
87	Vom Fasten	6,16-18			
88	Von den himmlischen Schätzen	6,19-21		12,33.34	
89	Von lauterer Gesinnung	6,22.23		11,34-36	
90	Das Gleichnis vom Doppeldienst	6,24		16,13	
91	Von den zeitlichen Sorgen	6,25-34		12,22-31	

Fortsetzung auf der nächsten Seite

Fortsetzung von der vorigen Seite

Nr.	Titel	Mt	Mk	Lk	Joh
92	Warnung vor freventlichem Urteil	7,1-5		6,37.38,41.42	
93	Warnung vor unklugem Eifer	7,6			
94	Zuversicht und Beharrlichkeit im Gebete	7,7-11		11,9-13	
95	Die goldene Regel	7,12		6,31	
96	Die enge Pforte und der schmale Tugendweg	7,13-14		13,24	
97	Warnung vor den falschen Propheten	7,15-20		6,43-45	
98	Von der Notwendigkeit der Glaubenswerke	7,21-23		6,46;13,26,27	
101	Das Gleichnis vom klugen und unklugen Hausvater	7,24-27		6,47-49	
102	Die Wirkung der Bergpredigt	7,28.29	1,22	4,32	
103	Der Hauptmann von Kapharnaum	8,5-13		7,1-10	
104	Der Jüngling von Naim			7,11-17	
105	Die Gesandtschaft des Täufers	11,2-6		7,18-23	
106	Jesu Zeugnis über den Täufer	11,7-15		7,24-30;16,16	
107	Eigensinnige Kinder: unverständige Hörer	11,16-19			
108	Liebeserweis der Sünderin im Hause des Pharisäers			7,36-50	
109	Galiläische Frauen als Begleiterinnen Jesu			8,1-3	
110	Das Anwachsen der Begeisterung		3,20.21		
111	Jesu wahre Verwandte	12,46-50	3,31-35	8,19-21	
112	Das Gleichnis vom Sämann	13,1-9	4,1-9	8,4-8	
113	Grund und Zweck der Gleichnisreden	13,10-15	4,10-12	8,9-10	
114	Deutung des Sämannsgleichnisses	13,18-23	4,13-20	8,11-15	
115	Sprüche: Aufgabe der Jünger Jesu		4,21-25	8,16-18	
116	Das Gleichnis von der selbstwachsenden Saat		4,26-29		
117	Das Gleichnis vom Unkraut unter dem Weizen	13,24-30			
118	Das Gleichnis vom Senfkorn	13,31.32	4,30-32	13,18.19	
119	Das Gleichnis vom Sauerteig	13,33		13,20.21	
120	Vorhersagung der Gleichnisreden	13,34.35	4,33.34		
121	Die Erklärung des Gleichnisses vom Unkraut	13,36-43			
122	Das Gleichnis vom Schatz und von der Perle	13,44-46			
123	Das Gleichnis vom Fischnetz	13,47-50			
124	Das Schlußbetrachtung der Gleichnisreden	13,51.52			
125	Die Stillung des Seesturmes	8,18.23-27	4,35-41	8,22-25	
126	Die Besessenen im Ostjordanland	8,28-34	5,1-20	8,26-39	
128	Eine Heilung und die Erweckung der Tochter des Jairus	9,18-26	5,21-43	8,40-56	
129	Die Verwerfung Jesu in seiner Vaterstadt Nazareth	13,53-58	6,1-6		
130	Rückblick auf das Wirken Jesu	9,35	6,6		
131	Gebet um Arbeiter für die große Ernte	9,36-38			
132	Anweisung für die Glaubensboten	10,5-16	6,7-11	9,1-5	
133	Wirksamkeit Jesu und seiner Jünger	11,1	6,12.13	9,6	
134	Der Bericht über die Enthauptung des Täufers	14,3-12	6,17-29	3,19.20	
135	Das Urteil des Vierfürsten Herodes Antipas über Jesus	14,1.2	6,14-16	9,7-9	
136	Die Rückkehr der Apostel		6,30	9,10	
137	Die erste Brotvermehrung: Speisung der 5000	14,13-21	6,31-44	9,10-17	6,1-13
138	Das Wandeln auf dem See	14,22-33	6,45-52		6,14-21
139	Heilungen in Genesareth	14,34-36	6,53-56		
140	Die Verheissung des eucharistischen Lebensbrotes				6,22-31
141	Jesus das wahre Lebensbrot				6,32.47

Fortsetzung auf der nächsten Seite

Fortsetzung von der vorigen Seite

Nr.	Titel	Mt	Mk	Lk	Joh
142	Jesus das eucharistische Lebensbrot				6,48-59
143	Die Eucharistie im Zeichen des Widerspruchs				6,60-71
144	Verbleiben in Galiläa				7,1
146	Überschätzung der Überlieferung	15,1-9	7,1-13		
147	Jesus an das Volk: Unreinheit aus dem Herzen	15,10-13	7,14-16		
148	Die Pharisäer – blinde Blindenführer	15,14			
150	Sünden die wirklich 'unrein' machen	15,15-20	7,17-23		
152	Jesus und die kananäische Frau	15,21-28	7,24-30		
153	Die Heilung eines Taubstummen		7,31-37		
154	Die Heilung vieler Kranken	15,29-31			
155	Die zweite Brotvermehrung: Die Speisung der 4000	15,32-39	8,1-10		
156	Die Zeichenforderung der Gegner Jesu	16,1-4	8,11-13		
157	Warnung vor dem Sauerteig der Pharisäer und Sadduzäer	16,5-12	8,14-21		
158	Die Heilung des Blinden von Bethsaida		8,22-26		
160	Das Bekenntnis des Petrus und die Verheissung Jesu	16,13-20	8,27-30	9,18-21	
162	Die erste Leidensweissagung	16,21-23	8,31-33	9,32	
164	Sprüche über die Nachfolge Christi	16,24-27	8,34-38	9,23-26	
165	Feierliche Verheissung des nahen Gottesreiches	16,28	9,1	9,27	
166	Die Verklärung Jesu	17,1-8	9,2-8	9,28-36	
167	Über die Wiederkunft des Propheten Elias	17,9-13	9,9-13		
168	Die Heilung eines besessenen Knaben	17,14-21	9,14-29	9,37-43	
169	Die zweite Leidensweissagung	17,22,23	9,30-32	9,43-45	
170	Der Tempelsteuer	17,24-27			
171	Der Rangstreit der Jünger	18,1-5	9,33-37	9,46-48	
172	Mahnung zur Duldsamkeit		9,38-40	9,49-50	
173	Lohn der Wohltätigkeit	10,41.42	9,41		
174	Wehe über den Verführer	18,6.7	9,42	17,1.2	
175	Rettung des Verlorenen	18,10-14			
176	Warnung vor Ärgernisnehmen	18,8.9	9,43-49		
177	Sinnbild des Salzes	5,13	9,50	14,34.35	
179	Von Zurechtweisung und Versöhnlichkeit	18,15-22		17,3-4	
180	Gleichnis vom unbarmherzigen Knecht	18,23-35			
	Auf der Reise zum Laubhüttenfest				7,2-13
181	Ansinnen der Verwandten Jesu				
182	Die ungastlichen Samariter			9,51-56	
183	Erfordernisse der Nachfolge Christi	8,19-22		9,57-62	
184	Die Aussendung der 72 Jünger			10,1-12	
185	Das Wehe über die unbußfertigen Städte	11,20-24;10,40		10,13-16	
186	Die Rückkehr der Jünger			10,17-20	
187	Der Jubelruf	11,25-27		10,21.22	
188	Der Heilandsruf	11,28-30			
189	Selige Augenzeugen	13,16.17		10,13.24	
190	Der barmherzige Samariter			10,25-37	
191	Jesus im Hause der Martha und Maria			10,38-42	
	Jesus auf dem Laubhüttenfest				
192	Der Vorwurf des Sabbatbruches				7,14-24
193	Die göttliche Herkunft und Sendung Jesu				7,25-30

Fortsetzung auf der nächsten Seite

Fortsetzung von der vorigen Seite

Nr.	Titel	Mt	Mk	Lk	Joh
194	Die künftige Verherrlichung Jesu				7,31-36
195	Jesus das Wasser des Lebens				7,37-39
196	Urteile des Volkes über Jesus				7,40-52
197	Jesus und die Ehebrecherin				7,53;8,1-11
198	Jesus, das Licht der Welt				8,12-20
199	Die Strafe des Unglaubens				8,21-30
200	Kinder Abrahams				8,31-47
201	Jesus vor Abraham				8,48-59
202	Die Heilung am Sabbat				9,1-12
203	Die Untersuchung der Heilung				9,13-34
204	Die Verstocktheit der Pharisäer				9,35-41
205	Jesus, der gute Hirt				10,1-18
206	Eindruck der Hirtenrede				10,19-21
	Letzte Wanderung				
207	Das Vaterunser	6,9-13		11,1-4	
208	Das Gleichnis vom zudringlichen Freunde			11,5-8	
209	Zuversicht und Beharrlichkeit im Gebete	7,7-11		11,9-13	
210	Die Heilung zweier Blinden	9,27-31			
211	Die Heilung des stummen Besessenen	9,32-34			
212	Anschuldigung der Pharisäer	12,22-24	3,22	11,14-16	
213	Die Verteidigung Jesu	12,25-30	3,23-27	11,17-23	
214	Die Sünde wider den Heiligen Geist	12,31-37	3,28-30		
215	Vom Rückfall in die Sünde	12,43-45		11,24-26	
216	Seligpreisung der Mutter Jesu			11,27.28	
217	Das Jonaszeichen	12,38-42		11,29-32	
218	Sprüche vom inneren Lichte	5,15,6,22.23			
219	Strafrede gegen die Pharisäer und Schriftgelehrten			11,37-52	
220	Zweiter Versuch zur Tötung Jesu			11,53.54	
221	Warnung vor Menschenfurcht	10,24-27		6,40;12,1-3	
222	Mahnung zum Bekennermut	10,28-33		12,4-9	
223	Der Beistand des Hl. Geistes vor Gericht	10,19.20	13,11	12,11.12	
224	Warnung vor Habsucht			12,13-21	
225	Warnung vor Übermaß zeitlicher Sorgen	6,25-34		12,22-31	
226	Freiwilliger Verzicht auf irdischen Besitz	6,19-21		12,32-34	
227	Wachsamkeit und Treue	24,42-44	13,33-37	12,35-40	
228	Vom Hausherrn und Hausknechte	24,45-51		12,41-46	
229	Der Grundsatz göttlicher Vergeltung			12,47.48	
230	Vom Feuer und von der Taufe			12,49.50	
231	Die Scheidung der Geister	10,34-36		12,51-53	
232	Über Zeichen und Lehre der Zeit			12,54-59	
233	Mahnung zur Buße			13,1-5	
234	Der unfruchtbare Feigenbaum			13,6-9	
235	Die Heilung der gekrümmten Frau			13,10-17	
236	Das Gleichnis vom Senfkorn			13,18.19	
237	Das Gleichnis vom Sauerteig			13,20.21	
238	Der Kampf um das Himmelreich			13,22-30	12,10
239	Jesus und Herodes			13,31-33	

Fortsetzung auf der nächsten Seite

Fortsetzung von der vorigen Seite

Nr.	Titel	Mt	Mk	Lk	Joh
240	Klageruf über Jerusalem			13,34.35	
	Jesus auf dem Tempelweihefest				
241	Die Wesenseinheit mit dem Vater				10,22-39
	Jesus in Peräa				
242	An der ersten Taufstätte des Täufers	19,1.2	10,1		10,40-42
243	Die Heilung eines Wassersüchtigen am Sabbat			14,1-6	
244	Das Gleichnis von den Ehrenplätzen			14,7-11	
245	Von der wahren Gastfreundschaft			14,12-14	
246	Gleichnis vom königlichen Hochzeitsmahl	22,1-14		14,15-24	
248	Vom Ernst der Nachfolge Christi	10,37-39		14,25-27	
249	Sorgfältige Prüfung der Pflichten eines Jüngers Jesu			14,28-33	
251	Das Murren der Pharisäer und Schriftgelehrten			15,1.2	
252	Das Gleichnis vom verlorenen Schafe			15,3-7	
253	Das Gleichnis von der verlorenen Drachme			15,8-10	
254	Das Gleichnis vom verlorenen Sohne			15,11-32	
255	Das Gleichnis vom ungerechten Verwalter			16,1-12	
256	Das Gleichnis vom Doppeldienst	6,24		16,13	
257	Die Scheinheiligkeit der Pharisäer			16,14.15	
258	Das Gleichnis vom reichen Prasser und armen Lazarus			16,19-31	
259	Bitte um Stärkung der Glaubenszuversicht			17,5.6	
260	Das Gleichnis vom Knecht			17,7-10	
	Auf der letzten Reise nach Jerusalem				
261	Die zehn Aussätzigen			17,11-19	
262	Vom Reich Gottes und vom Tag des Menschensohnes			17,20-37	
263	Das Gleichnis vom ungerechten Richter			18,1-8	
264	Das Gleichnis vom Pharisäer und Zöllner			18,9-14	
265	Über Ehescheidung und Ehelosigkeit	19,3-12	10,2-12		
266	Segnung der Kinder	19,13-15	10,13-16	18,15-17	
267	Der reiche Jüngling	19,16-22	10,17-22	18,18-23	
268	Die Gefahr des Reichtums	19,23-26	10,23-27	18,24-27	
269	Der Lohn der Entsagung und der Nachfolge Christi	19,27-30	10,28-31	18,28-30	
270	Das Gleichnis von den Arbeitern im Weinberg	20,1-16			
	Kurzer Aufenthalt in Bethanien				
271	Der Tod des Lazarus				11,1-16
272	Jesus bei Martha und Maria				11,17-37
273	Die Auferweckung des Lazarus				11,38-44
274	Die Wirkung des Wunders				11,45-53
275	Jesus in Ephraim				11,54-57
	Das Vorspiel der Leidensgeschichte				
276	Die dritte Leidensweissagung	20,17-19	10,32-34	18,31-34	
277	Die Bitte der Zebedäussöhne	20,20-28	10,35-45		
278	Die Blindenheilung bei Jericho	20,29-34	10,46-52	18,35-43	
279	Jesus und Zachäus			19,1-10	
280	Das Gleichnis von den anvertrauten Pfunden			19,11-28	
281	Die Salbung in Bethanien	26,6-13	14,3-9		12,1-8
282	Beschluß zur Tötung des Lazarus				12,9-11
283	Die Vorbereitung zum Einzug in Jerusalem	21,1-7	11,1-7	19,29-35	

Fortsetzung auf der nächsten Seite

Fortsetzung von der vorigen Seite

Nr.	Titel	Mt	Mk	Lk	Joh
284	Der feierliche Einzug	21,8.9	11,8-10	19,36-38	12,12-16
285	Grund der Volksbegeisterung; Neid der Pharisäer			19,39.40	12,17-19
286	Klage und Weissagung Jesu über Jerusalem			19,41-44	
287	Jesus in der Stadt und im Tempel	21,10.11.14-16	11,11		
288	Die Rückkehr Jesu nach Bethanien	21,17	11,11		
289	Die Verfluchung des Feigenbaums	21,18.19	11,12-14		
290	Die zweite (?) Tempelreinigung	21,12.13	11,15-17	19,45.46	2,13-17
291	Dritter Versuch zur Tötung Jesu			19,47.48	
292	Allabendliches Verlassen der Stadt		11,19		
293	Die Macht des Glaubens und des Gebetes	21,20-22	11,20-25		
294	Die Vollmachtsfrage	21,23-27	11,27-33		20,1-8
295	Das Gleichnis von den ungleichen Söhnen	21,28-32			
296	Das Gleichnis von den bösen Winzern	21,33-44	12,1-11	20,9-18	
297	Vierter Versuch zur Tötung Jesu	21,45.46	12,12	20,19	
298	Die Steuerfrage der Pharisäer	22,15-22	12,13-17	20,20-26	
299	Die Auferstehungsfrage der Sadduzäer	22,23-33	12,18-27	20,27-40	
300	Das größte Gebot	22,34-40	12,28-34		
301	Der Sohn Davids	22,41-46	12,35-37	20,41-44	
302	Das Verhalten der Volksführer	23,1-12	12,38-40	20,45-47	
303	Die acht Weherufe	23,13-33			
304	Die Strafe	23,34-36			
305	Klageruf über Jerusalem	23,37-39		13,34.35	
306	Die arme Witwe		12,41-44	21,1-4	
307	Jesus und die Griechen				12,20-36
308	Der Unglaube der Juden				12,37-43
309	Die göttliche Sendung Jesu als Messias				12,44-50
310	Die Veranlassung der Weissagungen	24,1.2	13,1.2	21,5.6	
311	Allgemeine Vorzeichen	24,3-8	13,3-8	21,7-11	
312	Die Jüngerverfolgungen	10,17-23;24,9-14	13,9-13	21,12-19	
313	Vorzeichen der Zerstörung Jerusalems	24,15-22	13,14-20	21,20-24	
314	Das Vorzeichen der Wiederkunft Christi	24,23-28	13,21-23		
315	Die Wiederkunft Christi	24,29-31	13,24-27	21,25-28	
316	Das Gleichnis vom Feigenbaum	24,32-35	13,28-31	21,29-33	
317	Die Ungewißheit des Tages und der Stunde	24,36	13,32		
318	Sorglosigkeit der Menschen	24,37-41		17,26.27.30.35	
319	Mahnung zur Nüchternheit und Wachsamkeit			21,34-36	
320	Das Gleichnis von den zehn Jungfrauen	25,1-13			
321	Das Gleichnis von den anvertrauten Talenten	25,14-30			
322	Die Rede vom Weltgericht	25,31-46			
323	Das letzte öffentliche Lehren Jesu			21,37.38	
	Das Leiden				
324	Heimliches Vorgehen des Hohen Rates	26,1-5	14,1.2	22,1.2	
325	Die Verabredung des Judas mit der Behörde	26,14-16	14,10.11	22,3-6	
326	Die Bereitung des Ostermahles	26,17-19	14,12-16	22,7-13	
327	Der Beginn des Ostermahles	26,20.29	14,17.25	22,14-18	
328	Warnung vom Ehrgeiz			22,24-30	
329	Die Fußwaschung				13,1-11

Fortsetzung auf der nächsten Seite

Fortsetzung von der vorigen Seite

Nr.	Titel	Mt	Mk	Lk	Joh
330	Die Lehre für die Jünger				13,12-20
331	Die Ankündigung des Verrates	26,21-25	14,18-21	22,21-23	
332	Die Persönlichkeit des Verräters				13,21-30
333	Die Verherrlichung Jesu				13,31.32
334	Die Einsetzung der Eucharistie	26,26-28	14,22-24	22,19.20	
335	Das neue Gebot				13,33-35
336	Vorhersagung der Verleugnung des Petrus	26,31-35	14,27-31	22,31-34	13,36-38
337	Die Schwertrede			22,35-38	
338	Jenseitstrost: Die himmlische Heimat				14,1-11
339	Diesseitstrost: Erhörung, Beistand, Vereinigung				14,12-31
340	Jesus der wahre Weinstock				15,1-8
341	Das Gebot der Liebe				15,9-17
342	Das leidvolle Jüngerschicksal				15,18-27;16,1-4
343	Der Trost des Heiligen Geistes				16,5-15
344	Der Trost des Wiedersehens				16,16-24
345	Glaube, Friede und Sieg				16,25-33
346	Gebet Jesu für sich				17,1-5
347	Gebet Jesu für die Jünger				17,6-19
348	Gebet Jesu für die Kirche				17,20-26
349	Der Gang zum Ölberg	26,30	14,26	22,39	18,1
350	Die Todesangst Jesu	26,36-46	14,32-42	22,40-46	
351	Die Gefangennahme	26,47-56	14,43-49	22,47-53	
352	Die Flucht der Jünger	26,56	14,50-52		
353	Das Vorverhör bei Annas				18,12-14.19-23
354	Jesus vor Kaiphas und dem Hohen Rate	26,57	14,53	22,54	18,24
355	Die erste Verleugnung des Petrus	26,58.69.70	14,54.66-68	22,54-57	18,15-18
356	Die falschen Belastungszeugen	26,59-61	14,55-59		
357	Das offene Messiasbekenntnis	26,62-64	14,60-62		
358	Todesurteil gegen Jesus	26,65.66	14,63.64		
359	Verspottung und Mißhandlung Jesu	26,67.68	14,65	22,63-65	
360	Die zweite Verleugnung des Petrus	26,71.72	14,69.70	22,58	
361	Die dritte Verleugnung des Petrus	26,73-75	14,70-72	22,59-62	
362	Verhör vor dem Hohen Rate	27,1	15,1	22,66-71	
363	Die Übergabe Jesu an Pilatus	27,2	15,1	23,1	
364	Das Ende des Verräters Judas	27,3-10			
365	Die Anklage der Juden vor Pilatus			23,2	18,28
366	Erstes Verhör vor Pilatus	27,11	15,2	23,3	18,29-32
367	Die Unsicherheit des Pilatus	27,12-14	15,3-5	23,4.5	18,33-38
368	Jesus vor Herodes Antipas			23,6-12	18,38
369	Überzeugung des Pilatus von der Unschuld Jesu			23,13-16	
370	Die Wahl zwischen Barabbas und Jesus	27,15-18	15,6-10	23,17	18,39
371	Fürbitte der Frau des Pilatus	27,19			
372	Forderung der Freilassung des Barabbas	27,20-23	15,11-15	23,18-23	18,40
373	Die Geißelung	27,26	15,15		19,1
374	Die Verspottung und Dornenkrönung	25,27-30	15,16-19		19,2.3
375	Die Vorführung des Mannes der Schmerzen				19,4-7
376	Zweites Verhör vor Pilatus				19,8-12

Fortsetzung auf der nächsten Seite

Fortsetzung von der vorigen Seite

Nr.	Titel	Mt	Mk	Lk	Joh
377	Der König der Juden				19,13-15
379	Übergabe zur Kreuzigung	27,24-26	15,15	23,24.25	19,16
380	Der Kreuzweg Jesu	27,31.32	15,20.21	23,26.32	19,16.17
381	Die weinenden Frauen Jerusalems			23,27-31	
382	Die Kreuzigung Jesu	27,33.34	15,22.23.25	23,33	19,18
383	Die Kreuzigung der Missetäter	27,38	15,27.28	23,33	19,18
384	Der Kreuzestitel	27,37	15,26	23,38	19,19-22
385	Jesu Fürbitte für seine Feinde			23,34	
386	Die Kleiderverteilung	27,35.36	15,24	23,34	19,23.24
387	Die Verspottung des Gekreuzigten	27,39-43	15,29-32	23,35-37	
388	Jesu Gnadenwort an den einen Schächer	27,44	15,32	23,39-43	
389	Jesu Wort der Kindesliebe				19,25-27
390	Jesu Angstruf der Gottverlassenheit	27,45-47	15,33-35	23,44.45	
391	Jesu Leidensruf	27,48.49	15,36		19,28.29
392	Jesu Siegeswort				19,30
393	Jesu Sterbegebet			23,46	
394	Der Tod Jesu	27,50	15,37	23,46	19,30
395	Vorgänge nach dem Tode Jesu	27,51-54	15,38.39	23,45.47-48	
396	Die frommen Frauen und Bekannten Jesu	27,55.56	15,40.41	23,49	
397	Die Durchbohrung der Seite Jesu				19,31-37
398	Die Abnahme Jesu vom Kreuz und Grablegung	27,57-61	15,42-47	23,50-55	19,38-42
399	Die Vorbereitung zur Salbung			23,56	
400	Die Grabeswache	27,62-66	16,1		
	Die Verherrlichung				
401	Wunder bei der Auferstehung	28,2-4			
402	Frauen am Grabe	28,1	16,2-4	24,1-3	20,1
403	Botschaft Magdalenas an Petrus und Johannes				20,2
404	Engelserscheinungen	28,5-7	16,5-8	24,4-8	
405	Bericht der Frauen über ihre Erlebnisse beim Grabe	28,8		24,9-11	
406	Petrus und Johannes beim Grabe			24,12	20,3-10
408	Erscheinung Jesu vor Maria Magdalena und Anderen	28,9-10	16,9-11		20,11-18
409	Die bestochenen Wächter	28,11-15			
410	Die Emmausjünger am Ostersonntag-Nachmittag		16,12	24,13-32	
411	Bericht der Emmausjünger über ihre Erlebnisse		16,13	24,33-35	
412	Die Erscheinung Jesu am Ostersonntag-Abend im Saale			24,36-43	20,19-23
413	Die Erscheinung Jesu am Oktavtag der Auferstehung				20,24-29
414	Die Erscheinung Jesu am See Tiberias				21,1-14
415	Die Übertragung des Primates an Petrus				21,15-17
416	Die Weissagung über Petrus und Johannes				21,18-23
417	Die Erscheinung Jesu auf einem Berge in Galiläa	28,16-20	16,15-18		
418	Die Abschiedsrede Jesu in Jerusalem			24,44-49	
419	Christi Himmelfahrt		16,19	24,50.51	
420	Freudige Rückkehr der Jünger nach Jerusalem			24,52.53	
421	Beginn des großen Werkes der Weltmission		16,20		
422	Das Schlußwort der Evangelisten Johannes				20,30.31
423	Der Schluß des Johannesevangeliums				21,24.25

Literaturverzeichnis

[DV85]   Alfons Deissler and Anton Vögtle. *Neue Jerusalemer Bibel*. Verlag Herder, Freiburg im Breisgau, 1985.

[Gui89] Augustin Guillerand. *Im Angesicht Gottes*. Echter Verlag, Würzburg, 1989.

[litII] *Liturgia Horarum, Iuxta Ritum Romanum, Editio Typica*. Typis Polyglottis Vaticanis, Romae, MCMLXXII.

[Loc21] Georg P. Loczewski. *Die Freude aus dem Glauben an Gott*. tredition GmbH, Halenreie 40-44, 22359 Hamburg, 2021.

[Mar05] Jacques Maritain. *An Introduction to Philosophy*. Rowman Littlefield Publishers, Inc., Oxfor UK., 2005.

[Nes63] Eberhard Nestle. *Novum Testamentum Graece*. Württembergische Bibelanstalt, Stuttgart, 1963.

[O.C54] Edith Stein O.C.D. *Kreuzeswissenschaft,Studie über Johannes A Cruce*. Verlag Herder, Freiburg im Breisgau, 1954.

[OrdIV] P. Michael Hetzenauer Ord.Min.Cap. *Biblia Sacra, Vulgatae Editionis*. Sumptibus Et Typis Friderici Pustet, Ratisbonae Et Romae, MCMXIV.

[SJ61]   P. Friedrich Streicher SJ. *Das Evangelium nach Matthäus Markus Lukas Johannes*. Herder, Freiburg im Breisgau, 1961.

[S.S58] P. Johann Perk S.S. *Synopse der vier Evangelien*. Verlagsanstalt Benziger & Co. AG, Einsiedeln/Köln, 1958.

„Dem Einzigen Gott sei Ehre und Ruhm."
(1 Tim 1,17)